W0352887

Anita Desai

BAUMGARTNERS BOMBAY

Aus dem Englischen von Peter Torberg

List Verlag

Die Originalausgabe erschien unter dem Titel »Baumgartner's Bombay«
1988 bei William Heinemann Ltd, London.

Umschlagentwurf: Design Team München
unter Verwendung einer Illustration von Mike Massingham

ISBN 3-471-77335-5

© 1988 Anita Desai
© der deutschen Ausgabe 1989 Paul List Verlag
in der Südwest Verlag GmbH & Co KG, München
Alle Rechte vorbehalten. Printed in Germany
Satz: Jung SatzCentrum, Lahnau
Druck und Bindung: Ebner Ulm

In meinem Anfang ist mein Ende. Nacheinander
Erheben Häuser sich, zerfallen, werden angebaut,
Abgetragen, zerstört, erneuert...

T. S. Eliot: *East Coker*

Dem Girton College, Cambridge, das mir ein Jahr lang beste Bedingungen für meine Arbeit ermöglichte, möchte ich hiermit meinen Dank aussprechen.

ERSTES KAPITEL

Sie war vor der blutbespritzten Szene geflohen, war vor der versammelten Horde identischer Einzelwesen geflohen – einbeinigen, nasebohrenden, wachsamen Wesen –, sie war die Straße mit ungewohnter Geschwindigkeit hinuntergerannt, einer Geschwindigkeit, die ihr keiner zugetraut hätte auf diesen roten Schuhen mit hohen Absätzen, die längst keinen Halt mehr boten, sondern unter dem Gewicht ihrer dicken purpurgeäderten Beine trunken schwankten, doch als sie sich ihrer Tür näherte, wurde Lotte langsamer. Ihr Körper schien anzuschwellen und zu gerinnen, ihre Bewegungen wurden langsamer, fast bis zum Stillstand. Sie öffnete die Tür mit linkischen, hilflosen Bewegungen, als hätte sie die Handgriffe verlernt, ihre Finger waren gleichsam taub und stumm. Sie trat ein und warf die Tür hinter sich zu, nahm es genau mit den Schlössern und Riegeln und Ketten, aus Angst, die Menge könnte ihr folgen, näherte sich schon ihrem Zimmer, und gleich würden sich einige gegen ihre Tür werfen. Als alle Schlösser verriegelt waren, lehnte sie sich in jener theatralischen Art an die Tür, die ihr zur zweiten Natur geworden war – ein Bündel Briefe an ihre Brust gedrückt, wie sie Jahre zuvor eine Blume an ihren Busen gepreßt hatte, der damals rund und warm war, mit weißer Spitze geschmückt und mit roten Flecken übersät, während sie das Scheinwerferlicht ansang und aus dem roten Tunnel ihres geöffneten Mundes ein Triller oder ein Schrei drang. Während sie die Papierfetzen an ihren nun geschrumpften und schlaffen Busen drückte, atmete sie in langen, schweren Zügen, die ihr in der Kehle kratzten.

Die Atemzüge wurden langsamer, bis ihr Atem stockte und in ein Schluchzen überging. Dann rührte sie sich, legte das Bündel auf den Tisch und tastete sich zum Herd. Sie zündete die Gasflamme an und setzte den kleinen, verbeulten Kessel auf. Während sie dies tat, hatte sie etwas, worauf sie sich konzentrieren konnte; mit dem Vorderzahn hielt sie sich die

Lippe, und sie brauchte an nichts zu denken. Nicht an Hugo. Nicht an Gott. An nichts. Ihr Gesicht zog sich zur Mitte hin zusammen, all die Falten um Augen, Nase, Mund ordneten sich einem einzigen sorgenvollen Ausdruck unter, als sie den Kaffee fand und etwas davon in die Tasse schüttete, die sie auf den Tisch neben das Bündel Papier stellte. Als sie das Bündel mit ihrem kleinen Finger berührte, den sie nicht recht kontrollieren konnte und der plötzlich einen eigensinnigen Schlenker tat, brach das Schluchzen aus ihr heraus, das sie in sich zurückgehalten hatte: »Hugo, Hugo, mein Gott, Hugo, was ist passiert, was ist das, wie kannst Du ...«, dann biß sie sich auf die Lippen, brachte alle Finger zusammen, legte sie um den Kesselgriff, hob ihn hoch und füllte ihre Tasse. Sie wärmte Milch in einem Topf. Sie fand die Zuckerdose. Dann stellte sie alles zusammen – Tasse, Kaffee, Milch, Zucker –, konzentrierte sich auf ihre Bewegungen, ließ keinen weiteren Ausrutscher zu, keinen Schluchzer.

Schließlich ließ sie sich auf ihren Stuhl am Tisch nieder, um zu trinken. Doch sie trank nicht. Die Tasse wartete, der Kaffee dampfte, beide luden sie ein. Doch Lotte hatte die Tasse beiseite geschoben, den Stuhl abrupt zum Regal neben dem Tisch geschoben, war mit ihren Händen an den Gegenständen auf dem Regal entlanggeglitten, schmierigen und abgenutzten und vertrauten Gegenständen, hatte sie umgeworfen und beiseite geschoben, bis ihre Finger auf die Flasche stießen, nach der sie suchte. Sie schraubte den Verschluß ab und zog die Flasche näher, fand ein fleckiges, verschmiertes Glas, in das sie etwas Gin goß, hielt die Flasche und das Glas eng an ihre Brust, um nichts zu verschütten. Lottes Mund, faltig jetzt und naß und zittrig, und das Glas und die Flasche schmiegten sich aneinander, um einander Gesellschaft zu leisten, wie gehetzt, wie auf der Suche nach einem Versteck.

Doch schließlich stellte sie Glas und Flasche ab, sehr vorsichtig, auf den Tisch. Dann nahm sie das Bündel und streifte ungeschickt das schmale rosa Band herunter, das die Karten zusammenhielt. Denn es waren keine Briefe, es waren Postkarten, bis auf einen oder zwei Briefe, die schon so lange zusammengefaltet waren, daß ihre einzelnen Lagen aneinanderklebten. Die Schrift war so dünn, so spinnenhaft, daß sie auf dem vergilbten Papier eine Art Geflecht oder Netz bildete und der Zeichnung eines komplizierten Plans ähnlicher sah als den Zeichen einer Sprache. Sie mußte sich wieder umdrehen und unter den umgefallenen und durcheinandergeworfenen Sachen die Brille finden, die sie faste nie benutzte, weil sie in ihre Nase kniff und wunde Stellen hinterließ.

Als sie die Bügel über die Ohren zog und die Brille aus Gewohnheit verfluchte, sagte sie sich: Schau nach dem Datum, schau zuerst nach dem Datum. Ja, wie vom Aussehen der steifen, spröden Fetzen Papier zu erwarten war, lagen die Daten weit zurück, so weit zurück, daß sich Lotte kaum noch erinnerte – neununddreißig, vierzig, einundvierzig –: wie sie es sich gedacht hatte, wie sie es erwartet hatte. Bei ihrem Anblick mußte sie die Finger zusammendrücken und nach ihrem Hals greifen, als würde sie ersticken. Dann mußte sie die Brille auf der Nase zurechtrücken, um lesen zu können.

»Mäuschen, Häschen«, »Mein liebes Kind«, murmelte sie das fremde, ungewohnte Deutsch, diese vergessenen Zärtlichkeiten, die Babysprache, die sie auf der Zunge spürte wie Zukkerkristalle. Ihre Zähne schmerzten von der Berührung. Sie las weiter, und jede Zeile schien wie jede andere zu sein, jede Karte gleich: »Geht es Dir gut, mein Hase? Mach Dir keine Sorgen. Mir geht es gut. Ich habe genug. Aber hast Du genug, mein Mäuserich, mein Liebster? Mach Dir keine Sorgen ...«

»Mach dir keine Sorgen, mach dir keine Sorgen«, spottete Lotte und spie diese Zuckerstücke aus, als wären sie Glas und schnitten sie. Mit dem Ausspeien kam das Lachen, kamen die Schluchzer. Mäuschen, mach dir keine Sorgen, mir geht es gut, mir geht es gut. Sie begann, mit dem Handrücken über ihren Mund zu fahren, rieb fester und fester, bis es schmerzte, und durch den Schmerz und das Weinen drangen weiter die Worte: Mein *Mäuschen*, mein Hugo, *liebstes Kind*, mir geht es gut, und mach Dir keine Sorgen ...

Endlich war sie wieder in der Lage, wahrzunehmen, was sie tat, was sie getan hatte, und fand eine Unordnung vor, die ihr Gesicht widerspiegelte, sie selbst widerspiegelte. Der Kaffee vergossen, die Karten verstreut, die Flasche geleert, das Glas umgefallen. Ein Abbild der Szene, der sie bei Hugo entflohen war, wenn auch in kleinerem Maßstab.

Sie stand auf, beugte sich mit wütendem und erschrockenem Starren darüber. Das konnte sie hier nicht zulassen – Hugo hatte, mein Gott, Hugo –, aber sie konnte nicht, sie mußte lernen, vorsichtig sein, nicht zulassen ... Sie bezwang ihr Schluchzen und Weinen, zwang sich, die Tasse aufzuheben, das Glas, die Flasche, sie wegzustellen, den Tisch abzuwischen, die Karten einzusammeln, sie zu einem Bündel zu schnüren und sich mit diesem Bündel im Schoß so ruhig, so nüchtern, hinzusetzen, wie sie es vermochte.

Sie sah sie nicht mehr an. Sie starrte zum Fenster hinaus, auf die sechs Glasscheiben in drei Reihen, zwei in jeder. Jeden Tag starrte sie bei ihrem Kaffee, ihrem Gin auf dasselbe: das Gebäude über dem Hof, die grauen, mit schwarzen Abflußrohren gestreiften Betonwände, die Türen, die auf Balkons voll aufgehängter Wäsche und aufgestapelter Dosen und Kartons hinausgingen. Ganz oben ein Streifen Himmel. Ein leerer Himmel, wie immer, ohne jede Farbe oder Form. Leer. Abendlicht. Tageslicht. Unaufhörliches Licht. Und Leere. Sogar die Geräusche wollten nicht aufhören, es waren immer die gleichen – das Radio, das plärrte, die Frau, die schrie, die Kinder, die spielten, die Töpfe und Pfannen, die klapperten. Sie bildeten eine eigene Wand – aus Metall, ständig in Bewegung.

Lottes Mund verzog sich. In den Winkeln sammelte sich Feuchtigkeit, formten sich Tropfen, die langsam und klebrig ihr Kinn hinabzugleiten begannen. Das Kinn zitterte, verschwamm. Lotte begann zu zittern. Ihre Finger krampften sich um die Karten. Sie blickte nach unten, um diesen Himmel nicht mehr zu sehen, dieses Fenster, diese Leere, und sie versuchte, Worte in dem Spinnennetz der alten Schrift auszumachen. Sie wollte wenigstens herausfinden, wer diese Worte an Hugo geschrieben hatte. An ihren Lippen saugend, starrte sie auf das Ende der ersten Karte, der zweiten Karte, der dritten. Einige waren mit »Mama« unterschrieben. Andere »Mutti«.

Lotte preßte die Finger auf ihre Lippen, ihre Augen, ihre Ohren, um zu verhindern, daß diese Wörter, diese Sprache in sie eindrangen, sie überwältigten. Ihre Süße, der Angriff der Süße, die ihren Mund füllte, ihre Augen, ihre Ohren, sie in Zucker ertränkte. Die Sprache, die sie weder hören noch sprechen wollte. Sie puffte sie, stieß gegen sie und in sie hinein, und mit ihrem geknebelten Mund stöhnte sie: *»Nein, nein, nein,* Hugo, *nein.«* Ihre Zähne bissen auf die Kristalle, und ihre Nerven kreischten bei soviel Süße auf. All das Marzipan, all der Gerstenzucker, die Schokolade und Karamelbonbons der Kindheit fielen mit ihrer weichen, klebrigen, erstickenden Süße auf sie herab. Genug, sie zu umarmen, genug, sie zu ersticken, genug, sie auszulöschen. Zuckrige, sirupartige, warme, triefende Liebe, Kindheitsliebe, Mäuschen und Häschen der Liebe, süße, warme, erstickende, kindische Liebe. Lotte weinte und ertrank.

Als Baumgartner die Tür schloß und hinaustrat auf den Treppenabsatz, mußte er achtgeben, daß die Katzen nicht entwischten. Fritzi zog noch immer sein übel zugerichtetes Bein nach und hatte dort, wo früher sein Ohr gewesen war, eine blutige Stelle, die sich in eine schwarze und glänzende Kruste verwandelte; dennoch hatte er zunehmend ungeduldig kundgetan, daß er wieder auf die Straße wollte und versuchte jetzt, zwischen Baumgartners Beinen hindurchzuhumpeln. Aber er wurde aufgegriffen und wieder in das Zwielicht und die Sicherheit der Wohnung zurückgebracht, während Mimi, die wie der Kopf einer Kobra auf den Ausgang zugeschnellt war, sanft mit den leisen Worten »Also du wartest hier, mein Liebchen, und ich bringe dir was Leckeres mit – ein Stück Wurst, hmmm? Blutwurst, Leberwurst, Bratwurst – was willst du?« zurückgedrängt wurde. Baumgartner lachte so heftig über seinen täglichen Witz, daß die Warzen auf seiner Nase sich zu einem purpurfarbenen, wackelnden Klumpen zusammenzogen und seine Augen in Nestern von Falten verschwanden. Mimi fand das weniger komisch, sie war hungrig und biß ihm heftig in den Daumen. »Ach, Liebchen«, jammerte er, zog den Daumen zurück und versteckte ihn in der Faust, »das war böse von dir!« Sie zog sich zurück, den Rücken noch immer wütend gebuckelt; er schloß ihr die Tür vor der Nase zu und versicherte ihr durch den Spalt: »Ich werde euch was mitbringen, also benehmt euch bitte für eine Weile«, und stieg die Treppe hinab.

Es waren alte Stufen, in der Mitte zu Kuhlen ausgetreten, und jeder schwere Tritt wirbelte Staub auf. Beim Hinabsteigen hielt er sich an die sicheren Kuhlen, mit der Plastiktüte in der Hand mußte er vorsichtig sein, er durfte nicht stürzen, in seinem Alter durfte er niemandem mehr Unannehmlichkeiten machen. Unten, in der Eingangshalle, die nichts enthielt bis auf die Küchengerüche des Hauses, die sich innerhalb der grünen Wände zusammenbrauten und kochten und dampften, zog der Türsteher auf seinem Stuhl die Beine ein, um Baumgartner vorbeizulassen, und lächelte höflich, doch mit einer Andeutung von Mißfallen im Mundwinkel. Die Plastiktüte war leer, aber der Türsteher wußte, daß sie stinken würde, wenn er zurückkam. Auch wusch Baumgartner seine Kleider nur selten; sie sonderten einen dicken, wolkigen Geruch ab, der ihm in seiner Vertrautheit wohltat, den andere aber ekelhaft fanden. Seine kurzsichtigen, halbgeschlossenen Augen blinzelten im blendenden Licht, das durch die Tür fiel, und er bemerkte den Gesichtsausdruck des Türstehers nicht, der auf seinem Platz unter dem Holzbrett mit den Namen der Mieter saß – Hiramani, Taraporevala, Barodekar, Coelho, da Silva, Patel. »Guten Morgen, *salaam*«, murmelte er und stieg mit seiner Tüte die Stufen zur Straße hinab; wie immer war er nicht sicher, welche Sprache er verwenden sollte. Nach fünfzig Jahren noch immer nicht sicher. Baumgartner, du Dummkopf.

Das blendende Licht kam vom Meer am Ende der Straße, gleißende Schmelze in der Morgenhitze, schwer und träge, wie immer bei Ebbe, doch Baumgartner wandte sich nicht in diese Richtung. Er mußte zu Boden sehen und auf seine Schritte achten, während er sich einen Weg an der Familie vorbei suchte, die auf dem Gehsteig vor dem Gebäude lebte, das den Namen Hira Niwas trug. Ständig war die Familie damit beschäftigt, ihren Wetterschutz, den sie dort errichtet hatte, zu verstärken; sie zerlegte Wellpappkartons, um Wände daraus zu machen, schlug Blechdosen flach für das Dach, befestigte Lumpen an dem Geländer rund um das Hira Niwas und zog sie bis zu ihrem eigenen Dach; doch blieb das Ganze in einem zitternd unfertigen Zustand, und Baumgartner achtete darauf, ja nicht gegen einen der Stöcke zu stoßen, die alles aufrecht hielten, oder an die Leine, an der die Wäsche hing. Er mußte aufpassen, um nicht auf die verkrüppelten, verfaulenden Füße des Mannes zu treten; zu dieser Tageszeit lag er sinnlos betrunken unter dem Wetterschutz, aber die Füße hingen heraus wie hingeworfene Holzknüppel; und er mußte den Kochtöpfen ausweichen, die die Frau im Rinnstein wusch und die in der Sonne gleißten wie zerknüllte Alufolie, den Exkrementen, die die Kinder im selben Rinnstein zurückließen, und den fettigen Papierresten, von denen sie in der Nacht gegessen hatten. Baumgartner war der Anblick vertraut, und auch ihnen war er ein vertrauter Anblick, mit seiner Plastiktüte in der Hand und den der Bequemlichkeit halber seitlich aufgeschlitzten Schuhen, und dennoch mußten sie einander beobachten und genau aufpassen.

Die Frau, die Wäsche wusch, zog mit der nassen Hand automatisch ihren Sari vor das Gesicht, wie sie es in Gegenwart jedes Mannes tat; tatsächlich galt ihr Baumgartner, dieser Klumpen in grauen Hosen, kaum als Mann – die Geste, millionenmal vollzogen, war zum Instinkt geworden. Das Kind hatte strohiges Haar, das chronischen Nahrungsmangel verriet, es stand ihm vom Kopf ab wie das des Struwwelpeters in Baumgartners Kinderbuch. Es hockte über dem Rinnstein und versuchte angestrengt, den Darm zu entleeren. Es sah zu Baumgartner auf, wie zu jedem anderen Passanten; offenbar konnte es sich nicht entscheiden, ob es um Geld, *bakshish,* betteln oder sein bißchen sorgsam gehütete Energie sparen sollte. In Baumgartners Fall war die Entscheidung leicht: Alle wußten, daß er nichts herzugeben hatte, alle Mitglieder der Familie auf dem Gehsteig, die ihn jeden Tag beobachteten, wenn er mit seiner Plastiktüte loszog. Also zog das Kind den Rotz, der ihm aus der Nase geflossen war, mit einem verächtlichen Geräusch von der Oberlippe hoch und begann, nach seiner Mutter zu schreien, und die Mutter schrie zurück und verfluchte es beiläufig als Kommentar zum Leben, zu ihrer aller Leben.

Baumgartner kannte diese Familie so gut, wie ein gläubiger Christ die Heilige Familie im Stall kennt; er wußte, wie jeder von ihnen aussah, kannte die Skala ihrer Stimmen und die Wörter, die sie benutzten. Doch jedesmal, wenn er vorbeikam und ihnen den Rücken zuwandte, fühlte er, wie sich seine Nackenhaare sträubten. Es war ein kurzes Prickeln – nicht eigentlich Furcht, eher Unbehagen, wie eine Vorahnung. Er wußte, daß sie in der tiefsten Erniedrigung lebten; er kannte die Gewalt, die daraus entstand – die Streitereien in der Nacht, die Schläge, das Weinen. Inzwischen war er abgestumpft, aber zu Anfang war es entsetzlich gewesen. Er erinnerte sich an eine Nacht kurz nach ihrer Ankunft. Sie hatten zu der Welle von Flüchtlingen gehört, die aus den von Dürre oder Unruhen heimgesuchten Landstrichen in die Stadt gekommen waren. Die Frau hatte geschrien, als wäre sie von einem Auto überfahren worden. Er hatte eine Schar Schaulustiger vorgefunden, die zuschauten, wie der Mann seine Frau mit den Fäusten traktierte und niederschlug, sie an den Haaren packte und fluchend die Straße entlangzerrte. »Was ist los«, fragte Baumgartner den Türsteher besorgt. »Bringt er sie um? Kommt keine Polizei?« Der Türsteher hatte mit den Schultern gezuckt – er hatte für Baumgartner nicht so viel übrig, daß er mit ihm gesprochen hätte –, doch ein paar Schaulustige drehten sich mit amüsiertem Blick um und erklärten: »Der Betrunkene sagt, seine Frau ist mit anderen Männern gegangen, deshalb schlägt er sie.« »Er bringt sie um«, klagte Baumgartner, erstaunt über ihre Gleichgültigkeit. »Wir rufen besser die Polizei.« Doch niemand rührte sich. Als der Mann anfing, den Kopf seiner Frau aufs Pflaster zu schlagen, daß das Blut spritzte, rannte er zu ihm hin und packte ihn bei den Schultern, nur um weggeschleudert und gegen die Wand geworfen zu werden. Jemand half ihm auf die Beine. »Machen Sie sich keine Mühe, Sir, es sind keine guten Menschen. Trinken beide zuviel.« Baumgartner fühlte sich noch wacklig, und die Menge drängte ihn ab, ohne daß er sich dagegen wehrte. Er tat nichts weiter, wußte, daß er nichts mehr tun konnte; aber er war sich sicher, daß der Mann, der betäubt war vom Alkohol und vor Wut blind, sein Eingreifen bemerkt hatte. Nach all den Jahren und so vielen ähnlichen Szenen erinnerte er sich noch an den Blick, den er ihm über die Schulter zugeworfen hatte, als er versucht hatte, seine Hand festzuhalten, an die gelben, blutunterlaufenen Augen des mordlüsternen Säufers. Und noch immer löste die Erinnerung daran dieses Prickeln aus, die Schweißperlen auf seinem Nacken, und im Vorbeigehen zog er schützend die Schultern hoch; er hatte Angst vor ihnen. Sie beobachteten ihn ohne Furcht – für sie war er ein Nichts, ein alter Mann mit einer leeren Tüte. Die Frau war mit ihren Töpfen fertig, spuckte in den Rinnstein und beugte sich vor, um sie einzusammeln.

Baumgartner ging nicht zum Meer. Das behielt er sich für den Abend vor, wenn mit der Flut eine Brise aufkam und die Sonne kopfüber in die Wogen stürzte, feurig und melodramatisch, flammend in Orange und Purpur, wenn die Leute langsamer gingen und sich Erdnüsse kauften und Kokosnüsse, um den Durst zu löschen, und es nicht auffiel, wenn man selber trödelte. Doch jetzt war jedermann geschäftig – Autos und Menschen hatten ein Ziel, alle waren in Eile, die Fahrzeuge verknäulten sich in ihrer Hast, und Hupen tönten in wütender

Ungeduld. Die morgendliche Szenerie hatte nichts Tropisches, so heiß es auch war; das ist Bombay, dachte Baumgartner bedauernd, immer flott und geschäftig.

Er war sich der eigenen Untätigkeit sehr bewußt; er schämte sich deswegen zwar, war aber auch erleichtert; erleichtert, sich nicht in die Menge stürzen zu müssen, in den Verkehr, sondern allein durch die Straßen und Gassen schlendern zu können, die von der Hauptstraße abzweigten, vorbei an den alten schäbigen Häusern, die niemals gestrichen wurden, die ständig im Schatten lagen und das Leben erwarteten, das wie Strandgut angespült wurde. Er schlurfte durch den Abfall und trat durch ein dunkles Tor in das ruhige und fast leere Café de Paris.

Hier traf er auf das erste Lächeln des Tages, doch es war so klein und höhnisch und so gut hinter einem buschigen, tabakfarbenen Schnurrbart verborgen, daß er es nicht bemerkte. Die Augen des Kaffeehausbesitzers spiegelten es nicht wider; sie waren bodenlose Abgründe eines Zynikers und Melancholikers, und so war das Lächeln nichts weiter als eine Grimasse. Baumgartner störte das nicht; er konnte nichts sehen, da er immer noch vom Straßenlicht geblendet war, dieser Lichtexplosion, die seine schwachen Augen fast nicht ertragen konnten. Er tastete nach einem Stuhl und setzte sich neben einem Tisch mit Marmorplatte vorsichtig auf die metallene Sitzfläche; die Hände legte er auf den kühlen Marmor, froh über das grüne Dunkel des Café de Paris: Farrokh vergeudete nicht viel Geld für Strom.

»Tee, Sahib, Kaffee?« fragte dieser, als er zum Tisch kam, da der Kellner noch in der Küche war. Dort klirrte Geschirr und Besteck, das für den Tagesbetrieb vorbereitet wurde. Farrokh lehnte sich über den Tisch, legte seine plumpen, fleischigen Hände auf die Kanten und wischte stirnrunzelnd einen Fleck auf dem Marmor weg. Dann warf er das Geschirrtuch wieder über die Schulter.

»Ach, Farrokh, das wär' gut. Ja, Tee bitte, Tee ist gut«,

seufzte Baumgartner, der fast zu hören meinte, wie ihm der Schweiß über Hals und Rücken tropfte. »Und etwas für die Miezekätzchen, ja? Haben Sie noch was von gestern, Farrokh?« bettelte er und reichte ihm die Plastiktüte über den Tisch.

Farrokh setzte noch einmal sein sauertöpfisches Lächeln auf, das sich nicht in seinen Augen spiegelte. Dann gab er sich geschlagen und nahm Baumgartner die Tüte ab. Er ging zur Küchentür und gab sie dort einem der Jungen, die in gestreiften weiten Hosen, zerschlissenen Westen und mit über die Schulter geworfenen Handtüchern arbeiteten. Er rief Baumgartner zu: »Ich lasse es Ihnen herrichten. Ich habe ihnen gesagt, daß sie Ihnen das Fischcurry aufheben. Es ist scharf. Ihre Katzen mögen doch *masala,* Gewürze, Chily, Kurkuma, *jeera,* Lorbeer?«

Baumgartner hatte keine andere Wahl, als zu lächeln und zu nicken. Er war Farrokh und den anderen Restaurantbesitzern verpflichtet, die ihm die Tüte mit den Resten des Essens vom Vorabend füllten. Ohne ihre Hilfe konnte er die Katzen nicht füttern, die ihm auf der Straße zuliefen und wußten, daß er der Verrückte mit den Katzen war, der Billéwallah Pagal, und die kranken oder verkrüppelten Tiere, die er in den Gassen aufsammelte und nach Hause trug, um sie zu pflegen, und denen er sagte, daß sie fort müßten, wenn sie geheilt seien, obwohl er es nie übers Herz brachte, sie wegzujagen.

Als Gegenleistung war er Gast. Er konnte es sich eigentlich nicht leisten, Cafés aufzusuchen, so niedrig ihre Preise auch sein mochten, so drittklassig ihr Niveau, doch es war notwendig, Gast zu spielen, um nicht zum Bettler abzusinken. Baumgartner war sich der Trennungslinie deutlicher bewußt, als man glauben mochte. Er stützte sich schwer auf dem Tisch auf und griff nach dem Glas dicken Milchtees, das die nasse, tropfende Hand des Kellners vor ihm abgestellt hatte, er brachte sich dazu, seine Rolle zu spielen. Zu lächeln und dem Kellner zu danken, genügte nicht, er mußte daran denken, daß er für die Ware bezahlte, die er bekam, mußte die anderen daran erinnern, daß er bezahlen würde. Im sicheren Bewußtsein dessen konnte er nach dem ersten Schluck den Kopf heben und zur Theke blicken, wo hinter Glasvitrinen voller leuchtend gelber Rührkuchen mit rosa Zuckerguß und Tellern voller gebratener, salziger Leckereien Farrokh stand und Fliegen jagte. Über seinem Kopf raschelte und glitzerte eine Lamettagirlande, die er um das Bildnis seines Gottes Zoroaster gehängt hatte, wie ein Schmeißfliegenreigen im Schatten. Es war fast unmöglich, das verblichene Schild zu lesen, das er darunter befestigt hatte: VERTRAUE AUF GOTT, oder den handgeschriebenen Zettel daneben: *Verkauf nur gegen bar.*

»Hmm.« Baumgartner versuchte zu zeigen, wie gut ihm der heiße, dicke, erstickend süße Tee schmeckte. Er suchte nach einem Thema, mit dem er den sauertöpfischen Farrokh zu einem Gespräch verlocken konnte. Es hatte eine Zeit gegeben, da er jede Gelegenheit zu einem Gespräch genutzt hatte. Selbst mit Fremden hatte er gern geredet – besonders mit Fremden, da jede Bekanntschaft mit ihnen, wie kurz, wie herzlich sie auch war, nicht dauern konnte. Sie verließen ihn, und er war wieder allein. Jetzt überwucherten ihn die Gewohnheiten eines Eremiten wie Verkrustungen; es verlangte Mühe, eine fast körperliche Anstrengung, sie zu durchbrechen, zur Sprache, zu Flüssigkeit und Fluß, Wandel und Verwandlung des Gesprächs zu gelangen. Krustentier – Krebs – häßliche Schildkröte: So dachte er von sich selbst, so sah er sich – eine alte Schildkröte, die über die staubige indische Erde kriecht.

An diesem Morgen suchte er immer noch verzweifelt nach irgendeiner Neuigkeit, die er mit Farrokh diskutieren konnte – Farrokh las mit gespannter Aufmerksamkeit eine Gujarati-Zeitung, die vor ihm auf der Theke ausgebreitet lag; man konnte ihn immer aufregen, wenn man den Namen eines Politikers fallenließ oder sich auf irgendeine politische Situation bezog, da er tief im Herzen ein unterdrückter und verhinderter Führer der Menschheit war, wie fast jeder Inder, dem Baumgartner je begegnet war –, als Farrokh seine fettige gelbe

Zeitung zusammenfaltete, den Ellbogen darauf setzte, sich zwischen den Vitrinen mit den Sandkuchen und den gebratenen *samosas* vorbeugte und voller Düsternis sein unrasiertes Kinn in Richtung Wand streckte. »Haben Sie den da gesehen?« fragte er verschwörerhaft. »Er war letzte Nacht hier, wir mußten ihn rauswerfen, als wir zusperrten, und als wir heute morgen aufschlossen, fanden wir ihn im Türeingang. Da ist er wieder, und ich weiß nicht, was ich mit ihm machen soll – ihn rauswerfen?« Er deutete mit seinen kraftvollen Armen das Entsprechende an – niemand hätte seine Absicht mißdeuten können.

Baumgartner konnte seinen Hals nicht mehr drehen; er war vor langer Zeit schon steif geworden; Baumgartner mußte sich ganz auf dem kleinen Drehfuß des Stahlrohrstuhls nach rechts drehen, um in die dunkle Ecke schauen zu können, in die Farrokh so unheilvoll starrte. Dort konnte er zuerst nichts erkennen, außer etwas auf dem Tisch, das wie eine Tasche aus hellem Fell aussah; es hätte eine Katze sein können. Er spürte ein unwillkürliches Zucken, das im Nacken begann und über die Schulter den Arm hinablief, dann flatterte seine Hand auf dem Tisch und drehte sich aufgeregt um: Konnte Farrokh ihm eine Katze aufgelesen haben, eine streunende Katze? Staunend riß er seine kleinen wäßrigen Augen ganz weit auf und versuchte, ihren Zustand zu beurteilen. Er erkannte zwei feste, ziegelrotverbrannte menschliche Arme, die schützend zu beiden Seiten des Dings in der Mitte lagen. Also nur ein menschliches Wesen, noch eins – doch hier riß sich Baumgartner zusammen: Es war zu leicht, die grobe Sprache zu verwenden, die heute jeder im Munde führte, zu leicht, hartherzig zu sein. Und es konnte ein Landsmann sein, wenn auch aus einer anderen Generation, denn der Kopf, der mit solch einer Menge blonder Locken bedeckt war, war offensichtlich jugendlich. Nordisch vielleicht, die Haut war so blaß – wenn nicht gar germanisch. Der Kopf lag hilflos in der Mitte des Tischs, wie etwas sorglos Zurückgelassenes, die Arme daneben waren von der Sonne zu einem rohen, fleischigen Rot verbrannt worden, zu dem die Armreifen, die er trug, in ihrer Zerbrechlichkeit und Weiblichkeit nicht paßten. Engelskind, roher, fleischiger Mann, hilfloses Mädchen – das alles war er. So waren die jungen Männer heutzutage, das wußte Baumgartner – für sie gab es keinen Unterschied zwischen dem, was als männlich, und dem, was als weiblich galt, und was Baumgartner betraf –, er war zu alt, um sich darüber noch aufzuregen.

Nachdem er alle Details in sich aufgenommen hatte, ohne daß es ihm gelang, sie zu einem vertrauten Bild zusammenzufügen, wandte er sich wieder Farrokh zu, um mehr zu erfahren. Zu seiner Überraschung ließ Farrokh die vertraute Waffe der Zeitung und die sichere Schranke der Theke hiner sich, er trat vor, schnürte seine Hose unter der langen, weiten, weißen Weste, die er trug, zusammen, und setzte sich zu Baumgartner an den Tisch: ein seltenes Zeichen des Vertrauens. Offenbar stand er unter einem gewissen Druck, da er so uncharakteristisch handelte, denn Farrokh war, trotz all seiner Unsauberkeit und Griesgrämigkeit, auch ein würdevoller Herr, der Wert darauf legte, die Brahmanenschnur zu tragen, die Schriften zu lesen und über all denen zu stehen, die einer minderwertigen Rasse angehörten und für ihn nur ein Haufen *mleccha* waren. Trotz all der ihm erwiesenen Freundlichkeit hatte Baumgartner stets das Gefühl gehabt, dem letzteren anzugehören.

Heute hatte Farrokh sich entschlossen, sich dem verwirrten Baumgartner gegenüber anders zu verhalten. Er berührte ihn ungewohnt kumpelhaft an der Schulter, drückte seine dicken weißen Fingerspitzen in Baumgartners widerstandslose Schulter und lispelte: »Sie – Sie und ich, wir gehören einer anderen Zeit an. Nicht der von dem da.« Dann ließ er Baumgartners Schulter los und deutete mit größter Verachtung auf den zusammengesunkenen jungen Mann. »Er, er gehört zu dieser neuen Rasse – Männer, die Kinder bleiben, wie Pygmäen, Zwerge. Ja, ich weiß, sie sind sehr groß – ich weiß, sie werden immer größer, diese Barbaren unserer Tage. Essen und schlafen und den ganzen Tag in der Sonne liegen, sie sind wie Rüben, die man nicht rechtzeitig aus der Erde zieht – zu groß.« Er schnaubte wütend durch die vielen Haare in seinen Nasenlöchern. »Steckt vielleicht irgend etwas in diesem vielen starken Fleisch, in diesen Knochen? Nein? Sie haben recht. Nichts. Leer. Hohl. Ha!«

Seine riesige dicke, weiße Hand pflückte über Baumgartners Kopf eine weitere Geste aus der Luft. Sie forderte den Kellner in der Küche auf, Baumgartner noch einen Tee zu bringen, trotz dessen schwachen Protests. Bei dem Gedanken, noch einen Tee zahlen zu müssen, wurde es Baumgartner ganz mulmig. »Ihnen gebe ich gern noch einen Tee«, versicherte ihm Farrokh und zupfte dabei etwas von seiner Weste, als würde er auch sie Baumgartner gern übergeben, mit all ihren Löchern und Flecken. »Doch für *den* da – warum sollte ich mich für den anstrengen und die Hände schmutzig machen? Ha? Wozu? Für einen Stiefeltritt – dieselben Stiefel, mit denen er auf den Himalaya gestiegen ist, nehme ich an. Der hat bestimmt schon seine Eltern ins Gesicht getreten – reiche Eltern, von denen er alles geschenkt bekommt, Motorrad, Auto, Uhr, Geld, Flugticket nach Indien, alles. Und was bekommen sie? Einen Stiefel ins Gesicht, auf Wiedersehen und weg. Ha? So kommen sie nach Afghanistan, Nepal, Indien. Erzählen ihren Eltern, sie wollen keinen Job, wollen nicht arbeiten. Erzählen ihnen Lügen über die Hindugötter, sagen, sie lieben Buddha, sagen, sie wollen Tempel besuchen, in Ashrams wohnen. Ja, sie besuchen Tempel und leben in Ashrams«, höhnte Farrokh, »aber schauen sie sich Buddha oder Rama oder Krishna oder irgendeinen anderen Gott jemals an? Ich weiß, was sie dort treiben. Wissen Sie, was sie dort treiben, Bommgarter Sahib? Sie nehmen Drogen in den Ashrams, Drogen, die sie von den Brahmanen und solchen Leuten bekommen. *Deshalb* kommen sie nach Indien, Nepal und Afghanistan. Ich sage, laßt sie doch Drogen nehmen – laßt sie doch Selbstmord begehen –, warum nicht? Was geht's mich an? Ich rufe bloß die Polizei und sage, sie sollen sie mitnehmen, ins Gefängnis sperren, ins Leichenschauhaus. Aber was ich nicht mag, Bommgarter Sahib, ist, daß sie nach Indien kommen und Bombay verschandeln, Goa verschandeln, heilige Tempel verschandeln, mein Restaurant verschandeln. Warum? Haben wir sie eingeladen? Nein! Also, warum kommen sie? Und was haben wir davon? Bezahlen sie meine Rechnung? Nein. Wenn Rashid mit der Rechnung zu ihnen geht, zeigen sie die Löcher in ihren Hosentaschen und sagen: ›Kein Geld, nix zahlen.‹ Einfach so.« Farrokh schlug mit der Hand auf den Tisch und Baumgartner schreckte zurück. »Einfach so. Und was soll man machen? Die Polizei rufen, weil dieser Junge die Rechnung über zwei Rupien nicht bezahlt hat? Nein, das vergißt man am besten. Dann gehen sie in ein Geschäft – ich habe es selbst gesehen –, nehmen sich Brot, nehmen sich Bananen und sagen: ›Ich bin hungrig, kein Geld, Mama und Papa haben kein Geld geschickt, bitte gebt mir.‹ Und Sie wissen ja, wie wir hier sind in Indien, Bommgarter Sahib, können wir irgend jemand die Nahrung verweigern?« Baumgartner schüttelte gehorsam den Kopf und dachte mit einem Mal voller Scham an seine Plastiktüte. Doch Farrokh dachte überhaupt nicht an ihn, er fuhr vielmehr in seiner großen Tirade fort. »Die ganze Zeit geben wir, geben – dem Stier, der morgens wie ein Lord die Straße entlangspaziert, dem Bettler, dem Leprakranken, dem Fakir, der mit Blechbüchse und Ringelblumengirlande und Schlange um den Hals in mein Restaurant kommt, dem ich Geld gebe, damit er wieder verschwindet und meine Gäste nicht belästigt. Allen geben wir, geben, geben. Meine Religion sagt: geben. Ja, aber das ist genug. Warum soll ich den reichen, verzogenen Kindern aus England, aus Amerika auch noch etwas geben? Müssen wir ihnen geben oder ihre eigenen Leute, ihre Mamas und Papas, reiche, reiche Onkel und Tanten im Ausland?«

Farrokh ereiferte sich so, daß seine Hand immer und immer wieder auf die marmorne Tischplatte schlug. Genau so würde er wohl die Wange eines Missetäters schlagen. Spuckebläschen wuchsen auf seiner feuchten Unterlippe und wurden von seinem buschigen Schnurrbart aufgefangen, von dem sie in Tropfen herabfielen. Baumgartner schaute von ihnen zu der Hand auf dem Tisch, die schlug und schlug, bis seine eigene Wange sich taub anfühlte.

»Schmeißt sie doch alle raus, jagt sie übers Meer, das sage ich – oder? Aber wie? Sie haben kein Geld für das Ticket, sagen sie. Sie kommen hier ganz stolz an – Ticket, Rucksäcke, Stiefel, alles. Dann verschwindet alles. Es fängt schon in Afghanistan, in Nepal an, wenn sie Haschisch kaufen müssen und *ganja,* alle diese Pulver, die sie haben müssen wie ein Baby seine Milch. Und wenn sie hierherkommen, ist nichts mehr da – Rucksack leer, Füße nackt. Was tun sie, Bommgarter Sahib, was tun sie?«

Wie von ihm erwartet, schüttelte Baumgartner schweigend den Kopf.

»Nach Goa gehen sie«, brüllte Farrokh wütend und beugte sich vor, als wollte er Baumgartner umwerfen. Gezwungen, seine Hand zu erheben, um sich die Spucketröpfchen vom Gesicht zu wischen, tat Baumgartner der Höflichkeit genüge, indem er vorgab, sich das Haar zurückzustreichen. »Von Goa haben sie alle gehört, da können Sie sicher sein. Goldener Sand, Palmen, billiger *feni* zum Trinken, Musik am Strand, nackt tanzen – Sie wissen, was dort vor sicht geht?«

Nein, deutete Baumgartner an.

»Nein, ich auch nicht. So etwas gab es zu meiner Zeit nicht. Ich kenne nur Schule, Geschäft, Arbeit, Frau, Kinder – das ist mein Leben. Doch diese – diese Baby-Männer, die jetzt aus Amerika und aus England kommen, die kennen eine andere Lebensart, Bommgarter Sahib, die haben ein anderes Leben. Sie brauchen Musik, brauchen Haschisch, brauchen Frauen – keine Ehefrau, nicht wie meine Frau, sondern *Frauen.* Und in Goa kriegen sie alles, unter Kokospalmen, unter dem Sternenzelt. Also gehen sie dahin. Zahlen den Fischern zehn Rupien, damit sie ihnen aus Kokosblättern eine Hütte bauen. Kriechen mit einer Frau hinein, mit Haschisch, kommen zwei, drei

Tage nicht mehr zum Vorschein, sogar fünf Tage.« Eine Spur von Neid stahl sich in Farrokhs Stimme. Er wurde langsamer, kam zum Stillstand, erschöpfte sich in einem Seufzer. Sein Kinn sank auf das Gestrüpp aus schwarzen Haaren auf seiner Brust. »So ein Leben«, seufzte er, und Baumgartner spürte, daß das Bedauern stärker geworden war als die Mißbilligung. Vielleicht konnte er sich jetzt entschuldigen und gehen?

Doch Farrokh rang die Hände, faltete die Hände, auf denen Büschel kleiner Haare wuchsen, und brüllte: »Wie lang soll das so weitergehen, hm? Wie lang? Dann brauchen sie Geld. Gehen zur Post. Ist ein Brief gekommen von meiner lieben Mammi, meinem lieben Papi? Nein? Muß aber, bitte schauen Sie, schauen Sie nochmal, es muß etwas da sein! Nein, kein Brief, kein Geld. Dann fangen sie an zu schreien – brüllen schlimme Wörter, Beschimpfungen, sitzen im Postamt und heulen wie Babys. Freunde kommen, nehmen sie mit, geben ihnen Haschisch. Am nächsten Tag, Postamt, wieder: Mein Geld gekommen? Nein? Schau nochmal nach, du Schwein, du Sau, du indischer Esel, rufen sie, mein Geld muß kommen, mein Papi wird es schicken, er liebt mich, meine Mami liebt mich. Aber keine Post – Montag, Dienstag, Mittwoch, kein Brief. Also gehen sie zum Strand von Anjuna, verkaufen Rucksack, Uhr, alles. Wie die Fischweiber«, lachte Farrokh verächtlich, »Fischweiber, die Garnelen verkaufen, *pomfret*, aus dem Korb auf ihrem Kopf. Dann haben sie etwas Geld, kaufen eine Fahrkarte nach Bombay, kommen hierher, sagen, sie wollen ein Ticket kaufen und nach Hause fliegen. Aber wie? Wie sollen sie in Bombay an Geld kommen, Bommgarter Sahib? Wissen Sie das?«

Baumgartner leckte sich über die Lippen, versuchte zu lächeln und wünschte, Farrokh käme bei seinen Schmähreden ohne ihn aus.

»Sie wissen es nicht«, sagte Farrokh mit Befriedigung, als hätte er schon immer vermutet, daß Baumgartner prinzipiell nichts wußte. »Nein. Und er weiß es auch nicht. Dann – dann«, fuhr er fort, und seine Stimme gewann an Lautstärke,

»fangen sie an zu stehlen. Ja, Taschendiebstähle im Kino, auf dem Markt. Einbruch in die Wohnungen von alten Leuten. In Geschäfte. Sogar Morde begehen sie. Die Polizei erzählt mir – ich kenne viele Polizisten –, sie erzählen mir, wie oft in Bombay gemordet wird. Es sind nicht länger die Schwarzen, die die Weißen wegen des Geldes umbringen, Bommgarter Sahib, jetzt tötet und beraubt der Weiße den Schwarzen. Und auch der Weiße den Weißen.« In gemeinem Triumph starrte er Baumgartner an und forderte ihn heraus, seine Behauptung zu widerlegen.

Baumgartner konnte ihm nicht länger ins Gesicht schauen. Er blickte auf seine Füße und bewegte sie unruhig hin und her. Er hatte nicht die Absicht, hier in Farrokhs Café die Reputation des weißen Mannes zu verteidigen, während er seinen Morgentee trank und seine Katzen ihr Futter bekamen, er hatte absolut nicht diese Absicht. Es verwirrte ihn, daß irgend jemand glauben konnte, er hätte die Absicht oder die Pflicht, die Weißen zu verteidigen.

Farrokhs Stimme sank wieder zu vernünftiger Lautstärke ab. »Und wenn sie dann hierherkommen, in mein Café de Paris, glauben sie, daß ich sie willkommen heißen werde. Willkommen, Sahib, Herr, Meister, kommen Sie und erweisen Sie mir die Ehre, in meinem Café zu speisen? Lassen Sie mich Ihnen Tee, Kuchen, Omelett bringen, was immer Sie wollen. Nicht Farrokh Cama.« Er schüttelte den Kopf und strahlte, weil er an die Festigkeit seines moralischen Standpunkts dachte, an seine Fähigkeit, moralischer Verrohung zu widerstehen. »Ich, Farrokh Cama, sage meinen Kellnern, sage Rashid und Domingo: keinen Kuchen, keinen Tee, kein Omelett. Werft sie raus. Raus in die Gosse. Sagt ihnen, sie sollen auf dem Markt betteln gehen und wie die Aussätzigen auf der Straße leben, aber sie sollen bitte nicht ins Café de Paris kommen.«

Nachdem er den fremdländischen Abschaum wenigstens mit Worten hinweggefegt hatte, wenigstens in seiner Vorstellung, saß Farrokh eine Zeitlang schweigend und scheinbar in

Frieden mit sich selbst da. Doch dann begann er voller Ungeduld, mit seinen flachen, dicken Fingerspitzen auf dem Tisch zu trommeln, und das Geräusch, das dabei entstand, war das von fetten Fliegen, die gegen eine Fensterscheibe patschen. »Sie hören nicht immer auf mich, Domingo und Rashid«, seufzte er. »Und als ich heute morgen kam – ich kam etwas später, gestern abend war eine große Feier zu Ehren des Enkels meiner Schwester, ein großes Navjote-Fest im Parsee Gymkhana, deshalb kam ich heute morgen etwas später –, fand ich das Café de Paris schon geöffnet, Rashid und Domingo putzten, fegten, wuschen – und da saß dieser Kerl.« Er starrte über Baumgartners Schulter hinweg in die dunkle Ecke am anderen Ende des Raumes. »Sitzt nur da und schläft. Ich denke, laß ihn schlafen, ich mache meine Abrechnung, esse meinen Kuchen und mein Omelett, lese meine Zeitung. Doch der Junge schläft immer noch. Wacht nicht auf. Was ist los? Ist er krank? Nein. Ich weiß, was mit ihm los ist, Bommgarter Sahib. Er ist DROGENSÜCHTIG!« Farrokh zischte dies in Baumgartners Ohr und ballte seine Fäuste, als wollte er alles Leben aus solch einem Wurm herauspressen.

Ein ungewollter Ton entrang sich Baumgartners Kehle, gemischt aus Wut, Schreck und Anteilnahme – er überließ es Farrokh, ihn nach seinem Belieben zu deuten. Farrokhs Dilemma ging ihn nichts an, ebensowenig wie das des Jungen, nur saß er jetzt gegen seinen Willen zwischen diesen beiden Stühlen.

In diesem Moment trat ein neuer Gast ein. Glücklicherweise ein bekannter Stammgast und ein Parse. Wie Baumgartner gehofft hatte, stand Farrokh auf, zog die locker gewordene Hose hoch und schlurfte zu seinem Freund, dem gegenüber er sich ungezwungen und in der weit ausholenden Art seiner eigenen Sprache auslassen konnte.

»*Kem cho,* Farrokh-*bhai?*« »*Kem cho,* Pesi, *kem cho?*« Baumgartner hörte die erfreuten Grüße, in deren Schutz er endlich aufstehen und verschwinden konnte. Er versäumte nicht, einige Münzen neben sein Glas zu legen, warf noch einen

Blick auf den Haufen Fleisch und Fell, der unordentlich dalag – ein fellbezogener Kadaver kurz vor der Auflösung –, und trat die Flucht an.

Flucht – ein seltsames Wort hier auf den Straßen Colabas, sagte er sich lächelnd und rieb sich dabei ein Ohr, als wäre es von Farrokhs Gerede wund geworden. Wie konnte man denn fliehen, wenn man in der Menge gefangen war wie ein Fisch und mit einer Million anderer Fische im Netz zappelte? So viel nackte Haut, eingeölt und glitschig von Schweiß, und fischhaftes Hervortreten und Starren so vieler Augen. Er bahnte sich einen Weg, war sich trotz seiner Müdigkeit bewußt, daß ihm das alles vertraut war, so vertraut, daß er kaum noch etwas davon bemerkte und nur kurz hinschaute, um sich zu vergewissern, daß noch alles so war wie immer: Der Saft-Wallah an der Ecke, nicht weit von Farrokhs Café entfernt, der ein weißes Unterhemd und um die Hüfte ein Stück karierte Baumwolle trug; er stopfte süße Limonen in eine Presse und goß den schäumenden Saft, in dem die Kerne wie Blasen aufstiegen, in eine rote Glaskanne, kratzte dann Schalen und Fruchtfleisch zusammen und warf sie mit beiden Händen in den Plastikeimer zu seinen Füßen; seine Bewegungen sahen lässig und sorglos aus und waren doch in höchstem Maß aufeinander abgestimmt. Die Läden auf dem Causeway, die meisten vollgehängt mit Schließhaken voller herabfließender Stoffe, Nylon und Seide und Georgette und Baumwolle; es roch nach Weberei, nach Chemikalien, nach allem, was Menschenhände schaffen können. Die billigen Kleidungsstücke, die auf dem Gehsteig ausgelegt waren, gerade noch außerhalb der Reichweite der Füße, die eilig vorbeihasteten. Die Schuh- und Sandalenstände, die von finsteren Verkäufern planlos mit Wedeln abgestaubt wurden. Die Obststände und die Imbißbuden, die mit roten Chilischoten, gelben Zitronen und lila Zwiebelringen geschmückt waren. Der Vogelhändler war da, der seine Käfige mit den rosa geringelten Papageien, sprechenden Mynahs aus dem Himalaja und gepunkteten, künstlich scharlachrot gefärbten Muniavögeln stets in der Nähe von Juwelengeschäften aufstellte, weil sie von Arabern, großen Vogelliebhabern, aufgesucht wurden. Baumgartner hatte oft danebengestanden und einem Mann im Burnus oder einer Frau im Tschador zugeschaut, wenn sie aus den zwitschernden Käfigen auswählten, während der Händler in Erwartung von Goldbarren und großzügigen Schecks ins Schwitzen geriet. Es gab auch einen Goldfischverkäufer, doch die Fische, die in seinen Glaskugeln schwammen, waren aus Papier, und nur verzogene Kinder wollten sie haben. Und einen Wahrsager, der hoffte, jemand würde ihn konsultieren, aber er hatte sich geirrt, es war zu früh; noch beeilten sich die Leute, auf dem Weg zur Arbeit, noch waren sie nicht abgewiesen worden von den Regierungsbehörden, von den Gerichten oder Banken, noch hatten sie keinen Anlaß, um Trost und Hoffnung beim Wahrsager zu suchen, der seine Amulette, Glückssteine, Spielkarten und sein restliches Handwerkszeug auf einem fleckigen roten Fetzen im Staub ausgebreitet hatte und darauf wartete, sie willkommen zu heißen; Baumgartner war niemals bei ihm stehengeblieben, und wenn er vorbeikam, wurde er stets mit einem übellaunigen Blick bedacht. Bettler hüpften in der Menge umher, ihre Augen leuchteten und blitzten, hier und da entdeckten sie einen möglichen Wohltäter, streckten eine fingerlose Hand nach einer Münze aus, zeigten ein verwüstetes Gesicht durch die Scheibe eines steckengebliebenen Taxis. Wie orientalisch, wie exotisch, hatte Baumgartner früher einmal gedacht und das verlegene Lächeln eines Mannes aufgesetzt, der nicht dazugehört, doch heute spürte er nur noch ihre Last auf seinen Schultern, den Druck ihrer Körper, ihrer Bedürfnisse, Forderungen, ihrer Gier und ihres Hungers, und das alles ließ ihm wenig Platz, nicht mehr als eine kleine Gasse, durch die er sich mühsam einen Weg bahnen mußte.

Seit fünfzig Jahren lebte er in diesem Land – vielleicht nicht ganz fünfzig, aber fast soviel, darauf kam es nicht an –, und es erschien ihm längst nicht mehr phantastisch und exotisch;

keine andere Landschaft der Erde war ihm so vertraut wie diese. Doch die Menschen, die vorbeigingen, schauten ihn an, ihn, der ihnen noch immer fremd und ungewohnt war, und ihre Blicke sagten: *firanghi*, Fremder. Denn die indische Sonne hatte seiner Haut nicht gutgetan, hatte sie nicht gebräunt und geröstet; seine Hautfarbe hatte noch immer keine Ähnlichkeit mit der der Einheimischen. Wie sahen die Einheimischen überhaupt aus? Zu Anfang waren ihm alle dunkel vorgekommen, doch nach all den Jahren hatte er sie eingeteilt in stiefelschwarz, wie der Saft-Wallah mit seinen Orangen und Schalen und Fruchtfleisch, fahlgelb, wie Farrokh in seinem tuberkulösen Café, staubschokoladenbraun, kaffeebohnenbraun, teeblattbraun, erdnußschalfarben, leprapurpur – Schattierungen, die in andere Schattierungen übergingen, bis alles zu braun zerfloß. Er war die Ausnahme: sein Gesicht glühte wie eine überreife Tomate in der Sonne, und Warzen saßen darauf wie Fliegen. Sein Haar wurde nicht dunkel; es stand um die kahle Mitte herum wie ein weißer Federring, leicht gelblich verfärbt. Selbst wenn er sich die Haare gefärbt und die Haut mit Schuhcreme eingerieben hätte, was hätte er mit seinen Augen machen können? Nicht, daß sie blau waren, weit gefehlt; seine Mutter, die ihn auf dem Schoß hielt und mit ihm spielte, hatte sie »dunkel« genannt, doch für die Inder schienen sie ganz anders zu sein. Ihre Gesichter höhnten: *firanghi*, Fremder, wie gutmütig, wie wohlmeinend sie auch waren. Doch das Wort, der Name traf hart, und er winselte, zog die Schultern ein und vermied jede Berührung. Er wußte, daß sie die Berührung mit ihm haßten, aus Angst, unrein zu werden. Anerkennen, aber nicht anerkannt werden, das war seine Lebensgeschichte, der rote Faden, der sich durch alles zog. In Deutschland war er dunkel gewesen – seine Hautfarbe hatte ihn als Juden gebrandmarkt. In Indien war er weiß – und das machte ihn zum *firanghi*. In beiden Ländern verweigerte man ihm die Anerkennung. Vielleicht verweigerten ihm sogar seine Katzen die Anerkennung – er war ja Mensch, nicht Katze, keiner von ihnen. Er nickte gedankenvoll, ja, die Katzen, die wußten immer Bescheid. Dennoch war ihm seine Fremdartigkeit schon lange nicht mehr so stark bewußt gewesen. Ab und zu war er immer durch irgend etwas darauf gestoßen worden, und das waren angstvolle Momente gewesen, aber doch schon lange war es nicht so wie heute gewesen. Heute war er auf eine neue Weise verwirrt. Seltsam: seine übergroße Vertrautheit mit der Szenerie hatte dazu geführt, daß er die Einzelheiten gar nicht mehr wahrgenommen hatte, sie waren uninteressant geworden, der Beachtung nicht wert. Statt dessen sah er mit unglaublicher Schärfe ein anderes Bild – das Bild des kranken Jungen, der über dem Tisch lag. Er wußte nicht, warum. Er machte sich seinetwegen keine Sorgen, warum sollte er auch? Was sollte der Junge mit seinen verdreckten blonden Locken und seinem lächerlichen Silberarmreif ihm schon bedeuten? Es gab keinen Grund, warum er sich durch seine helle Haut oder seine Verdrecktheit aufschrecken lassen sollte, oder durch sein Mißgeschick. Sollte Farrokh ihn doch hinauswerfen, sollte er sich doch zu den Docks durchschlagen, zum Bahnhof, zum Konsulat oder zurück nach Goa und noch mehr Haschisch. Schlimmstenfalls sollte sich die Polizei mit ihm auseinandersetzen oder ein Arzt. Baumgartner hatte Besseres zu tun, Baumgartner mischte sich da nicht ein. Warum also beschäftigte ihn dieser hingesunkene Kopf immer noch, diese Hilflosigkeit? Es gab doch so viel anderes, das ihn ablenken konnte, so viele Farben, Klänge, soviel Geschäftigkeit und Leben, und alles forderte seine Aufmerksamkeit.

Er wußte, warum. Er konnte versuchen, wegzulaufen und die Augen zuzumachen vor der Tatsache, aber Tatsache war: Der Junge war ein Deutscher, oder nicht? Ja, genau. Ein Deutscher aus Deutschland. Er hatte das Deutsche an ihm bemerkt, hatte es *gerochen*, wie wenn eine Katze eine andere beschnuppert und sich so mit ihrer Geschichte, ihrer Herkunft, bekanntmacht. Farrokh hatte es ihm nicht gesagt, für Farrokh waren sie alle *firanghi*. Niemand hatte Deutschland erwähnt – und es war nicht nötig; ein Deutscher erkennt einen anderen

Deutschen immer. Im Lager hatten sie sich gegenseitig verstohlen beobachtet; nicht allein das Deutschsein war ihnen wie eine Nummer aufgedrückt gewesen, sondern auch andere Informationen – wer Jude war und wer Arier. Die Blicke, die sie gewechselt hatten, waren die Klingen von Messern, die schnell und leise zwischen die Rippen drangen, im Schweigen der Schuld.

Im Café hatte es einen solchen Blickwechsel nicht gegeben, es gab keinen Grund mehr für einen solchen Blickwechsel, ermahnte sich Baumgartner und schlug sich im Gehen mit der Faust auf den Oberschenkel. Dieses blonde Haar, diese von der Sonne verbrannte Haut und der Glanz am Handgelenk – das alles gehörte zu einem vergessen geglaubten Menschentyp. Warum mußte ihm dieser Junge nachlaufen, warum sah er ihn in Lederhosen und Bergstiefeln zum Klang von Wandervogelliedern Gipfel erklimmen? Die Lieder und das Lagerfeuer. Das Lagerfeuer und das Bier. Das Bier und das Jodeln. Das Jodeln und das Marschieren. Das Marschieren und das Schießen. Das Schießen und das Töten. Das Töten und das Töten und das Töten.

Baumgartner rannte. Erst marschierte er, rechts-links, rechts-links-rechts, dann brach er aus dem Rhythmus aus und rannte – oder wäre gerannt, wenn er nicht gegen jemanden gestoßen und zur Seite geworfen und am Laufen gehindert worden wäre. Die Menge widersetzte sich ihm, widersetzte sich seiner Flucht, beschützte ihn aber auch und deckte ihn. Er stolperte durch sie hindurch, ohne sie im einzelnen wahrzunehmen. Colaba Causeway, seine Menschenmengen und Gerüche und Geräusche, alles zog sich in einen Schatten dieses Morgens zurück. Ein graues und dunstiges Meer stieg und löschte alles aus, schwemmte Farbe und Substanz fort. Aus der grauen Brandung tauchten andere Bilder auf.

ZWEITES KAPITEL

Sein Vater. Wenn er ging, gab es keine Hindernisse und kein Zögern. Er schritt aus, er paradierte – mit erhobenem Kopf, der Hut leuchtend wie der Flügel eines fliegenden Käfers. Auch sein Mantel leuchtete, mal schwarz, mal grün, wie eine Flasche eingetrocknete Tinte, und die Gamaschen auf seinen Schuhen waren wie die Ohren eines weichen Tieres, das sich an das Leder schmiegte. Sein Spazierstock mit dem Elfenbeinknauf schlug herrisch auf das Berliner Pflaster – freundlich und leicht an Sonntagnachmittagen, aber selbst dann mit Autorität. Hugo versuchte, mit dieser Autorität ein Bündnis einzugehen, indem er den Siegelring am Finger seines Vaters berührte; er ließ es zu, daß seine Hand zu einem runden, feuchten Ball, wie ein halbgegessenes Brötchen, geformt und gehalten wurde – wieder nur leicht, aber mit Autorität. Er versuchte, seine Schritte denen des Vaters anzupassen und hatte keine Augen für die bekannten Wahrzeichen ihrer Straße, an denen sie vorbeikamen: das Bogenfenster des Apothekers, in dem ein pasterosa Gebiß neben einem Glas blauen Gebißreinigers lag; die Bäckerei mit ihren Körben voller Hörnchen und Schrippen mit Salz oder Mohn, und Teekuchen, die mit Walnuß- und Orangeadestückchen verziert waren; der Zwerg im weißen Regenmantel mit der dunklen Brille, der monoton seine »Zigarren, Zigaretten« ausrief; der Zeitungskiosk mit den Eimern voller Blumen auf dem Boden – sie gingen immer weiter, entfernten sich von dieser Straße, ihrem angestammten Gebiet.

Als sie in die Straßenbahn stiegen, wußte er, daß sie es verlassen hatten. Er hörte die Glocke bimmeln, die Räder sich drehen, hörte und spürte das Rollen durch die Sonntagsstraßen, die so leer waren wie der Ozean. Am Roseneck wurde das Licht gelb, dann grün. Es war dünn wie Bier, dann dick wie Honig. »Hurra«, schrie er – kleine Jungen riefen das, das wußte er –, als er sich dem Griff seines Vaters entwand und den sandigen Pfad unter den Birken hinunterrannte. Es waren botanische Gegebenheiten, die Birkenblätter und die helle Birkenrinde, wodurch das Licht zu solchem Spiel angeregt wurde – doch Hugo bemerkte es nicht; seine Füße in den groben braunen Stiefeln stapften über den Sand, denn er wußte jetzt, wo sie hingingen. Nur an schönen Sonntagen – an solch einem Sonntag – saßen sie an einem der Holztische draußen, außerhalb des Cafés, in einiger Entfernung von der Kapelle, die Operettenmelodien spielte, Walzer, die durch das Laub rieselten wie Pollen im Sonnenlicht, wie Honig, der im Bienenstock kreist. Dann brachte der Kellner einen Becher heißer Schokolade für Hugo, mit Schokoladestreuseln auf der Sahne, die wie eine Insel auf der dunklen Oberfläche schwamm, und für seinen Vater einen Krug Bier. Lächelnd angesichts des ungläubigen Gesichts seines Sohnes, dessen Oberlippe sich zögernd versteifte, schob sein Vater ihm den Bierkrug zu. »Es sieht ja keiner«, sagte er mit einem Zwinkern, »schnell«, und Hugo kletterte auf seine Knie – seine Oberschenkel waren dick, und die Kante der Bank zog zwei Linien durch sie hindurch – und beugte sich über den Zinnkrug, um den Schaum einzusaugen. Er war kalt und bitter, roch nach nassem Stroh und schmeckte nach Stahl. Eine glitzernde Metallklinge schnitt ihm in die Zunge, und er verschluckte sich, und als er sich aufrichtete, hatte er einen Schaumbart, worüber sein Vater auf eine ganz andere Weise als zu Hause lachte. Nur wenn er nicht zu Hause war, schien er so laut lachen zu können – fast schon grob –; er schob sich den Hut in den Nacken und lief beim Lachen terracottafarben an. Hugo fürchtete sich ein wenig vor dieser Lautstärke, dieser Grobheit, und setzte sich leise hin, leckte sich erst den Schaum von den Lippen und wandte sich dann der heißen Schokolade zu, tauchte hinein und nippte an dieser Fülle, dieser Süße, so unauffällig und leise wie eine Maus. Er war zum Narren gehalten worden, er war verulkt worden, aber es war noch einmal gut gegangen, und die Belohnung war süß.

Es war spät, als sie zur Straßenbahnhaltestelle zurückgingen, selbst die Schritte des Vaters waren langsam und unsicher, während sie zwischen den Schatten der Fichten, die wie lange Filzstreifen über dem sandigen Pfad lagen, dahinwanderten. Das Abendlicht lag blau zwischen den Baumstämmen, und um das Café herum trugen die Bäume schon bunte Lichtergirlanden, obwohl die Nacht noch weit entfernt war – »Natürlich wirst du zur Schlafenszeit zu Hause sein, du Bubi«, hatte sein Vater verächtlich gesagt. Die Kapelle wirbelte weiter in unbekümmerten, trunkenen Kreisen durch die *Fledermaus* und die *Lustigen Weiber von Windsor*. Sein Vater war noch längst nicht mit Lachen fertig. Zur Krönung des Nachmittags nahm er plötzlich seinen Hut vom Kopf und tauschte ihn gegen Hugos Mütze; der Hut verwandelte Hugo in einen kopflosen Gnom, während seine kleine Mütze hinaufflog und zwischen den roten Henkelohren des Vaters zum Stillstand kam. Sie sah aus wie eine Untertasse, aber der Vater kicherte vor Freude.

Hopp, hopp, hopp,
Pferdchen lauf Galopp,

sang der Vater, ohne daß jemand ihn daran hinderte, und seine Knie bewegten sich im Takt. Hugo war diese lächerliche Vorstellung peinlich, und als ein Herr mit einer Dame am Arm an ihnen vorbei in Richtung der Musik und zum Tanz eilten und in Schreie und Gelächter ausbrachen, während sie sich immer wieder nach dem komischen Paar umdrehten, war Hugo froh über den Hut, der über seine Augen fiel und sein Gesicht vor der dreisten Welt verbarg.

Über Stock und über Steine,
Aber brich dir nicht die Beine!
Hopp, hopp, hopp,
Pferdchen lauf Galopp.

In ihrer Straße entsprach das Benehmen des Vaters der Etikette. Stolz, Besitz, Status, ja, aber vor allem Etikette. Sein

Arm war ein Dreieck an seiner Seite, das seine Frau mit ihrer behandschuhten Hand kaum berührte. Ihre Füße wisperten wie zwei graue Plüschmäuse, und als sie am Blumenstand stehenblieben, um ihr ein Bund Parmaveilchen zu kaufen – Veilchen waren »ihre« Blumen, Hugo wußte nicht, warum, akzeptierte aber diese nicht zu leugnende Tatsache –, protestierte sie im leisesten Flüsterton. Aber jede Woche befestigte sie dann das Sträußchen am Kragen ihres Capes mit dem gleichen Lächeln. Auch das war eines ihrer Erkennungszeichen – daß sie keinen Mantel, sondern dieses weite, einhüllende, schwarze Cape trug, im Winter mit pelzbesetztem Kragen. Das Cape gehörte genauso zu ihr wie der Veilchenstrauß und die Unterschrift, die sie in großen, spinnenhaften Bögen mit der Stahlfeder ihres langen grünen Federhalters schrieb.

Im Haus wanderte Hugo zwischen der Wohnung und dem Ausstellungsraum des Vaters hin und her; die Treppe dazwischen war der Ort zögernder Wahl, das Niemandsland, von dem aus er von oben und von unten herbefohlen und angezogen werden konnte. Unten lag die große, offene, entmutigende Fläche des Ausstellungsraums, in dem sich elegante Chaiselonguen aus geschnitztem Mahagoni oder Schränkchen aus hellem Holz mit vergoldeten Schnörkeln im Licht, das durch deckenhohe Fenster fiel, sonnten, während die eher nüchternen, weniger opulenten Möbelstücke schweigend an der Wand standen, als warteten sie noch auf ihre Zeit. Hier herrschte sein Vater, bewegte sich graziös und mit dem Stolz des Kenners oder Künstlers von einem Stück zum anderen, streckte die Hand aus, um hier die Satinoberfläche eines Sofas zu glätten, da ein Samtsitzkissen mit Knöpfen zurechtzurükken. Ebenso wie die »Empire-Suiten« und die »Boudoir-Sitzecken«, die die Stellfäche beanspruchten, heischten die Spiegel und Lampen die Aufmerksamkeit der Besucher, Spiegel in Rokokorahmen und Lampen mit Schirmen aus geschliffenen und geschnittenen Glasmosaiken. Geheimnisvoll und erschreckend waren die dreiteiligen Spiegel, die auf den Schminktischen standen. Man sah seinen Kopf in unbekannten Seitenansichten, man sah sich selbst, in einen Fremden verwandelt, während man sich langsam drehte, um etwas zu finden, was man wiedererkannte.

Die Üppigkeit der Einrichtung machte Hugo Angst; er zögerte auf der Treppe und umklammerte den Pfosten. Auf halber Höhe beobachtete er die Angestellten seines Vaters, wie sie auf Anweisung polierten und abstaubten und umdekorierten oder Möbelstücke hinaus zu den Lastwagen trugen, die am Straßenrand standen. Wenn das geschah, faltete sein Vater die Hände hinter dem Rücken und summte voller Befriedigung vor sich hin – wie eine Biene, die viel Honig gesammelt hat, dachte Hugo.

Seine Mutter mochte es nicht, wenn er bei solchen geschäftlichen Transaktionen zuschaute. Wann immer ein Verkauf oder eine Lieferung im Gange war, schickte sie Berthe zum Treppenabsatz, um ihn zu rufen. Er dachte, daß sie Angst vor den Lieferanten in ihren großen, marineblauen Wollmänteln hatte; er hatte selbst ein wenig Angst vor ihnen. Halb erleichtert, halb zögernd, doch äußerlich stoisch, folgte er Berthe in die Wohnung.

Oben war »ihr« Reich, selbst wenn es zu großen Teilen von »seinen« Handelswaren eingenommen war – Handelswaren, die »Kreationen« genannt wurden und sich leicht von Gegenständen, die »ihr« gehörten, unterscheiden ließen. Offensichtlich waren der Aschenbecher in Form eines preußischen Helms und die Onyxschachtel mit den Zigaretten »sein« Besitz, und natürlich auch das Barometer in Pistolenform an der Wand zwischen den beiden türhohen Fenstern; weniger offensichtlich der große, leicht geneigte Spiegel mit dem verschnörkelten Rahmen um die ruhige und glänzende Fläche, in die das ganze Zimmer paßte. Die Tischlampen mit ihren Glocken aus orangefarbener Seide, mit Fransen, Bommeln und Quasten, die raschelten, wenn man vorbeiging, die Bücherregale mit den ledergebundenen Ausgaben von Goethe, Schiller und Heine – »seine« oder »ihre«? Rembrandts gestochenes Selbstporträt an der grünen Wand mochte vom Vater ausgewählt worden sein, aber Hugo war sich sicher, daß Dürers betende Hände in grau und blau, die in dem Bogen zwischen den beiden Seidenvolants über dem Messingbett im Schlafzimmer hingen, nur ihr, der Mutter gehören konnten. »Ihre« Sachen waren keineswegs zahlreich, dachte Hugo oft, aber gerade sie bewahrten die Zimmer davor, bloße Ausstellungsräume zu werden: Die Lampen und Bücher konnten durch ihre Berührung zum Leben erweckt werden, ebenso wie »ihr« Klavier. An Sonntagabenden, nach ihrem Ausflug zum Roseneck, wenn auch die Mutter von ihrem Besuch bei Freunden im Grunewald heimgekehrt war, setzte sie sich ans Klavier und spielte. Und der Gummibaum in seinem Topf, so militärisch er auch wuchs – immer ein Blatt nach links, ein Blatt nach rechts, bis hinauf zum leuchtenden, nackten, rosa Docht –, er wurde der ihre, weil sie ihn pflegte, während die anmutigen, ziellos wachsenden Triebe des Efeus in den Körben über dem Fenster ganz natürlich und offensichtlich ihr gehörten.

Hugo saß mit angezogenen Beinen auf der darunterliegenden Fensterbank, er wußte nicht, was ihn dazu brachte, sich ins Knie zu beißen, wußte nicht, was ihn erschauern ließ, als hätte er auf einen Stein gebissen, während sie sang. Der Grund lag in der ungewissen Süße ihrer Stimme, die sang:

Kommt ein Vogel geflogen,
Setzt sich nieder auf mein' Fuß,
hat ein Brieflein im Schnabel,
von der Mutter ein' Gruß.

Es war nicht immer wie Zuckerwatte, wie Zucker, der in glänzenden Fäden aus ihm herausgezogen wurde. Als er den Igel in seiner Tasche nach Haus brachte, den er am Straßenrand zwischen üppigem Gras und alten Zeitungen gefunden hatte – es wurde ein Fiasko. »Ach, du kleiner Dummkopf, wie konntest du ihn nur seiner armen Mutti fortnehmen? Was machen wir damit? Wie können wir dieses kleine stinkende Etwas in Berthes sauber geputztem Haus behalten? Wer wird es waschen, wer wird es füttern?« »Ich, ich, ich«, heulte er, trommelte mit seinen Absätzen auf dem glänzenden Parkettfußboden und schlug sich wie ein Wilder aus dem Urwald auf die Brust. Und er setzte seinen Willen durch. Er steckte die Pipette mit warmer, dampfender Milch dem Baby-Igel in den Mund, fütterte ihn und hegte ihn in seiner Wattewiege in einer Streichholzschachtel, bis er anschwoll wie ein prall mit Luft gefüllter Fußball. Sogar die Stacheln füllten sich mit Milch. Milch drang aus der leblosen, stummen Fleischhülle, als Berthe ihn für tot erklärte, gestorben an Überfütterung. Da war die ganze Süße in der Luft zersplittert in lauter Scherben. Alle hatten geschrien; und in all dem Geschrei verschwand der Igel – in den Mülleimer? Zum Fenster hinaus? Hugo heulte und heulte, aber sie sagten es ihm nicht. Seine Mutter schimpfte immer nur: »Schau, was du angerichtet hast, du kleiner Affe, hast Mama Igels Baby getötet. Bist so ungehorsam ...«

Und Hugo biß sich in das weiche Fleisch seines Knies, um nicht zu weinen, als sie mit solch unbeschreiblicher Süße sang:

Lieber Vogel, flieg weiter,
Nimm ein' Gruß mit, einen Kuß,
Denn ich kann dich nicht begleiten,
Weil ich hierbleiben muß.

Ja, genau das war falsch, dachte er erschauernd – die Süße endete stets in einem Zittern. Sie zog sich zusammen und produzierte eine Träne. Die Träne hing, glitzerte im Licht vom Fenster, und Hugo sah bezaubert zu und wartete darauf, daß sie explodierte und hinabfiel. Tränen-Tropfen, Birnen-Tropfen. Silber-Licht, Gold-Haut. Und dann der Fall.

»Hugo, Liebling, hier ist etwas Geld; lauf und kauf uns ein Stück Butter zum Abendbrot.«

Er schob seine Unterlippe in schnellem Protest vor: Warum konnte er nicht bei ihr bleiben, warum konnte Berthe nicht statt seiner gehen? Weil Berthe fort war – man sagte, sie sei im Harz, woher sie stammte, im Urlaub, aber der Urlaub war zu Ende, und sie war nicht zurückgekehrt (und an der Art, wie die Lippen seiner Mutter schmal und blaß wurden, merkte er, daß sie mehr über das Verschwinden wußte, als sie zugab). Also rutschte er zögernd von der Fensterbank, die warmen, verschwitzten Oberschenkel machten ein unanständiges Geräusch, als sie sich vom Holz lösten, hielt seine Hand auf – »gib mir dein kleines Pfötchen« –, um das Geld zu nehmen, und trottete die Stufen zur Straße hinab, immer noch zögernd, auch als er ihr Lachen von oben hörte: »Und kauf dir mit dem restlichen Geld ein Stück Schokolade, damit der Weg dir süßer wird.«

Die Straße bot nicht den sonnendurchfluteten, zarten, kostbaren Anblick wie von den oberen Fenstern des Hauses aus. Sie hatte sich aus dem Fensterrahmen gelöst und war zwei Stockwerke tief in die Dunkelheit gefallen. Unten, zwischen den abweisenden Häusern mit ihren schokolade- und leberfarbenen Fassaden, war es schon dämmrig. Die einzigen Gestalten, die zu sehen waren, waren irgendwie bedrohlich – die Kragen ihrer Mäntel hochgeschlagen und die Mützen tief in die Augen gezogen, als wollten sie ihre Gesichter zum Verschwinden bringen; ein Mann, der sich abrupt in den Eingang eines geschlossenen Warenhauses zurückzog, scheinbar um im Windschatten eine Zeitung aufzuschlagen, aber ohne den Blick von Hugo abzuwenden; eine Frau mit geschminktem, dunkelbraunem Gesicht, die vorbeilief, ohne ihn zu bemerken, aber wie verrückt mit sich selbst sprach, während sie sich unsichtbare Fliegen vom Mund verjagte... Wie kam es, daß er niemals solche Leute sah, wenn er tagsüber mit seinem Vater unterwegs war oder von Berthe an der Hand geführt wurde? Er hielt seinen Blick auf die Schaufenster gerichtet, hoffte, die Gegenstände darin wiederzuerkennen, hoffte, sich dadurch zu beruhigen, fand sie aber nur farblos und langweilig – es mochte eine optische Täuschung sein, aber für ihn sahen sie alle aus wie von einer Staubschicht bedeckt. Die gebleckten Fänge des Gebisses, weiß und rosa, schienen nun eher brutal und gar nicht mehr lustig, und das abgestandene Mundwasser hatte auf dem Glas einen Rand hinterlassen; im Tabakladen schienen die Reihen von Pfeifen zwischen den Tabakdosen, die sogar durch die gelblichen Glasscheiben hindurch modrig und klamm rochen, von dem Holzständer gewürgt und erdrosselt zu werden wie in einem Schraubstock; und aus irgendeinem Grund gab es heute am Zeitungskiosk nicht einmal Blumen.

Hugo rannte, so schnell er konnte, die Münzen, vom Schweiß feucht, klebten in seiner Faust, und als er in den Lebensmittelladen stürmte, stieß er mit einer Frau zusammen, die, den Arm voller Schachteln, aus denen Selleriegrün und der Hals einer Gans grotesk hervorragten, eben den Laden verließ. »Kannst du nicht aufpassen?« schimpfte sie, als Hugo sich von ihr losmachte und ihren feuchten, sumpfig riechenden Lodenmantel hinter sich ließ, um sich an den beiden Ständern voller gekochter Leckereien vorbei zur Theke hin vorzuarbeiten, wo er das ihm mitgegebene Geld aushändigte. »Zweihundert Gramm Butter bitte«, krächzte er, er wußte aber nicht weiter, als der Verkäufer fragte: »Gelb oder weiß? Gesalzen oder ungesalzen?« Er stand stumm da, beschämt, bis der Mann schließlich sagte: »Du bist doch der Kleine von Frau Baumgartner? Na, dann weiß ich schon«, und seufzte, als er seine schweinsrosa Körpermasse zu dem Regal hinwuchtete, wo er Butter, Sahne und Eier aufbewahrte. Er trug wollene Socken, die sich über den abgetretenen Absätzen seiner Schuhe schon auflösten und einen Geruch abgaben, der sehr stark an Eier erinnerte.

Als Hugo mit dem braunen Papierpäckchen, das sich unangenehm fettig anfühlte, auf die Straße trat, war es dunkler geworden, und auf dem Rückweg nahm die Dunkelheit weiter zu; er rang nach Atem, als müßte er gegen etwas ankämpfen, obwohl er nicht hätte sagen können, was es war. Merkwürdig, der junge Mann mit der *Welt am Abend* verbarg sich noch immer in der Toreinfahrt und schaute immer noch über die Zeitung zu Hugo hin. Und schlimmer noch, die Verrückte, die sich Fliegen einbildete, war nicht verschwunden, sondern auf einer Bank unter einer Platane zusammengebrochen und hatte die Beine weit gespreizt, wie um Hugo ihre zerschlissene Unterwäsche zu zeigen. Sie schrie plötzlich auf, als er vorbeikam, es klang wie ein Fluch. Die Laternen sahen vor dem schwarzen Hintergrund aus wie fettige Daumenabdrücke, aber sie gaben kein Licht, sondern warfen nur Schatten.

Als er bei der Hausnummer 56 ankam, war er so entnervt, daß er nicht einmal bemerkte, daß sich die Butter inzwischen fast aufgelöst hatte und eins geworden war mit dem braunen Papier. Er hielt sich an ihrer öligen Zähigkeit fest, als böte sie ihm irgendeinen Schutz. Und das Schlimmste kam noch – das Treppenhaus, von der Eingangshalle bis zu der Wohnung über dem Ausstellungsraum. Im Dunkeln konnte man dort nirgendwo mehr stehenbleiben, es gab kein Licht und nichts zu sehen. Wenn man den Lichtschalter an der Tür oberhalb des Treppenabsatzes betätigte, ging die Lampe in ihrem Chinahut aus rosa Porzellan zwar an, aber er wußte, daß sie wieder ausging, bevor er die Wohnungstür erreicht haben würde, wie schnell er auch immer die Stufen hinaufstapfte. Er wußte, daß sie immer ausging, wenn es noch genau sechs Stufen bis zum Treppenabsatz waren, ab da mußte er sich bis zur Wohnungstür hinauftasten.

An diesem Abend ging das Licht so schnell und plötzlich aus, daß Hugo es nur der Böswilligkeit der Lampe zuschreiben konnte, es mußte eine Verschwörung gegen ihn im Gang sein, irgendwo saß ein teuflischer Mensch im Treppenhaus, der die Lampe auf seine Seite gebracht hatte und ihn jetzt heimlich beobachtete. Er wußte von solchen Männern, die sich im Schatten versteckten, auf den richtigen Augenblick lauerten, um die Schlinge zu werfen, das Messer zu zücken, den Knüppel niedersausen zu lassen ... er hatte den Mann sogar warten sehen – viel weiter die Straße hinunter, mit seiner

Zeitung, aber er hätte ihm doch folgen können – Hugo drehte sich niemals um – oder er hatte ihn gar im Dunkeln überholt. Jetzt wartete er vor der Wohnungstür und versperrte ihm den Zugang zu Sicherheit, Schutz und Licht. Wartete auf Hugo. Hugo wußte, daß er wartete – er sprang heulend vorwärts, warf sich gegen die Tür und spürte in der Hand nicht den massiven Bronzeknauf, sondern etwas Warmes, Weiches, Nachgebendes. Im gleichen Moment schreckten seine Hände zurück – und der Gegenstand kam bedrohlich auf ihn zu, blaß, rund, schlaff, tot; seine Fingerspitzen hatten kein Leben gespürt, das Gesicht war schlaff und entspannt wie etwas Totes, das schon in Verwesung übergegangen ist.

Endlich drang ein Geräusch aus Hugos offenem Mund – wie ein Zug, der aus einem Tunnel kommt, röhrte und kreischte es ins Freie. Die Tür flog auf, gelbliches Licht durchbrach das Dunkel, seine Mutter stand da wie vom Donner gerührt, und der Stoffbeutel, der am Türknauf hing, damit der Bäcker am frühen Morgen die Brötchen hineinlegen konnte, schwang fröhlich hin und her.

Wie sie lachte, als sie begriff, was passiert war, wie sie kicherte und zwitscherte. Sie kicherte noch immer, als sie ihn am Abend zu Bett brachte und mit ihren schnellen, kalten Fingern die Flanelljacke von der Flanellhose knöpfte. »Und die Butter!« rief sie noch einmal. »Und wie die Münzen die Treppe hinuntergekullert sind – tss, tss, tss! Hat sich nicht mal ein Stück Schokolade von dem Wechselgeld gekauft, mein kleiner Held. Die Zunge hat wohl im Dunkeln den Geschmack am Süßen verloren, hm?«

O du lieber Augustin,
alles ist hin!
Geld ist weg,
Beutel ist weg,
Augustin liegt im Dreck,
O du lieber Augustin,
alles ist hin!

Aber am ersten Schultag stand sie doch vor dem Schultor und hielt die traditionelle Zuckertüte, die in Goldfolie verpackt und mit raschelnden Bändern aus Silber umwickelt war. Er hatte solche Angst gehabt, daß sie nicht kommen würde. All die anderen Kinder hatten von den Bonbons gesprochen, die ihnen ihre Eltern bringen würden – sie waren schon bestellt, schon gekauft, erklärten sie aufgeregt –, und er hatte schweigend dagestanden, weil er Angst hatte, als einziger keine Bonbons zu bekommen, und weil er Angst hatte, konnte er sich nicht darauf konzentrieren, blaue Klötze zu einem Turm aufzustapeln und rote zu einem anderen Turm, und konnte nicht zuhören, als die langzähnige Lehrerin, deren Haare ständig aus der Schildpattklammer rutschten und wie ein deplazierter Rattenschwanz neben ihrem Ohr baumelten, das Märchen vom Wolf und den sieben Geißlein erzählte. Er war nicht den anderen hinterhergerannt, als die Schule aus war, sondern war, solange es ging, im Klassenzimmer geblieben und war dann trübselig hinausgetrottet. Er hatte gehofft, daß die anderen schon alle gegangen sein würden, er wollte keine Zeugen seiner Schande. Da stand sie, mit Veilchen an ihrer neuen Bluse, hielt ihm eine goldene Tüte mit silbernen Bändern entgegen und lächelte ein Lächeln nur für ihn. »Mein kleines Häschen«, sagte sie. Er fürchtete, sie würde ihn umarmen wollen, riß ihr die Zuckertüte jubelnd aus der Hand und hielt sie hoch, damit die anderen sie sahen. Doch es war niemand mehr da, die anderen Kinder waren in einer Flut von Schokolade und Bonbons verschwunden, die die ganze Straße füllte, sie leckten sich die Lippen und schmatzten, und Speichel tropfte ihnen von den Mündern. Niemand sah seinen Triumph.

Er hatte den Mund voller Karamelbonbons, und seine Zunge machte der Mutter Vorwürfe. »Du bist so spät gekommen«, und dann beklagte er sich: »Du siehst nicht aus wie die Mütter von den anderen. Warum siehst du nicht aus wie die anderen Mütter?«

Allein mit ihr, zurückgelassen von seinem Vater, trat er wild nach ihr, trommelte rasend mit den Fäusten gegen ihre Brust. Er gab ihr die Schuld, die ganze Schuld. Als sie ihre Arme um ihn legte und ihn an sich zu ziehen versuchte, gab er diesen Armen die Schuld, ihre Weichheit und ihr Wohlgeruch schienen seine Gefangenschaft in dieser Wohnung, diesem Haus zu begründen.

»Ich will mit Papa gehen!«, brüllte er und trommelte mit den Absätzen auf den Dielen. »Ich will die *Pferde* sehen«, und schlug mit den Fäusten nach ihr, »nicht *dich!*«

»Ich weiß, ich weiß, ich weiß«, murmelte sie und versuchte, da er sich ihrer Berührung entzog, ihn mit ihrer Stimme zu beruhigen.

»Du weißt es nicht!« rief er. »Du weißt es *nicht*!«

Also schwieg sie.

Die ganze Wohnung füllte sich mit Schweigen wie ein Brunnen, in dem sie zu ertrinken drohten.

So hörte er auf zu bitten und Forderungen zu stellen. Es wäre nicht so weit gekommen, wenn nicht am Vorabend Herr Pfuehl gekommen wäre, wenn Hugo nicht gehört hätte, wie sie Pläne geschmiedet hatten, gemeinsam auf die Rennbahn zu gehen. Er wußte nicht, wovon sie sprachen, doch er hörte die Namen der Pferde: Summer Lightning, Tut-anch-amun, Turkish Delight, Carolina, Prince de Galles, Puerto Rico, Sweet Sensation ... Namen wie Flaggen oder Wimpel, die Zigarren, das Gelächter, das rote Glühen im Gesicht des Vaters, die glänzenden Schuhe, die den Takt schlugen, noch mehr Gelächter, noch mehr Namen – Abyssinia, Trocadero, Indian Chief, Marzipan ... und Hugo umklammerte die Knie seines Vaters, starrte ihm ins Gesicht und sagte: »Nimm mich mit, Papa, nimm mich mit.«

Die Knie seines Vaters zuckten, die Kniescheibe rutschte aus Hugos Hand. »Mutti«, rief er, »nimm das Kind weg, warum ist er noch auf?«

»Aber Papa, ich will mit«, stieß er hervor, bevor er weggetragen wurde. In jener Nacht brütete er und schmiedete unter dem Zelt seiner Decke Pläne. Er war sicher, daß nach dieser Nacht ein Morgen kommen würde, an dem er die Pferde sehen durfte. Wie auch nicht, wo er doch jeden Zaubertrick angewandt hatte, den er kannte? Er steckte den linken Daumen in die rechte Hand und den rechten Zeh in die linke und sagte »Mick-muck-mo, mach es so«, er kniete sogar vor dem Bett und sprach ein Gebet, so wie er die Christenkinder in der Schule zum lieben Jesulein hatte beten sehen.

Als sein Vater die Wohnung verließ, um auf die Rennbahn zu gehen – er trug den Hut und hatte den Stock mit Elfenbeingriff in der Hand –, konnte Hugo es nicht fassen. Lange beobachtete er mit offenem Mund die Tür, er war sicher, daß sie aufgehen und sein Vater kommen würde, um ihn zu holen. Wie war es möglich, daß man ihn an einem solchen Vergnügen nicht teilnehmen ließ? Minuten verrannen, die Schritte auf der Treppe verhallten, bis man sie nicht mehr hören konnte. Die Tür schlug zu. Dann erwachte Hugo mit einem Aufschrei aus seiner Erstarrung. Er rannte zum Fenster und schlug gegen das Glas, als wollte er es zerschlagen, so daß seine Mutter ihn zurückhalten mußte. Sie wurde getreten und geschlagen.

»Hugo«, sagte sie schließlich und faltete die Hände im Schoß, »Hugo, ich war auch noch nie dort.«

Ein Gefangener konnte seinen Mitgefangenen nicht mit mehr Verachtung anstarren.

Hoppe, hoppe, Reiter,
wenn er fällt, dann schreit er,
fällt er in die Hecken,
fressen ihn die Schnecken,
fällt er in den Klee,
schreit er gleich: O weh!

Ein anderes Mal war er dem Triumph sehr nahe gekommen, aber nicht in der Lage gewesen, ihn zu akzeptieren. Die Schule veranstaltete ihre Weihnachtsfeier. Tage vorher hatte die Klasse Sterne aus Silberpapier ausgeschnitten, Ketten aus rosa Kreppapier, Figuren aus hellem Stroh gebastelt, und dann hatten sie Fräulein Kluthe dabei zugeschaut, wie sie sie auf dem Podium an den Baum hängte. In der Nacht vor der Feier seien Feen mit Geschenken gekommen, erzählte sie ihnen, und da hingen die unerwarteten Geschenke, eingewickelt in rotem und gelbem Papier, an den Ästen des Tannenbaums. Die Kinder standen in Reihen neben dem Klavier, warfen die Köpfe zurück und brüllten:

O Tannenbaum, o Tannenbaum,
wie grün sind deine Blätter!

Dann gab es Milchbrötchen, die Becher voller Kakao mußten getrunken werden – wenn es möglich gewesen wäre mit zugeschnürter Kehle. Bei Hugo war es nicht möglich; er hielt das Brötchen in der einen, den Becher in der anderen Hand, doch Augen, Herz und Mund blieben an dem Baum hängen, der in seinem Schmuck strahlte, das Licht der Kerzen wurde von den glänzenden Oberflächen zurückgeworfen, und es sah aus, als funkelten dort feurige Sterne. Am besten gefiel ihm die große Kugel aus rotem Glas an der Spitze des Baums, in der sich alles Licht zu einem Tanz sammelte, und wodurch sie in etwas noch nie Dagewesenes verwandelt wurde, eine Kugel aus Feuer, mit der man nicht spielen, die man nur betrachten konnte. Er preßte die Daumen in seinen Fäusten zusammen und dachte, wenn er die rote Glaskugel besäße, wäre er der Besitzer der ganzen Welt, wie ein Zauberer.

Brötchen und Kakao blieben unberührt, und nun wurden alle Kinder um den Baum versammelt, das Fräulein stieg auf einen Stuhl, um die Geschenke abzunehmen und zu verteilen. »Walter Loewe!« rief sie und hielt ein Paket hoch, aus dem ein Pferdekopf an einem langen Stiel seinem neuen Besitzer verschmitzt zunickte, und dann: »Anneliese Hauptmann!« So wurde ein Kind nach dem anderen aufgerufen, um die Geschenke entgegenzunehmen, die die Eltern abgegeben hatten

– doch weder Hugo noch seine Eltern hatten vorher davon erfahren. Er stand und wartete bis zum Ende des Namensappells, starr vor Angst, in die Hose zu machen, und jetzt schaute das Fräulein ihn an, den einzigen ohne Weihnachtsgeschenk, und jetzt griff sie nach der Spitze des stachligen Tannenbaums, jetzt lagen ihre Hände um die Kugel, ganz vorsichtig, als wüßte auch sie um ihren ungeheuren Wert, jetzt lächelte sie ihn direkt an und rief – ja wirklich, sie rief: »Hugo Baumgartner!«

Und Hugo konnte sich nicht rühren, konnte keinen Schritt machen. Nicht einmal seine Hände wollten sich ausstrecken. Statt dessen verschränkten sie sich hinter dem Rücken. Dann, als die anderen Kinder riefen: »Hugo, für dich – sie gehört dir, Hugo«, senkte er den Kopf und starrte auf seine Schuhe, denn nichts, nichts konnte ihn davon überzeugen, daß die glitzernde Glaskugel ihm gehören sollte. Er wußte, daß es nicht stimmte – daß Fräulein Kluthe sie ihm nur schenken wollte, weil sie sah, daß er kein anderes Geschenk bekam. Die anderen Kinder begannen ihn zu stoßen und zu schubsen, er sollte vorgehen zu dem Fräulein, das auf ihn wartete, aber das brachte ihn den Tränen nur noch näher, und sie konnte nur noch ausrufen: »Hört auf, ihn zu schubsen, Kinder. Wenn er sie nicht will, werden wir sie einem anderen Kind schenken. Wer ist die Kleinste? Elisabeth Klein?« Und sie schenkte sie ihrer Lieblingsschülerin.

Dann war die Qual vorüber, und Hugo konnte in der dunklen Grube seiner Scham versinken. Was war die Scham? Das Gefühl, daß er nicht in die Bilderbuchwelt des Tannenbaums, der Geschenke und der Feierlichkeit gehörte? Aber davon war nie die Rede gewesen. War es das Gefühl, nicht zu den Strahlenden, den Triumphierenden der Welt zu gehören? Es war ein merkwürdiges Gefühl für ein Kind. Er konnte es selbst nicht verstehen oder gar erklären. Es verwirrte ihn, machte ihm Angst – es war, als hätte er sich in diesem Moment entschlossen, den Schritt nach oben zu unterlassen und statt dessen einen Schritt nach unten zu machen.

Schlaf, Kindlein, schlaf!
Da draußen gehn zwei Schaf'!
Ein schwarzes und ein weißes,
und wenn das Kind nicht schlafen will,
dann kommt das schwarz' und beißt es.
Schlaf, Kindlein, schlaf!

Es wäre schwer gewesen, nach solch einer schmachvollen Szene wieder in die Schule zurückzukehren. Natürlich lagen die Weihnachtsferien dazwischen, und Kinder vergessen schnell, aber Hugo vergaß nicht, und das zählte.

Das Schicksal war auf seiner Seite. Er kehrte nie mehr in diese Schule zurück. Im neuen Jahr sprach seine Mutter mit künstlich-sorgloser Stimme zu ihm und nahm ihn an einem grauen, trüben Morgen mit auf eine lange, lange Straßenbahnfahrt in die Stadt. In der Straßenbahn waren sie von Büroangestellten und Handwerkern und Fabrikarbeitern umringt, und zwischen all den Mänteln aus dunkler, feuchter Wolle konnten sie kaum atmen, bis sie endlich angekommen waren – am anderen Ende der Stadt, hatte er das Gefühl –, und die Mutter ihn in einem Gebäude ablieferte, das wie ein Lager aussah, ohne Fenster, ohne Licht, in dem eine Menge tobender, wilder Kinder sich aufhielt und ein Lehrer, der ein Gesicht hatte wie geronnene Milch in einer Schüssel. Er hieß Reb Benjamin; Hugo wich vor seinem schmutzgeränderten Kragen und der geflickten, übelriechenden Jacke zurück; fremde große Bücher lagen offen auf seinem Pult, und mit einer groben und melodramatischen Stimme las er in einer Sprache aus ihnen vor, die Hugo noch nie gehört hatte. Die Jungen, die sich mit Hugo eine Holzbank teilten, versuchten den ganzen Morgen, ihn wegzuschieben, er mußte sich an der Kante festhalten, um nicht auf den Boden zu fallen. »Was ist los, Baumgartner?« fragte der Lehrer. »Mußt du um diese Zeit schon austreten?« Und die Kinder krümmten sich vor Lachen und liefen im Gesicht blau an.

Sonderbar, in dieser jüdischen Schule hörte Hugo zum ersten Mal etwas über seine Nase. Auf dem Hof, wo der Schlamm gefroren war und unter seinen Schuhen splitterte, sangen die Kinder, während sie sprangen, hüpften und in die Hände klatschten, um sich warm zu halten: »Baumgartner, Gartnerbaum, hat 'ne Nase wie 'n Daum'!«

Die Gewohnheit, sich in kritischen Situationen an die Nase zu greifen, um festzustellen, welche Beziehung zwischen seiner Nase und seinem Daumen bestand, sollte er nie mehr ablegen.

Als seine Mutter, die am Tor auf ihn gewartet hatte, ihn fragte, wie es gewesen sei, sagte er nichts. Ein Morgen in der Schule hatte ihn eingeführt in die Kunst des Überlebens.

Hänschen klein geht allein
in die weite Welt hinein,
Stock und Hut steht ihm gut,
ist ganz wohlgemut.
Doch die Mutter weinet sehr,
hat ja nun kein Hänschen mehr...

Morgens weckte sie ihn, ein grauer Schal lag um ihre Schultern, wenn sie das grelle weiße Licht einschaltete, das ihn erschreckte. Sie brachte ihm die Schuhe, die sie selbst geputzt hatte, weil Berthe nicht zurückgekehrt und von niemandem ersetzt worden war. Am Abend schlief er bei den sanften Geschichten seiner Mutter von Schneeweißchen und Rosenrot zu schnell ein, so daß er kurz darauf wieder aufwachte und Berthes Geschichten von Krieg und Gewalt vermißte, die seine Nächte lebendig gemacht hatten. Er hatte das Gefühl, daß Berthe die Dinge, die er in der neuen Schule erlebte, besser verstanden hätte. Seine Mutter war auch viel zu sehr mit Arbeiten beschäftigt, die Berthe hätte tun sollen; es verdroß ihn, ihre roten und von der Waschlauge aufgerissenen Arme zu sehen, und er war verwirrt, wenn sie vom Tisch aufsprang, um die Schüsseln aus der Küche zu holen und sie wieder hinauszutragen. Auch sein Vater wurde nervös, wenn sie das tat.

»Kannst du nicht mal während des Essens sitzenbleiben?« beklagte er sich, und sie warf ihm einen bittenden Blick zu, der deutlich ausdrückte: »Und wer trägt uns auf?«

Es tanzt ein Bi-Ba-Butzemann
in unserm Haus herum, dideldum,
es tanzt ein Bi-Ba-Butzemann
in unserm Haus herum.
Er rüttelt sich, er schüttelt sich,
er wirft sein Säckchen hinter sich,
es tanzt ein Bi-Ba-Butzemann
in unserm Haus herum.

Vielleicht kam sie mit all den Arbeiten nicht zu Rande, vielleicht verlor die Wohnung deshalb ihren wächsernen Glanz und den Anstrich behaglicher Opulenz. Viele kleine Einsparungen ergaben Schäbigkeit, aber man konnte nie genau sagen, was falsch war – alles hatte gelitten, alles schien kleiner geworden zu sein. Als Hugo geräuschvoll an einer Zuckerstange lutschte, die er sich auf dem Heimweg von der Schule gekauft hatte, sagte niemand etwas – es gab keine dunkle, teure Schokolade, die man ihm hätte geben können. Als er eine alte wollene Mütze hervorkramte, die er früher nicht hatte tragen dürfen, stellte er fest, daß das Verbot aufgehoben war, und ungläubig untersuchte er das grobgestrickte, löcherige Stück, um herauszufinden, welche Verwandlung mit ihr vor sich gegangen war.

Auch unten im Ausstellungsraum stand es nicht zum Besten. Hugo bemerkte es nicht, aber sein Vater wußte, daß die reichen Juden, Kunden des Hauses, die ganze Einrichtungen gekauft hatten, wenn eine Tochter heiratete oder ein Sohn ein Haus bezog, nicht länger an Möbeln, die so schwer zu transportieren waren, interessiert waren. Sie gaben ihr Geld anderswo aus – oder sie waren emigriert, nach England, Holland, Kanada. Und die »Arier«, die hatten ihre eigenen Geschäfte und Händler, zu denen sie gingen, sie kamen nicht zu

Baumgartner. Die großen gelben Lastwagen standen nicht mehr in einer Reihe vor der Tür, um auszuliefern, die Lieferjungen und Fahrer verschwanden aus Hugos Kindheit, und mit ihnen verschwanden die geheimen Freuden des Erschrekkens und des Mutmaßens mit sich. Es war niemand da, der die vergoldeten Schnörkel an den Spiegeln vom Staub befreite und die Mahagonitische zum Glänzen brachte. In Hugos Träumen flossen aus den Spiegeln farbig schillernde Lichter wie Wasser aus lecken Bassins, das glänzende Glas löste sich aus dem Rahmen und zersprang. Doch auf dem Boden lagen keine Splitter, sondern weiche Staubbälle, in Stoff gehüllt wie die Brötchen in dem Stoffbeutel an der Tür, und er mußte vorsichtig und leise zwischen ihnen hindurchgehen, denn sein Vater war wütend, wenn er ihn mit Fragen störte, die er nicht beantworten konnte. Er saß im Hinterzimmer an seinem Schreibtisch und kaute wütend an seinem Schnurrbart. Das Telefon klingelte nicht mehr.

Nur der Holzhändler aus Hamburg kam noch. Er hatte der Firma Baumgartner Edelhölzer für die Möbelfertigung geliefert. Ein- oder zweimal wurde er zum Essen eingeladen. Die Mutter war blaß von der Anstrengung, den Tisch zu decken und die Deckel der Schüsseln abzuheben, um dem Gast aus Hamburg das Fleisch und den Fisch, in Bratenfettt und Soßen schwimmend, zu zeigen. Er aber war dadurch kaum beeindruckt, sondern drohte ihr tadelnd mit dem Finger und sagte: »Nein, nein, so kann man nicht länger leben. Wir müssen sparen lernen, sparsam sein, uns vorbereiten – hm? Verstehen Sie? Es ist nicht mehr so leicht, Abnehmer für Herrn Baumgartners Möbel zu finden, und ich sage Ihnen eines – es wird nicht leichter werden.« Frau Baumgartners sorgenvollen Gesichtsausdruck mochte er nicht. Wenn er einen Schatten auf ihrer Miene entdeckte, sprang er auf, ging zum Klavier und sagte: »Kommen Sie, spielen Sie für uns. Lassen Sie uns ein Lied aus alten Tagen hören. Es kann noch alles gut werden.« Wie konnte sie nach all dem singen? Sie saß da, preßte ihre Serviette an den Mund, hustete, und Hugo starrte sie an, als wären sie Bühnenschauspieler und er der verständnislose Zuschauer.

Sie waren nicht so arm wie andere. Sie waren noch nicht so weit heruntergekommen wie die Männer, die die Mülltonnen nach Hühnerknochen durchwühlten, auf Bänken schliefen und mehrere Lagen des *Berliner Tageblatts* als Zudecke benutzten, oder die Frauen mit ihrem billigen Parfüm, die auf der Straße standen, weil sie nicht wußten, wohin; sie hungerten nicht. Irgendwie beschaffte Herr Baumgartner Geld; manchmal auf der Rennbahn, die er immer noch besuchte, wenn der Herr aus Hamburg kam, und manchmal sogar ohne ihn – doch heiter war er nicht mehr, wenn er aus dem Haus ging, zwirbelte nicht mehr seinen Schnurrbart und schwang nicht mehr seinen Stock mit Elfenbeinknauf, er sah nur noch gedankenvoll, besorgt oder schuldbeladen aus. Hugo bat nicht mehr darum, ihn begleiten zu dürfen; er mochte die Blicke nicht, die die Nachbarn ihnen zuwarfen, wenn sie das Haus verließen, und er wußte, auf der Rennbahn würde es noch schlimmer sein. Er wünschte, sein Vater würde nicht mehr dorthin gehen. Er saß auf der Fensterbank und hielt nach ihm Ausschau, bis er zurückkam, und dann verließ er das Zimmer, um die Unterhaltung seiner Eltern nicht mitanhören zu müssen.

»Aber Siegfried«, hörte er einmal die Mutter flüstern, »wir sind doch nicht die einzigen.«

»Wer denn noch? Wer denn noch?« fragte sein Vater dramatisch, ohne zu flüstern. Er öffnete und ballte die Fäuste, als wollte er eine Fliege fangen.

Seine Mutter nannte die Namen. Doch sie schienen wie Fliegen zu verschwinden. Ihre eigenen Eltern hatten vor Jahren das Land verlassen, ihr Vater hatte einen Lehrstuhl für Deutsch an der Universität eines skandinavischen Landes übernommen. Hugo hatte sie bei einigen kurzen Besuchen seiner Mutter in ihrer Heimatstadt kennengelernt, er dachte an sie wie an zwei graue Ascheflocken auf ihrem Ofen, vom Gewicht der Bücher erdrückt, die sie ihm vorlasen. Sie lasen ihm sehr gern etwas vor, und Hugo hörte sehr gern nicht zu. Als er einmal aus Protest in Weinen ausbrach, stand die Großmutter auf, ging in die Küche und kehrte mit einer Tomate zurück. Sie hielt sie ihm hin, lächelnd in der Gewißheit, daß ein kleiner Junge Tomaten mochte. Ihre Tochter, die es besser wußte, lächelte, nahm sie ihr aus der Hand und sagte, sie würde sie für später aufheben. Im Garten glänzten die Tomaten wie Blasen rostiger Farbe an den im Regen schwarz gewordenen Stielen. Beim Sabbath-Essen standen die Kerzen schief in den Zinnhaltern, und Wachs tropfte auf das Tischtuch. Hugo war froh, daß sich sein Vater weigerte, seinen bücherlesenden, gebeteleiernden Schwiegereltern in eine ferne, nordische Provinzstadt zu folgen.

»Was – glaubst du, die haben Platz für mich?« sagte der Vater und hämmerte auf den Boden, als wollte er durch die Dielen brechen und sich auf und davon machen.

Er fuhr zu einem Besuch zu seinen eigenen Eltern, Bauern, deren armseligem Hof er als Junge entflohen war. Nun war es dort noch schlechter geworden: Das Land war aufgeteilt worden; sie hungerten und aßen Wurzeln, die Kartoffeln waren aufgebraucht; kein Wunder, daß seine Schwester Esther mit ihrem Mann, einem Pferdehändler, nach Paris gegangen war, um Schiffskarten nach Amerika zu bekommen. Seine Mutter, die Hugo von den Butterfässern, den Milchkannen erzählt hatte, konnte es nicht fassen. »Und die Hühner, Siegfried? Die Eier? Die Kühe? Die Pferde? Das Getreide?« Hugo schloß sich ihr an. »Sind sie ausgeraubt worden? Hat es gebrannt?« fragte er, bis der Vater ihnen befahl, zu schweigen.

Eia, popeia,
was raschelt im Stroh?
Die Gänse gehn barfuß
und haben keine Schuh'.
Der Schuster hat Leder,
keinen Leisten dazu,
drum gehn die lieben Gänschen
und haben keine Schuh'.

In der Nacht waren die Geräusche auf der Straße so schaurig, daß Hugo davon wach wurde und sich dann noch tiefer im Bett verkroch. Er hörte, daß die Mutter ins Zimmer kam und sich auf sein Bett setzte. »Schau nicht hin«, sagte sie, »steh nicht auf«, und er zog gehorsam die schützende Decke bis über die Stirn und atmete im Dunkeln. Am nächsten Morgen sah er das Wort JUDE mit roter Farbe auf das Schaufenster gemalt. Sein Vater stand in der Diele und starrte unbeweglich zum Fenster hinaus. Er unternahm nichts, um das Wort wegzuwischen. Als Hugo ihn ansprach, antwortete er mit einer Art Zischen, und Hugo war so erschrocken, daß er fortlief.

In der folgenden Nacht war der Lärm noch größer – Glas splitterte, zerbarst, schob sich in glänzenden Haufen über den Fußboden. Männer hoben Tische, Kommoden, Schränke, Chaiselonguen hoch und nahmen die Spiegel von den Wänden: Es klang, als würde das Haus, die ganze Straße evakuiert. Der Vater stand oben am Fenster und schaute zu, er fluchte; und die Mutter hielt Hugo fest und ließ ihn nicht nach unten. »Wenn sie dich sehen, werden sie dich steinigen«, warnte sie ihn eindringlich, um ihn zurückzuhalten. »Wir müssen uns verstecken, Siegfried.« Hugo bemerkte, daß er selbst an nichts anderes dachte, der Besenschrank schien ihm in dieser Nacht der einzige Zufluchtsort.

Herr Weiss von einer Etage höher klingelte an der Tür. Als sie nicht öffneten, rief er durch den Briefschlitz: »Ich bin es nur, Weiss. Keine Angst, Frau Baumgartner. Warum kommen sie nicht herauf zu uns? Meine Frau hat mich geschickt, sie zu holen, bei uns sind sie sicher.« Frau Baumgartner sah ihren Mann fragend an. Er zeigte keinerlei Regung, wie zur Salzsäule erstarrt stand er am Fenster.

Am nächsten Morgen kamen sie und holten ihn. Es ging sehr schnell und reibungslos – der Polizeiwagen hielt am Straßenrand, die Sirene wurde abgetellt, die SA-Männer traten ein, hoben Herrn Baumgartner einfach aus seinem Sessel und trugen ihn weg; das Heulen der Sirene setzte wieder ein, und das Polizeiauto verschwand. Es war, wie wenn Hugo mit seinen Spielzeugsoldaten spielte, sie aufmarschieren, dann wieder abmarschieren ließ. Nur, daß sein Vater verschwunden war, war kein Spiel, und es war nicht zu erklären. Zwei Wochen lang gab es keine Nachricht. Den ganzen Tag blieb Hugo zu Hause, während seine Mutter auf der Suche nach dem Vater oder um irgendeine Nachricht von ihm zu erhalten von einer Polizeistation zur anderen rannte. Bei ihrer Rückkehr waren ihr Gesicht und ihre Hände blau vor Kälte. Hugo setzte Wasser auf, damit sie sich die Hände an einem Becher heißen Wassers wärmen konnte. Sie sprachen nicht miteinander und schauten sich nicht an.

Bis er nach vierzehn Tagen aus Dachau zurückkehrte. In dieser ersten Zeit konnte man aus Dachau noch zurückkehren. Unendlich erleichtert, lief die Mutter ihm mit offenen Armen entgegen, doch er wandte sich ab; er wollte weder ihre Umarmung noch die von Hugo. Er wandte ihnen den Rücken zu, die Schultern unter der dünnen grünen Jacke hochgezogen; er wollte nicht sprechen. Er sagte nichts über Dachau. Als sie näherkamen, begann er zu zittern. Das Zittern begann im Nacken, sein Kopf wackelte wie der eines Huhns, dann ergriff es die Schultern, die heftig zu zucken begannen. Er mußte ins Bett, und sie schichteten eine Decke nach der anderen über ihn auf, damit das Zittern aufhörte. Selbst sein Gesicht auf dem Kissen schien davon erfaßt zu werden, es zog ihn in alle Richtungen gleichzeitig fort. Schließlich drehte er sich auf die Seite und starrte die Wand an. Ab und zu kam das Zittern wieder, und die Decken hoben und senkten sich.

Der Herr aus Hamburg kam. Er saß in dem Stuhl neben dem Preußenhelmaschenbecher und der Onyx-Zigarettenschachtel, auf dem Platz des Vaters. Sein rechtes Bein war über das linke geschlagen, er machte weit ausholende Gesten, während er Frau Baumgartner alles erklärte, und glättete die Luft vor sich mit seinen manikürten Händen. Als seine Stimme zu laut wurde, sah Frau Baumgartner besorgt zur Schlafzimmertür, und er nahm Rücksicht und sprach leiser. »Sie verstehen doch«, sagte er sanft und lehnte sich vor. »Sie geben mir doch recht? Werden Sie ihn überreden, zu verkaufen?«

Fuchs, du hast die Gans gestohlen,
gib sie wieder her!
Sonst wird dich der Jäger holen
mit dem Schießgewehr.

Sie saßen zusammen in der Straßenbahn, umgeben von Grabesgesichtern, wäßrigen und grauen Gesichtern, die im ganzen Winter nicht an die frische Luft gekommen waren. Die Mutter saß geduckt da, als wäre sie noch immer geschwächt vom Mangel an Sonne, aber Hugo war aufgedreht; alles regte ihn auf: die Straßennamen an den weißen Pfosten – Hubertusallee, Schinkelstraße –, die frischen Blätter, das blasse Gelb an den Straßenbäumen, die Frauen in eleganten Mänteln, die ihre Dackel spazierenführten, die Botenjungen auf den vollgepackten Fahrrädern, die Glocken, die in der klaren Frühlingsluft klar und scharf klangen wie gesprungenes Glas. Hier war die Sonne nicht nur spürbar, man konnte sie auch sehen. Sie war ein fröhlicher Klecks über den Dächern, kreisförmig und weißglühend, wie sie in ihrer trostlosen Straße nie zu sehen war. Ihre Wärme auf dem Straßenbahndach kitzelte ihn unter seinem Mantel. Er war ihm zu klein geworden und fühlte sich nach diesem Winter, in dem er ständig getragen worden war, wie ein verlaustes Fell an. »Sei nicht so ungeduldig, Kind«, mahnte die Mutter, »es ist noch ein langer Weg bis zum Grunewald.«

Als sie ankamen, war ihnen beiden schlecht von der Fahrerei, doch die Friedmanns schienen das vorausgesehen zu haben: Auf dem Holztisch unter dem Kirschbaum in ihrem kleinen Garten stand ein Tablett mit hohen Gläsern und einem Krug. Sie mußten sich in die Sonne setzen, die schräg durch die blühenden Zweige schien (»Kommt und seht euch noch einmal den blühenden Kirschbaum an«, hatten sie geschrieben), während die junge Frau Friedmann Kuchen holte und die alte Frau Friedmann mit ihren behandschuhten Händen im Schoß dasaß, ihm gütig zulächelte und sagte: »Bald wird Albert nach Hause kommen, er wird dir die Schwäne zeigen.«

Hugo wollte nicht fort; er wollte unter den schwarzen Zweigen mit den weißen Blüten sitzen und an dem Glas Brombeerwein nippen und noch einen Zimtkeks knabbern und über seine Mutter staunen, die im Kreis ihrer Freunde aufblühte. Früher hatte sie sie nur besucht, wenn Hugo mit dem Vater ein paar Stunden aus dem Haus war; aus irgendeinem Grunde hatte sie nicht gewollt, daß sie diese Freunde aus Mädchentagen kennenlernten. Sie stammten aus ihrer Heimatstadt, man hatte nebeneinander gewohnt, und der alte Dr. Friedmann war ein Kollege ihres Vaters an der Universität. Hugo hätte nichts darauf gegeben; damals gefiel ihm die Atmosphäre der Männlichkeit, die seinen Vater umgab, besser – diese verschwörerische, nie ganz nüchterne Art von Männern, die froh sind, der Aufsicht ihrer Frauen entkommen zu sein. Heute saß Hugo auf der Bank im Garten, genoß den Anblick zweier weißer Schmetterlinge, die auf einem grauen Busch saßen, der Kirschblüten, die langsam auf den Tisch fielen, und hörte der fröhlichen, hellen Stimme seiner Mutter zu. Er fragte sich, warum sie nicht häufiger herkam, wenn sie hier so glücklich war. Lachend sagte sie: »Weißt du noch, Adele, damals, als wir die Max-Reinhardt-Inszenierung sahen – es war doch *Lohengrin,* oder? Wir kamen direkt aus der Schule, hatten noch die blauen Schürzen an, und saßen oben auf der Galerie, auf den billigsten Plätzen, und da läuft dieser Herr in Frack und Zylinder durch den Mittelgang und gibt uns zwei Karten. »›Entschuldigen Sie bitte, Fräulein‹« – sie imitiert die Stimme des Herrn im Frack –, »›ich muß leider früher gehen, unsere Plätze sind frei, bitte seien Sie so freundlich, nehmen Sie die Karten und genießen Sie die Musik von einem guten Platz aus.‹« Adele freute sich über das ungläubige Gelächter ringsum und nickte. »Ja«, sagte sie zu Hugo, »und wir gingen vor bis fast an die Bühne und saßen da zwischen den Damen in ihren Pelzen und den Herren im Frack in unseren blauen Schürzen. Meine war voller Kreidestaub.« Sie legte ihre Hände an die geröteten Wangen und lachte; die einstige Verlegenheit war nun eine liebe Erinnerung. Hugo dachte währenddessen an den Vater, den sie unter seinen Decken zurückgelassen hatten. Ihm war unwohl dabei, er spürte einen Spalt, einen Bruch zwischen seinen Eltern; vielleicht hatte er schon immer existiert, aber erst jetzt bemerkte er ihn wirklich. Er hielt seinen Blick auf die Mutter gerichtet, die plötzlich so viel jünger und – auch das spürte er – verletzlicher war.

Dann kam Albert, der Sohn, und nahm Hugo und den wunderschönen King-Charles-Spaniel, der natürlich Charles hieß, auf Geheiß der alten Frau Friedmann mit zum kleinen Tor am Ende des Gartens, einen sandigen, von Fichtenwurzeln überwachsenen Pfad entlang zum See, zu den Schwänen. Hugo war ein wenig beleidigt, weil die Mutter ihn so ohne weiteres weggeschickt und sich ihren Freunden zugewandt hatte, als wollte sie ihn loswerden. Am Seeufer beobachtete er Albert, der ein paar trockene Brötchen zerkrümelte und sie über das Wasser den Schwänen zuwarf, die erst auswichen und dann auf sie zuglitten, und für sich verglich er ihr Federkleid mit einem Kettenhemd, von dem das schwarze eisige Wasser abperlte, aber irgendwie erinnerten sie ihn auch an die Rokokospiegel zu Hause, das stille Wasser selbst schien ein glänzender Spiegel zu sein, auf dem sie entlangglitten, und er schwieg, weil er erkannte, daß sie vergänglich waren. Sonderbar, Albert schien ähnliche Gedanken zu haben, denn er sagte zu den Schwänen: »Ja, freßt nur – es könnte das letzte sein, was ihr von uns bekommt.« Dann wandte er sich Hugo zu und sagte etwas ungehalten: »Deine Schuhe werden naß – geh nicht so nah ans Wasser«, und Hugo merkte, daß Albert sich mit ihm langweilte, und als er gefragt wurde: »Soll ich uns im Boot hinausfahren? Möchtest du rudern?«, sagte er nein. Eine Weile kletterten sie über Felsen und Wurzeln am See, der triefnasse Charles immer voran; sie zerrissen sich die Hosenbeine an den Brombeerdornen, und Albert erzählte von dem

Hirsch, der hierher kam, um zu trinken, und von den Hasen im Wald. Hugo kam es vor, als stolperte er durch die Bilder eines Märchenbuchs, durch denselben Wald, in dem Hänsel und Gretel ihren Brotbröcklein folgten und Dornröschen hinter einer Hecke schlief – schön, still und etwas unheimlich.

Einen dornigen Zweig beiseitehaltend, sah Albert still auf den See hinaus, über den die Fichten ihre langen Schatten wie schwarze Farbstriche geworfen hatten. Beiläufig sagte er: »Aber ob wir sie jemals wiedersehen, daß weiß ich wirklich nicht«, und ging dann mit hochgezogenen Schultern den sandigen Pfad zum Gartentor voran. Er sah so niedergeschlagen aus wie der nasse, schmutzige Hund.

Sie fanden den Garten schattig-kühl und verlassen; die Frauen waren hineingegangen. Das Zimmer mit den rohen Holzmöbeln, den Schalen voller Gartenblumen, dem bemalten Porzellan und den abgewetzten Läufern kam Hugo wie eine Bauernstube vor. Seine Mutter saß vor dem kleinen Klavier und spielte vierhändig mit der jungen Frau Friedmann, einer dunklen Frau mit zwei langen Zöpfen roten Haars über dem Schal. Sie war bester Stimmung und lächelte Hugo an, als er kam, ohne mit dem Spiel aufzuhören. Mit ihrer Freundin sang sie:

Kennst du das Land, wo die Zitronen blühn?
Im dunkeln Laub die Gold-Orangen glühn . . .
Dahin! Dahin!
Möcht' ich mit dir, o mein Geliebter, ziehn!

Hugo stand unter dem Lampion aus rotem Papier, der von der Decke hing, die sorglose Fröhlichkeit in ihrer Stimme faszinierte ihn, und die Worte, die etwas Zigeunerisches hatten, erfüllten ihn mit Unruhe und Vorahnungen.

Später am Abend, als sie um den Bauerntisch saßen und Kartoffelsuppe und dazu lappige Brötchen aßen – für die sich die alte Frau Friedmann immer und immer wieder entschuldigte, während die jüngere nur lachte –, drehte sich das Gespräch, das um den teilnahmslos dasitzenden Hugo aufbrandete, um neue Dichter und ihre Werke. Frau Friedmann erzählte von einem bemerkenswerten indischen Dichter, dessen Werk sie gelesen hatte, einem Weisen mit langem weißem Bart, langem Haar und durchbohrenden, hypnotisierenden Augen. »Ein Weiser aus Bengalen«, erläuterte sie Hugos Mutter, die nicht genug davon hören konnte. Hugo dachte an das bengalische Feuer, das er in irgendeiner festlichen Nacht am dunklen Himmel gesehen hatte, geborgen in den Armen des Vaters. Nachdem der Tisch abgedeckt worden war, wurde ein Gedichtband hervorgeholt; er hatte einen hellblauen Einband, und sein Titel bedeutete Hugo nichts – *Gitanjali* –, doch er beugte sich vor, um das Foto zu betrachten, das sie aufgeschlagen hatten – es entsprach der Beschreibung des Dichters, die die alte Frau gegeben hatte. Auf irgendeine Weise verband sich die Fremdartigkeit dieses Menschen mit dem Lied, das Hugo gerade seine Mutter hatte singen hören, und es schauderte ihn davor. Vielleicht hatte es etwas mit Poesie zu tun – Poesie war ein Teil des Lebens seiner Mutter, aber ebensowenig wie sein Vater verstand er, was das eigentlich war; es gehörte zu ihrer Jugend in der Universitätsstadt, es hatte nichts mit ihrer männlichen Großstadtwelt zu tun. Als er sich an seinen Vater erinnerte, fühlte er den starken Drang, zu ihm zurückzukehren, in seine eigene Welt – oder was davon geblieben war –, doch er hörte seine Mutter sagen: »Jetzt zeig mir deine eigenen Arbeiten, Adele, deine neuen Gedichte, deine und die von Albert«, und dann wurden bebänderte Mappen mit Versen hervorgeholt und Verse über Lindenbäume im Frühling wurden rezitiert, über Schwalben am Herbsthimmel, über Schmetterlinge, Frost, spielende Kinder und natürlich den blühenden Kirschbaum.

Sie hätten die ganze Nacht so fortfahren können, sie berauschten sich an ihren Ansichten über Frühling und Schönheit und Kunst – ein Gedicht war dem indischen Weisen gewidmet und hieß »Beim Lesen von Tagore« –, während Hugo am Fenster stand und zusah, wie das Licht verdämmerte, bis ihn Verzweiflung überkam: Er wollte es seiner Mutter nicht länger erlauben, so zu tun, als wäre sie ein Mädchen, als könnte sie einfach aufhören, erwachsen zu sein. Als er sie so kindlich unbesonnen und so unbesonnen lustig sah, traf er eine erwachsene Entscheidung. Albert las ein Gedicht über einen Hirschen am See vor, das er »Der Kaiser der Wälder« betitelt hatte, und sie hörten alle bewundernd zu. Da platzte er heraus: »Mama, komm, wir müssen jetzt zu Papa zurück.«

In der Straßenbahn war ihr Gesicht in einer Falte ihres Capes halb verborgen. Sie hatte ihm noch nicht verziehen. »Wie konntest du, Hugo, mitten in so einem schönen Gedicht?« sagte sie.

Dann, als sie die Wohnungstür öffneten, ihr Schrei: »Was ist das? Was ist los? Hugo, *das Gas!*« Sie rannten, ließen Mantel und Cape einfach fallen, rannten den Korridor entlang zur Küche. Die Tür war zu, aber es gab keinen Zweifel, der ekelerregende, süße, wolkige Geruch strömte durch die Ritzen. Sie warfen sich dagegen wie gegen eine massive Mauer und waren überrascht, als die Tür nachgab. Das Gas hatte die Dichte übereinandergeschichteter Kissen und Decken, Betäubung war überall, hatte die leblose Gestalt, die halb im offenen Ofen, halb auf dem Linoleum lag, ganz umhüllt. Als sie ihn hochhoben, baumelte der Kopf hilflos herab. Einen Augenblick lang wurden sie durch seine offenen Augen getäuscht, doch nicht lange, und der Schrei der Erleichterung wurde zur Klage.

O du lieber Augustin,
alles ist hin!
Geld ist weg,
Beutel ist weg,
Augustin liegt im Dreck.
O du lieber Augustin,
alles ist hin!

Sie ließen einander nie allein und verließen nie die Wohnung. Es wurde nicht darüber gesprochen, aber Hugo begriff, daß seine Mutter ihn in der Nähe haben wollte, also ging er nicht mehr in die Schule. Es erleichterte ihn, daß diese endlosen Straßenbahnfahrten nun ein Ende hatten, ebenso wie das Gerangel auf dem Schulhof, der voller Matsch und Eis war, die hysterischen Anfälle des Lehrers, der sich selbst und den Kindern büschelweise Haare ausriß, daß er die fremde Sprache nicht mehr hören mußte, von der er nur jedes dritte oder vierte Wort erkannte, und nicht mehr den strengen Klang der Torah. Aber unglücklicherweise war damit auch das Ende der Freundschaften, die er geknüpft hatte verbunden. Es tat ihm leid, Eddie Wallfisch nicht mehr zu sehen und nicht mehr mit ihm zum Schlittschuhlaufen gehen zu können.

Es ging ihm nun auf, daß er in der Schule eine gesunde Wirklichkeit kennengelernt hatte, die ihm gefiel, er hatte gelernt, sich mit ihr auseinanderzusetzen, und es hatte ihm Spaß gemacht, und das alles vermißte er in der Stille und Farblosigkeit der Wohnung, die er nun mit der Mutter teilte.

Er verbrachte zu viele Stunden damit, alte, zerfledderte Ausgaben von *Der gute Kamerad* zu lesen, und all die Geschichten über Zeltlager im Wald und Reisen auf hoher See kamen ihm vor wie pure Phantasie, kaum bedeutsamer für sein Leben als Träume. Seine Mutter ließ ihn ein Buch betrachten, das sie ängstlich hütete; es hieß *Dem deutschen Kaiserpaar im Silberkranze* und war 1906 erschienen. Als er das Buch in die Hand nahm, kam es ihm wie ein Sarg vor, wie der Sarg, in den sie den Vater gesperrt hatten, dachte er. Er mochte den wehmütigen Blick nicht, mit dem sie es betrachtete, und suchte Zuflucht bei dem Totem der Schuljungen, seinem Taschenmesser. Viele Stunden verbrachte er mit Schnitzen. Manchmal auf dem Fensterplatz beim Klavier, manchmal auf der Treppe – wenn er nicht in der Wohnung sein wollte. Wenn er Schritte hörte, stand er auf und ging hinein. Die Wohnung sah dem Kaisersarg-Buch immer ähnlicher.

Ihr Leben stürzte in eine Gruft und blieb dort: Sie hätten ein altes Ehepaar sein können, Hugo und seine Mutter, selten verließen sie die Wohnung und kümmerten sich mit grämlicher Anteilnahme einzig umeinander. Einige der Nachbarn kamen ab und zu vorbei, brachten ihnen illustrierte Zeitschriften, Brötchen oder selbstgemachte Marmelade. Niemals Butter; es gab keine. Niemals Zeitungen; es war besser für sie, sie nicht zu lesen. Der Herr aus Hamburg zog unten im Geschäft ein, sein Name – ein guter, anständiger teutonischer Name – stand in schwarzen, goldumrandeten Lettern auf dem Schaufenster. Er stattete ihnen Besuche ab, er war besorgt, höflich und trug auf einem Tablett sogar den Tee aus der Küche herein. Frau Baumgartner ging zum Rollpult, öffnete ihn und blätterte die Papiere darin durch; ihre Stimme sank zu einem Murmeln herab. Hugo in seiner Ecke beim Bücherschrank verstand kaum etwas. Nach solch einem Besuch wurde gewöhnlich der eine oder andere Gegenstand von seinem Platz entfernt und nach unten getragen – der Preußenhelmaschenbecher, das pistolenförmige Barometer, das zwischen den Fensterflügeln gehangen hatte, sogar der hölzerne Neger im Flur, in den man die Regenschirme steckte. (Der Spazierstock mit dem Elfenbeinknauf war schon verschwunden.) Nach so vielen Jahren des stocksteifen und unbeugsamen Stillestehens wurde er nun entwurzelt, und Hugo beobachtete ungläubig, wie sein glänzend schwarzer Kopf die Treppe hinabwackelte. Schließlich verschwand auch das Klavier. Als Hugo protestierte, legte die Mutter den Finger auf ihren Mund und flüsterte: »Stiefkinder müssen doppelt artig sein.« Schweigend dachte er über diese Worte nach. Die Wohnung wurde immer leerer, und die Leere paßte zu der Stille, in der sie versanken.

Der Herr aus Hamburg tobte. »Ein junger Mann, der seine Erziehung nicht vervollkommnet, keine Chance hat er in dieser Welt!«, sagte er zu Hugo. Er hatte einen Kaffee mit ihnen getrunken, einen Kaffee aus bitteren Bohnen, der ihnen die Münder zusammenzog und ihren Worten Schärfe verlieh. »Frau Baumgartner, Sie glauben doch nicht, daß er so eine Arbeit –«

»Welche Arbeit, Herr Pfuehl? An welche Arbeit denken sie?« erwiderte sie ziemlich schroff. Sie nahm die Tasse nur in die Hand, um sich daran zu wärmen.

Herr Pfuehl tobte weiter. »Schicken sie ihn wenigstens nach unten, damit er im Büro etwas lernt. Wir können doch nicht den einzigen Sohn des seligen Herrn Baumgartner ungebildet und ohne Beschäftigung aufwachsen lassen!«

»Das«, sagte Frau Baumgartner und setzte ihre Tasse ab, »das kann er sicher machen. Vielen Dank, Herr Pfuehl, ich werde ihn hinunterschicken«, und Hugo staunte. Er hatte seine erste Lektion über die verhärtende Wirkung der Not erhalten.

Hugo kam es vor, als hätte er das kleine Büro hinter dem Ausstellungsraum seitdem er es betreten hatte, nie mehr verlassen. Zu Anfang saß er an dem alten Schreibtisch seines Vaters, ging die Rechnungen durch, machte endlose Kostenaufstellungen oder tippte Geschäftsbriefe auf einer uralten Schreibmaschine, und dann brachte er Decken mit, damit er auf dem durchgesessenen Sofa neben dem Heizkörper schlafen konnte, und einen Kessel, damit er sich eine Suppe oder Ersatzkaffee auf der Gasflamme kochen konnte.

Schließlich zog auch seine Mutter dort ein und überließ die Wohnung Herrn Pfuehl, als dessen Familie aus Hamburg eintraf. »Sie ist jetzt zu groß für uns«, entschuldigte sie sich Hugo gegenüber und schaute weg. Sie versuchte, ihm aus dem Weg zu gehen. »Aber wo gehst du denn hin, Mutti?«, wollte er wissen, und sie lachte und erzählte ihm, daß sie ihre Lieblingsgemälde in den Museen besucht hatte – »Man muß sich ja schließlich vergewissern, daß sie den Helm für Herrn Rembrandt immer schön polieren«, scherzte sie –, oder sie bestand darauf, daß es ein schöner Tag im Park gewesen sei, obwohl der Regen in Strömen am Bürofenster herabgeflossen war. Sie blieb möglichst den ganzen Tag draußen, während er arbeitete, und kehrte erst zurück, wenn der Ausstellungsraum geschlossen wurde und die Lieferjungen gingen und Herr Pfuehl die Treppe hinaufstieg, um mit seiner Familie zu speisen. Was machte es schon, daß seine Frau, Frau Pfuehl, die einen Hut aus zwei Vogelschwingen trug, eine über jedem Ohr, und ihre Augen unter einem Schleier verbarg, vor ihr ausspuckte, als sie sich an der Haustür begegneten, wo die eine ihren Regenschirm beim Eintreten abschüttelte und die andere ihn aufschüttelte beim Hinausgehen. »Hugo, sie hat mich angespuckt!« rief die Mutter, als sie mit gerötetem Gesicht eintrat. »Ja, gespuckt – wie ein Gassenlümmel. Kannst du dir so etwas von Herrn Pfuehls Frau vorstellen?« Hugo schaute von seinen Abrechnungen auf, aber seine Augen waren vom Lesen der endlosen Zahlenkolonnen so schlecht geworden, daß er ihren Gesichtsausdruck nicht sehen oder deuten konnte. Frau Pfuehl? Einen Augenblick lang begriff er nicht, wen sie meinte, und als er es begriff, hatte eine Mutter schon von etwas anderem angefangen, von den Eiern, die es auf dem Markt gegeben hatte, von ihrem absurden, irrsinnigen Preis. »Für zwei Eier«, sagte sie voll grimmigen Spotts und hielt sie in der Hand hoch, »nicht größer als Taubeneier. Von einer sehr kleinen Taube.« Sie lachte wieder und kochte die Eier zum Abendessen, das sie nebeneinander auf dem Sofa sitzend einnahmen.

»Warum verbringst du nicht wieder einmal einen Tag bei den Friedmanns, Mutti?« schlug Hugo vor und wischte sich Ei vom Mund. Sie sagte nichts. »Du solltest mit ihnen in Verbindung bleiben, Mutti«, drängte er. »Wie denn?« entgegnete sie. Die Friedmanns waren, wie er hörte, aufs Land gefahren, in der Hoffnung, dort sicher zu sein.

Häschen in der Grube saß und schlief.
Armes Häschen, bist du krank,
daß du nicht mehr hüpfen kannst?
Häschen hüpf!

»In Indien könnte er ein neues Leben beginnen«, donnerte der Herr aus Hamburg. Er ging auf und ab, seine Hände waren unter den Rockschößen seines neuen, gestreiften Jakketts gefaltet. »Ja, sie mögen es für ein altes und rückständiges Land halten, meine gute Frau Baumgartner, das Land der Schlangen und Fakire, aber haben sie noch nie vom britischen Empire gehört? Weißt du nicht, Hugo, daß es eine Kolonie unserer Nachbarn in England ist? Ich habe Grund zu der Annahme, daß das ein vielversprechendes Land ist, und auch du solltest so denken, Hugo, jetzt, wo du dich so gut eingearbeitet hast. Du solltest eigentlich wissen, wieviel von meinem Holz von dort kommt, feinstes Mahagoni und Rosenholz und all die schönen Stücke aus Sandelholz – woher sonst, wenn nicht aus dem Fernen Osten, aus Indien, Burma und Malaya? Sehen Sie mich nicht so entgeistert an! Lehnen Sie meinen Vorschlag nicht einfach ab!« Er holte seine Hand unter dem Rock hervor und erhob sie mahnend, da er bemerkt hatte, daß die beiden auf dem Sofa Blicke gewechselt hatten und Frau Baumgartner ein Taschentuch an den Mund geführt hatte, um ein Lachen zu verbergen. »Ich kann ihm die Passage auf einem Schiff der Peninsular-and-Oriental-Linie besorgen, das von Venedig aus ostwärts in See sticht. Wir setzen ihn in den Zug nach Venedig – aber bald, bevor die Züge aufhören zu fahren –«

»Die Züge fahren nicht mehr?« stieß sie hervor.

Er sah sie verärgert an; was sollte man bloß mit diesen hysterischen Jüdinnen machen? »Nicht einfach, noch eine Fahrkarte zu bekommen, aber ich werde mich darum kümmern und ihm auch ein Empfehlungsschreiben an meinen Bekannten im indischen Holzhandel mitgeben – ich mache schon seit Jahren mit ihm Geschäfte, zu unserer gegenseitigen Zufriedenheit. Warum denkst du nicht darüber nach, Hugo, bevor du nein sagst? Ich habe dieses Nein nun oft genug gehört.«

»Herr Pfuehl«, murmelte Hugos Mutter. Sie schämte sich ihrer Fröhlichkeit, die sie sich selbst nicht erklären konnte. »Manchmal ist es besser, nein zu sagen und still an einem Ort zu bleiben. Niemand bemerkt einen, alle vergessen uns – bis die Lage wieder besser wird ...«

Er erhob wieder seinen mahnenden Finger, den mit dem blutigen Rubinring. »Sich tot zu stellen ist ja schön und gut, zur rechten Zeit und am rechten Ort, aber nicht hier, nicht jetzt. Sie müssen aufwachen, sie beide, und handeln. Sie sollten wissen, wann es Zeit ist, aufzuwachen und zu handeln. Haben Sie denn nicht gehört, was aus den Nußbaums mit dem Kurzwarengeschäft geworden ist? Daß die Polizei nachts gekommen ist, daß er sich aus dem Fenster gestürzt hat?« Herr Pfuehls Hände riefen die Szene wach, schleppten sich in der Luft mit einem schweren Beutel ab. »Und daß sie Frau Nußbaum trotzdem geholt und verschleppt haben? Ja, sie hatte das Hakenkreuz auf die Scheibe gemalt, hatte sich die Haare blond gefärbt, aber hat das was genützt? Nein, sie ist nach dem Osten verschleppt worden, das wissen Sie.«

»Wenn ihr das alles nichts geholfen hat, Herr Pfuehl, was spielt es dann noch für eine Rolle, was wir tun? Es wird auch nichts helfen.«

Herr Pfuehl stieß einen ärgerlichen Schrei aus. »Ihr seid doch nicht dumm, ihr Juden, ihr seid doch keine Bauern – warum also wollt ihr nicht wahrhaben, was passiert?« Er rollte den Beutel in seiner Hand zusammen und drückte ihn. Er wußte eigentlich nicht, warum er sich mit diesem Paar abgab, das sich in seinem Büro eingenistet hatte wie zwei halsstarrige Mäuse, die die Nasen rümpften beim Anblick von Käse. Natürlich wollte er, daß sie verschwanden, er wollte die Vergangenheit der Firma und den Namen Baumgartner loswerden, aber das war es nicht allein. Er machte sich auch Sorgen. Er hatte Angst vor der Beschuldigung, er würde Juden beherbergen in einer Zeit, in der Hitler versuchte, das heilige Vaterland von ihnen zu befreien – das hatte seine Frau gesagt, und sie war nicht dumm. Auch fehlte es Pfuehl nicht an Verständnis für die Pläne und Ambitionen des Führers, keineswegs – es gab viele Punkte, bei denen er ihm zustimmte, wie zum Beispiel die Notwendigkeit, Industrie und Handel ihren skrupellosen Händen zu entreißen und selbst die Kontrolle zu übernehmen – aber, zum Donnerwetter, man konnte andere Methoden benutzen. Und dann: Hätte dieser schlappe, blasse jüdische Junge mit seiner grotesken Nase oder dieser kleine dunkle Spatz von Mutter überhaupt die Kraft, in den Fabriken des Führers zu arbeiten? Nein, man mußte in solchen Angelegenheiten menschlich bleiben und zugeben, daß eine Farben- oder Stahlfabrik oder ein Salz- oder Kohlebergwerk kein Ort war für Witwe und Sohn des verstorbenen Herrn Baumgartner. Sie waren so zart, man merkte ihnen die Erziehung des alten Deutschland an, die Klavier- und Gesangsstunden und die Klassiker. Schließlich waren sie keine Juden aus dem Schtetl, mit koscherem Essen und Chanukkah und Cheder und Gott weiß was noch für galizischem Greuel. »Denken Sie darüber nach!« sagte er warnend, »und machen Sie schnell.«

»Es ist nur zu Ihrem Besten, glauben Sie mir«, bat er spät in der Nacht. Er war von einem Treffen auf dem Alexanderplatz zurückgekehrt, das Horst-Wessel-Lied war angestimmt worden, jedermann trug das Hakenkreuz am Ärmel, und sein blauer Anzug hatte sich merkwürdig von all diesem Braun abgehoben. »Ich kann Sie nicht länger beschützen. Sie müssen verschwinden –«, schrie er, und endlich sah er einen Anflug von Angst in den Augen des Jungen. Aha, jetzt hatte der blasse Blindwurm wohl endlich einen neuen Gedanken in seinen Kopf gelassen. Das freute ihn. Er ließ nicht locker.

Schließlich kam Hugo aus dem Büro und suchte ihn in seinem eigenen Territorium auf. Da stand er, zwischen den polierten neuen Möbeln, die seinem Vater ausgesprochen mißfallen hätten. Er sah viel zu groß aus für diesen absurden Kordanzug, den er noch immer trug, seine großen Hände hingen aus den eingelaufenen Manschetten heraus. Er sagte: »Aber was wird mit meiner Mutter? Sie will nicht nach Indien.«

»Will nicht nach Indien?«

»Nein.«

»Hast du mit ihr gesprochen, hast du versucht, sie zu überzeugen?«

Hugo nickte, langsam, unsicher. Er wußte nicht, ob seine Mutter ihn ernstgenommen hatte, als er schüchtern versucht hatte, ein Bild ihres Neubeginns im Osten zu zeichnen – ein kitschiges Bild, mit Tigern, Palmen und Sonnenuntergängen, und vielleicht war es zu erwarten gewesen, daß sie nicht daran glaubte. »Schließlich sind sie gar nicht so primitiv«, hatte er gesagt. Es war Herrn Pfuehls Methode. »Du hast doch gesehen, daß sie gebildet sind und ihre eigene Literatur haben. Du hast doch das Bild von dem großen Dichter im Haus der Friedmanns gesehen, Mutter«, erinnerte er sie, doch sie lachte auf ihre neue, unnatürliche Art, gab ihm einen kleinen Stoß mit der Hand, die schon verkrümmt war von der Arthritis, und rief: »Ach Hugo, sei nicht albern. Warum sollte deine Mutter einen *bengalischen* Dichter lesen, wenn ich die wunderschönen Verse unserer treuen Friedmanns lesen kann?« Die Erwähnung ihres Namens ließ ihre Mundwinkel leicht zucken und ihre Augen feucht werden, bis sie fast weinte – sie hatte nichts mehr von ihnen gehört, seit sie weggegangen waren. Ein wenig später war sie halb belustigt, halb mürrisch wie zuvor. »Und was ist mit den Schlangen und Tigern? Wie will mein kleiner Mann mich vor ihnen beschützen? Du weißt doch, wie sehr ich mich schon vor einer kleinen deutschen Maus fürchte, Hugo.«

»Eine deutsche Maus, Mutti? Wir reden nicht von deutschen *Mäusen*, weißt du.«

Es hatte keinen Sinn: Sie zog die ganze Sache ins Lächerliche, oder sie drehte sich um und rang ihre verkrümmten, roten Hände und machte Grimassen, während er redete.

Schließlich nahm der Herr aus Hamburg die Sache in die Hand, wie er sich ausdrückte. Er besorgte Frau Baumgartner ein Zimmer als zahlender Gast im Haus von »einflußreichen« Leuten, in einem wirklich netten Haus in der Grenadierstraße, warm und gemütlich, wenn auch nicht gerade in einem Viertel, das man sich selbst ausgesucht hätte – doch wenigstens bei »sicheren« Leuten. Hier sagte ihr Hugo auf Wiedersehen. Er stellte seinen neuen Handkoffer auf den Wollteppich in der Mitte des Holzfußbodens, der nach Desinfektionsmitteln roch, und streckte seine Arme, die in den Ärmeln seines neuen weißen Leinenanzuges steckten, nach ihr aus, um sie zu umarmen. Als sein Gesicht dem ihren ganz nah war, sagte er das, was er die ganze vergangene Woche jeden Abend zu ihr gesagt hatte: »Und wenn ich erst mal in Indien bin, werde ich uns dort ein Zuhause schaffen. Wie würde dir das gefallen? Ich werde Diener für dich beschäftigen und die Schlangen davonjagen und dir goldene Orangen bringen.«

»Wovon redest du, du dummer Junge?« Sie rieb ihre Wange, die wie ein Stück faltigen Samts war, an seiner. »Warum erfindest du Märchen für deine alte Mutti?«

»Ich erfinde überhaupt nichts. Weißt du nicht mehr, wie du das Lied von dem Land gesungen hast, in dem die Zitronen blühen, wo die Orangen zwischen den dunklen Blättern leuchten? Ich weiß es noch.«

»Dummer Hugo, das stammt von Goethe und handelte von Italien, nicht von irgendeinem gefährlichen Land im Osten, mit lauter Schwarzen. Ich habe dir gesagt, daß ich nicht dort leben will, wo es Spinnen und Schlangen gibt!« Und sie schob ihn von sich. Ihr Mund zuckte unkontrollierbar, was ihr das Aussehen einer Betrunkenen oder einer Hexe verlieh.

»Mutti«, flehte er sie an und streckte die Arme nach ihr aus, doch sie hielt ihn mit einer Hand auf Distanz und sagte: »Nein, du tust deine Arbeit, die dir Herr Pfuehl aufgetragen hat, und kommst dann schnell wieder heim.«

Das also hatten sie beschlossen, als er sie verließ – sie stand da mit einer Hand auf dem Büffet mit den gelben Glasgriffen, auf dem sie ihre Goethebände aufgereiht hatte, eingerahmt von dunkelbraunen Vorhängen und einer Anordnung von bronzefarben gestrichenen Dampfrohren. Vor diesem unruhigen Hintergrund sah ihr Kopf besonders klein und grau aus. Im Hausflur versicherte ihm die Hauswirtin, die zweifellos ihr letztes Gespräch mit angehört hatte, daß sie Anna, die Magd, anweisen würde, ihr eine Tasse Tee zu bringen. Es sei nicht mehr so einfach, Tee zu bekommen, sagte sie, aber sie setze alles daran, daß sich ihre Gäste hier wie zu Hause fühlten. Hugo sagte leise, daß er in geschäftlichen Angelegenheiten nach Indien reisen müsse und ging hinaus, und die Frau ging in Richtung Küche und murmelte: »Das wird mir schon ein schönes Geschäft sein.«

Hopp, hopp, hopp!
Pferdchen lauf Galopp!
Über Stock und über Steine,
aber brich dir nicht die Beine!
Hopp, hopp, hopp!
Pferdchen lauf Galopp!

Der Orientdampfer wurde frühestens in der kommenden Woche in Venedig erwartet. Nach langen Irrwegen erhielt er endlich diese Information an einem kleinen Schalter, dessen Läden kaum jemals hochgezogen wurden, und über Hugo schlug eine Welle von Angst zusammen. Mindestens sieben Tage mußte er also in dieser fremden Stadt bleiben. Es war die erste Stadt, in die er jemals allein gekommen war, und sie war ihm so schrecklich fremd, als ob sie selbst schon zum Osten gehörte; zum Europa des Nordens schien sie kaum irgendeine Beziehung zu haben.

Doch das Wetter war europäisch, konnte nichts anderes sein – diese tiefhängenden Wolken von melancholischem Grau, der feine Regen, der sich wie ein weiches, klebriges Netz auf Kopf und Schultern legte und sie durchnäßte –, und dennoch war es nicht mehr Europa: Es gab hier etwas Magisches, Poetisches, was er von Berlin nicht kannte. Er wanderte durch die engen Gassen, bis seine Schuhe durchgeweicht und seine Füße naß waren und sein neuer Anzug vor Nässe tropfte, dann trat er in die nächste Kirche, setzte sich auf einen samtbezogenen Kirchenstuhl und genoß die Wärme, die von den Kerzen unter einem gekreuzigten Christus, einer weinenden Madonna oder einem grellen blutenden Herzen ausging oder von den Lampen aus buntem Glas, in denen das Licht wie Kohlenstücke glomm, und er atmete den wirbelnden Qualm des Weihrauchs ein, sah dem Spiel der Kerzenflammen auf Gold und Muranoglas zu, und fragte sich, ob er nicht tatsächlich im Land der Tartaren war oder in Persien, in einem Land voll Zauber und Märchen, einem südlichen Land, das aber weit, weit östlich von Deutschland lag, weit entfernt von allem, was er bisher in seinem Leben kennengelernt hatte.

Da das größte und vordringlichste Problem darin bestand, daß er mit der kleinen Geldsumme, die ihm Herr Pfuehl geliehen hatte, eine ganze unvorhergesehene Woche in Venedig leben mußte, suchte er sich ein Zimmer in einer billigen Pension – oder besser gesagt, ein halbes Zimmer, denn er teilte es sich mit einem Medizinstudenten, der die ganze Nacht unterwegs war und am Morgen zurückkehrte, um das einzige Bett einzufordern, und wenn Hugo verschlafen hatte, knurrte er ihn böse an und sagte, er solle sofort verschwinden. Bevor er das Haus verließ, goß ihm eine Magd, die immer schwarz trug und einen Schnurrbart hatte, in der Küche Kaffee in eine große Schale, und während er ihn trank, wischte sie um seine Füße herum den gekachelten Boden auf. Die Tür ging zum Hof, wo leere Flaschen gelagert waren; trat er aus Versehen gegen eine davon, rutschten und klirrten die Haufen braunen, grünen und blasigen Glases, und eine Frau im oberen Stockwerk streckte ihren Kopf aus dem Fenster und brüllte ihn an. Manchmal sah er sie stolpernd herunterkommen, sie trug schwere Eimer voller Abfälle, die sie in den Kanal ausschüttete, und verstreute blutige Zeitungen und Hühnerfedern auf dem Kopfsteinpflaster der Gasse. Zu jeder Tages- und Nachtzeit stank das Haus nach Bratöl, überall zischte es, weil gerade jemand kochte, und das Murmeln und Grummeln, das man hörte, stammte von Dutzenden von Bewohnern, die die verfallenden Treppen auf und abgingen zu ihren Behausungen, die manchmal nichts anderes waren als Steinzellen oder hölzerne Ställe. Nur ihr Stöhnen und ihre Wäsche verrieten ihre Anwesenheit. Hugo bückte sich unter einem nassen Tischtuch und einer tropfenden Schürze hindurch und ging seiner Wege. Er blieb den ganzen Tag über draußen, damit der Medizinstudent schlafen konnte.

Er wanderte umher, um seiner Furcht und seinen dunklen Ahnungen zu entkommen. Überall das Geräusch von Wasser, das an die Steine schlug, und von Schritten auf Stein; als er beim Überqueren eines menschenleeren Platzes ein Geräusch hörte, das weder vom Wasser noch vom Stein herrühren konnte, blieb er stehen und forschte nach der Ursache des Geräuschs, bis er sie gefunden hatte – hinter einem hohen Fenster waren Käfige voller Kanarienvögel übereinandergestapelt, und die Vögel trillerten und sangen, weil in all dem Grau ein wenig Licht sie beschien.

Im Innern von San Marco bezahlte er eine Münze, um die Pala d'Oro zu sehen, und als er die Edelsteine und all das Gold sah, stellte er sich vor, im Palast eines orientalischen Potentaten zu sein, denn solche Reichtümer konnte man nur im Osten finden, sie konnten nicht dem Westen entstammen, dem grauen Land voller Regen und Pensionen und schwarzen und braunen Gewändern. Er stieg in die Kuppel hinauf, er wanderte zwischen den Marmorsäulen umher; die dünnen Sohlen seiner billigen Schuhe fanden auf den Glasmosaiken kaum Halt. Die Menschenmengen in den Kapellen, der Weihrauch, das Wachs, das Geflacker von Licht und Farbe in der pelzigen Dunkelheit, alles bedrückte ihn, von allem fühlte er sich abgewiesen, und schließlich wurde er abgedrängt und fand sich wieder auf der Piazza. Er wußte nicht wohin in der beleuchteten Weite, doch versuchte er, die Tauben und die Menschen, die Tauben fütterten, zu meiden; beide schienen zusammenzugehören, sie kamen ihm in ihrem Nehmen und Geben gleich unersättlich vor: Sagte man nicht, daß sich die Bettler im Osten so benahmen, Bettler und ihre Wohltäter, die ihnen Almosen gaben, um sich selbst Gutes zu tun? Manchmal beunruhigte ihn das Orientalische an dieser Stadt so sehr, daß er sich fragte, ob er fähig sei, Indien zu ertragen.

Wie viele Feiertage kann es in einer Woche geben? Fast jeden Tag schlossen die Geschäfte, die Gitter wurden herabgelassen, die Büros geschlossen, während in den Kirchen das Kerzenlicht schimmerte. Die Glocken läuteten, feiertäglich angezogene Menschen mit Kuchen in goldenen Hutschachteln huschten über die *campos* und hielten an, um Blumen zu kaufen, die an Ständen in tropischer Üppigkeit blühten. Hugo wurde sich plötzlich bewußt, daß ihn einer der Stände anzog, er wollte einen Strauß Veilchen haben, für die Mutter, die Veilchen schienen ein Gruß der Mutter zu sein. Aber er kaufte nichts, sondern wanderte weiter, und beim Bäcker sog er den Geruch der frisch gebackenen Brötchen ein, der Kuchen und der fetten, dunklen Schokolade an die er sich von seiner frühesten Kindheit her erinnerte. Dann kam er sich vor, als steckte er in einer Schokoladenschachtel, die Süße war zuviel, er riß sich los, um wieder frei zu atmen.

Er überquerte die hölzerne Giudeccabrücke, weil er hoffte, auf der anderen Seite an den Zeitungsständen ein Blatt in einer vertrauten Sprache zu finden, und hielt inne, weil die Sonne sich kurz zeigte, und lehnte sich über das Geländer. Nachdem ein Vaporetto vorbeigezogen war, schlugen die grünen Wellen des Canal Grande heftig gegen die Mauern, und die Reflektionen der rosa und gelben Palazzos im Wasser wurden in zitternde und schimmernde farbige Streifen und Bänder zerteilt. Am sonnigen Ufer setzte sich ein junger Mann mit roten Haaren und heller Haut ins Gras – es gab hier so viele Hellhäutige, und Hugo hatte geglaubt, sie seien alle dunkel –, wikkelte seine Brote aus einem Stück Papier und aß. Hugo hätte nicht weiter zugeschaut, wenn nicht erst ein Kopf, dann noch einer, aus dem wilden, hohen Gras aufgetaucht wäre, das ihm wie ein Dschungel vorkam, und dann sah er zwei schlanke, gestreifte, verwilderte Katzen, eine graue und eine schwarze. Ihre schmalen, grünen Augen, die wie die Augen einer Schauspielerin schwarz umrandet waren, beobachteten den Mann beim Essen. Der Mann schaute hinaus auf den Kanal, er sah sie nicht, und sie schlichen hinter ihm näher, mit leise zitternden Schnurrhaaren, voller Aufmerksamkeit – sie waren bereit zu springen und wie Diebe zu verschwinden, Aasfresser, die sie waren. Hugo, der außer einem todgeweihten kleinen Igel niemals ein Tier besessen hatte, hing über dem Geländer und beobachtete, wie sich die Stadtkatzen sammelten und sich hinter dem nichtsahnenden Ausflügler gelassen niederließen. Einige leckten sich das Fell, Gleichgültigkeit vortäuschend, andere warteten ohne Unruhe auf ihren Moment. Ein paar Augenblicke lang blieben sie alle so – Hugo auf der Brücke, der Mann am grünen Ufer mit seinem Brot, die Katzen in ihren Haltungen von Erwartung und Aufmerksamkeit. Dann kam ein Boot unter der Brücke hindurch, der Gondoliere schwang seine Stange und stieß einen Warnruf aus; der Mann warf die Brotkruste über die Schulter und knüllte das braune Papier zu einem Ball zusammen, und die Katzen – in einer Sekunde waren sie über dem fettigen Papier, der trockenen Kruste, und knurrten und fauchten dabei. Hugo ging weiter.

Die Kristallkugel der Fortuna leuchtete im Sonnenlicht, und das goldene Segel, das er als Wetterfahne hochhielt, schien sich mit einer östlichen Brise zu füllen. Hugo stand an der Spitze der Dogana mit den Händen in den Taschen und hochgeschlagenem Kragen, und niemand sah, daß er sich an dem Licht, an der Wärme stärkte. Jenseits der Lagune lagen die Inseln, und auf einer davon war San Giorgio Maggiore eine perfekt in Stein umgesetzte Gleichung, ein aufgestelltes und gelöstes mathematisches Problem.

Er ging die Zattere hinab, zusammen mit anderen, die gekommen waren, um im fahlen Sonnenlicht spazieren zu gehen, die großen Vaporetti glitten vorbei und ließen eine Spur aus Schaum und Blasen zurück. Als er hungrig wurde, warf er verstohlene Blicke ins Innere der Trattorias auf seinem Weg, und schließlich fand er eine, die nicht zu teuer aussah. An den Tischen hatten sich ganze Familien versammelt, samt Kinderwagen. Die dicke, warme Luft erinnerte ihn an den Bierkeller zu Hause. Die Speisekarte erwies sich als Problem, er kannte kein einziges Gericht und sah voller Verzweiflung den Kellner an – der Kellner war dunkelhäutig und fremd und zeigte keinerlei Reaktion. Doch eine junge Frau vom Nachbartisch beugte sich zu ihm und empfahl ihm die Cannelloni. »Sind gut, gut«, sagte sie und nickte ihm aufmunternd zu. Sie hielt eine hebräischsprachige Zeitung in der Hand. Als sie seinen erstaunten Blick sah, lächelte sie, schüttelte leicht die Seiten auf und erklärte ihm, daß sie im Judenviertel der Stadt wohne, dort gebe es diese Zeitungen, warum komme er nicht und schaue es sich einmal an? Ein netter Ort, sie hatte dort ein Atelier, sie war Malerin. Hugo begann ungemütlich auf seinem Stuhl hin und her zu rutschen. Sie bemerkte es, zuckte mit den Schultern und sah beleidigt aus. »Bleiben Sie lange hier?« fragte sie, bevor sie sich wieder ihrer Zeitung zuwandte.

Hugo platzte heraus: »Ich – ich gehe – nach Indien.«

»Indien!« Das hatte gesessen. Die Zeitung senkte sich, das mißtrauische Gesicht der Malerin tauchte wieder auf. »Wer geht denn nach Indien? Wenn man kein Seemann ist?«

Hugo schüttelte den Kopf und lachte. Die Cannelloni wurden serviert. Höflich wandte sie ihr Gesicht ab, während er aß. Bevor er fertig war, ging sie. Sie drückte sich an seinem Tisch vorbei, ihre schmalen Hüften bewegten sich unter dem schimmernden orangefarbenen Stoff ihres Kleides. »Viel Glück!« flüsterte sie, ohne daß der mißtrauische Zug um die Lippen verschwand, und er stand auf, ließ seine Serviette fallen und stieß gegen den Tisch, so daß sein Kaffee überschwappte. Er überlegte, ob er nicht sein Essen zurücklassen und ihr folgen sollte in das jüdische Viertel und in ihr Atelier, doch der Kellner kam, als hätte er Hugos Absicht erkannt, und präsentierte die Rechnung. Das umständliche Hantieren mit den italienischen Geldscheinen dauerte zu lange, als er hinaustrat, war sie schon verschwunden.

Er dachte daran, ihr zu folgen, rannte zum Fondamente, doch außer einem kleinen Hund an einer langen Leine, geführt von einem Mann in einem weiten Mantel mit einem purpurnen Schal, war niemand zu sehen. Das goldene Licht, das noch vor einer Stunde geherrscht hatte, war zu einer eisigen, weinartigen Substanz geworden. Die kahlen Bäume, die Dächer und Wände hoben sich von diesem Hintergrund ab wie die Linien auf einem Stahlstich. Hugo ging weiter, er dachte, er könne das Judenviertel finden, von dem sie gesprochen hatte; und wenn er sie dort nicht traf, so doch vielleicht andere Juden. Merkwürdig, in Deutschland hatte er nie den Wunsch gehabt, Juden ausfindig zu machen; er war sich zwar bewußt gewesen, daß andere ihn als Juden sahen, aber er selbst hatte sich nicht als Jude betrachtet; das hatte er erst gelernt, als Deutschland ihn von sich wies. Vielleicht war es wichtig, den Ort zu finden, den sie ihr »Viertel« genannt hatte. Vielleicht fand er dort eine neue Identität, eine, die ihm stand, die er freudig annehmen konnte. Die Luft zitterte, sie war voller Möglichkeiten, voller Spannung und Lust und Neuheit.

Den größten Teil des Nachmittags wanderte er eine *calle* hinauf, die andere hinunter, überquerte schleimig schwarze Kanäle auf kleinen Steinbrücken, hielt an Straßenecken, überquerte Plätze, umrundete die Steinseiten einer Kathedrale, putzte sich im Torbogen einer Kirche die Nase und fragte sich, ob er sich nicht hoffnungslos verlaufen hatte. Eine Weile folgte er sogar einer Katze, einer grauen Katze mit einem bösen, scharfen Blick, doch sie sprang über eine Mauer und verschwand mit lautem Blechdosengeklapper, und das schüchterte ihn ein. Manche Viertel waren belebt, doch das Licht an diesem Spätnachmittag wurde schon schwächer und die Kälte machte die Luft schneidend, und es waren immer weniger Leute unterwegs – alte Frauen in rostigem Schwarz, die sich mit ihren Markttaschen abschleppten, Jungen in lauten Stiefeln mit Büchern in ihren Beuteln, die im Gehen pfiffen, das war alles. Aus den Fenstern hing verblichene und zerlumpte Wäsche. Als Hugo zu einer halb überschwemmten *calle* kam, wurde ihm klar, daß die Flut kam, und er verlor den Mut. Er drehte sich um und versuchte, den Rückweg zu finden.

Aber er ging falsch und fand sich plötzlich auf dem Rialto,

wo es Lärm und Bewegung aller Art gab; Orangenkisten standen überall herum, Standbesitzer priesen ihre Waren an, Frauen schrien, Geld klimperte; überall sah er ein Überquellen der Formen, der Arabesken in Stein und Farbe, und wieder ließ er sich einen Moment täuschen und glaubte, daß sein Weg ihn direkt in den Osten geführt hatte, auf einen orientalischen Markt. Verzaubert und erschrocken stand er da. Venedig war der Osten, aber es war auch Europa; es war die magische Grenze, an der sich Ost und West trafen und vermischten, und sieben Tage lang war Hugo ein Teil ihrer Vereinigung gewesen. Erst jetzt wurde es ihm klar: daß er während seiner Wanderungen, seiner endlosen Spaziergänge der Entdeckung des magischen Punkts immer näher gekommen war, des Punkts ihrer Vereinigung, wo sie zu *einem* Land wurden, als dessen natürlicher Bewohner er sich fühlte.

So vergaß er die jüdische Frau, die Malerin, und als es dunkel wurde, bestieg er zusammen mit einer Menge anderer Heimkehrer ein Vaporetto. Er suchte sich einen Stehplatz und ließ sich den Kanal hinauftragen, glaubte, auf See zu sein, auf seinem Weg. Er hatte weder das jüdische Viertel noch die jüdische Frau gefunden, doch er hatte eine andere Welt gesehen; vielleicht war hier das Judentum angesiedelt, doch für ihn war das der Osten, und er war gleichzeitig in ihm und reiste zu ihm hin, in geziemender Distanz und dennoch eins mit ihm.

Als er in seine Pension zurückkehrte, reichte man ihm einen Brief der Schiffahrtsgesellschaft – das Schiff war eingetroffen, und die Passagiere wurden gebeten, vor Mitternacht an Bord zu kommen.

Er packte seinen Handkoffer und lief hinaus in die feuchte Dunkelheit.

DRITTES KAPITEL

Doch hier war das Licht anders.

Seine Augen tränten vom grellen Licht, und Baumgartner blieb stehen, um sie mit seinem großen Taschentuch abzuwischen – eines von diesen großen Quadraten karierter Baumwolle, die man für fünfzig Paisi an der Straßenecke kaufen konnte –, und er bemerkte, wie weit er den Colaba Causeway schon entlanggegangen war, vermißte all die Cafés und iranischen Restaurants, bei denen er normalerweise wegen der Essensreste für seine Familie daheim vorbeischaute. Kein leckerer parsischer Fisch in Minzesoße, kein Schlag Pudding, kein Stück Hammelkotelett für sie heute. Wie dumm, wie vergeßlich. Wie alt er heute war. Er gab einen Seufzer von sich, wurde von den herumliegenden Sachen einer Fahrradreparaturwerkstatt aufgehalten und bemerkte, daß er nur durch eine kleine Gasse zwischen zwei Gebäuden gehen mußte, um auf den Hof zu gelangen, der zu Lottes Zimmer führte. Warum nicht Lotte besuchen und so einen Teil des Tages retten? Sie war die einzige, der er von der merkwürdigen Begegnung mit dem blonden Jungen erzählen konnte, von der Flut der Erinnerungen an das alte Berlin, die dadurch ausgelöst worden waren. Nicht, daß Lotte *sein* Berlin gekannt hätte. Er grinste, so absurd war dieser Gedanke, und nahm sein Taschentuch, um sich über den Nacken zu wischen. Es war undenkbar, daß Lotte dasselbe Berlin bewohnt hatte wie er, daß sie jemals in Gesellschaft seiner Mutter, ihrer Freunde, den Friedmanns, oder selbst des Herrn aus Hamburg hätte gewesen sein können. Er lachte beinah, als er sich fragte, was sie wohl von ihr gehalten hätten – von der Lotte mit ihrem skandalösen Benehmen, mit ihren dicken Beinen, von denen unter ihren Kleidern immer so viel zu sehen war, ihrem Haar, das sie mit Henna in einem lebhaften Rotbraun färbte, ihrer Gintrinkerei, ihrem Tanzen, all ihren verrufenen Angewohnheiten. Hatte sie wirklich in Berlin gelebt, wie sie behauptete, wenn sie sich ihm besonders nahe fühlte? Natürlich, zu anderen Zeiten behauptete sie, eine Zigeunerin gewesen zu sein, die ihren Artisteneltern um die ganze Welt gefolgt war. Baumgartner hatte sich gefragt, ob sie wohl Zirkusartisten gewesen waren, doch nichts an Lottes Körperbau oder Fähigkeiten deutete auf solch eine athletische Abstammung hin. Sie liebte es, zu behaupten, daß ihre Mutter eine Operettensängerin gewesen sei (»Ich war in ihrem Bauch, oben auf der Bühne, als sie die Madame Butterfly sang – sieht man es nicht an meinen Augen?« sagte sie schelmisch und zog die Augenwinkel mit ihren lackierten Fingernägeln hoch). Doch was zählte das schon – sie sprach Deutsch, seine Sprache, nicht wahr? Er steckte das Taschentuch in die Tasche, ging die Gasse hinab, stieg breitbeinig über das Rinnsal, in dem unansehnliche Dinge den Strom der Seifenlauge blockierten und sie an diesem heißen Morgen unglaublich stinken ließen; die Idee, eine Weile bei Lotte zu verbringen, vielleicht einen Kaffee mit ihr zu trinken, ihrem Deutsch ein wenig zu lauschen, zog ihn an, so abstoßend ihr Akzent, so grob ihre Ausdrucksweise und so knarrend ihre Stimme auch war – ja, es hatte wohl etwas mit dem Jungen, diesem Jungen zu tun.

Er hielt in dem Innenhof inne und schaute hoch, um zu sehen, ob ihr Fenster geöffnet war (sie schloß es jedesmal, wenn sie ausging, weil »hier ist jeder ein Dieb; wir leben in einer Diebeshöhle, Hugo, wir sind umzingelt«), und sah, daß die Fensterläden zwar geöffnet, die Vorhänge aber geschlossen waren; rosa und rote und blaue Blumen waren darauf gedruckt. Lotte schlief lang – das wußte er –, eine Gewohnheit aus ihren Kabarettagen, doch es war spät genug, und wie konnte sie nicht längst wach sein, wo doch in der Garage unten ein Mechaniker mit seinem Hammer auf die Stahlfelge eines Reifens schlug – klonk, klonk, KLONK? Und in einem anderen Raum, der zum Hof hinausging, hatte ein Mann sein Transistorradio an einen Nagel am Türrahmen gehängt; er saß auf einem Stuhl und massierte, eine Zigarette zwischen den Mundwinkeln, seine schwieligen Füße, die er aus geschnürten Plastikslippern gezogen hatte – Ramu, der Schwarzbrenner, Baumgartner erkannte ihn, er versorgte Lotte mit Schnaps, Landschnaps, der wahrscheinlich aus Kerosin oder Insektiziden gebrannt wurde und sie eines Tages sicher umbringen würde, er hatte sie ja gewarnt. Plötzlich warf der Mechaniker seinen Hammer in ein Blechfaß und verlangte von seinem Helfer einen Schraubenschlüssel. Ein unsichtbarer, aber stets hörbarer Papagei – vielleicht lebte er in dem Zimmer, auf dessen Fensterbrett eine Reihe von Geldbäumen aus einer Reihe von Bierflaschen wuchsen – krächzte immer und immer wieder seine barschen Töne. Auf der Straße versuchte eine Bananenverkäuferin lauter zu schreien als eine Verkäuferin, die ihren Fisch mit gleichem Ungestüm feilbot. *»Pomfret, pomfret – jheenga, jheenga!«* schrie die Fischverkäuferin, aber die Bananenverkäuferin triumphierte mit dem langgezogenen Schrei *»Ke-laah!«* Und draußen auf dem Colaba Causeway zog der Verkehr ohne Unterlaß weiter, ein alles verschlingendes Monster in Bewegung.

Nein, niemand konnte in dieser Hölle aus Lärm und gleißendem Licht schlafen, entschied Hugo, nicht einmal eine volltrunkene Lotte, und er begann, die Treppe über der Garage hinaufzusteigen. An der Tür – er erinnerte sich an sie, als die Farbe noch frisch war, ein helles Feuerwehrrot, das jetzt braun abblätterte, abplatzte – klopfte er immer wieder. Die Luft war erstickend von den Kochgerüchen im Treppenhaus, und er fühlte, wie die Kinder der Familie einen Stock höher ihn durch das Geländer anstarrten; sie waren still, mit Ausnahme ihrer Nasen, die ein verstopftes, ersticktes Geräusch machten und liefen; er wußte, das waren die Kinder, die Lotte Fischschuppen und Krabbenschwänze auf den Kopf geworfen hatten, als sie eines Nachts betrunken nach Hause gekommen war, und dadurch eine solche, fünfzehn Minuten währende Hysterie ausgelöst hatten, daß selbst die Werkstatthelfer beeindruckt waren und nach der Polizei schickten; nachdem die Polizisten zwei Stunden lang in Konkani und Jiddisch beschimpft worden waren, zogen sie hilflos ab. Auch

Baumgartner kam sich besiegt vor und war gerade dabei, sich umzudrehen und die Treppen hinabzusteigen, ohne Kaffee, als er hörte, wie Lotte an den Möbeln vorbeitorkelte, dann an den Ketten rasselte, die sie an der Tür angebracht hatte, nachdem Ramu, der Schwarzbrenner, ihr einmal gefolgt war und versucht hatte, sie wegen einer unbezahlten Rechnung zu erstechen. Er wußte, daß sie ihn durch den Türspion anstarrte, und er mußte lächeln, denn durch den Spion sah jeder aus wie ein Dieb oder ein Mörder. Er versuchte, sie durch Zwinkern und Grimassieren zu beruhigen.

Schließlich öffnete sie die Tür vorsichtig einen Spaltbreit und schaute hindurch, drückte Lippen, Nase und Augen in einem verkrampften Blick der Ablehnung zusammen. »Ach du lieber Gott, Hugo«, sagte sie abschätzig, ließ ihre Hände an die Hüfte hinabfallen, und die Tür schwang auf. Das weiche Fleisch hing von ihren Armen herab wie zwei Hammelkeulen voller blauer Venen. Sie hatte einen Unterrock an und stand barfuß da.

»Was ist, Lotte, empfängst du Gäste in diesem Aufzug?« schalt er sie, ging an ihr vorbei und stieß dabei mit seiner Hüfte gegen die ihre – solch plumpe Unbeholfenheit war alten Männern doch sicherlich erlaubt. Und wenn sie auch nicht zurückstieß, so drückte sie sich auch keineswegs zur Seite.

»Gäste sind das letzte, was ich brauche nach dieser Nacht«, grummelte sie und folgte ihm, nachdem sie die Tür fest verriegelt und verschlossen hatte, wobei die Kinder vom oberen Treppenabsatz die Gelegenheit benutzt hatten und ihr eine Reihe von Schimpfwörtern entgegengeschrien hatten, allesamt schmutzig.

»Was für eine Nacht? Bis Sonnenaufgang im Café de Paris getanzt, was?« stichelte er und setzte sich auf seinen Lieblingssessel, einen Korbstuhl, der über die Jahre hinweg seine Körperform angenommen hatte. Zudem besaß er ein kleines flaches Kissen, das mit demselben Stoff bezogen war wie die Vorhänge. Er legte es hinter seinen Rücken und war dankbar für den Halt.

Lotte warf sich auf den Küchenstuhl am Tisch, spreizte die Beine und zeigte freizügig ein fleischiges Dreieck, und dann warf sie die Arme hoch und bildete noch ein Dreieck über ihrem Kopf, von dem ihr Haar in einem roten Durcheinander abstand. »Er redet vom Tanzen«, stöhnte sie. »In dieser verdammten Hitze und in diesem verdammten Friedhof? Was für ein Witz.«

»Na, Lotte, da steckt doch noch genug Leben drin.«

»Leben, was für ein Leben? Moskitoleben, ja, stimmt – Millionen und Abermillionen dieser verdammten Moskitos, und alle nisten in meinem Haar. Ich glaube«, sie fuhr sich mit den Fingern durchs Haar, so daß es wie orangefarbenes Gras senkrecht stand, »sie halten mich für die Mama Moskito und trinken mein Blut wie Milch. Die ganze Nacht schreien sie an meinen Ohren nach mehr. Schau, wie ich mich überall zerkratzt habe.« Sie beugte sich zu ihm, zeigte genüßlich ihre Kratzwunden und die großen Striemen, die sie auf ihrer roten Haut gezogen hatte.

Baumgartner fuhr zusammen und schreckte zurück. Man konnte auch zuviel von Lotte kriegen. »Vielleicht hilft ein wenig Kaffee«, schlug er vor.

»Was, auf der Haut? Bist du meschugge?«

»Die Kehle hinunter, Lotte, die Kehle hinunter.« Er bewegte einen Finger hin und her und öffnete und schloß die Lippen dazu wie ein Fisch am Haken.

Doch sie blickte finster drein, schlug die Hände an den Kopf und sagte seufzend: »In der heißen Sonne, die einen brät wie ein Ei in der Pfanne? Kaffee ist nichts für dieses Land. Trink lieber was Richtiges mit mir.« Und sie warf ihm einen Blick zu, der einem Zwinkern sehr nahekam, stand dann auf und watschelte um den Tisch zur Küchenseite ihres einzigen Zimmers.

Das war eigentlich nicht, was Baumgartner wollte – er mochte keinen Gin am Morgen, und bei Lotte konnte man sich nicht einmal sicher sein, ob es überhaupt welcher war und nicht das örtliche Gebräu, das Ramu ihr brachte, ein stinkendes Gift namens *feni*. Er war verzagt, während er zuschaute, wie sie eine Flasche hinter einer Reihe Dosen hervorzog, in denen sie Reis und Zucker aufbewahrte, und Gläser aus dem Waschbecken zog, in dem sich schmutzige Teller stapelten. »Also, willst du welchen?« rief sie angriffslustig, und er nickte zögernd, resigniert, und schaute ihr dann zu, wie sie die Gläser oberflächlich unter dem Messinghahn wusch, aus dem das Wasser in eine Plastikschüssel floß. »Ramu hat ihn letzte Nacht gebracht«, sagte sie, als sie die farblose Flüssigkeit eingoß. »Echter Stoff – von den Konsulaten – nicht dieses Zeug, das sie im Hof aus Cashewkernen brauen.«

»Ach Lotte, wie kannst du Ramu trauen?« seufzte er und versuchte, sich mit dem Drink zu versöhnen, den er nicht wollte. »Du kannst von Glück sagen, wenn es aus Cashewnüssen ist. Es gibt nicht viele Cashewnüsse im Hof – aber viel Hundekot im Abfluß.«

Sie verschüttete etwas Gin auf dem Tisch, sie hatte die Flasche zu heftig aufgesetzt. »Also, was soll das?« fuhr sie ihn an. »Du brauchst wohl Seife, um dir den Mund auszuwaschen. Rede nicht so schmutzig über Essen oder Trinken in meinem Haus, hörst du? Gutes Essen – gutes Getränk – spuck nicht drauf, Hugo, sei dankbar.« Sie goß aus einer anderen Flasche etwas Wasser in die Gläser, humpelte dann zu dem kleinen grauen Kühlschrank, den es in einer Ecke vor Zorn schüttelte und rüttelte, und holte einen Behälter mit Eiswürfeln heraus.

Als er die Eiswürfel auf einen Teller kullern sah, begann Baumgartner, sich frischer zu fühlen und wischte sich den Nacken mit seinem Taschentuch, freute sich auf das Gefühl der Kühle und Ruhe. »Natürlich ist er gut, Lotte«, beruhigte er sie, »aber nicht Grand-Hotel, ha, nicht gerade Prince's.«

»Prince's!« schnaubte sie, griff eine Handvoll Eiswürfel und warf sie in ein Glas. »Grand-Hotel!« Sie warf ein paar in das andere Glas. »Mein Hugo ist also gekommen, um darüber zu reden.« Sie brachte ihm sein Glas, machte vor ihm einen Knicks und schaffte es, ihm etwas aufs Knie zu gießen.

»Vorsichtig, vorsichtig mit dem Gin des Herrn Konsul,

Lotte«, warnte er. »Es ist zu früh am Morgen, um umzukippen.«

»Ich weiß, daß es früh am Morgen ist«, schnappte sie und sank mit ihrem Glas Gin in der Hand auf den Küchenstuhl zurück. »In aller Herrgottsfrühe, wie man so sagt.«

»Und wie kommt's, daß du heute so formal bist? Ein neuer Freund? Die Party von gestern?« Baumgartner lachte, nachdem er einen Schluck getrunken hatte, und fand den Drink auf unerwartet angenehme Art zugleich kühl und feurig.

»Party, Party«, stöhnte sie und wischte sich nach einem langen Schluck den Mund ab. »Die einzige Party, von der ich was bemerkt habe, war unten in der Wohnung des Verrückten. Ich sag' dir, Hugo, der macht mich meschugge, dieser Ort. Unten, Party. Oben, Puja – Priester, Glocken, fromme Lieder die ganze Nacht. Das ist ein Irrenhaus.« Sie zog die Mundwinkel nach unten, zwei tiefe Einschnitte formten sich in den weichen, mehligen Wangen zu beiden Seiten und sie sah so abgekämpft aus, wie sie zu sein behauptete.

»Ich hab' ihr gesagt, sie soll nicht umziehen«, erinnerte Baumgartner sie. »Sie hatte so eine schöne Wohnung, die in Napoli. Ein Geschenk fürs Leben. Manche merken nicht, wenn sie Glück haben. Nur des Geldes wegen hat sie sie hergegeben.« Er schüttelte den Kopf und bedauerte wieder einmal den Verlust der kleinen Wohnung, in der Lotte tatsächlich früher einmal gelebt hatte, sie lag in Richtung des Turms der afghanischen Kirche, und der Geruch frischen Fischs wehte von den Sassoon-Docks her durchs Fenster, wenn die Boote einliefen. »Ein netter Türsteher, der alles bewachte, ein Straßenkehrer, der alles sauber machte, und eine Brise am Fenster – aber du wolltest Geld.«

»Du nicht?« explodierte sie. »Wie kann man leben ohne Geld?« Sie knallte ihr Glas auf den Tisch und füllte sofort nach. »Du kannst keine Memsahib sein ohne Geld. Ich habe es versucht, Hugo, aber nein, ohne Geld war ich nur die arme kleine Lotte, keine große Memsahib.« Unvermutet begann sie zu lachen, ihr Gesicht wurde rot bei jedem Ausbruch.

»Erinnerst du dich an deine Lotte in den alten Memsahib-Tagen, Hugo?« Ohne auf seine Antwort zu warten, fuhr sie fort: »Das war, als mein Kanti noch lebte. Alles mußte damals nett sein – Silberschalen für die Nüsse auf dem Tisch, Spitzengardinen vor den Fenstern – das mochte er. Und der Diener, den er für mich anstellte, dieser nutzlose Junge Raju. Raju verstand alles. Wenn ich allein war, hab' ich ihn nie gesehen – er saß draußen auf dem Treppenabsatz und spielte Karten mit all den Dienern in Napoli. So viele Menschen lebten dort, so viele Diener hatten sie, und alle spielten Karten auf den Treppenabsätzen. Aber einmal im Monat konnten wir sicher sein, daß ein Telegramm aus Kalkutta kam, ein rosa Telegramm mit weißem Papier darauf – das bedeutete, Sahib kam. Dann sprangen wir beide – Raju und ich.« Sie lachte bei der Erinnerung und schlug die Hände zusammen, um deutlich zu machen, wie es gewesen war. »Schnell, schnell, ich wusch mein Haar, zog mich an, ging aus und kaufte etwas Hübsches – ein Stück hübschen Stoff – rannte dann zum *durzee* – ich hatte einen sehr cleveren Mann damals – er konnte so gut aus den Magazinen kopieren. Und ich suchte passende Schuhe – oder besser Sandalen, denn Strümpfe gab es damals nicht. Und ich brachte Raju dazu, mit dem Kartenspielen aufzuhören und seine Freunde alleinzulassen. Er wußte, wenn Sahib kam, dann mußte er sich benehmen – alle wußten das. Ich brachte ihn dazu, die ganze Küche zu schrubben, sie mit Vim zu schrubben, alle Küchenschaben zu fangen und zu töten. Ja, Hugo, das macht man einmal im Monat, und du hast deine Ruhe vor ihnen – sogar du in deinem Loch. Und ich bestellte Soda und stellte es in den Kühlschrank, und Bier. Kaufte Vorräte. Raju zog ein frisches Hemd an. Dann kochte er – all die Lieblingsgerichte von Kanti konnte er machen. Meine nicht: er lernte nie, Kartoffelpuffer oder Leberknödel zu machen, so oft ich es ihm auch beizubringen versuchte. Aber *dal, sabzi, khichri, roti,* alles, Raju konnte das genau so zubereiten, wie Kanti es mochte. Und dann war ich die Memsahib in seinen Augen. Vielleicht, weil ich ein Taxi nahm, um

Kanti vom Bahnhof abzuholen. Dafür zog ich ein Kleid an.« Sie kicherte Baumgartner ins Gesicht, und ihr war durchaus bewußt, daß seine Augen auf ihre Knie, ihre Schenkel starrten. »All diese schönen Kleider paßten mir damals. Ja, Hugo, ich hatte ein grünes Seidenkleid, und das gelbe bedruckte – und meine Haare waren damals noch blond –, ich muß wirklich wie eine Memsahib ausgesehen haben, da im Taxi auf dem Weg zum Bahnhof, als ich ihn abholte. Dann sagte er, daß ich das nicht mehr tun sollte, denn er könnte mit Verwandten reisen, oder mit anderen Geschäftsleuten aus Kalkutta, und er wollte nicht, daß sie mich sehen.« Ihr Gesicht war immer noch rot angelaufen, aber ihre Augen und Lippen hatten schon ihre Lebhaftigkeit verloren und hingen herab, so daß ihre Stimme undeutlich klang. »Also blieb ich danach in der Wohnung und wartete. Das war nicht dasselbe. Ich wurde nachlässig, so was passierte mir –«, sie zog an dem ausgefransten Gummi ihres Unterrocks. »Aber das Bier war kalt, Soda und Eis standen bereit, und wenn er kam, konnte ich ihm eine kleine Party geben. Er liebte das, der alte Kanti. Ließ mich all meine alten Lieder singen und Witze erzählen – er lachte und lachte. Ich denke, in seinem Haus lachte oder sang nie jemand oder brachte ihn zum Lachen. Er hatte Töchter, ließ sie Gesangsstunden nehmen wie all die Töchter in Kalkutta, aber er konnte ihren Gesang nicht ertragen. ›Friedhofsmusik‹ nannte er die Lieder, die sie in Bengalen singen. Er mochte meine - mit einem bißchen Bein – hi hi. Hat er gesagt. Alte Männer mögen das, oder, Hugo?« Sie zwinkerte ihm zu, aber mit einigen Schwierigkeiten; sie konnte ihre Augenlider nicht mehr kontrollieren. »Dann wurde er zu krank zum Lachen. Es tat ihm weh beim Lachen. Er wollte direkt ins Bett und dort seinen Drink nehmen. Das war schon in Ordnung, das konnte ich verstehen, aber er ging nicht mehr aus. Das ganze Wochenende im Bett. Das machte keinen Spaß, ich war ja schon die ganze Woche im Bett. Raju brachte Whisky und Soda ins Schlafzimmer. Machte immer ein Gesicht, als würde er etwas riechen. Grober Kerl. Machte mich so wütend, daß ich ihn treten wollte, aber Kanti hielt mich davon ab, sagte, ich dürfe Raju nicht anbrüllen, er sorge ja für mich. *Er,* für mich sorgen? *Wer* sorgte für mich? *Niemand.* Außer Kanti.«

Baumgartner schaute zu, wie sie sich noch ein Glas eingoß, noch mehr Eis ins Glas warf, versuchte sich an die nichtssagende Figur des Marwari-Kaufmanns aus Kalkutta zu erinnern. Trocken wie ein Tabakstengel, zusammengeschrumpelt unter den kunstvollen Falten seines weißen Dhoti und seines bunten Turbans, der Geruch von Schnupftabak, der sich darin eingenistet hatte, und der Geruch aus seinem Mund voller verfärbter Zähne, der Geruch von silberschaligen Betelnüssen, der einen zurückweichen ließ – er roch wie ein Parfümladen –, wie hatte Lotte das ausgehalten? Selbst damals, als sie beide jung waren – als sie alle jung waren –, hatte er sich gefragt, wie Lotte das aushielt.

In einer majestätisch gelangweilten Geste streckte sie ihren Arm nach ihm aus, ihre Bewegungen waren vom Gin verlangsamt. »Schau, all die Armreifen sind von Kanti. Massiv Gold, zweiundzwanzig Karat, wie es die Inderinnen tragen – kein Europäer würde das glauben, mmh?« Melancholisch klimperte sie mit ihnen an ihrem Handgelenk, es klang wie Glokken im Wind. »Jetzt habe ich Angst, daß diese Diebe mich deswegen umbringen – wie dieser betrunkene Ramu unten oder diese – diese –«, sie zeigte mit dem Finger zur Decke, unfähig, sich dazu zu bringen, den unaussprechlichen Namen ihrer Nachbarn dort oben auszusprechen, »aber ich kann sie nicht abnehmen und auf die Bank tragen. Das ist, als würdest du deinen Ehering abnehmen. Hindufrauen tun das, wenn sie Witwen sind, aber ich nicht – sie sind eben kein Ehering, sondern nur Geschenke. Geschenke von Kanti.« Sie drehte die Armreifen um ihre Handgelenk, und das Klirren, das dabei entstand, erschreckte Baumgartner. Diese Hinduwitwennummer, konnte sie das nicht sein lassen?

»Dieses Magengeschwür«, grübelte sie laut, »ich habe ihm gesagt, trink nicht, Kanti – nur Soda, kein Whisky, aber er lag in meinem Bett, die Zähne im Glas auf dem Tisch, und sagte:

›Weshalb bin ich wohl nach Bombay gekommen? Du und ein Drink, das ist mein Leben, dafür lebe ich. Gib mir noch einen Whisky‹, und ich wußte, wie er sich fühlte, ich hätte mich genauso gefühlt, du nicht, Hugo?« Sie starrte ihn scharf an, bis er zustimmend nickte, obwohl er überhaupt nicht ihrer Meinung war. »Also trinken, trinken, trinken – und eines Tages – ffft! Das Geschwür platzte auf, wie die Ärzte sagten. In Kalkutta. Ich war nicht einmal da, um seine Hand zu halten. Seine Familie stritt sich schon im Krankenhaus um seinen Besitz – wie Hunde um einen Knochen. So geht's mit uns, Hugo«, sie wiegte den Kopf. »Am Ende – allein.«

»Oh, Lotte«, protestierte Baumgartner, führte das aber nicht aus, weil er nicht konnte.

»Und dann die Prozesse. Die langen, langen Prozesse. Wie viele Jahre das gedauert hat, und alle meine Ersparnisse waren hin, alle Geschenke Kantis. Das hat meine Gesundheit ruiniert, Hugo.«

»Ja, ja«, er nickte zynisch, »ich sehe, wie deine Gesundheit ruiniert ist«, und beäugte ihre dicken Arme, ihre festen Schenkel, ihren runden Bauch.

»Sie ist wirklich ruiniert«, sagte sie mit Nachdruck, »nur das«, sie winkte mit dem Glas nach ihm, »nur das hält mich bei der Stange. Wie Kanti.«

»Sei vorsichtig«, warnte er sie, plötzlich beunruhigt. »Vielleicht sollten wir was essen, Lotte. Vielleicht ein Sandwich.«

»Oh, ich esse nie zu Mittag.« Sie verzog das Gesicht ob dieses Vorschlags und zündete sich statt dessen eine Zigarette an. »Kein Frühstück, kein Mittagessen. Bei Nacht vielleicht, ein wenig, wenn ich mich dazu zwingen kann und einkaufe«, sie wanderte mit den Fingern über den Tisch, »unten.«

Baumgartner war beunruhigt. So lebte er nicht, und sein Magen verlangte recht energisch nach dem, was er gewohnt war. »Nur etwas Brot und Käse, Lotte«, bat er, und er dachte mehr an sich selbst als an sie.

»Brot und Käse?« schrie sie. »Er denkt, wir sind in Deutschland, hä? Oder in der Schweiz? Die Wahl zwischen

Roquefort, Camembert und Brie vielleicht? Und Brot – Weißbrot, Schwarzbrot, Pumpernickel vielleicht?« Sie lief vor Zorn rot an.

Baumgartner zog sich beschämt zurück. »Ich dachte nur – es ist so spät – zuviel Gin ist nicht gut, Lotte. Warum nicht statt dessen Bier, tagsüber?«

»Ha!« schnaubte sie. »Was Besseres als Bier in *diesem* Land. Bier gibt den Keimen bloß Nahrung zum Wachsen – du brauchst was Starkes, um sie zu töten – wie Gin.«

»Ach, Lottchen, du lebst hier seit fünfzig Jahren, und dich hat noch kein Keim erwischt. Denk doch nur mal daran, wie viele Keime – und Moskitos und Käfer und Läuse *du* in der Zeit schon getötet hast, hm?«

»Erinnerst du dich an die Familie, die in Napoli lebte, ganz oben unter dem Dach? Wie sie mir manchmal einen Essenskorb schickten, wenn sie ein besonderes Puja für einen Enkel hatten oder eine Hochzeit oder was immer? Ich habe ihn stets Raju gegeben, ich wußte, er war voller Keime. Komisch«, fügte sie hinzu, »daß sie ihn mir geschickt haben, oder? Sie müssen wohl gedacht haben – sie müssen wohl gedacht haben, Kanti und ich –, daß es in Ordnung war. Aber als er starb, hörte das alles auf. Dann taten sie sich mit den Söhnen zusammen, dann sagten auch sie, daß ich nicht verheiratet war, die Wohnung nicht behalten konnte. Was sollte ich denn tun, Hugo, außer meine wunderschöne Wohnung in Napoli aufzugeben? Sie boten mir eine außergerichtliche Einigung an – eine Menge Geld, so schien es mir –; also nahm ich es. Schließlich hatte ich noch dieses Zimmer hier; das war mein Leben, meine kleine Fabrik.«

Baumgartner starrte sie an, als hätte er sie im Verdacht, daß sie von all dem Gin verrückt geworden war. Wovon redete sie jetzt überhaupt?

Als sie seinen Unglauben bemerkte, wurde sie schrill. »Du erinnerst dich nicht? Mein Hutgeschäft, das Kanti für mich eingerichtet hat? Gleich nach dem Krieg? Du erinnerst dich nicht, daß er mir dieses Zimmer kaufte – damit ich Hüte machen konnte?« Sie streckte die Hand aus, versetzte ihm einen Stoß und zwang ihn wieder in seinen Rohrsessel. »Hugo, du bist ja so dumm – kannst du dich nicht an Mutter Braganza und ihre zwei Töchter erinnern, sie saßen hier und machten die Hüte, die ich entwarf – gleich nach dem Krieg?«

Er bewegte langsam den Kopf, auf eine Weise, die ja oder nein bedeuten konnte – wie immer sie es sehen wollte; eine Taktik, die sich in seinem langen Leben mit seinen komplizierten Forderungen als nützlich erwiesen hatte. Er starrte auf Lottes Füße, die erstaunlich blaß und schmal waren auf dem fleckigen, verfärbten Boden, und sah wieder die Wangen seiner Muter, weiß unter dem schwarzen Netz des Schleiers, und die frischen Veilchen, die für den Sonntagmorgenspaziergang auf dem Kurfürstendamm an ihr kleines schwarzes Cape gesteckt waren. Das konnte er Lotte nicht sagen, die in ihrem Leben auf der Bühne oder unter der Zirkuskuppel einer solchen Erscheinung wohl nie begegnet war, also starrten sie sich einen Moment lang verärgert und verständnislos an.

Dann entschloß sich Lotte, es ihrem armen, verwirrten, senilen alten Freund haarklein zu erzählen. Sie warf ein Bein über das andere und gab ihrem weichen Fleisch so eine enger gepackte Form, es war reif und erfahren in seiner Prallheit; sie zog an ihrer übelriechenden Zigarette und rief es Baumgartner ins Gedächtnis: »Ich hatte Kanti erzählt, daß ich etwas zu tun brauchte – beschäftigt sein mußte, nicht immer in der Wohnung auf ihn warten – und daß ich ein Geschäft mit Hüten machen könne, mit europäischen Hüten. Also kaufte er mir diese Magazine, europäische Magazine, ich *liebte* sie, schaute mir all diese eleganten Kleider an, wie man sie in Europa sieht.«

Baumgartner schnaufte leise und wollte sie fragen, ob sie annehme, daß er das glaube, daß sie aus der Welt der Haute Couture käme, aus Paris, doch Lotte weigerte sich, zuzuhören oder unterbrochen zu werden.

»Und ich begegnete Mutter Braganza und ihren zwei Töchtern. Ich fand, daß sie sehr gut kopieren konnten. Ich zeigte ihnen einen Hut mit Federn, einen Hut mit Perlen, einen Hut mit Schleier. Einmal ließ ich sie einen kleinen Hut machen in der Art eines chinesischen Kuli-Huts, und darunter dieser Schleier, schwarz, und darauf ganz kleine Perlen, Hugo, ach, er war *élégante*.«

Sie stellte ihre Beine auseinander, und ihre Augen schauten glasig, entweder vom Gin oder von dem Lichtstrahl, der durch einen Spalt zwischen den bunten Vorhängen vor dem Fenster brach. »Aber wozu denn all diese Mode hier?« schrie sie und warf ihre Zigarette zu Boden. »Ich hatte vergessen, daß ich in Indien lebte!« Sie lachte. »Indien – das Land des Saris, der verschleierten Frauen, was wußten die denn schon von *Hüten?* Ich war so eine Idiotin, ich habe wirklich geglaubt, sie würden meine Hüte tragen. Hüte – über einem Sari?« stieß sie hervor. »Und die ganze Zeit über sagte Mutter Braganza zu mir: ›Madam, keiner trägt solche Hüte. Machen Sie nicht solche Hüte, Madam. Machen Sie sie für die Kirche, für Hochzeiten, Konfirmation, Beerdigung, dann verkaufen Sie sie. Machen Sie sie mit Orangenblüten, weißen Schleiern, Papierblumen, meine Mädchen werden sie machen, Cecilia und Rosalie.‹ Aber habe ich darauf gehört? Natürlich nicht! Ich sollte Kleinmädchen-Schleier für Konfirmationen machen?« Sie schüttelte sich vor Lachen und verschüttete Gin und Wasser auf ihrem Schoß, als sie das Glas nachfüllte, und achtete nicht auf Baumgartner, der ihr seins entgegenhielt. »Wie konnte ich so etwas machen, ich kam doch aus Europa, wo die Menschen etwas von Mode und Eleganz verstehen! Ich konnte keine Kirchenbekleidung für die Braganzas und Lobos und Lopez' in Bombay machen, das war einfach zuviel verlangt. Also blieb ich bei den Federn und Perlen – und all diese Hüte lagen einfach hier im Zimmer und verrotteten. Du weißt, wie dieses Klima alles verrotten läßt – die Feuchtigkeit, der Staub, die Insekten. Als ich in Napoli auszog und hierher kam, keine Memsahib mehr, keine Modeschöpferin, nur noch eine arme alte Frau, da mußte ich all die Federn und die toten Motten und Silberfischchen ausfegen. Soviel Müll. Ach, es machte mich traurig.« Sie endete mit einem Ausbruch von Gelächter und goß Baumgartner endlich etwas Gin in sein Glas. »Und Mutter Braganza schickte ihre Töchter auf die Straße. Von Hutmacherinnen zu Prostituierten«, seufzte Lotte und zupfte an der zerfledderten Spitze ihres Unterrocks. »Und jetzt leben sie alle oben auf dem Dach, sie und ihre Kunden und ihre Kinder – jetzt verachten sie mich. Sie werfen mit vergammeltem Fisch nach mir. Sie rufen die Polizei – die Polizei –«, Lottes Mund begann zu zucken.

»Keine gute Idee, die Hüte«, schloß Baumgartner und lehnte sich mit seinem Glas zurück.

»Nein«, stimmte sie zu, »es ist besser, im Bett zu bleiben, Gin zu trinken und all das zu vergessen – dieses Hämmern, dieses Schreien, dieses Narrenhaus.« Sie preßte die Hände an den Kopf: Unten im Hof dirigierten die Mechaniker einen Lastwagen durch die Gasse zu ihrer Werkstatt, brüllten Befehle und ließen bei alldem den Motor laut aufheulen. »Wenigstens hatte ich dieses Zimmer, als sie mir Napoli weggenommen hatten, die Söhne Kantis. Diese Jungen – ich kannte sie, als sie klein waren. Wenn sie krank waren, machte ich ihnen Haferbrei. Nachts kühlte ich ihnen die Stirn mit Eis. Ich hielt die Priester fern und rief den Arzt. Sie hatten nicht einmal ein Thermometer im Haus, bis ich loszog und eins kaufte. Wenn sie sich einmal gut anziehen wollten, dann ging ich los und suchte die Kleidung aus. Aber als Kanti tot war, da sagten sie: ›Wer ist diese Frau? Wir kennen diese Frau nicht. Werft sie raus.‹ Sie gaben mir Geld und setzten mich auf die Straße. Ja, Hugo, so war das.«

Sie beugte sich vor, kippte aus ihrem Stuhl am Tisch, ihr verworrenes Haar fiel ihr auf die sommersprossige Schulter, in die die schmutzigen Satinbänder ihres Unterrocks einschnitten. Eine Weile brütete sie, goß sich dann ihr Glas noch einmal voll, zündete sich eine weitere Zigarette an und betrachtete den schweigsamen Mann in dem Rohrsessel. »Ja«, sagte sie mit ihrer tiefsten Stimme, »das ist die traurige Geschichte von Lola aus dem Prince's, was, Hugo, Liebster?« Sie zwinkerte ihm zu in Erinnerung an die gemeinsamen Erlebnisse – er erinnerte sich doch sicher daran? »Du erinnerst dich doch an die alte Lola, oder, Hugo?« Um sein lückenhaftes Gedächtnis aufzufrischen, streckte sie ein Bein aus, streckte die Zehen und versuchte, die Wade anzuspannen, um die elegante Linie eines Tänzerinnenbeins zu bilden. »Lola, süße Lola, vom Prince's, o ja«, sang sie.

Baumgartner merkte, daß auch er lächelte. Das war ein Abschnitt von Lottes vielfarbiger Vergangenheit, den er viel besser kannte als ihre spätere Wiedergeburt als Memsahib. Er war auch nicht abgeneigt, an Kalkutta erinnert zu werden, an das Prince's, seine eigene Jugend, die Tage im Varieté, mit Whisky, mit Tommies und GIs, die Tage von Profit und Reichtum, mit den Kriegsschiffen in sicherer Entfernung, doch nah genug, um die Szene aufzuladen mit einer gewissen Hysterie, einer unvergeßlichen Hysterie, die wie Trunkenheit war, ein Fieber, das an Delirium grenzte.

»Und kann Lola noch ihren Can-Can?« zog er sie auf.

Sie streckte wieder ihr Bein aus und stieß ihn mit dem Zeh an. »In welche Zeit gehöre ich wohl, mmh? In die von deiner Großmutter?« Sie donnerte ihr Glas auf den Tisch und stand mühsam auf. »Kannst du dich an nichts erinnern?« Sie streckte einen Arm vor, beugte sich zurück und drehte sich mit unerwarteter Beweglichkeit. »Kannst du dich nicht mehr an Gisela und mich in unseren blauen Satinkleidern mit den roten Schleifen erinnern – so etwa?« Sie tänzelte in ihrem Unterock umher, hielt dabei eine zerfetzte Ecke ihres Unterrocks hoch, stemmte die andere Hand in die Hüfte und summte:

Tea for two and two for tea,
Me for you und you for me . . .

Baumgartner lehnte sich in seinem Stuhl zurück und klatschte. »Bravo! Ja, ich erinnere mich, Lotte. Und Gisela mit ihren frisch gedrehten Locken – sie wusch sich jedesmal vor dem

Auftritt die Haare –, und dann hatte jede von euch einen eigenen Auftritt – was war es noch?«

Lotte zog den Stuhl vom Tisch, hob ein Bein und stellte ihren Fuß darauf. Eine Hand in die Hüfte gestemmt, hielt sie mit der anderen eine imaginäre Zigarette an ihre Lippen. Dann warf sie sich wie ein Pferd das Haar aus den Augen und sang mit gesenktem Kopf aus dem Mundwinkel:

Vor der Kaserne, vor dem großen Tor,
stand eine Laterne und steht sie noch davor...

»*Lilli Marleen*«, rief Baumgartner und klatschte in die Hände. »Bravo, *Lilli Marleen!*«

Sie verbeugte sich schwungvoll, doch dabei verlor sie die Balance, und damit war es mit ihrem großen Auftritt vorbei. Sie warf sich auf den Stuhl, stützte die Hände auf die Knie und sah erfreut und aufgebracht aus. »Aber diese Gisela, sie ging zu diesem fetten kleinen Manager – Om Sahni, du erinnerst dich doch an ihn, Hugo – und sagte zu ihm: ›Ich komme aus Rußland. Ich war Primaballerina der Ballets Russes. Ich habe Odette getanzt, Odile, Giselle...‹ In welchem Stück war sie nicht der Star? Niemals Corps de ballet, von Geburt an Primaballerina! Und Om Sahni, der Sodawasser hergestellt und in seiner Hütte in Flaschen abgefüllt hat, bevor er Manager wurde, er glaubte ihr jedes Wort. Wie konnte eine Memsahib, eine blonde Lady mit weißer Haut, eine Lüge erzählen? Und er zog einen glänzenden seidigen Anzug an und trug eine Krawatte aus Sofastoff, weißt du, und setzte sich ganz nah an die Bühne und sah ihr zu, wie sie mit Tränen in den Augen und mit Hühnerfedern, die ihr über die Ohren hingen, in Satinpantoffeln umhertänzelte. Ach, wenn die Pawlowa gesehen hätte, wie Gisela den sterbenden Schwan im Grand-Hotel in Kalkutta getanzt hat, dann wäre sie aus dem Grab gestiegen und hätte ihr Hammer und Sichel über den Kopf geschlagen, glaube ich – das hätte eine Bolschewistin mit ihr gemacht.«

»Zeig mir, wie Gisela den sterbenden Schwan tanzte,

Lotte«, ermutigte Hugo sie, aber Lotte wollte nicht. Nicht daß Lotte zugegeben hätte, daß auch sie Grenzen hatte, doch jetzt machte ihr die drückende Mittagshitze zu schaffen, sie hatte schon genug Gin getrunken und merkte, daß sie nur noch mit Mühe aufrecht stehen konnte, und Reden war weniger schweißtreibend als Tanzen.

»Sie war clever, Gisela, und Om Sahni war nicht der erste Mann, den sie zum Narren gehalten hat – davon hat es in Shanghai genug gegeben. Da habe ich das erste Mal von ihr gehört – hab' sie natürlich nie getroffen, meine Familie bewegte sich in anderen Kreisen, hatte nichts mit dem Varieté zu tun –, doch da hingen diese Bilder, ich hab' sie selbst gesehen, von Lily of Shanghai. Und davor Singapur, davor Macao, davor Rußland – *sagte* sie.« Lotte schüttelte sich vor Lachen. »Ließ sich die Haare wachsen, färbte sie dunkelrot wie rote Bete, malte sich die Wangen blau an, damit sie eingefallen wirkten, und fing an, wie eine Russin zu reden. Sie war eine ganz schöne Schauspielerin.« Lotte kicherte bewundernd. »Sie sprach sogar davon, ein Flüchtling zu sein, eine Zarin, nehme ich an, die vor den Roten geflohen war. Wo waren ihre Juwelen, ihre Pelze? Eines Tages rief ich den Russen an, den ich kannte – dieser Besaulow, der im Himalaya herumreiste, erinnerst du dich? Er stammte aus einer guten Familie in Rußland – seine Mutter kam einmal zu Besuch, sie war eine Fürstin, glaube ich. Also bat ich ihn, zu kommen und Gisela kennenzulernen, ihr ein paar Fragen zu stellen, aber als sie davon hörte – rannte sie weg! Sie hatte Termine – Ärzte, Zahnärzte, alle warteten auf sie –, und sie konnte nicht zum Essen bleiben, und sie konnte ihn nicht treffen. Natürlich nicht!« Lotte lachte und lachte, so daß Baumgartner sich ihr anschließen mußte, obwohl er die Geschichte oft genug gehört hatte. »Aber Gisela kümmerte das nicht. Wenn sie schon ihre russischen Pelze und Juwelen nicht hatte mitbringen können, dann fand sie Menschen wie Om Sahni, die sie ihr in Kalkutta kauften, bei fünfzig Grad Celsius, und er kaufte Pelze aus Kaschmir, von denen er behauptete, sie seien Biber und

Fuchs, aber ich glaube, es war nur Schakal. Ja, ja, Schakal – das Stück, das sie über der Schulter trug, mit den zwei Augen und vier Pfoten und dem kleinen Schweif, der herabhing. Aber das war nur der Anfang für unsere Gisela, oder? Danach, dieser Radscha von – von wo, Hugo? –, er kam ins Prince's, sah sie in ihren Ballettschuhen, bat sie, seine Frauen und Töchter im Ballett zu unterrichten, und schon ging sie mit ihm in den Dschungel. Um ein paar echte Pelze und Diamanten abzukriegen, sagte sie, und du weißt ja, wie ihre Augen glänzten, wenn sie daran dachte.« Lotte lachte heiser, sie schien die Gier ihrer Freundin, ihre Verschlagenheit und ihren Erfolg anzuerkennen. »So war jeder im Krieg, oder nicht, Hugo? Die Leute machten Geld, scheffelten Reichtümer – und verschwanden dann – fft – einfach so. Nur wir blieben, wie die Idioten. Hier, wo die Cholera herrscht, unter all den Dieben, den Moskitos.« Sie schlug sich wütend auf die Arme.

»Wohin hätten wir gehen sollen, Lotte? Wohin hätten du und ich denn gehen können?« Baumgartner hatte wieder das Taschentuch hervorgeholt und saß da und wrang und zerknüllte es.

»Hm«, murmelte sie, kratzte sich nachdenklich an den Armen und brütete. »Ja, wir konnten nirgendwo hin. Deutschland war verschwunden – fft. Europa war futsch, alles. Laß uns ehrlich sein, Schätzchen, für uns gibt es kein Zuhause. Wohin sollen wir also gehen? Hm? Sag's mir.«

»Venedig«, sagte Hugo unerwartet, wischte sich übers Gesicht und hob es dann, und es strahlte über dem schmutzigen Lappen. »Wenn ich gehen könnte, wenn ich weggehen könnte, ich würde nach Venedig gehen.«

Ihr Kiefer klappte auf. Sie versuchte zu sprechen, brachte aber nicht gleich einen Ton heraus. »Venedig sagt er«, sagte sie endlich. »Venezia – nichts Geringeres. Als wäre er ein Herzog oder ein Fürst. Du, du bist ein Millionär, in deinen Träumen.«

Baumgartner lachte verschämt. »Nur eine Idee, Lotte«, entschuldigte er sich. »Ich war einmal da – sieben Tage lang.

Ich habe von dort das Schiff nach Indien genommen. Es war so merkwürdig – es war Ost und West, war Europa und Asien. Ich dachte – vielleicht könnte ich an solch einem Ort daheim sein.«

»Daheim – in Venedig?« schrie sie, und ein geradezu vulkanisches Gelächter ergriff sie.

Verletzt zog er sich zurück. »Laß mich, Lotte«, murmelte er und hievte sich aus dem Sessel. Er stolperte durch das Zimmer, stieß gegen Möbel, bis er das Küchenregal fand, wo er zwischen den Töpfen und Pfannen herumklapperte, in der vagen Hoffnung, ein Stück Brot oder etwas Obst oder Käse zu finden, irgend etwas, das seinen Magen ein wenig beruhigen, ihm etwas Festigkeit verleihen würde – er war so leer, daß er schmerzte und von Zeit zu Zeit knurrte. In einem Topf fand er einen Rest von etwas Gekochtem, Gelbem und wandte sich angewidert ab: so hungrig war er auch wieder nicht. Er gab die Suche auf, stolperte zum Diwan und sank darauf nieder, wie ein großer Sack, der fallengelassen wird und zusammensinkt. »Es ist so spät, Lotte«, klagte er, wußte nicht genau, was er meinte, und zog sich dann die Schuhe aus und legte sich hin, drehte das Gesicht zur Wand, schloß die Augen, und es wurde ihm schwindlig; dann merkte er, wie er immer tiefer ins Vergessen fiel, eine Schicht nach der anderen durchquerte, grau in grau, jede Schicht dunkler als die vorherige, dicker, und jede Farbe und jedes Geräusch verschwand. »›Lili Marleen‹«, murmelte er, »ich erinnere mich daran, Lotte – ›Lili Marleen‹«, aber er war schon zu sehr in Grau gebettet, um ihre Antwort zu hören.

Schließlich spürte er, wie etwas gegen seinen Rücken drückte. In schläfriger Zuneigung dachte er, daß das wohl seine Katzen seien, die gekommen waren, um sich auf seine Brust oder neben sein Kissen zu legen, und schnurrten. Er streckte seinen Arm aus, um Fritzi und Mimi, Mieze und Lise zu umschließen. Statt ihres erstickenden, klebrigen Fells traf er nur auf Lottes haarlose Weichheit und Nacktheit. Die menschliche, weibliche Qualität ihrer schlaffen alten Haut, die weich war wie Mehl, ließ ein Grunzen der Zufriedenheit aus seinem leeren Magen aufsteigen – das war gut, wie Brot. Er drehte sich um und legte seine Arme um sie, streichelte ihr über den Rücken, vergaß wieder, daß sie keine Katze war, und murmelte: »Wie geht's denn, Lulu, mmh? Was möchtest du?« Wie eine Katze drückte sie sich an ihn, schmiegte sich an, knabberte an ihm, ohne Worte. Mit kleinen seufzenden Lauten machten sie es sich aneinander bequem, fanden Ausbuchtungen, in die sie paßten, waren endlich ein gemütliches Ganzes, zwei Hälften eines großen verformten Beutels Fleisch, und dann waren sie still und schliefen den schweren Mittagsschlaf der Tropen, seufzten und schnarchten leiser und leiser, bis sie völlig unbeweglich und still wurden.

VIERTES KAPITEL

Es war ihm wie ein Irrenhaus vorgekommen, als er an Land ging und das betrat, was indischer Boden war, wie ihm versichert wurde – die Massen von Indern, Briten, Amerikanern, Gurkhas – Kulis schleppten ihr Gepäck, Überseekoffer und Bettzeug – Offiziere, die steif waren von Wäschestärke und glänzten von Messingknöpfen und Stiefelwichse – Marktschreier und Händler, die mit Körben und Tabletts umherrannten – Memsahibs und blonde Kinder mit schrägsitzenden schalenförmigen Topis auf ihren gebleichten Haaren – Inderinnen in formlosen Kleidern, die sich einfach mit ihren Körben oder Babys irgendwo hinhockten – und über allem das Licht vom Himmel und von der See, eine Lichtinvasion, wie er sie sich nie hätte träumen lassen, die sie in einer ruhelosen, wogenden Masse erstarren ließ, und die Hitze ergoß sich wie kochendes Öl aus einem Kessel auf ihre Köpfe, rann ihnen den Nacken hinab in ihre Kragen und Hemden.

Er stand für eine ganze Weile da, unsicher auf den Beinen, versuchte, Mut zu sammeln, um sich durch diesen Tumult zu kämpfen, ein Hotel zu finden, die Adresse, die er in der Tasche hatte. Die Kulis belästigten ihn nicht – er hatte kein Gepäck, das sie hätten tragen können –, er war sich selbst überlassen. An diesem ersten Tag wie an jedem anderen sich selbst überlassen.

Er hätte an jenem Tag eine Hand gebraucht, die ihn am Handgelenk packte und ihn führte. Oder wenigstens eine Hinweistafel. In einer bekannten Sprache. Ein Gesicht mit einem vertrauten Ausdruck. Er konnte diese Gesichter nicht interpretieren, ihren Ausdruck – Freude? Schmerz? Panik? Er spürte, wie seine eigene Panik sich ausbreitete und sich mit der ihren vermischte. Dann gab seine Starre nach, er machte eine Bewegung, als die Leute in der Menge aufhörten, durcheinanderzuwirbeln, und langsam durch die Tore in die Stadt strömten. Die Masse lichtete sich, so daß freie Räume zwischen den Menschen entstanden, durch die hindurch er einen Weg entdeckte, also griff er nach seinem Seesack und setzte sich schließlich in Bewegung.

Das war sein Empfang in Indien.

Als er auf den knarrenden Karren kletterte, der nach Pferdemist stank, sagte er zu dem Tonga-Wallah: »Zum Taj-Hotel, bitte«, weil es ihm als ein richtiger Palast des Ostens beschrieben worden war. Weil ihm auch erzählt worden war, daß die Bauingenieure es irrtümlicherweise mit dem Eingang zum Stadtbasar gebaut hatten und die Rückseite zur bezaubernden Seeseite, und so den Architekten, einen Italiener, in den Selbstmord getrieben hatten, beunruhigte es ihn nicht, daß die Tonga durch den Basar zockelte und das Pferd hundertmal knapp dem Tode entkam, während der Kutscher Schimpfworte und Kommandos schrie, bis ihm das Blut aus dem Mund lief – Baumgartner hielt es für Blut, doch im Osten, das wußte er, waren die Farben nicht das, was sie im Westen waren – und ihn vor den Stufen einer schmutzig-grünen Fassade eines vielstöckigen, aber schmalen Hauses absetzte, dessen Fassade viel rostiges Eisen und Stuck aufwies, in einer Straße, die angefüllt war mit Fahrzeugen von größerer Vielfalt, als Baumgartner je für möglich gehalten hätte. Dies sei die berühmt-berüchtigte Hinterseiten-Vorderfront, sagte er sich und stieg aus. Er trug seine Tasche selbst hinein, da an der Tür kein Portier stand, den lyrischen Beschreibungen seiner Mitreisenden von östlichem Luxus zum Trotz. Als er die Halle betrat, die nur ein schmaler Gang war, der nach Essen stank und mit roter Farbe bespritzt war, die Baumgartner für Blut von einer Revolverschießerei hielt, fand er sich in einem schäbigen Haus ohne Beleuchtung und war von tiefen Zweifeln erschüttert. Er wäre geflohen, wenn ihm nicht aufgegangen wäre, daß dies ein Ort war, den er sich eher leisten konnte als eine Suite in einem Luxushotel. Er stand eine Weile hilflos da und räusperte sich schließlich – und fand, daß er heiser war. Ein Keim? Eine tödliche Krankheit? Alles schien möglich, nur zu möglich, in dieser Umgebung. Schließlich erschien eine Frau – anscheinend war sie aus den Ritzen im darüberliegenden Stockwerk gekommen, schlenderte die Stufen hinab und richtete sich dabei mit einer tropfnassen Hand das Haar und ihr Baumwollkleid.

»Möchten Sie ein Zimmer?« schrie sie Baumgartner an und streckte ihm herausfordernd und aggressiv das Kinn entgegen. »Oben – Zimmer 14 ist frei.«

Er folgte ihr die hölzernen Stufen hinauf und räusperte sich noch einmal, um dieses Mal zögernd zu fragen: »Ist das das Taj-Hotel?«

Sie drehte sich zu ihm um wie eine Dschungelkatze und fauchte ihn an. »Jaha«, schrie sie, »das ist das Taj-Hotel. Warum nicht Taj-Hotel, he? Kann es nur ein Taj-Hotel geben? Zehn, zwanzig Taj-Hotels in Bombay – keiner kann mir sagen, daß das hier nicht das Taj-Hotel ist, Bombay-Hotel, Goa-Hotel, Hindu-Hotel, ist mir gleich!« schrie sie. »Ich sage Taj-Hotel, also ist es das Taj-Hotel«, und sie marschierte den dunklen Korridor entlang zu einer Tür am Ende, die sie aufstieß. »Wollen Sie es?« sagte sie herausfordernd, kreuzte die Arme und wartete auf eine Antwort.

Baumgartner senkte demütig den Kopf und trat an ihr vorbei ein, zu erschöpft und zu nervös, um mit ihr zu streiten. Er hatte genug Schwierigkeiten, ihre Sprache als Englisch zu erkennen; sie war ihm eher wie die Kerne einer roten scharfen Chilischote vorgekommen, die in sein Gesicht hinein explodierten. Er wischte sich das Gesicht ab und drehte sich zu ihr, um ihr ein paar notwendige Fragen zu stellen, doch sie verschwand und warf die Tür zu. Er brauchte eine Weile, um sich an die Dunkelheit zu gewöhnen. Das einzige Fenster ging auf eine zwei Meter entfernte Betonmauer hinaus, und so wurde alles Licht und alle Luft zurückgehalten, und der furchtbare Schmutz bedeckte alle Flächen, von einer Glühbirne zur Baumwollmatratze und dem Fußboden, und verstärkte auf seine Weise die Dunkelheit.

Er stand am Fenster, betrachtete die Szenerie mit großem

Ernst und wußte, daß er hereingelegt worden war. Es war der erste von Indiens Tricks. Aber war es ein Trick?

War das nicht die indische Art, die Welt zu offenbaren, die auf der anderen Seite des Spiegels lag? Indien hielt einem den Spiegel ins Gesicht, mit einer Fröhlichkeit und einem Gelächter, so heiser wie die Musik einer Straßenkapelle. Man konnte blind davon werden. Doch wenn man sich weigerte, hineinzuschauen, wenn man darauf bestand, zur Rückseite zu gehen, dann trat Indien beiseite und nahm einen dort auf, wohin man nie zu gelangen hatte. Indien bestand aus zwei Welten, oder zehn. Sie stand vor ihm, Hände in die Hüften gestemmt, und lachte dieses blutbefleckte Lachen: Wähle! Wähle!

Der Mann hinter dem Büroschreibtisch, der sich mit einer gefalteten Zeitung Luft zuwedelte, war nicht der, den Baumgartner nach den Erzählungen erwartet hatte. Wenigstens erklärte er, daß er es nicht sei. »Nein, nein, ganz falsch, ganz falsch«, wiederholte er ständig, während Baumgartner ihn in seinem neuen und zögernden Englisch zu befragen versuchte über das Geschäft, von dem ihm der Herr in Hamburg versichert hatte, daß es in Bombay existierte. Der Mann hinter dem Schreibtisch schien verwirrt zu sein bei der Erwähnung von Hamburg, Holz, Schiffsladung ... Bei jedem Wort, das Baumgartner aus seiner neuen Sprache zusammenklaubte und zögernd, nahezu paralysiert von der Zunge ließ, schüttelte der kahlköpfige dunkle Mann in dem langen, weißen Baumwollhemd mit kleinen Goldknöpfen in verständnisloser Ablehnung den Kopf. An der Wand hinter ihm hing das Bild einer elfarmigen Göttin, und über den Rahmen war eine Girlande aus Goldpapier drapiert. Baumgartner bemerkte, wie er es in seiner Enttäuschung anstarrte – es zog seine Aufmerksamkeit auf sich und hielt sie fest, und es kam ihm immer wilder, fremder, exotischer und unverständlicher vor, je länger er hinsah.

Dann stieß er per Zufall auf das Wort »Ex-port«, »Exphott«, sagte er, und der dicke, verwirrte, schwitzende Mann glich in seiner Aufregung auf einmal einem Ball und sprang von seinem Sitz hoch.

»Ex-poot!« keuchte er und schlug sich an den Kopf. »Ex-poot. *Natürlich,* Ex-poot. Deutschland, Europa. Schiffsladung, Holz – ich weiß, ich weiß.« Er sprang hinter dem Tisch hervor, griff Baumgartner bei der Hand und behandelte sie wie eine Pumpe, dann schlug er ihm heftig auf die Schulter und begann in solch einer Geschwindigkeit zu brabbeln, daß Baumgartner es aufgab, ihm zu folgen. Statt dessen starrte er die elfarmige Göttin antwortheischend an – vielleicht hatte sie diese Kommunikationsflut ausgelöst, vielleicht war sie die Glücksgöttin. Auf jeden Fall blinzelte und glitzerte die Girlande um sie herum und bewegte sich und raschelte in der von dem elektrischen Ventilator erzeugten Brise.

Baumgartner wartete, bis der Mann zu Ende gestikuliert hatte und mit seinen aufgeregten Tönen fertig war und sich setzte, um sich mit einem großen Taschentuch den Schweiß abzuwischen. Dann zog er den Brief von Herrn Pfuehl aus der Tasche und überreichte ihn ihm.

»Brief von Pfuehl? Das haben Sie?« Das Gesicht des kahlköpfigen Mannes tauchte strahlend hinter dem Taschentuch auf; der Brief war nicht mehr wichtig. »Bitte essen Sie mit mir. Wir gehen aus und essen und reden.«

Als sie auf dem Weg zum Restaurant in einer Kutsche auf der Seepromenade entlangholperten, deutete Chimanlal auf eine imponierende Menge Stein, die die Bucht begrenzte und über sie hinwegsah. »Das Taj-Hotel«, sagte er, stolz darauf, ihm so etwas zeigen zu können, und er schien zufrieden zu sein, als Baumgartner sich in seinem Sitz umdrehte und starrte, als hätte er etwas gesehen, das zu sehen er in seinem ganzen Leben nicht erwartet hätte.

»*Das* hier – Taj-Hotel?« fragte Baumgartner staunend.

Chimanlal nickte und freute sich, ihn so beeindruckt zu sehen, doch er instruierte den Kutscher, noch weiter zu fahren. »Vegetarisches Restaurant, vegetarisches Essen«, erklärte er, »berühmtes Restaurant. Mögen Sie vegetarisch?«

Tatsächlich hätte Baumgartner nicht sagen können, ob das, was er sich in den Mund steckte, Fisch, Fleisch, Geflügel oder Gemüse war – die Sauce, in der all die Stücke und Teile schwammen, war so scharf, daß sie die Haut auf seiner Zunge verbrannte und ihn in Schweiß ausbrechen ließ wie einen Springbrunnen.

Sein Gastgeber schien auch darüber erfreut zu sein, als wäre dies eine besondere Freundlichkeit von Baumgartners Seite. Er lachte und schaufelte noch mehr Reis auf Baumgartners glänzenden Blechteller. Der Reis dampfte, die Sauce spritzte, Baumgartner schwitzte und fischte in all dem mit einem großen Blechlöffel herum und beobachtete bewundernd, wie sein Gastgeber all die komplizierten Übungen, die man beim Essen machen mußte, allein mit seinen Fingern ausführte. Schließlich besiegte die Schärfe des Essens und die Hitze des Tages sie beide – weiter zu essen war unmöglich. Die Teller wurden von einem Kellner, der ein Junge war und ein Amulett an einer Kordel um den Hals trug, abgeräumt, und kleine Platten mit Süßigkeiten wurden gereicht, von denen Baumgartner probieren mußte. Die Geschmäcke waren so, wie er sie sich nie hätte vorstellen können. Süßes, Beißendes und Parfümiertes wirbelten in seinem Mund durcheinander; er preßte die Lippen fest aufeinander, damit keine der tödlichen Mischungen entweichen konnte. Chimanlal warf sich etliche Handvoll davon in den Mund, zerbiß einfach die gewürzten Kerne, lehnte sich in seinen Stuhl zurück, bohrte sich in den Zähnen und begann in einer für Baumgartner verwirrenden Kombination aus zwei oder drei Sprachen vom Geschäft zu reden, von Export, von Schiffsladungen, vom Handel. Er antwortete in seiner eigenen Mischung aus zwei oder drei Sprachen. Es schien, als könnte Chimanlal ihn bei einem Geschäftspartner in Kalkutta einführen; es schien, als wäre die Geschäftswelt Indiens voller Möglichkeiten. Wunderbarerweise konnte Baumgartner darin eine Rolle spielen, die sich als recht profitabel erweisen könnte.

Draußen auf der vergitterten Veranda stand das Licht des

Nachmittagshimmels in großen Blöcken weißer Hitze. Irgendwo unterhalb der Veranda lag die Straße, der Lärm und dahinter das Meer, die Schiffe, der rosenrote Bogen des Gateway of India. Baumgartner hatte das Gefühl, als öffne sich seine Welt nicht nur, sondern als würde sie von dem östlichen Licht auseinandergerissen, aufgehackt.

»Was, an deinem allerersten Tag hast du Curry gegessen? Und du hast dir keine Lebensmittelvergiftung geholt? Ruhr? Nicht einmal Durchfall?« Lotte war entsetzt gewesen, als er es ihr Jahre später erzählte. »Dein Bauch muß wie ein Gummireifen sein.« Baumgartner lachte, er war ziemlich stolz auf sich. Das hatte ihn von seinen Landsleuten unterschieden, von anderen, die in diesem fremden Land so blaß waren wie er. Das war noch so etwas, merkte er schließlich, worin er sich von ihnen unterschied.

Dann die zwei Tage und zwei Nächte in dem Zug, der über die Schienen ratterte und rollte, die auf der trockensten Erde verlegt waren, die man sich vorstellen kann. Er saß am Fenster, starrte auf den harten, flachen Boden – zuerst sah er sprödes Rot, dann zerbröckeltes Schwarz und schließlich kilometerweit graubraune Farblosigkeit, bis die Sonne ihn fiebern und die Gleichförmigkeit der Szene ihn schaudern ließ. Er schloß die hölzernen Rollos in einer Wolke von Staub und Ruß, lehnte sich mit dem Kopf zurück an die Bank und rollte dahin. Selbst eingesperrt, eingeschlossen, konnte er noch immer die Eintönigkeit und Trockenheit und die unveränderliche Farblosigkeit des Landes sehen, das vorüberdonnerte, Hunderte von Kilometern lang. Die Kokosnußpalmen, die hier und da wie geschwärzte Speichen herausstachen und keine Früchte trugen, nichts, nur ein paar tote, trockene Blätter, fächerartig, wie zerbrochene Regenschirme. Die Dörfer oder Ansiedlungen, die zu mager schienen, zu sehr der flachen Erde selbst ähnelten, um sich davon als menschliche Behausungen abzuheben – Schutz, der kein Schutz war, sondern nur ein Bestandteil des formlosen Landes. Das Vieh, das sein Fell in losen Falten über dem Gerippe trug und ziellos umherwanderte auf der Suche nach nicht vorhandenem Gras. Vögel, die wie Wolken von Moskitos weit entfernt in der Luft hingen. Nur die plötzliche Bewegung eines Jungen, eines Ziegenhirten, der beim Anblick dieses Fahrzeugs, das sich in donnernder Fahrt auf den Gleisen fortbewegte, jubelte und Baumgartner winkte, als dieser die Rollos hochschob und sich in das abendliche Grau hinausbeugte. Baumgartner winkte zurück, und sein Herz pochte plötzlich voller Freude, voller Angst.

Denn entlang des Zuges schwebte stets der Schatten der Vergangenheit, von anderswo, von dem, was gewesen war und niemals aufgegeben werden konnte – ein Tier in grauem Pelz, das mithielt, sich anklammerte, sich weigerte, zu verschwinden. Ein Tier wie ein Schakal bei Tag, eine Hyäne bei Nacht. In der Dunkelheit jagte es noch immer den Zug, jagte es Baumgartner.

Die Mitreisenden. Ein Jesuitenpater auf dem Weg zum Seminar in Chanderanagore. Er kehrte nach einem Krankenurlaub zurück. In Schwarz gekleidet. Sein Gesicht schmal und grün von den vielen Jahren der Malaria und der Ruhr. Er las die Bibel, die ebenso schwarz war. Seine Lippen bewegten sich, aßen die Worte. Dann aßen sie eine Banane. Er sah Baumgartner an und sagte: »Das einzige, was man in diesem Land auf Reisen essen kann. Sehen Sie, sie rühren sie nicht mit ihren Fingern an, sie wird von ihrer Schale geschützt. Die Schale – sie ist dicker als unsere Haut, sehen Sie.« Er schälte sie vorsichtig, akkurat, warf dann die Schale auf den Bahnsteig, wo eine Kuh, die zwischen den leeren Zigarettenschachteln und Papiertüten umhersuchte, ihren Kopf nach unten fallen ließ, sie mit ihrer langen schwarzen Zunge einsog und sie traurig kaute. »Und Erdnüsse, mit Schalen«, fügte er hinzu, als wäre es ihm gerade noch eingefallen. Als hätte er sie herbeigelockt, tauchten hinter der Kuh Kinder auf, Kinder ohne einen Fetzen Stoff am Leib außer jenen Amuletten an schwarzen Kordeln, die er schon vorher bemerkt hatte; sie hielten ihnen Papiertüten mit Erdnüssen entgegen. Sie waren keine Erscheinung – ihre Stimmen kreischten ohrenbetäubend, blechern, sie hätten Sägen sein können.

Zwei britische Soldaten in Khaki. Ihre Stimmen zu laut, krächzend. Dennoch verstand Baumgartner kein Wort, war sich nicht einmal sicher, ob es Englisch war. Sie rollten ihre Worte im Mund herum wie Kartoffeln. Sie waren so fremd wie diese Kinder auf dem Bahnsteig – schwarz, nackt, ungestüm.

Ein Eisblock wurde hereingetragen und in der Mitte des Abteils in einer Blechbadewanne abgestellt. Das Eis schmolz und tropfte und lief den ganzen Tag über, es roch nach feuchtem Stroh und Lehm. Die britischen Soldaten ließen ihre Bierflaschen in der Wanne liegen. Sie drehten die Flaschen so sanft, als wären es Babys. Sie öffneten eine und boten sie dem Priester an, der sie schroff ablehnte, dann Baumgartner, der meinte, sie ebenfalls ablehnen zu müssen, damit sie seine Nationalität nicht errieten. Sie sahen ihn an, als wären ihre schlimmsten Befürchtungen wahr geworden.

In Kalkutta das tropische Grün. Nach all dem graubraunen Staub, dem Knochenmehlgrau, plötzlich, über Nacht, dieses üppige Grün, dieser Brunnen grüner Vegetation, so überwältigend wie die Dürre zuvor. Wie die Wüste, von weißglühendem Licht gewaschen, so daß das Grün grimmig strahlte wie Metall oder Glas. Daneben aber Becken voller dichtem Schatten, stillem, stehendem Wasser. Selbst die Menschen waren feucht – Feuchtigkeit tropfte ihnen unter den Haaren hervor, rann in Bächen herab und durchnäßte ihre Kleider. Baumgartner, kämpfend, aber bewegungslos in der Menge im Bahnhof, war bald ebenfalls feucht und tropfnaß. Doch er bahnte sich mit den letzten Reserven seiner schnell dahinschwindenden Energie einen Weg zu der Adresse, die ihm Chimanlal gegeben hatte. Hier, unter dem sich träge drehenden Ventilator mit seinen braunen, hölzernen, schmierig umrandeten Rotorblättern, breitete der Mann an dem Schreibtisch Baumgartners Empfehlungsschreiben unter seinen braunen Fingern mit ihren braunen Fingernägeln aus. Dann sah er auf, lächelte, als böte er ein Stück frische Kokosnuß an. Er kannte den Mann aus Hamburg. Auch Chimanlal aus Bombay. Er kannte den Holzhandel. Auch die Schiffsbranche. Alles war möglich, alles greifbar. Er würde Baumgartner eine Stelle verschaffen – er wedelte mit seinem Arm, der in einem feinen, leicht gerafften, weißen Musselinärmel steckte –, hier, in seinem Büro, um die Akten zu studieren, den Markt zu beobachten, Pläne zu schmieden. Mit seiner, Habibullahs, Hilfe und Anleitung konnte er endlich anfangen.

Er wohnte in einem Hotel an der Middleton Row, das wie eine richtige Villa aussah. Die Ausgaben beunruhigten ihn – Herrn Pfuehls Anleihe schmolz dahin –, doch mit Hilfe von Chimanlals Empfehlung würde er bald Geld verdienen, und dann würde eine gute Adresse eine Notwendigkeit sein, keine Verschwendung. Sein Zimmer hatte hohe Decken und hohe Fenster mit grünen Fensterläden. Baumgartner hatte gedacht, daß man solche Fenster mit Läden nur im Süden Frankreichs finden würde, am Mittelmeer. Dankbar verbarg er sich den ganzen Nachmittag dahinter. Am Abend öffnete er sie und blickte hinaus in einen Garten, in dem elektrische Lichterketten in den Bäumen brannten und Kellner mit Tabletts voller Gläser und Eis, kalten Getränken, eisgekühltem Bier umherschlenderten. Später spielte eine Kapelle. Hingerissen von dem Anblick, den Klängen, ging Baumgartner hinaus, bestellte Bier, saß im Dunkeln, hörte zu, trank. Er hatte gebadet und trug seine leichtesten Kleider; als er seine dicke, schwere Kleidung aus Europa abgelegt hatte, fühlte er sich leichter als je zuvor, physisch entlastet. Die Luft – so warm, so feucht, so träge – machte ihn müde, entspannt. Er kam sich vor wie im Paradies – oder er wäre sich so vorgekommen, wenn es nicht die ungeheure Menge wütender Moskitos gegeben hätte.

Von ihren Attacken ins Haus getrieben, zog er die Schuhe aus und spürte seine nackten Füße auf dem kühlen Marmor. So etwas hatte er in seinem ganzen Leben noch nicht getan: Was hätte Mutti wohl dazu gesagt? Er fand ein paar Blätter gutes Briefpapier, und unter einer Lampe, um die die Motten krochen und flatterten, begann er einen Brief: »Liebste Mutti ...« Seine Hand wurde feucht, klebte an dem Blatt und verschmierte die Tinte. Er schwitzte, als würde er hart arbeiten. Doch er schrieb, schrieb all die Dinge auf, von denen er glaubte, daß sie sie gern lesen würde – über einen Schlangenbeschwörer, den er auf den Straßen Bombays gesehen hatte, über die Bananen und Papayas, die er essen mußte –, und ließ die wilden, nackten Kinder am Bahnhof aus, die Kuh, die Zigarettenschachteln fraß, das Land, das keine Frucht hervorbrachte. Die britischen Soldaten und den katholischen Priester ließ er auch weg. Sie würde es nicht verstehen, es war zu verwirrend. Um sie zu beruhigen, fügte er hinzu: »Bald werde ich Geld verdienen. Sag mir, ob Du genug hast oder ob ich Dir etwas schicken soll; bezahl auch Herrn Pfuehls Anleihe.«

Als er spät nachts, als die Geschäfte geschlossen hatten, nach draußen ging, um sich an einer Bude eine Schachtel Zigaretten zu kaufen, wurde er von zwei Frauen gegrüßt, die an einer hohen Mauer standen, die nach Urin und Abfall stank. Sie trugen weiße Kleider, wie Krankenschwestern, und Schmuck aus Glas und Blech. Als sie ihn anlächelten und »Huhu, Tommy« riefen und winkten, sah er, daß ihre Zähne rotfleckig waren. Als er seine Zigaretten gekauft hatte und sich umdrehte, packten sie ihn beim Arm und schrien: »Laß uns was trinken, Tommy, na *loos*.« Sie sagten, sie hießen Rosie und Violet, aber sie rochen nach östlichen Blumen – Jasmin und Lotus – und nach Schweiß, billigen Zigaretten, Alkohol und nach dem Zeug, das sie mit ihren starken, glänzenden Zähnen kauten und dessen roten Saft sie häufig ausspuckten.

Er bemerkte, daß er eine neue Sprache erfinden mußte, um diesen neuen Bedingungen gerecht zu werden – Deutsch war nicht länger passend, und mit Englisch fühlte er sich nicht sicher. Um ihn herum sprießten Sprachen wie tropische Pflanzen, und er klaubte daraus Wörter zusammen, ohne zu wissen, ob es Englisch, Hindi oder Bengali war – es waren einfach Wörter, die er brauchte – *chai, khana, baraf, jaldi, joota, chota peg, pani, kamra, soda, garee* ... was war das für eine Sprache, die er aus der Luft aufschnappte und seinen Bedürfnissen anpaßte? Er ahnte, daß es nicht Indisch war, sondern die Sprache Indiens, des Indiens, das er sich selber schuf.

Baumgartner auf dem Dampfer nach Dacca. Baumgartner hatte seine schweißnassen Füße in weißen Schuhen aus Segeltuch auf die Reling gelegt, er saß im Schatten eines Strohhuts und studierte das Ufer in dem Versuch, das Lebendige vom Nichtlebendigen zu unterscheiden. Der Wald war wie ein Leichentuch auf dem Ufer, geisterhaft und undurchdringlich. Krokodile, die wie weißliche Steine aussahen, die schliefen und von den Exkrementen der Reiher gesprenkelt waren, die auf ihren Rücken versuchten, das Gleichgewicht zu halten. Bambusgebüsch, das sich bewegte, Frauen, die Messingkessel in die schlammigen Fluten senkten, aus denen plötzlich ein Fisch sprang – doch als er sich später daran erinnerte, in einem Hotelzimmer in einer dampfenden Stadt, die von Rikschaklingeln lärmte, fragte er sich, ob das alles nicht eine Fata Morgana, ein Traum gewesen sei. Wenn es wirklich gewesen wäre, in einem wirklichen Land, dann wäre Baumgartner mit seinem Hut und seinen Schuhen ein zu unglaublicher Besucher gewesen, für die, die ihn vom Ufer aus sahen, mußte er eine Halluzination gewesen sein. Wenn *er* aber wirklich war, dann war es sicher nicht die Szene, die Situation. Wie konnte beides nebeneinander in einem Land existieren? Ihr Aufeinandertreffen war über alle Maßen unwahrscheinlich.

Baumgartner mit Fieber. Fieber füllte seine Glieder, seinen Bauch mit Blei. Ließ die Oberfläche seiner Haut straff, feinnervig, sensibel werden. Der Schädel platzte an den Schläfen. Das Mosikitonetz schloß ihn ab, es hing schlaff herab, denn es gab keinen Lufthauch. Die Medizin karminrot und bitter, er hatte nicht geglaubt, daß etwas so bitter sein konnte, in einer Flasche, die mit einem eingekerbten weißen Streifen Papier markiert war. Ein Glas, ein langstieliger Löffel. »Man kriegt hier Malaria, Mutti, aber auch das Chinin wächst hier und heilt einen wieder«, schrieb er auf dünnem blauem Papier. »So viele Moskitos in diesem Land«, sie summten in seinem Ohr wie Ventilatoren, stachen ihn überall mit ihren Nesseln. Wie kamen sie durch das Moskitonetz herein? Er versuchte, sie mit dem Strahl seiner Taschenlampe zu jagen, doch Fieber und Chinin machten ihn schwindlig; er fiel erschöpft auf die Seite.

Im Süden war die Hitze der Sonne ein Angriff, eine Gewalttat. Unter den schlanken und dunklen Männern und Frauen in ihrer weißen lockeren Bekleidung kam er sich vor wie ein großes Stück roten Fleisches, das im eigenen Saft schmorte. Sie reichten ihm Kaffee in einer Metalltasse, die ihm beinah aus den Fingern fiel – sie waren voller Blasen. Beim Essen war seine Zunge voller Blasen und häutete sich. Täglich wurde er röter. Würde er eines Tages dunkler sein? Es schien verzweifelt wichtig zu sein, um dazuzugehören und sich einen Platz zu erobern. Er mußte es schaffen, wenn der Traum, seine Mutter nach Indien kommen zu lassen und ihr hier ein Heim zu bieten, sich verwirklichen sollte. Die Nachrichten, die aus Europa kamen, wurden schnell immer erschreckender; es war, als ob sie, und damit er, Baumgartner, verfolgt würde, gejagt. Man mußte sie dazu bringen, das Land zu verlassen, man mußte sie wegschaffen, und dann würde er sie irgendwie dazu bringen, Indien als ihre Heimat zu akzeptieren. Es war ihm klar, daß dies die einzige Möglichkeit war, es gab keine andere. Deshalb war es ihm so dringlich damit.

Bei der Auktion stand er zwischen kleinen Männern, die vor Freude zu zittern schienen beim Anblick der riesigen Teakstämme, der großen Monumente aus Holz, die zersägt und aufgeschichtet auf dem Hof lagen. Elefanten hatten sie aus dem Wald geschleift, Menschenkräfte wären zu schwach gewesen. Er kaufte Teakholz im Norden, Mahagoni und Rosenholz im Süden. Er stand an den Docks in Kalkutta und überwachte die Verladung in Schiffe. Dann fragte er sich, ob das Holz wohl sein Ziel erreichen würde. Der Krieg stand bevor, der Krieg drohte hinter jedem Laternenpfahl und jedem Gebüsch in Form von Soldaten, die vor Angst und ungewaschenen Klamotten stanken.

Er stand mitten in seinem Zimmer in dem Hotel an der Middleton Row, hielt das dünne Blatt Papier, das von ihren stark geneigten Schriftzügen bedeckt war, stand da und las, bevor er ein Bad nahm oder sich umzog, obwohl er gerade erst von einer Reise durch Assam zurückgekehrt war. Er verschlang die Zeilen, dann den Raum zwischen den Zeilen und jagte nach der Versicherung, die die Worte nicht gaben. Es war ein kalter Winter, und es gab keine Kohlen, aber... es gab natürlich keine Butter, aber die Nachbarn waren nett, sie sorgten für sie... er brauchte sich keine Sorgen machen... es gab keinen Grund, sich Sorgen zu machen... je öfter sie diesen Satz wiederholte, desto aufgeregter wurde er. Der Gin mit Tonic, den er bestellt hatte, um ihn beim Lesen der Nachrichten von daheim zu trinken, stand unberührt neben der Chaiselongue, auf der er sich nicht niederlassen, sich nicht ausruhen konnte.

Die Unruhe wuchs nur weiter, bis er eines Tages nach der Rückkehr von einer Reise vom Portier seinen eigenen Brief ausgehändigt bekam, versehen mit dem Stempel »Empfänger unbekannt«. Empfänger unbekannt? Was sollte das heißen? War sie umgezogen? Wohin? Warum? Er mußte ein Telegramm schicken, an Herrn Pfuehl, an die Vermieterin der Pension in der Grenadierstraße, an seine Mutter. Er rannte aus dem Hotel, befahl dem Taxifahrer, ihn zum nächsten Postamt zu fahren. Es war geschlossen. Sie rasten zum Hauptpostamt am Dalhousie Square. An einem schmierigen Schalter, unter den Augen eines betelkauenden Beamten, füllte er ein Telegrammformular nach dem anderen aus und schwitzte fürchterlich.

Dankbar ließ er sich an diesem Abend von einem seiner Mitbewohner in einen Club führen. Am runden Tisch in einem fast völlig dunklen, vom Lärm einer Kapelle ausgefüllten Raum trank er Gin, kein Bier. Jemand führte eine große blonde Frau in einem weißen Kleid an den Tisch. »Hier, jemand aus deinem Land«, lautete die Vorstellung, und sie sahen einander argwöhnisch an. »Lola aus dem Prince's«, sagten die jungen Männer lachend und sprangen auf vor Erregung. Sie hob ihren runden, plumpen Arm und glättete ihr Haar, das dick, zerzaust und gelb war, eine Strohmatte auf ihrem roten, faltigen Hals. An diesen rohen, aufgeriebenen Ringen um ihren Hals erkannte er ihre gemeinsame Abstammung. Als sie ihren Stuhl neben seinen stellten, stammelte er: »Wie sind Sie hierher gekommen?« in einem Deutsch, das er nicht mehr gewohnt war. Doch ihres war noch schlechter.

Prince's. Die Kapelle spielte Musik, die wie Sirup oder Rauschgold war. Sie füllte einem Augen und Ohren, daß man erstickte. In diesem Brunnen, in dem man ertrinken mußte, in diesem hinterhältigen gedämpften Licht, zu dieser wilden, eintönigen Musik tanzte Lola, blond und rosa und weiß wie eine zerlumpte Puppe. Sie tanzte mit einer schlanken, knochigen Frau mit orangefarbenem Haar, violetten Augenlidern und purpurnen Fingernägeln. Sie tanzten zusammen und warfen den Männern Blicke zu, die sich um den Tanzboden scharten, als wäre es eine Zirkusarena. Die Männer kletterten auf die Tische, kletterten einander auf die Schultern, pfiffen und klatschten, bis sie herunterfielen. Die Mädchen schlugen mit den Absätzen auf den Boden, schwangen die Hüften und gestikulierten wie besessene Marionetten, das Mädchen mit dem gelben Haar und das mit dem orangefarbenen Haar, und gemeinsam sangen sie:

Lo-la und Li-ly
fünfzehn und frei sind sie,
Lo-la und Li-ly –

und alle Männer grölten zusammen mit dem Kapellmeister:

»Und uns gehören sie!«

Als sie ihn das erste Mal im Hotel besuchte, warf sie sich auf sein Bett, entledigte sich ihrer roten Sandalen, wackelte mit ihren knallrot angemalten Zehen und lachte. »Lola! So nennen sie mich, diese Dummköpfe – wissen nicht mal, daß eine Lola schwarze Haare haben muß, schwarze Augen, Haut wie eine Magnolienblüte. Bei denen kannst du blonde Haare haben, blaue Augen, rosige Wangen, und du bist immer noch Lola.«

»Was warst du denn zu Hause?« Er lächelte ihr vom Stuhl am Fenster aus zu; er saß da und rauchte und war von ihrem Eindringen zugleich erfreut und verunsichert. Der grinsende Portier hatte sie hereingelassen. Er bemerkte, wie er das Gefühl der deutschen Sprache in seinem Mund genoß, es war ein vertrauter Geschmack, vertraut wie dunkles Brot oder Bier, aber er war durch ihren Akzent verwirrt, der seinen Berliner Ohren breit und schnarrend vorkam.

»Was ich zu Hause war?« Wenn sie lachte, bemerkte er, hob sie die Matte ihrer strohigen Haare vom Nacken her an; mit dieser charakteristischen Geste stellte sie ihre dicken Arme zur Schau und der Schwung ihrer Brüste, die sich unter dem mit roten Blumen und grünen Papageien bedruckten Baumwollstoff abzeichneten. »Lulu – in Deutschland war ich Lulu.«

Er zwinkerte ihr zu. »Lulu ist nicht deutsch.«

Sie wandte sich ihm verärgert zu. »Von welchem Deutschland redest du, du rübennasiger Jude? Meine Mutter mag mich Lotte getauft haben, aber als ich Tänzerin wurde, war ich Lulu.«

»Und wann war das?« fragte er. Er war bereit, ihren kleinen Ausbruch um ihrer Freundlichkeit willen zu verzeihen, und weil sie Deutsch sprach.

»Ach, ich war zehn, zwölf, Tochter von Künstlern, ich gehörte zu einer Künstlertruppe.« Sie streckte ihre Zehen vor, zeigte ihm die Linie ihres Fußes mit einer Spur professionellen Stolzes. »Meine Mutter sang in der Oper – sie war Madame Butterfly, als ich in ihrem Bauch war. Sieht man das nicht? Natürlich wollte ich selbst etwas werden, aus eigener Kraft, wollte Schauspielerin werden, im Theater. Aber, sobald mich die Direktoren tanzen sahen, vergaßen sie meine Schauspielerei. Ich hätte jede Rolle spielen können – war immer ein Affe –, Sarah Bernhardt war meine Göttin, aber meine Eltern hatten mir das Tanzen beigebracht, also mußte ich tanzen. Also blieb ich Lulu. Ein guter Name für eine Tänzerin, oder?«

Er lächelte zustimmend und stand auf, um ihr ein Glas Gin aus einer Flasche auf seinem Toilettentisch einzuschenken: Es war zu früh, um auf ein Bier nach unten zu gehen, die Kellner im Garten waren eben erst dabei, die Stühle mit lautem Krach von den Tischen herunterzuziehen, sie lachten und beschimpften sich gegenseitig auf freundliche Art, wie lärmende Vögel. Als er ihr das Glas reichte, fragte er: »Und die andere – wer ist deine Partnerin? Wie heiß *sie* wirklich?«

»Meine Partnerin? Wer – diese Lilie auf dem Felde?« Lotte zog eine Grimasse und trank dann einen Schluck Gin, was sie wieder dazu brachte, zu lächeln. »In der Vergangenheit war sie Lily aus Shanghai. Und davor, zu Hause war sie – sie hat es mir gebeichtet, als ich ihren Namen auf einem Brief las, den sie bekam – einfach Gisela. Gisela, die Gänsemagd, sagte ich, als ich ihr den Brief gab, um sie aufzuziehen. Sie war wütend, kann ich dir sagen. Jedem in Kalkutta hat sie erzählt, sie sei Giselle aus Rußland, aber dann tauchte ich auf und erzählte jedem, daß ich ihre Show auf Plakaten in Shanghai angekündigt gesehen hatte, wo sie Lily war, noch eine von den Hunderten Lilys in Hunderten von Varietés und Bars, haha!« Lotte streckte ihre Beine in die Luft und flatterte mit ihren Füßen in der Luft. »Aber als ich wegen einer Stellung im Grand-Hotel fragte –«

»Wie? Was hat dich hierher gebracht, nach Kalkutta?« Baumgartner mußte sie mit dieser Frage einfach unterbrechen.

»Ach, frag mich nicht – wenn ich dir das erzähle, sitzen wir die ganze Nacht hier und den ganzen Tag. Ich war auf einem Schiff, es brachte mich den Kanal hinauf, den sie Hoogly nennen, und lieferten mich hier in dem Schlamm Kalkuttas ab. Ich mußte meinen Lebensunterhalt verdienen, nicht wahr? Also wie? Mit Tanzen, wie ich es schon gemacht habe, seit ich zehn oder zwölf bin. Einige Seeleute, die ich in einer Bar traf, nahmen mich mit zum Grand. Da war Gisela. Sie wollte nicht, daß ich mich da hineindrängte, das kannst du mir glauben, aber dem Besitzer wurde es mit dem sterbenden Schwan langsam langweilig, er wollte etwas Neues. Was ist besser als ein Mädchen?« Sie piekste spielerisch einen Zeh in Baumgartners Bein. »Hm? Sag's mir. Du weißt es nicht? Ach, du armer Dummkopf – *zwei* Mädchen natürlich. Selbst dieser Idiot von Besitzer wußte das. Er dachte sofort: Aha, ich werde zwei Tänzerinnen haben, Zwillinge, eine in Rosa, die andere in Blau, einfach so, und jedermann wird begeistert sein. Und die arme Gisela mußte es mit mir aushalten, wenn sie ihren Job behalten wollte. Und sie wollte – es war ein guter Job in dieser Stadt.« Ihr Augenzwinkern war so diskret wie eine Ohrfeige. »Gib mir eine Zigarette, Hugo.«

Baumgartner bestellte für sie beide Kuchen im Flury's. Der Besitzer war Schweizer, so hieß es, und das Gebäck war sehr gut. Die Mädchen schlangen ein Stück nach dem anderen hinunter, schleckten sich die Sahne von den Fingern, stritten sich um die Kirschen, ließen ihre Augen über die Schokolade wandern. Baumgartner rauchte und sah ihnen zu, freute sich, obwohl sie ihm keine Aufmerksamkeit schenkten, sondern aßen und auf fast unverständliche Weise miteinander redeten.

Kaum waren die Tortenstücke gegessen, begann Gisela gelangweilt zu summen und schaute sich im Restaurant nach einer interessanteren Begleitung um. (Hinten auf der Damentoilette, wo sie ihren Strumpfhalter festzog, hatte sie gesagt: »Also wirklich Lotte – das geht zu weit. Er mag ja Deutscher sein, aber wer kann schon einen Deutschen brauchen, wo jetzt bald der Krieg ausbricht? Und solch eine Rübe, Lotte – auch noch eine jüdische Rübe.«) Selbst zu dieser Morgenstunde hatte sie sich ihre Augenlider violett angemalt, ihre Wangen rot, ihre Lippen purpur, und trug an Handgelenk und Fingern eine Menge feingeschliffenen Glases – gelb, blau, grün. Baumgartner, der ihr verstohlene Blicke zuwarf, hatte das Gefühl, daß sie kaum aus Deutschland sein könne, daß sie ein reines Produkt der Tropen sei, des überhitzten Ostens, ein Papagei oder Sittich. Aber als sie eine ungeheuer fette Russin am Nebentisch anstarrte und sagte: »Wo kauft die bloß ihr Brot?«, da mußte er lachen, das war eine Bemerkung direkt von den Straßen Berlins.

In kürzester Zeit hatte sie einen Bekannten vom Vorabend entdeckt, einen reichen Marwari-Geschäftsmann, der jedes Pferderennen besuchte. »Excusez-moi, mes amis«, zischte sie Lotte und Baumgartner zu, »aber er hat mir mal eine Perle geschenkt – so groß –, und er hat die besten Tips bei den Pferderennen.« Und sie verschwand von ihrem Tisch und flog durchs Restaurant, um dem verheißungsvollen Tipgeber Gesellschaft zu leisten.

»Diese Gisi – sie mag eine Gänsemagd gewesen sein, aber heute ist sie Gisi, die Goldgräberin«, bemerkte Lotte grimassierend, voller Eifersucht und Groll.

Solche Leute hatten die Mädchen um sich geschart – sie trafen sie am Abend im Three Hundred, bevor sie ins Prince's weiterzogen ins Varieté, oder sie kehrten die Reihenfolge um und zogen nach dem Varieté ins Three Hundred. Es war eine verrottende Villa mit Verandas, Fensterläden, nachtblühenden Kriechgewächsen, übel aussehenden Türstehern – überall war es stockdunkel, und nur die Feuerzeuge und Diamantringe blitzen hier und da auf. Im trüben Licht umgaben sich all die Banker, Geschäftsleute, Rennstallbesitzer und Landbesitzer aus den kleinen Nordprovinzen, die noch nicht ganz Radschas waren, mit einer lukrativen Aura, aber ab und zu wurde Baumgartner ganz aufgeregt auf den Maharadscha von Burdwan oder die Maharani von Cooch Behar aufmerksam gemacht, und in der geheimnisvollen Dunkelheit bei Gin und Whiskys erzählte man Geschichten von Elefanten- und Tigerjagden und festlichen Banketten. Es gab auch ein paar Gestalten, die eher zum Tageslicht paßten – junge Männer aus den Handelskontoren, meist Engländer, die mit Jute, Tee oder Kohle handelten und über Rugby und Squash redeten, einige Inder unter ihnen. Da gab es den russischen Abenteurer, einen großen, schlanken Mann mit einem Gesicht wie ein Schmiedehammer, der ihnen lachend von all den Hotels erzählte, die er gekauft und geleitet hatte, nur um sie wegen der Schulden, die er beim Spielen gemacht hatte, wieder zu verlieren, und – weniger glaubwürdig, aber unterhaltsamer – von den Aufträgen, die er für Zaren, mongolische Hauptmänner, chinesische Drogenhändler und vom Reichtum verrückt gewordene Radschas ausgeführt hatte; und die Menge an seinem Tisch machte ihn mit einem Drink nach dem anderen gefügig, so daß er seine Geschichten mit jedem Mal ausführlicher erzählte. Jeden Abend hockte er sich irgendwann auf den Boden, tanzte und warf die Beine und sang »Kalinka«, bis er umfiel, sturzbetrunken, und er war zu groß und zu schwer, um hochgehoben und hinausgetragen zu werden; dann wurde er zu einer Art Altar für die nächtlichen Feiern, die erst zum Ende kamen, wenn er aufwachte und nach einem Pink Gin verlangte. Dann gab es einen italienischen Reisenden, der an noch mehr sagenhaften Orten gewesen war – die Himalayapässe, Tibet, Bhutan, Ceylon, die Andamanen, Lakkadiven und die Nikobaren –, der aber weniger erzählte und so sehr hinter dem Berg hielt, daß die Gerüchte ihn wie einen schwarzen Schleier umgaben. Da waren Jäger, die sich nach den Anstrengungen des *shikar* in den Wäldern von Cooch Behar und Sundarbans ausruhten. Und es gab, nicht farbenprächtig, sondern eher unheilverkündend, eine wachsende Zahl von Soldaten in Khaki, viel ernster und mürrischer als die anderen, bis sie ihren Sundowner getrunken hatten; danach waren sie unbeherrschter und beunruhigender als alle übrigen.

Baumgartner hatte bei solchen Treffen wenig zur Konversation beizutragen. Handel und Geschäftspraktiken waren etwas zu Gewöhnliches, damit konnte man nicht prahlen – aber in Gesellschaft der Männer in Khaki merkte er, daß er völlig schweigsam wurde, auf angestrengte Art zuhörte, sein Lächeln verlor. Selbst wenn sie nicht verantwortlich waren für das Schweigen aus Deutschland, dem völligen Ausbleiben irgendeiner Reaktion auf seine Telegramme, wußte er, daß sie in dem gleichen blinden Chaos gefangen waren und eine aktive Rolle darin spielten, und er hatte instinktiv Angst vor ihnen. Ab und zu entdeckte er etwas von seiner eigenen Haltung an Lotte und Gisela, obwohl sie ihre Unruhe durch Lachen und unflätige Sprache kaschierten. Sie gingen früh, schützten Kopfschmerzen vor oder die Arbeit im Prince's. Manchmal wurden sie von einem oder zwei Soldaten begleitet. Dann ging Baumgartner allein, blieb unter der trüben Straßenlaterne stehen, um ein paar Münzen auf den ausgestreckten bandagierten Stumpf des Leprakranken zu legen, der beinlos auf seiner kleinen Karre saß und auf die Generosität der Betrunkenen rechnete. Als Baumgartner in der wie flüssigen Hitze der Augustnacht zurück zu seinem Hotel ging, lösten sich Violet und Rosie von der mit Urin und Betelsaft verdreckten Wand und schmollten. »Du bist ja ein feiner Sahib geworden. Keine Zeit mehr für alte Freunde, hm?« Und sie zerrten ihm an den Ärmeln, verlangten Geld, verlangten Zigaretten.

»Lotte, es ist nicht gut, mit diesen englischen Soldaten zusammenzusein«, protestierte er eines Morgens, als sie in sein Zimmer trat, um ihm ihre Einkäufe zu zeigen, die sie auf der Park Street gemacht hatte. Sie hatte ihm nicht erzählt, wer für die Goldsandalen, den Seidenschal oder die paillettenbesetzte Tasche bezahlt hatte, mit denen sie vor ihm prahlte, aber er hatte so seine Vermutungen.

»Ach, was soll das schon ausmachen? Ist denn ein britischer Soldat schlimmer als ein deutscher Soldat oder ein amerikanischer Soldat? Soldaten sind überall gleich, mein lieber Hugo – spendabel, wenn sie an Land sind!« Sie machte ein paar Tanzschritte, um die goldenen Absätze glitzern und klacken zu lassen. »Ach, was für ein Hafen Kalkutta doch ist! Könnte Shanghai besser sein oder gar Hamburg?« Das Einkaufen ist ihr zu Kopf gestiegen, dachte Baumgartner, das kommt von dem Gefühl, Geld zu haben. Er war wütend, und sie schwang die paillettenbesetzte Tasche um ihr Handgelenk und lachte, als sie sah, wie das dumpfe Morgenlicht, das durch das offene Fenster hereinkam, sich auf der Oberfläche brach. Draußen gab es rote und gelbe Canna-Lilien, laut schnatternde Mynah-Vögel, einen blühenden Baum. Sie schien Spaß daran zu haben, diese Kakadufarben zu betrachten, schien sich als ein Teil dieser papageienbunten Umgebung zu fühlen.

»Bald wird es Krieg geben zwischen den beiden Ländern«, warnte er.

»Du liest noch immer Zeitung?« Sie schmollte. »Als wenn der Krieg in Europa irgend etwas mit uns in Kalkutta zu tun hätte. Hugo, sei doch nicht so blöd.«

»Wie denn nicht?« argumentierte er. »Wir sind auf britischem Territorium, und wir sind deutscher Nationalität –«

»Du schon, aber ich nicht«, unterbrach sie ihn.

»Nein? Was soll das heißen? Welche Staatsangehörigkeit hast du denn?«

»Ach, was bedeutet das schon? Ich kann sie jeden Tag ändern, wenn ich will. Viele Männer wollen mich heiraten – dieser Kanti Sethia, er bittet mich andauernd.« Jetzt stand sie schweigend am Fenster, schaute hinaus, schwang die kleine Tasche; sie umkreiste ihr Handgelenk wie ein bunter Vogel.

»Kanti Sethia?« Baumgartner war ein paar Minuten lang sprachlos, und seine Lippen bewegten sich stumm. Die Gesichter von Lottes Verehrern zogen in schneller Folge an ihm vorbei, so schnell, daß sie verschwammen. Der schöne Teepflanzer mit dem schmalen Schnurrbart über den großen, quadratischen Zähnen, der einmal im Monat von seinen Teegärten in Assam kam, um sie tanzen zu sehen? Der blendende Attaché des Maharadscha von Burdwan? Oder der Juwelier, der sie und Gisela mit zu den Rennen nahm? Konnte es der Juwelier sein – der kleine braune Affe von Mann, der Schnupftabak nahm und sich in ein großes Taschentuch schneuzte, einen Spazierstock trug, einen weißen Dhoti und eine kleine schwarze Kappe, und der nach zwei Whiskys sinnlos betrunken war? »Aber Lotte, wer?« schrie er voller Schmerz. »Der Juwelier? Ist er fünfzig oder noch älter?«

»Ach, was heißt das schon?« Lotte zuckte mit den Schultern. »Wenn ich meine Staatsbürgerschaft ändern muß, dann heirate ich ihn und ändere sie sofort. Kannst du dir mich nicht als indische Braut vorstellen, Hugo?« Sie trat vom Fenster zurück und kam tänzelnd auf ihn zu. »In einem goldenen Sari, mit einem roten Punkt hier mitten auf meiner Stirn und einem diamantenen Nasenring?« Sie begann im Zimmer umherzuspringen, lachend vor Aufregung.

»Du bist verrückt, Lotte. Er muß doch verheiratet sein und hat bestimmt Familie – wie denn nicht? Hier heiraten sie mit vierzehn, fünfzehn –«

»Dann sollte er mal was anderes haben – nämlich Lola, juchhee!« rief sie und schleuderte die Paillettentasche durchs Zimmer.

Im Prince's saß er an einem Tisch, als einziger Mann trug er kein Khaki; Lotte und Gisela verliehen der Szene Farbe, und er erhob sein Glas auf sie, als sie nach ihrem Auftritt herüberkamen, und sagte: »Prost!« Im nächsten Augenblick lag eine Hand auf seiner Schulter, eine Khakimanschette nahm ihm die Sicht. »Deutscher, he? Ihr seid alle Deutsche?«

Irgend jemand rief: »Sei nicht so ein Blödmann. Das sind die Tänzerinnen. Willst du, daß die Show aufhört?«

Aber die Hand ließ nicht locker, griff fester zu. Baumgartner versuchte, sie abzuschütteln. Unruhe kam auf. In dem Durcheinander verlor Baumgartner Lotte und Gisela aus den Augen. Er schaute immer wieder über die Schulter und suchte in der wogenden Menge nach einem Hauch von rosa und blauer Seide, sah sie, als sie gerade vom Hotelmanager weggeschafft wurden. Er versuchte, ihnen zu folgen, wurde aber festgehalten. Er hörte, wie seine Ärmel zerrissen. »Also hören Sie mal«, protestierte er, als ihm jemand in den Nacken schlug. Für einen Augenblick konnte er nicht klar sehen, alles wurde zu einer quirlenden Masse Rot vor seinen Augen, dann schlug er mit seinen Fäusten und Absätzen zu, wie er es seit den Schultagen nicht mehr getan hatte, als er in einer Ecke des Schulhofs gefangen war und alle gesungen hatten: »Baumgartner, Gartnerbaum, hat 'ne Nase wie 'n Daum!«

Er fand sich so weit in die Vergangenheit zurückgeworfen, daß er tatsächlich in eine Hand biß, die sich über seinen Mund legte. Er schmeckte Blut – warm süß, ekelerregend. Drei Männer sprangen mit den Füßen voran auf ihn. Als er sich unter ihnen befreite, bemerkte er, daß sich ein Polizist über ihn beugte – gerade rechtzeitig, denn jemand hatte eine Flasche zerschlagen und hielt sie ihm entgegen. Um ihn herum hörte er knirschende Geräusche – Knüppel wurden auf Köpfe geschlagen. Er schützte seinen eigenen Kopf mit den Händen. Doch der Polizist hob ihn am Ellbogen hoch und nannte ihn Sahib.

Auf der Polizeiwache entschuldigte sich ein Mann mit großen Ringen um die müden Augen und Schwitzflecken auf dem Rücken bei ihm: »Ich muß Sie festnehmen, Sir. Der Krieg ist ausgebrochen, und wir müssen Sie in ein Gefangenenlager bringen. Es sieht sehr schlecht aus, Sir, sehr schlecht.« Mit unterwürfiger Miene fügte er hinzu: »Die Briten regieren hier, Sir, nicht die Inder.« Baumgartner, der mit der Zunge das Salz des Bluts auf seinen Lippen schmeckte, lächelte erleichtert darüber, in seiner Gewalt zu sein und nicht in der eines Weißen. »Werden meine Briefe weitergeleitet?« fragte er. »Werden Sie die Post in den Lagern zustellen? Kann ich einen Brief schreiben, bevor ich gehe?«

Jedem, den er in dem improvisierten Lager in Fort William traf, zu dem er mit den anderen »feindlichen Ausländern« gebracht worden war, stellte er dieselbe Frage. Alle warfen ihm verständnislose Blicke zu, aber einer legte seinen Zeigefinger an die Stirn und drehte ihn wie eine Schraube. »Mensch«, sagte er, »wir sind hier in einem Militärgefängnis – und du willst wissen, wann der Briefträger kommt?« Einige brachen in Gelächter aus, wurden aber durch einen gebrüllten Befehl der Lagerwache zum Schweigen gebracht.

Am nächsten Morgen wurden sie wieder durch Gebrüll in ihren Zelten geweckt. »Also, was ist das denn? Auf und Betten machen, aber fix!« Das rote Gesicht an der Zeltöffnung grölte. Baumgartner fiel vor Schreck aus seinem Leinwandbettgestell und versuchte hastig – wie seine Mitgefangenen – die Decken über die zerknüllten, verrutschten Laken zu ziehen, kam sich in seiner Unterwäsche, in der er geschlafen hatte, bloßgestellt und lächerlich vor, denn er hatte keinen Schlafanzug mitgebracht, was mit bissigem Spott bedacht wurde. Jeder Fleck, jedes Loch schien begutachtet und bemerkt zu werden; er beugte sich vor und führte knieend all die von ihm erwarteten Handlungen aus, bevor der wachhabende Soldat von seiner Pritsche zur nächsten ging. Dort stand er, statt zu brüllen, in einer Haltung der Befriedigung, Brust und Bauch vorgestreckt, weil Baumgartners Nachbar ein Wunder vollbracht und das Feldbett in eine mustergültige Ordnung gebracht hatte, die Decken säuberlich umgeschlagen und glattgestrichen – es sah nicht aus, als wäre es von Menschenhand gemacht. »Hm«, sagte der Soldat und streckte seinen Stock aus, um auf die faltenlose Oberfläche dieses Modells von Kompetenz zu klopfen, »so – *so* möchte ich die Betten gemacht sehen.« Er stolzierte hinaus wie der Hahn in einem Hühnerhof, aber erst, nachdem er einen kurzen Blick auf den Schöpfer dieses Vorbilds geworfen hatte, einen blonden und schweigsamen Mann namens Schmidt, der sich daraufhin voller Verachtung Baumgartner zuwandte und Baumgartner dadurch erkennen ließ, daß sie beide, Schmidt und der Soldat, von der gleichen Art waren – von der Art der Herrschenden.

Jeden Morgen wurden die Zelte und Betten inspiziert; selbst nachdem Baumgartner gelernt hatte, pünktlich aufzustehen und sich für den Appell vorzubereiten, war es ihm unmöglich, die Technik zu erlernen, die von ihm verlangt wurde, selbst wenn der wachhabende Soldat brüllte: »Siehst du denn nicht, wie Schmidt es macht? Kannst du dich nicht anstrengen und wie er sein? Hä?« Und dann dieser Blick zwischen den beiden Männern, den Herrschenden, und wenn er Baumgartner erreichte, war es immer derselbe Blick der Verachtung.

Aber der entnervte Mann an dem Klapptisch in einem anderen, größeren Zelt weigerte sich unumwunden, sie als verschiedene, als voneinander getrennte Individuen zu betrachten. Als Antwort auf Baumgartners Gemurmel wegen seines Namens, seines Judentums, schnappte er: »Hören Sie mit dem Gejammer auf und zeigen Sie mir Ihren Paß, wird's bald? Das ist das einzige, wonach man Sie gefragt hat – nach Ihrem Paß, verstanden?« Baumgartner, der stark ins Schwitzen geraten war, schaffte es, ihn zu finden und ihn mit unsicheren, feuchten Fingern zu übergeben; er stand da und wartete, während der Paß Seite für Seite studiert wurde, mit der frischen Wut durchgeblättert wurde, die durch das neue Regime freigesetzt worden war. Es dauerte nicht lange, bis er ihm mit einer knappen Bemerkung wieder entgegengeschleudert wurde: »Deutsch, in Deutschland geboren«, und Baumgartner versuchte immer noch, die englischen Wörter in seinem

Mund zu bilden: »Ja, aber jüdischer Herkunft, deshalb ein Flüchtling –«, als er am Ärmel gepackt und aus dem Zelt gezerrt wurde, um in einen Lastwagen gesteckt zu werden, der in dem Schlamm des umgepflügten Rugbyfeldes stand. Auf der Ladefläche des Lastwagens wurde er gegen Schmidt gepreßt, der sich so weit abwandte, wie das in diesem überfüllten Fahrzeug möglich war. Sein Schweigen brachte seine Verachtung zum Ausdruck, Verachtung und Empörung, weil er in die gleiche Kategorie eingeordnet worden war wie Baumgartner. Baumgartner hatte nur Angst.

Der Bahnhof quoll über von Soldaten und von Kulis, die mit krummen Rücken die Blechkisten und olivgrünen Schlafsäcke schleppten. Das Hämmern der Armeestiefel, das Schmatzen und Schleifen von Leder und Khakibaumwolle. Die knappen englischen Stimmen, die Kommandos gaben, die kurzen Begrüßungen und die Trillerpfeifen. Die katzenhaften Gesichter der Gurkhas unter ihren weichen Käppis waren undurchdringlich, die Bajonette waren aufgepflanzt. Völlig unpassend dazwischen, der Chai-Wallah, der mit seinem Kessel süßen rauchigen Tees und einem milchigen Glas am Ende jeden Fingers durch die Menge wanderte, *»Chai, garam chai«*, sein trauriger Ruf. Inder, die in der Dunkelheit neugierige Blicke auf die Ausländer warfen. Die Aussicht, mehrere Jahre miteinander in Gefangenschaft zu verbringen, konnten sie nicht akzeptieren, und sie sahen einander nicht an, außer wenn das Bedürfnis nach einer Zigarette oder einem Streichholz zu stark wurde.

Während Baumgartner eine Zigarette für einen seiner Mitgefangenen anzündete, sagte dieser – ein dünner und offensichtlich kranker Mensch mit einem Bart – hinter vorgehaltener Hand: »Dieser Schmidt – von dem mußt du dich fernhalten.« Baumgartner sah ihn fragend an und wurde belehrt: »Ein Nazi.«

»Was meinst du damit?« fragte Baumgartner und senkte ebenfalls seine Stimme. »Parteimitglied?«

»Natürlich. Es gibt viele davon. Auf die müssen wir achten. Sie werden uns beobachten, da kannst du sicher sein.«

Baumgartner machte eine unwillkürliche Bewegung, als ob der Impuls, auszubrechen und loszulaufen, plötzlich übermächtig geworden wäre, aber ein Gurkha trat vor und drückte ihn mit der Spitze seines Bajonetts zurück.

Im zentralen Internierungslager in Ahmednagar, wo die »feindlichen Ausländer« aus dem ganzen Land wie Ameisen aus einer geschlossenen Faust in eine Schüssel voller Sand geschüttet worden waren und dort nun in einer Art Wahn umherkrabbelten, wurde es Tag für Tag deutlicher, daß ein System entwickelt worden war, sie zu observieren und Gründe und Mittel zu finden, sie in Gefangenschaft zu halten. Baumgartner wurde mehr als einmal verhört. Er verbrachte viele Stunden damit, vor einer Hütte in der sich langsam vorwärtsbewegenden Schlange zu warten, alle Papiere, die er bei sich hatte, hielt er fest an sich gedrückt – seinen Paß, Visitenkarten von Geschäftsfreunden, ein paar Briefe seiner Mutter, die er zusammengefaltet und in seine Brieftasche gesteckt hatte –, und dem Offizier an seinem Lagertisch präsentierte er sie in der Gewißheit, daß er einsehen würde, daß er ohne Grund verhaftet worden war, denn er war harmlos, kein Feind, nur ein Flüchtling aus Nazideutschland, der nur einen Wunsch hatte, seinen Geschäftsinteressen in Indien nachzugehen. Die Papiere wurden mit Gesten und Ausdrücken der Wut und Erschöpfung durchgeblättert. »Was soll ich denn machen?« schrie der Mann, als Baumgartner erneut dagegen protestierte, als Deutscher und »Feind« eingestuft zu werden. »Sie haben einen deutschen Paß, der besagt, daß sie dort geboren sind – für was soll ich Sie also halten, etwa für einen verdammten Inder?« Die Papiere wurden ihm entgegengeschleudert, und er zog sich verwirrt zurück und fragte sich, was das Zauberwort sei, das ihn von diesem monströsen Fehler, dieser Verrücktheit befreien würde.

»Sie verstehen kein Wort«, sagte ihm der kleine, krank aussehende Mann mit Bart in bitterer Sympathie. »Sie wissen nicht einmal, daß es deutsche Juden gibt und daß es Nazi-Deutsche gibt und daß sie nicht ganz dasselbe sind. Das einzige, worauf man hoffen kann, ist, die Chance zu bekommen, mit jemandem zu reden, der davon weiß – einem Engländer.«

Ein paar hatten die Chance – Appelle an die Jüdische Nothilfeorganisation in Bombay und an britische Zivilbeamte, die humaner eingestellt, besser informiert waren als die Wachen im Lager, schienen ihnen genutzt zu haben, und sie verließen das Lager mit ungläubigem Gesichtsausdruck, verständnislos, doch andere, wie Baumgartner, hatten niemanden, an den sie sich hätten wenden können oder der für sie gesprochen hätte, sie blieben zurück, und das Netz zog sich enger über ihnen zusammen. Sechs Jahre lang sollten sie in Gefangenschaft bleiben.

Im letzten Internierungslager – das erste und die darauf folgenden hatte er hinter sich gebracht – warf Baumgartner seinen ersten Blick auf den Himalaya. Da waren die Berge – eine auf- und absteigende Rauchfahne, die an dem matten Glas des Himmels entlangschwebte und einen leichten Schmutzfilm zurückließ. Der Himalaya. Er glaubte, ihn zu riechen: Saft, Harz, Holzrauch, eine prickelnde Frische, die aus dieser ungeheuren Entfernung und Höhe einen Hauch von Eis und Schnee und Flüssen herübersandte.

Ihm fiel auf, daß auch andere dastanden und starrten, hörte deutsche und italienische Stimmen, und als er sich umdrehte, sah er zwei, drei Männer in Lederhosen, dicken Stiefeln und Wollsocken, die in einer Gruppe zusammenstanden und über die Berge – Nanga Parbat, Nanda Devi, Kanchenjunga – auf merkwürdig technische Weise sprachen, und er schloß daraus, daß sie Bergsteiger waren, die einige der Berge bestiegen hatten, bevor sie in Karatschi festgenommen wurden, vermutlich hatten sie dort auf ihr Schiff gewartet, das sie nach Europa zurückbringen sollte. Sie redeten, als würden sie sich auf den Weg in die Berge machen, sobald sie sich ihre Strategie zurechtgelegt und ihre Vorbereitungen beendet hätten, mit denen sie schon begonnen hatten.

Verwirrt durch die Redeweise der Bergsteiger, zog sich Baumgartner zurück, und aus einiger Entfernung betrachtete er ihre breiten Schultern und muskulösen Beine und kam sich im Vergleich mit ihnen weich und schwächlich vor. Aber er wunderte sich über ihre Naivität, ihren unerschütterlichen Glauben, daß sie wieder auf die Berge klettern würden. Baumgartner sah sich um, sah die Stacheldrahtzäune, die Tore, die von Wachtürmen bewacht wurden, die Baracken und die Aschenpfade und Wassertanks, wußte, daß keiner wegkam, daß sie alle hierbleiben würden.

In den ersten Tagen, als sich alle im Kreis bewegten wie eine Viehherde, mitten in einer Wolke aus Staub, der nicht zur Ruhe kam, sondern sich in Augen, Haaren, Mund, Hals und Lungen einnistete und zum festen Bestandteil ihres Lagerlebens wurde, beobachtete Baumgartner die Bemühungen, eine gewisse Ordnung aufrechtzuerhalten, eine gewisse Disziplin. Terminpläne wurden an Notizbretter geheftet, Trillerpfeifen ertönten, und Sirenen heulten. Die Männer stellten sich an, um Decken, Blechlöffel und Blechteller und Werkzeug entgegenzunehmen. Sie stellten sich wieder an, um grobkörnigen Reis und Linsen aus Kesseln auf ihre Teller gehäuft zu bekommen; dann reihten sie sich in einer zugigen Halle auf Bänken auf, um das Zeug zu essen. Auf einen Pfiff hin waren sie alle im Waschsaal und wuschen sich mit kaltem Wasser. Noch ein Pfiff, und sie sanken auf ihre Pritschen; wie Schuljungen sollten sie auf Befehl einschlafen. Unter anderen Umständen wäre dies wie ein kranker, aber dennoch höchst komischer Traum erschienen – erwachsene Männer, die sich wieder in die Schule versetzt finden, in eine rigorose und nicht uncharakteristisch böse Schule.

Doch zwischen den Pfeifen und den Sirenen und der hastigen Aktivität, die dadurch ausgelöst wurde, gab es zu viele Freiräume, und diese erwiesen sich als sehr schwer zu akzeptieren. Der britische Kommandant, der ihnen jeden Morgen auf dem Paradeplatz gegenüberstand, starrte sie verzweifelt an. Er schien davor zurückzuschrecken, Befehle zu erteilen, schien zu flüchten, sobald er sie erteilt hatte, wie vor etwas Ekelerregendem. Baumgartner hätte sich sicher fühlen können, hätte spüren können, daß keine großen Härten auf ihn zukamen, daß keine übertriebenen oder unverständlichen Forderungen an sie gestellt wurden, doch unglücklicherweise bedeutete die Lockerheit, die Laxheit der Aufsicht, daß Freiräume entstanden, die andere ausnutzten.

Das waren natürlich die unteren Chargen im Lager, denen der Kommandant die tägliche Routine überließ. Sie waren es, die sich bemerkbar machten, deutlich und unangenehm. Sie machten sich einen besonderen Spaß daraus, die Männer zu umzingeln und sie sich ausziehen zu lassen, um sie dann nach Größe und Erscheinung zu trennen, wie Vieh, wobei sie höhnische Bemerkungen machten. Baumgartner stand mit hängenden Händen und nachgebenden Knien da, während sie ihn begutachteten und Witze rissen; er versuchte sich dem Gelächter anzuschließen, war aber unsicher, ob ihm das helfen oder ob es die Sache verschlimmern würde. Wie sich zeigte, machte es ihn erst recht zum Trottel. Der Stock, der ihm in die Rippen gestoßen wurde, bedeutete weiteres Gelächter, aber das Ende war Erleichterung – er brauchte sich nicht denen anzuschließen, die Steine von einem Lagerende zum anderen schleppten, zum einzigen Zweck, daß sie Steine schleppten, sondern durfte auf dem Feld arbeiten, was wenigstens einen Sinn hatte.

Außerdem hatte dies für Baumgartner etwas Romantisches. Warum? Das hätte er nicht sagen können. Seine Kindheit in Berlin und seine Jugend, die er damit verbrachte, an dem Schreibtisch seines Vaters die Bücher zu führen, hatten ihm sicher keine Sehnsucht nach der Scholle vermittelt, nach der Mutter Erde, und noch weniger die Fertigkeit, mit Werkzeug umzugehen. Er gestand sich ein, daß er sich danach sehnte, der ständigen bedrückenden Gesellschaft seiner Mitgefangenen zu entfliehen, und wenn er im Freien war, konnte er eine Weile vergessen, was Gefangenschaft bedeutete, und er hatte niemanden mehr, den er fragen konnte, wie er hierhergekommen war, wo er gewesen war, was er vor der Verhaftung getan hatte und was er nach seiner Freilassung tun würde... Man konnte solche Fragen nur ein paarmal beantworten, und wenn sie bei anderen oft Freundschaften einleiteten, so nicht in seinem Fall. Das Dasein als Einzelkind, die isolierte Jugend in einem ständig unsicherer und bedrohlicher werdenden Land und dann seine einzelgängerischen Gewohnheiten als Fremder in Indien hatten Baumgartner gelehrt, die Sorgen, die er sich um seine Mutter machte und darum, was in Deutschland geschah, für sich zu behalten; sie waren in ihm ein dunkler schrecklicher Block. Natürlich hatten die anderen Internierten die gleichen Ängste, aber bei ihnen hatten sie den Effekt, daß sie die Gesellschaft der anderen suchten, anderen von ihren Befürchtungen und Obsessionen erzählten, um ihre Traurigkeit dann, im Vergnügen des Zusammenseins, zu vergessen, während Baumgartner beobachtete und sich über diese Fähigkeit wunderte, durch Erzählen etwas abzugeben oder sogar ganz loszuwerden. Ihm schien es, daß er nichts loswerden konnte, daß er – wie eine trauernde Schildkröte – alles mit sich herumschleppte; vielleicht war dies die einzige Art, er selbst zu bleiben, die er kannte.

Nachdem er sich der Gruppe der Landarbeiter angeschlossen hatte, bemerkte er, daß die Internierten, sobald sie auf die Felder mit dem großen, raschelnden Zuckerrohr geführt worden waren, mit ihren Hacken ausschwärmten, und die Wachen sie, solange sie den Eindruck machten, sie seien an der Arbeit, nicht so streng bewachten. Die Arbeit war viel härter, als er erwartet hatte, besonders in der feuchten, dampfenden Hitze nach dem Monsun. Zuckerrohr war eine scharfblättrige Pflanze mit rauher Oberfläche, die ihre Feindseligkeit spüren ließ, so daß der Umgang mit ihr sich nicht gerade idyllisch anließ. Aber es gab Pausen, es gab Augenblicke, in denen er durch die erstickende grüne Wand brach, einen flachen Stein fand und sich niederließ, um unter dem farblosen Himmel eine Zigarette zu rauchen; ein Fischadler zog seine Kreise, und er beobachtete ihn, ohne eine einzige Schleife der Spirale zu verpassen.

Er bemerkte, daß er neben einem Graben saß, in dem das Unkraut niedergeschlagen im Schlamm und Dreck steckte – die Gegend war zu arm, es gab nicht einmal Abfall, der die Mischung im Graben hätte anreichern können –, auf einer ungepflasterten Straße, die zu einem Dorf führte, das sich in die Felder drückte. Obwohl seine Zigarette stank – eine einheimische Tabaksorte, in ein *tendu*-Blatt gewickelt, stark genug, daß ihm schwindlig wurde –, nahm er deutlich indischen Geruch wahr – von menschlichem und tierischem Dung, vom Rauch der Dorffeuerstellen, von Viehfutter und Kuh-Urin, von Staub, vom Essenkochen, von alten zerschlissenen Kleidern, die ohne Seife gewaschen und zum Trocknen aufgehängt wurden: der Geruch der Armut.

Manchmal, wenn er dort saß, kamen Frauen aus dem Dorf, mit flachen Körben auf den Köpfen, und wenn er sie näherkommen sah, begann Baumgartner leicht zu zittern, so sehr erstaunte es ihn, mit der Außenwelt kommunizieren zu können, wenn auch nur mit den Augen. Die Frauen zeigten niemals, nicht einmal durch einen Blick oder ein Kichern, daß sie seine Gegenwart bemerkt hätten. Sie sprachen miteinander und wanderten an ihm vorbei auf ihrem Weg zu einem umfriedeten Stück Land, wo sie sich hinhockten und anfingen, Fladen aus dem Dung zu formen, den sie aus den Kuhställen im Dorf mitgebracht hatten.

Baumgartner hatte zuerst ungläubig zugeschaut, als er ihre langen flinken Finger sich lässig in die feuchte, glänzende Masse bohren sah, die sie zu Bällen formten und sie dann auf dem trockenen Sand oder den roten Felsen flachdrückten, wobei sie ihre Finger in die Fladen drückten, so daß ihr Abdruck darauf zurückblieb. Dann wanderten sie zurück ins Dorf, die leeren Körbe baumelten an ihren Händen, und an den Armen glitten schwere Silberarmbänder und dünne Glasarmreifen entlang, die unangenehm klimperten, während sie sich mit solcher Intensität unterhielten, daß Baumgartner ausgeschlossen war – er war einfach nur ein Fremder, ein *firanghi*.

Wenn er am Nachmittag an denselben Ort zurückkehrte, konnte er sie wieder sehen, wie sie sich hinhockten, um die Fladen zu wenden, und sie testeten, indem sie Stücke davon abbrachen, um zu sehen, welche am trockensten waren und eingesammelt und in den flachen Körben ins Dorf zurückgetragen werden konnten. Diese Dungfladen waren es, die den beißenden und durchdringenden Qualm erzeugten, der durch die alten, verrotteten Strohdächer quoll. Die Art, wie sie ihr Vieh fütterten, den Dung sammelten, ihn zu Brennstoff verarbeiteten und ihn benutzten, um ihr Essen zu kochen, schien ihr Leben zu bestimmen – wenigstens den Teil, den Baumgartner mit solcher Verwirrung und Faszination beobachtete.

Nachdem er sich überwunden hatte und seinen anfänglichen Abscheu vor dem Anblick der Frauen verloren hatte, die Exkremente auf ihren Köpfen trugen und ihre Hände in sie versenkten, als handelte es sich um feuchten Teig oder Wäsche, und auch seine anfängliche Verwunderung über ein so primitives, so einfaches und unveränderliches Leben, begann er sie um diese Einfachheit, die Abwesenheit von individueller Wahl und Geschichte zu beneiden. Im Vergleich dazu schien sein eigenes Leben hoffnungslos verwirrt und unansehnlich zu sein und wurde passend durch die Stacheldrahtrollen symbolisiert, die um die hölzernen Pfosten gespannt waren und in Kreisen und Doppelkreisen das Lager umliefen.

Als er mit seiner Hacke an den Baracken vorbei zurückging, hörte er eine Geige, die mit viel bebendem Gefühl gespielt wurde. »Guten Abend, gute Nacht.« In dieser ungewöhnlichen und unnatürlichen Stille, wenn der Tag pausierte, bevor er kopfüber in die Nacht fiel, traf das vibrierende Geigenspiel sein Ohr und erinnerte ihn an den Gesang seiner Mutter, und er zitterte und wollte, daß sie aufhörte. Wonach er sich gesehnt hatte, war ihre Stimme – normal, vernünftig, alltäglich, so wie er sich jetzt nach Nachrichten sehnte, die glaubhaft, akzeptabel waren. Er bekam keine, nichts. Briefe erreichten das Lager und wurden an bestimmten Galaabenden ausgeteilt – sie wurden natürlich zensiert –, aber es gab keine mit deutschen Briefmarken. Er hatte nicht eine Antwort auf seine Telegramme erhalten, die er nach Berlin geschickt hatte; Herr Pfuehl hatte geschwiegen, ebenso die Leiterin der Pension. Jetzt schrieb er einen Brief nach dem anderen an Habibullah, an Lotte, und bat, daß seine Post an ihn weitergeschickt werde, doch da er nichts von ihnen hörte, fragte er sich, ob diese Briefe je das Lager verließen. Er konnte nicht anders, mußte den »Hüttenvater« mißtrauisch beobachten, der die Post einsammelte, und entdeckte, daß auch die anderen Juden sich fragten, ob ihre Briefe nicht von diesem grimmigen und mächtigen Menschen zensiert oder vernichtet wurden, bevor sie die britischen Zensoren erreichten. Auf ihre Beschwerde erhielten sie den knappen Bescheid, daß kein Internierter direkt mit dem Kommandanten reden durfte; hatten sie irgendwelche Beschwerden, mußten sie vom Hüttenvater vorgebracht werden. Versuche in dieser Richtung führten nur zu schweren Bestrafungen, und Baumgartner blieb nichts anderes übrig, als intensiv zu horchen, Töne in der Luft aufzufangen, Antworten zu erhaschen. Alles, bloß nicht diese Stille – diese surrende, summende Stille, die aus dem Himmel zu kommen schien, der keine Farbe hatte, und aus dem Staub der Erde; die Staubkörnchen rieben sich qualvoll aneinander.

Der Winter brach ein, und es hätte eine Zeit der Gesundheit und des Aufbruchs für diese europäische Gemeinschaft sein können: Die Luft wurde trocken; von den Bergen wehte ein mit Eis durchsetzter Wind. Die Baracken hatten keinerlei Wärmedämmung, und der Wind pfiff hindurch, zusammen mit dem Hustenreiz auslösenden Staub des zertrampelten, graslosen Bodens. Ohne Wärmedämmung und ohne Brennstoff zum Heizen war das kalte Wetter nicht das Vergnügen, das es unter anderen Umständen vielleicht gewesen wäre. In ihrer dünnen, unzureichenden Kleidung und mangelhaft und schlecht ernährt – nur die, die es geschafft hatten, Arbeit in der Kantine zu finden und die Offiziere zu bedienen, hatten gutes, ausreichendes Essen – froren die Gefangenen, sie haßten das kalte Wasser, mit dem sie sich wuschen, das Kondenswasser auf den Zementfußböden, die staubigen Winde, die über den Paradeplatz fegten, das Fehlen jeglicher Gemütlichkeit, auf der die süßen Gedanken beharrten – um neue Qualen zu bringen.

Unter ihren Decken bei Nacht lauschten sie den tobenden Stimmen, die aus den versteckten Radios drangen.

Die *Athenia*, mit 400 Passagieren und Besatzung auf dem Weg nach Kanada, wird von deutschen U-Booten torpediert und sinkt 250 Meilen westlich der Hebriden: 112 Tote.

»Wo ist dein selbstgemachter Wein, Finckel? Na los, her damit! Nein, heute Nacht!«

Brest-Litowsk, am 18. September eingenommen durch deutsche Truppen von Westen und russischen Truppen von Osten. Ein Deutsch-Sowjetischer Pakt.

»Na los, her mit den Zigarren, Zigaretten, Jungs!«

Die HMS *Courageous* im Ärmelkanal torpediert und versenkt am 17. September – 500 Tote.

»Knorke!«

24. Oktober. Danzig. Von Ribbentrops Tirade wie Donner, wie Gefechtslärm.

»Hör ihn dir an, Mensch! Hörst du das? Hast du das gehört? Oh, er redet prima, nicht wahr?«

7. November in München, diesmal spricht Hitler, seine Stimme ist noch stratosphärischer. Keiner konnte etwas verstehen, aber dennoch wurden der schwarzgebrannte Schnaps und die schwarzgedrehten Zigaretten von den Nazis in der Gruppe mit solcher Begeisterung herumgereicht, daß es die Wachen bemerkten und das Radio konfiszierten. Ein neues wurde gebaut. Die Juden schauten zu und lauschten schweigsam.

30. November, der Angriff der Russen auf Finnland.

»Allerhand! Allerhand!«

14. Dezember, die *Graf Spree* trifft im südlichen Atlantik auf britische Kriegsschiffe. Am 17. Dezember dampft sie in den Sonnenuntergang vor Montevideo und fliegt in einem Feuerball in die Luft.

»Deutschland, Deutschland über alles!«

12. März, Finnland kapituliert und verliert Territorium und die Unabhängigkeit an die Sowjetunion.

19. März. Die englische Luftwaffe greift den deutschen Flughafen auf der Insel Sylt an.

»Was glauben die eigentlich, was sie sich erlauben können, diese Schweinehunde? Wir werden es ihnen zeigen.«

9. April. Ja, Deutschland zeigt es ihnen. Deutschland besetzt Dänemark und Norwegen.

11. April. Churchill im Radio. Churchill im Unterhaus. Churchill »im ersten Clinch des Krieges«.

»Stopf ihm das Maul mit einer Zigarre.«

»Ja, der dicksten Zigarre, die sich finden läßt.«

Alliierte Truppen in Norwegen, bis Mai sind sie zurückgeschlagen.

»Deutschland, Deutschland, über alles!«

10. Mai. Die Invasion der Niederlande, Belgiens und Luxemburgs. Britannien auf den Knien. Churchill auf den Knien. »Ich habe nichts anderes anzubieten als Blut, Mühsal, Tränen und Schweiß.«

»Hörst du? Ist das nicht prima?« Die Nazis in der Versammlung klopften sich gegenseitig auf die Schulern, bis die Wachen damit drohten, die Baracke erneut zu durchsuchen. Die Juden tauschten Blicke und gingen schweigend auseinander.

15. Mai. Der deutsche Vormarsch zum Kanal und nach Frankreich.

21. Mai. Die Briten greifen Arras an und werden über die Somme zurückgetrieben.

28. Mai. Belgien ergibt sich den Deutschen.

»Allerhand! Knorke!« Die Juden blieben unter sich, drängten sich zusammen; die Notwendigkeit, sich zu verteidigen, war gekommen. Einige sprachen von Selbstmord, andere zischten »Sch!« Der Wein und der Schnaps, die unterdrückte Herrlichkeit unter den Decken.

4. Juni. Der Fall von Paris. Der Rückzug der französischen Regierung nach Bordeaux.

10. Juni. Pétain an der Macht; seine Bitte an die Deutschen um Waffenstillstand.

22. Juni. Der Waffenstillstand ist unterzeichnet.

»Aha! Aha! Wer ist hier der Kraut, wer ist der Jerry? Aha«, sangen die Deutschen, und die Juden schauten und lauschten und schwiegen.

17. Juni. Der »verfluchte Hund« Churchill rast und appelliert an die Franzosen, an die Briten. »Auf alle wird die lange Nacht der Barbarei herabsinken ... es sei denn, wir siegen, denn wir müssen siegen, und wir werden siegen.« Woher nimmt er gerade jetzt diese Hoffnung?

3. Juli. Nichts. Also jagt er die ganze französische Flotte in die Luft, der Verrückte. Die ganze verdammte Flotte.

August. Die Schlacht um England.

Die Luftwaffe und, ja, Verluste. Natürlich Verluste. Was sollte man erwarten? Es war Krieg.

Es war wieder Sommer. Der Paradeplatz war ein Inferno aus Sonne, Hitze, Staub, gleißendem Licht. Der Lagerkommandant wurde deutlich schwach. Er stand gebeugt auf seinem Podium und schrumpfte vor ihren Augen. Er zog sich immer mehr auf seine eigene Gesellschaft zurück – vielleicht hatte er irgendwo im inneren Bezirk dieses freudlosen Lagers eine kühle Hütte, schattig, mit Wasser, wo er hinging, um wieder aufzuleben – und er hatte den Hüttenvätern und dem Lagervater erlaubt, das Lager zu übernehmen. Baumgartner beobachtete, wie eine bestimmte Gruppe, eine bestimmte Art von Deutschen alles übernahm und das Lager effizient und skrupellos leitete. Vielleicht war er zu einem Eingeborenen geworden in seiner kurzen Zeit in Indien, vielleicht lag es daran, daß ihm zum erstenmal aufging, was deutsche Gründlichkeit bedeutete. Man mußte es bewundern – wie alles mit Beschlag belegt wurde, wie jeder und alles einem Zweck zugeführt wurde. Die Nützlichkeit des Systems – ja, bewundernswert. Doch ging damit eine Autoritätshörigkeit einher, die unter der Sommersonne auf dem höllischen Paradeplatz hemmungslos Triumphe feierte. Während der britische Kommandant alles Formale nur halbherzig ausgeführt hatte, wodurch die Zeremonien fast zu Parodien ihrer selbst geworden waren, stürzten sich die Nazis mit ihrer ganzen erschreckenden Autorität darauf. Wenigstens für Baumgartner war es erschreckend. In kürzester Zeit standen die Männer in Reih und Glied, die Reihen wurden ausgerichtet, die Männer wurden ausgerichtet, die Münder öffneten sich, und ein Klang drang aus ihnen, der der Kraft der Sommersonne, der Kraft des Staubwindes mit gleicher Kraft zu antworten schien.

Es rauscht ein Ruf wie Donnerhall,
Wie Schwertgeklirr und Wogenschwall:
Zum Rhein, zum Rhein, zum deutschen Rhein!
Wer will des Stomes Hüter sein!
Lieb Vaterland, magst ruhig sein,
Lieb Vaterland, magst ruhig sein,
Fest steht und treu die Wacht,
die Wacht am Rhein ...

Vor diesem Anschlag wichen die Briten zurück. Als der Winter wiederkam, rannten sie – sie rannten aus Malaya, aus Singapur, aus Burma, und nicht nur die Japaner waren hinter ihnen her, auch die Deutschen im Lager. Singapur fiel am 15. Februar, Rangun am 8. März, die Andamanen am 23. März. Die Adler, die in der Luft über dem Lager segelten, schlugen verwundert mit den Flügeln ob der Lautstärke der Stimmen, die aus der flachen Erde drangen:

Heute gehört uns Deutschland
Und morgen die ganze Welt.

Aber die Russen flohen nicht. Sie hielten stand. In Stalingrad.

Das geheime Radio schien einen Schlag abbekommen zu haben, der ganz weit weg in Stalingrad ausgeteilt worden war. Es wurde schwächer, wurde verzerrt, schwieg. Man konfiszierte es. Ein neues tauchte auf, aber in diesem hauste ein Dämon: Es meldete nur die englischen Nachrichten, die englische Sicht der Dinge. Das war verwirrend. In einer Hinsicht für die Nazis im Lager, für die Juden in einer anderen. Als er im Dunklen in die Gesichter der letzteren schaute, sah Baumgartner, wie sie einander Blicke zuwarfen und dann schnell wieder wegschauten. Würde der Krieg jetzt aufhören? Konnte er mit einer Niederlage enden? Was würde die Niederlage der Nazis für sie bedeuten – und was für die zu Hause? Die anderen begannen, sie auszusondern, sie grob aus ihrer Mitte zu verjagen und murmelten Worte, die wie: Juden raus! klangen, obwohl das Einbildung gewesen sein mochte. Baumgartner war bereit, unbedingt bereit, im Zweifel zu ihren Gunsten zu entscheiden. Wenn es Zweifel gab, dann gab es Hoffnung – ein wenig.

Es war nicht genug, daß sie auf dem Paradeplatz in Reih und Glied strammstehen und »Deutschland, Deutschland über alles« singen mußten. Jetzt wurde auch die deutsche Flagge gehißt, und nun galt der Befehl: Rechten Arm heben, »Heil Hitler« sagen.

Baumgartner war bereit, bei all diesen Absurditäten auf seine resignierte, halbherzige Art mitzumachen, die ihm in Jahren hilfloser Unterordnung unter die Gewalt beigebracht worden war, zuerst in Deutschland, dann im Lager, das etwas Ähnliches war. Aber es gab andere, die nicht bereit waren, sich unterzuordnen. Aus dem Kreis ausgeschlossen, der sich bei Nacht um das Radio versammelte, murmelten sie: »Hast du nicht gehört? Hast du nicht gehört, was mit den Juden in

Deutschland, in Europa geschieht?« Sie bildeten einen eigenen Kreis, der von den Jüngeren, Ungestümeren und Heißblütigen ihrer Gruppe geleitet wurde, zu denen der bleiche, hasenherzige, furchtsame Baumgartner nicht gehörte. Eines Tages stellte sich diese Gruppe der Ausgeschlossenen nicht in Reih und Glied auf dem Paradeplatz auf, stand nicht stramm. Als ihnen befohlen wurde, ihre Arme zu heben und die Flagge zu grüßen, legten sie ihre Hände hinter den Rücken. Als die anderen »Heil Hitler!« brüllten, schwiegen sie. Baumgartner schloß sich dankbar ihrem Schweigen an. Da ging ihm auf, daß Schweigen sein natürlicher Zustand war.

Sofort brachen die Männer aus den Reihen und kamen von hinten, um es ihnen zu zeigen, verdrehten ihnen die Arme, traten ein paarmal und schlugen zu, »um sie zur Vernunft zu bringen«. Die jüngeren und fähigeren der Abtrünnigen schlugen zurück – sie hatten geschworen, zu schweigen, aber nicht, stillzuhalten. Die Grobheiten wurden noch gröber. Baumgartner wurde weggezerrt, getreten. Er lag auf den Knien, den Mund voller Staub, vielleicht auch etwas Blut von einer aufgeschlagenen Lippe, als die Pfeifen zu trillern begannen und die Wachen mit ihren Schlagstöcken angerannt kamen.

Am nächsten Tag wiederholte sich die Szene.

Der ewig zögernde Kommandant zögerte mehrere Tage, bevor er einsah, daß gehandelt werden mußte. Es genügte nicht mehr, zu sagen: »Warum regen sich alle so auf? Das passiert doch in unseren öffentlichen Schulen jeden Tag – das heißt nicht viel, nur ein Gerangel« – wie er einem Gerücht nach gesagt hatte, als er das erste Mal von den Vorfällen informiert wurde. Nun wurden die Juden von den Nazis getrennt und in Baracken am entgegengesetzten Ende des Lagers untergebracht. Dort saßen sie auf ihren neuen Pritschen und ließen die Hände zwischen den Knien hängen und schauten ihre Lagerkameraden mit abwesenden Blicken an.

»Und wie sollen wir unser neues Zuhause nennen?« sagte schließlich einer und strich sich über den Bart. »Auschwitz oder Theresienstadt?«

Vom Morgenappell befreit, wurden sie nun auch von fast allen anderen Lagerpflichten entbunden. Die Nazis unter den Deutschen, die das Lager zu leiten schienen – in Vertretung oder mit Billigung der Briten –, sagten, daß sie bereit seien, die Juden die schwere Arbeit für sie tun zu lassen, doch die Juden lehnten ab. Jetzt hatten sie nichts zu tun und saßen oder lagen auf den Pritschen, starrten auf die Löcher in den verrosteten Eisenblechen des Dachs, durch die die Sonne weißglühende Lichtnadeln schoß. Jetzt gab es zuviel Zeit und Leere, und in dieses Vakuum flossen die Gedanken, die man besser nicht gehabt hätte – die härteste Arbeit, die schlimmste Schikane wären besser gewesen.

Baumgartner lag mit den Armen über den Augen da, wehrte die bohrenden Nadeln der Sonne und der Hitze ab und wünschte, er könnte auch die Stimmen abwehren. Woher, wieso waren die anderen soviel besser informiert als er? Wenn auch ein Teil von ihm jeden Fetzen Information über die Lage der Juden in Deutschland, über ihr Verschwinden, über die Arbeitslager, über die Nazi-Propaganda gierig, hungrig aufschnappte, wo immer es möglich war, so baute doch ein anderer Teil, wild entschlossen, eine Verteidigungsmauer dagegen auf. Es war, als versuchte sein Verstand eine Mauer gegen die Geschichte zu errichten, eine Mauer, hinter der er sich kauern und verbergen konnte, eine Mauer, die in ihm dem verzweifelten Wunsch Raum gab, daß Deutschland noch immer so war, wie er es als Kind gekannt hatte, und daß seine Mutter in diesem Traumland immer noch das Leben führte, das sie dort zusammen gelebt hatten.

Er besaß die Fähigkeit, wie der Vogel Strauß unter dem Sand seiner Illusionen zu leben, denn obwohl die Briefe, die die Juden schrieben, nun angenommen und abgeschickt wurden – so versicherte man ihnen –, gab es immer noch keine Antwort. Er schrieb noch einmal an Mr. Lobo, den Hotelmanager, bei dem er seine wenige Habe zurückgelassen und den er gebeten hatte, auf seine Sachen aufzupassen, bis er nach Kalkutta zurückkehrte, um sie abzuholen. Noch einmal bat er, ihm seine Post nachzuschicken – aber er bekam keine. Was konnte dieses dauernde Schweigen seiner Mutter bedeuten? War sie in den Greueln, von denen die anderen in der Baracke im Dunkeln flüsterten und murmelten, fortgeschwemmt worden? Die furchtbaren Gedanken brachen über ihn herein, eine Invasionsarmee, die seine geschlossenen Augen nicht aussperren, nicht aufhalten konnten; wie ein Alptraum marschierten sie auf das Unabänderliche zu.

Als er den Punkt erreicht hatte, wo er schreien mußte, warf er seine Arme beiseite, riß voller Schrecken seine Augen auf und versuchte, seinen Verstand von dem Alptraum loszureißen, indem er sich auf das konzentrierte, was er sah – manchmal die Wespen, die zwischen den Dachsparren ein Nest bauten; dann sah er ihnen dabei zu, wie sie ins Licht hinausflogen und mit Bällchen von Papierbrei, die ihnen an ihren haardünnen Beinen hingen, zurückkehrten und dann ihre Kiefer verwendeten, um die winzig kleinen Papierwülste zu bauen, die wie trockene graue Blumen aussahen. Oder er rollte sich mit einem ununterdrückbaren Stöhnen auf die Seite und beobachtete die Reihen von Ameisen, von denen jede ein feuchtes, weiches, weißes Ei in die dunkle Höhle in einem Spalt zwischen Fußboden und Wand trug.

Das Problem mit diesen faszinierenden Szenen war ihre Stille, ihre Langeweile, die endlose Wiederholung von Formen und Handlungen, die miteinander verschmolzen und sich in die endlosen Mühen menschlicher Gestalten verwandelten – gebeugte Gestalten, die in dunkle Höhlen getrieben wurden, aus denen sie nicht wiederkehrten.

Nacht und Nebel. Wenn man erst einmal darin war, gab es kein Entrinnen. Kein Entrinnen. Kein Entrinnen.

Dann richtete er sich auf, suchte nach einer Zigarette, stand auf und sah sich nach einem Streichholz um. Unglaublich, wie eine Zigarette einen Menschen vom Rand der Hölle und des Irrsinns zurückholen kann. Er sog daran, als ginge es um sein Leben, beobachtete die anderen, die auf ihren Pritschen lagen, rauchten, Karten spielten und redeten und redeten, unglaublicherweise über das Essen, immer über das Essen. Wie war es nur möglich, in dieser Lage ans Essen zu denken und darüber zu reden? Nicht, daß es nicht genug zu essen gegeben hätte im Lager – es gab genug. Allerdings war das Fleisch ungenießbares Hammelfleisch, das stank, und statt Eiern gab es dieses trockene gelbe Pulver, das wie schaler Senf aussah und nach Staub schmeckte. Es gab keinen frischen Kaffee: Die Gefangenen, die in der Küche arbeiteten, experimentierten mit allen möglichen Bohnen, rösteten und mahlten sie und versuchten die anderen davon zu überzeugen, daß das, was sie da brauten, trinkbar war, aber niemand war ihrer Meinung. Aber es gab frisches Gemüse und sogar verbotenen, selbst angesetzten Wein und Fruchtschnäpse. Aber ihre Gedanken, ihre Geschmacksknopsen gierten nach dem Essen daheim, als wären diese Speisen der Schlüssel zur Vergangenheit, und wenn sie über das Essen sprachen, dachten sie nicht nur darüber nach, sie aßen und verdauten dabei tatsächlich die Vergangenheit, wieder und wieder, um die letzten Tropfen Saft, die letzten Tropfen Geschmack daraus zu ziehen. Jemand brauchte nur eingelegte Heringe zu erwähnen, und ihnen lief das Wasser im Munde zusammen, sie spürten den Geschmack wieder auf der Zunge, schlossen die Augen und seufzten: »Ach, Rollmops – und saure Gurken – vergiß die sauren Gurken nicht.« Streitereien entstanden, wenn sie über die Vorzüge von gebratenem Hering oder Hering in Aspik diskutierten. Andere sagten, daß sie noch einmal eine Fleischpastete oder ein Wiener Schnitzel essen wollten, bevor sie stürben. Einige lechzten nach Leberknödeln, andere nach Kartoffelpuffern. Baumgartners Magen knurrte so laut wie die der anderen, aber er schämte sich zu sehr, um bei solchen Reden mitzutun. Wenigstens glaubte er, daß er sich zu sehr schämte, und kaute an einem Stück Tabak, wenn die anderen redeten, bis jemand eines Tages Salzbrötchen mit Mohn erwähnte und er merkte, wie ihm der Mund aufklappte, und er hinzufügen mußte: »Mit Butter.« Und dabei stotterte er, so daß alle lachten. Das war der Tag, als jemand sich zu sagen getraute: »Butter? In Deutschland? Sie haben keine Butter. Sie hungern. Unsere Leute hungern.« Sie hätten ihn am liebsten umgebracht. Auch Baumgartner hätte ihn am liebsten umgebracht.

Die Tage defilierten vorbei, und die Jahreszeiten entwickelten sich langsam und starben, und das Gewicht der Zeit wurde größer, wurde bedrückend. Um ihm zu entgehen, suchte Baumgartner nach Gesellschaft. Zuerst beobachtete er die feinen, langen Finger, die über den Zeichenblock auf den knochigen Knien von Julius Roth flatterten; sie saßen zusammen auf den Verandastufen, am Ende eines furchtbar trockenen Sommers, um die Abendluft zu genießen, von der sie annahmen, daß sie von den Bergen kam, die in dem stillstehenden Staub unsichtbar waren. Als er aufstand, um seine Beine auszustrecken, warf er einen Blick auf den Block und war sogleich neugierig geworden: Das waren keine Landschaftszeichnungen, wie man hätte erwarten können, oder Zeichnungen von umherwandernden Männern, sondern von Gegenständen und Artefakten, die so weit weg waren von ihrer tatsächlichen Umgebung, daß sie bizarr und phantastisch erschienen – Schmuckstücke von orientalischer Schwere und Üppigkeit, Kuriositäten aus Bronze und Holz oder Glas, ohne erkennbaren Verwendungszweck, sogar alte Möbel. Roth schien eine Art Privatmuseum in seinem blonden, schmalen Kopf einzurichten, der über den Block gebeugt war. Schließlich konnte Baumgartner seine Neugier und Aufregung nicht mehr zurückhalten. Er zeigte auf eine schön geschwungene Chaiselongue, über die Roth ein üppiges Netz aus sich kreuzenden Schatten gelegt hatte, und es brach aus ihm heraus: »Solche gab es viele im Ausstellungsraum meines Vaters – in Berlin. Hier, am Rand, hängte er kleine hölzerne Kugeln dran«, er deutete mit seinem nikotingefärbten Daumen darauf, »um den Schwung der Linie noch deutlicher zu machen. Nur – nur zur Dekoration.« Er lachte schuldbewußt, hoffte aber, daß er niemanden beleidigt hatte.

Julius starrte Baumgartner mit seinen fast farblosen, kurzsichtigen Augen an, die von blonden Wimpern beschattet waren. »Wo? Hier entlang? Hm, ja, Sie haben recht – ich hatte mal so eines, habe es an die Maharani von Gwalior verkauft, als sie in meinen Ausstellungsraum kam.«

»Sie hatten einen – wo?«

»Im Maiden's-Hotel in Delhi. Habe es jahrelang geleitet«, erwiderte Julius mit einem gewissen Stolz und zeichnete dann weiter. Baumgartner konnte sich nicht losreißen, und als er sein Interesse bemerkte, fuhr Julius in einer hohen, zittrigen Stimme, die einem Pfeifton ähnelte, fort: »Meine hatte ich mit Grobleinenstickerei aus Kaschmir beziehen lassen – Herbstfarben. Aber die Maharani hat es wahrscheinlich mit Brokat oder Samt neu beziehen lassen. Ach, diese reichen Kunden, was kann man ihnen nicht alles verkaufen!« Er legte seinen Bleistift weg und blätterte in dem Block, damit Baumgartner die Zeichnungen betrachten konnte. »Schauen Sie, einmal bin ich gebeten worden, die gesamte Aussteuer einer Prinzessin aus Rajasthan zu entwerfen – Teppiche, Möbel, Kutsche, Kleider, Schmuck. Ich versuche, mir alles ins Gedächtnis zu rufen – alles aufzuzeichnen –, schauen Sie.« Er strich sanft und mit unendlicher Befriedigung mit den Fingern über die Zeichnungen.

»Es ist unglaublich«, Baumgartner holte tief Luft, »unglaublich.« Er meinte, was er sagte.

»Sie kamen zu mir ins Maiden's – Radschas, Memsahibs, all die Leute mit Geld. Und Geschmack. Natürlich mit Geschmack – darauf habe ich bestanden.« Julius preßte die Lippen fest aufeinander, lachte dann aber. »Ich wollte den Vizekönig einfangen. Der Vizekönig muß hierher in meinen Ausstellungsraum kommen, entschied ich. Er war ein echter *shikari,* das wußte ich – also bestellte ich Tigerfelle, Krokodilhäute, Elefantenzähne. Die Stoßzähne ließ ich in einem Prozessionsmotiv schnitzen – Sie wissen schon, alle Elefanten und Howdahs in einer Linie, kleiner und kleiner werdend, so – so –« er zeigte es Baumgartner mit den Händen. »Das, dachte ich, würde den Vizekönig persönlich anlocken. Oder die Vizekönigin. Noch besser, oder? Sie sind soviel extravaganter. Aber was passiert? Der Krieg bricht aus! Diese Verrückten erklären den Krieg. Und meine armen Elefantenzähne und Tigerfelle setzen Staub an.«

»Wo? Im Maiden's-Hotel? In Delhi?«

»Ach, wie soll man das wissen? Wie soll man das herausfinden?« Julius strich sich zerstreut sein Haar zurück. Es war sehr helles, dünnes Haar, nordisch in seinem dünngesponnenen, silbrigen Blond. Er hatte nicht viel davon – eigentlich sehr wenig, und es ließ rosa Kopfhaut durchscheinen. Julius beklagte sich über die schlechte Seife im Lager. Sie sei daran schuld, daß es ihm ausfiele. Sein weißer Leinenanzug hatte auch schon die Form verloren, aber er hielt ihn sauber und gepflegt und trug unter dem Jackett gestreifte Hemden, die er auf irgendeine Art in der Stadt nähen ließ und die ihm mit dem Schneiderfahrrad geliefert wurden. Ständig drückte er die Kragenspitzen nach unten, zog an den Manschetten oder fuhr sich über das verwehte Haar; er sah aus wie jemand bei einem Vorkriegs-Sonntagspicknick oder bei einer altmodischen Kaffeegesellschaft und schien nur durch Zufall in das verstaubte Durcheinander des Lagers geraten zu sein.

Aber als Baumgartner sich seinen Hintergrund vorzustellen versuchte, seine Ursprünge, erwies sich das als unmöglich – er wußte, daß er solch einem Menschen in Deutschland nie begegnet wäre; woher konnte er stammen und wie war er hierher gekommen?

Baumgartner hatte das Gefühl, daß er, um dies herauszufinden, den ersten Schritt selbst machen müßte. »So eine«, er deutete zurückhaltend mit seinem kleinen Finger auf eine Zeichnung, »so eine Glasschüssel habe ich einmal in einem Schaufenster in Venedig gesehen.«

Julius sah auf und strahlte ihn eine geschlagene Minute lang an. »Baumgartner«, sagte er schließlich, »Sie sehen aus wie ein Rote-Bete-Bauer, aber Sie sind – Sie sind ein *Schatz*. In Venedig, sagt er!«

Baumgartner stolperte davon, er konnte sich nicht durchringen, mehr zu sagen; wenigstens für den Augenblick war er völlig verwirrt.

»Haben Sie die Bilder von Julius gesehen?« wagte er Emil Schwarz, den Barackengelehrten, zu fragen, den bärtigen Mann, mit dem er zuerst in Fort William gesprochen hatte, als sie da im Schatten einer armseligen Palme saßen – die allerdings wenig Schatten zu bieten hatte –, Brot in Stücke rissen und in eine Linsensuppe stippten. Die Hitze in jenem Sommer war so groß, daß die Lagerdisziplin zusammengebrochen war und dahinschmolz und die Internierten sich niederlassen konnten, wo immer sie Schatten oder eine Brise fanden; es hatte bereits einige Fälle von Hitzschlag gegeben, die der Lagerarzt, Doktor Herschele, behandeln mußte. »Er macht sehr gute Zeichnungen, Julius – er hat sie mir gezeigt.«

Er dachte, Emil Schwarz sei vielleicht interessiert; er war kein Künstler, sondern jemand, der Tag und Nacht über Büchern hockte, Sanskrit und Pali-Wörterbüchern, buddhistischen Schriften, die Veden und die Upanischaden und noch esoterischere und weniger bekannte Titel, die er in der Bibliothek bestellte und die ihm vom Bibliotheksgehilfen gebracht wurden, einem unverschämten Bengel, der die Bücher in einer Staubwolke fallen ließ, sich die Hände abwischte und sagte: »Die da in der Hitze zu schleppen, ist schon schlimm genug – aber sie auch noch zu lesen, dazu muß man verrückt sein.« Emil lächelte nicht; er lächelte nie – er war ein schmerzlich dünner junger Mann, sein Skelett war so deutlich zu erkennen wie bei einer Statue, die Buddha während seiner Fasten und Meditationen darstellte, aber sein Bart war pechschwarz, und er hatte traurige schwarze semitische Augen, ganz andere Augen als die von Baumgartner oder Julius. Obwohl er sich weigerte zu lächeln, war er nicht unfreundlich, und obwohl er nie eine Unterhaltung anfing, war er doch geneigt, zu antworten, wenn Baumgartner den Anfang machte, was selten der Fall war.

Zu Baumgartners Überraschung zog Emil ein Gesicht. »Ich habe sie gesehen«, gab er zu. »Was zeichnet er denn schon außer den Sachen, die er aus den Tempeln und Palästen gestohlen hat und sie dann mit Gewinn verkauft? Sie sind das Notizbuch eines Diebes, ein Hauptbuch, das er führt.«

»Oh, nein, nein«, protestierte Baumgartner, der nicht wollte, daß sich der zuckersüße Julius als im Herzen verrottet erweisen sollte. »Nein, wie kommen Sie darauf, daß er ein Dieb ist?«

»Ich weiß es.« Emil winkte mit einem Stück Brot durch die Luft und warf es dann dem Schwarm Krähen zu, die ein paar Meter von der Palme und den zwei Männern entfernt warteten; sofort stürzten sie sich darauf, krächzten heiser und flatterten mit ihren schwarzen Flügeln. »Er zeigte sie mir, als wir beide hier neu waren, bis ich anfing, ihm zu viele Fragen zu stellen. ›Ist das nicht aus dem Khajuraho-Tempel? Ist das nicht ein Gupta-Kopf? Und das sieht aus wie ein Kushana.‹ Als er merkte, daß ich Bescheid wußte, hörte er auf, mir die Zeichnungen zu zeigen. Besser so.« Emil beobachtete grübelnd die Krähen, die nach dem Stück Brot hackten. »Ein Grabräuber ist er. Er weiß nichts über die indische Kunst, kennt nur ihren Wert in Rupien. Spricht man mit ihm über Ikonographie oder Symbolismus, über Religion, dann weiß er nichts – nichts.« Auch Emil war verhaftet worden; manche sagten, in einer Einsiedelei an den Ufern des Ganges, andere sagten, in der Universität von Benares. Beide Orte hätte seine natürliche Heimat und Umgebung sein können. Es war merkwürdig, wie er selbst das Internierungslager in eine solche natürliche Umgebung zu verwandeln wußte durch die schiere Kraft seiner gedankenvollen, kompromißlosen Persönlichkeit.

Obwohl Baumgartner davon beeindruckt war und davon angezogen wurde, bemerkte er, daß er mehr Zeit in der Gesellschaft des umgänglichen Julius verbrachte. Julius behandelte ihn zwar, als gehörte er zu den festen Lagereinrichtungen – von denen man allerdings wissen mußte, wie sie zu gebrauchen waren –, aber Baumgartner fand in jeder Art von Beziehung Erleichterung, da er von Einsamkeit unterdrückt und tyrannisiert wurde von seinen einsamen Gedanken. Gutmütig teilte er seine kleine Zigarettenration mit Julius, lungerte in der Küche herum und erbettelte ein Stück Seife, damit Julius' Hemden so sauber gehalten werden konnten, wie der Dandy es wünschte, und schlenderte mit ihm die Hauptstraße entlang, die die heimwehkranken Deutschen »Bummel« getauft hatten, sprach über Möbel und Möbelstile, während der glühend heiße Himmel sanfter wurde im Grau des Abends, kurz in den Strahlen des Sonnenuntergangs aufleuchtete und dann ausschwärzte, bis die Sterne und die Lichter der kleinen Bergstationen auf den Höhen des Himalaya zu glitzern begannen. Es amüsierte Baumgartner, zu denken, daß er hier war und mit Julius' Hilfe in diesem staubigen Winkel, von Stacheldraht umschlossen und von bewaffneten Truppen beobachtet, den eleganten, gut ausgeleuchteten, stilvollen Ausstellungsraum seines Vaters rekonstruierte. Er hätte ebensogut mit seinem Vater an einem Sonntagnachmittag hier entlangschlendern können; genauso hätte er sich bemüht, mit ihm Schritt zu halten, hätte seine Wünsche erraten und sich in seiner Aufmerksamkeit und Leutseligkeit gesonnt. Gab Julius ab und zu Anlaß zu Irritationen – »Oh Baumgartner, du bist einfach viel zu dumm; wie kann man mit dir über byzantinische Kunst, über Klassik, Rokoko und Gotik reden? Gibt es denn hier kein bißchen Bildung oder ein wenig Kultur?« –, dann zeigte Baumgartner die gehörige Reue, als wären es seine Eltern gewesen, die ihn gescholten hatten. »Ich werde versuchen, ein Buch darüber in der Bücherei zu finden«, versprach er, aber Julius fand diese Idee drollig und begann zu lachen. Baumgartner lachte auch – Lachen war solch eine seltene und wertvolle Sache; es schien etwas Geringes zu sein, doch unter diesen Umständen war es genug für den Grundstein zu einer Freundschaft. Ihre Nachbarn in der Baracke amüsierten sich über das komische Paar; kamen sie an den beiden vorbei, wenn sie auf den Stufen der Veranda saßen, dann scherzten sie: »Wie schreitet der Unterricht voran? Wird er einen guten Diener abgeben, Julius?« Emil ließ Baumgartner leise erschauern, als er säuerlich sagte: »Ihr zwei habt wohl Gemeinsamkeiten entdeckt, hm? Ich frage mich, welche das sein könnten.«

Natürlich war Baumgartner nicht der einzige, der nach Wegen suchte, um die Last, den Druck, die Leere der Wartezeit erträglicher zu machen. Jeder im Lager versuchte, die Leere des Raumes, in den sie gestürzt waren, irgendwie auszufüllen. Die Hüttenväter und der Lagervater, die gewählt wurden, unterstützten sie, indem sie jedem einer Gruppe oder einem Team zuteilten. Abgesehen von der körperlichen Anstrengung, die ihnen von den britischen Aufsehern abverlangt wurde, mußten sie alle irgendeiner Beschäftigung nachgehen, wodurch ihnen der Eindruck vermittelt werden sollte, daß sie das Leben fortsetzten, das sie außerhalb des Lagers geführt hatten. Manche hatten Bücher bestellt und bekommen und studierten Sanskrit, Arabisch, Astronomie oder Homöopathie; sie organisierten Vorlesungsreihen und Vorführungen, bei denen man belehrt wurde über Eurhythmie, Theosophie (nach Madame Blavatsky), über Mary Wigmans Modernen Tanz, Aerodynamik oder sonst irgend etwas. Wer irgend etwas lehren konnte, gab den anderen Unterricht, und die, die den Drang zu einer Ausbildung nicht verspürten, nie verspürt hatten, arbeiteten in der Tischlerhütte, bauten Kinderwiegen, Notenständer für das Lagerorchester, Bücherregale und Eisschränke. Neben diesen gesetzlichen und offen ausgeübten Aktivitäten gab es eine Unterwelt ruchloser Handlungen – das Basteln von verbotenen Radios oder von Gegenständen für den Verkauf und den Handel wie Uhren und Kaffeefilter –, an der alle leidenschaftlich Anteil nahmen. Baumgartner konnte absolut nicht begreifen, welchen Sinn es haben sollte, im Lager Geld zu verdienen oder zu haben, aber die meisten waren hingebungsvoll genau damit beschäftigt, weil sie es im Leben für unersetzlich hielten.

Es ermüdete Baumgartner, bei diesen Geschäften auch nur zuzusehen. Er spürte, wie er physisch verfiel und sehr schnell älter wurde. Es gab immer wiederkehrende Ausbrüche von Malaria, unter der alle litten, und die Ruhr, die fast chronisch geworden war. Die Ärzte teilten nach nur einem kurzen Blick in die eingefallenen Gesichter und auf die sich schüttelnden und zitternden Patienten Chinin aus, sie brauchten kaum irgendwelche Bluttests zu machen – und hätten dazu auch nicht genug Zeit gehabt. Die Ruhr war schuld an der Blässe und den Flecken im Gesicht. Von einem weiteren Anfall niedergestreckt, lag Baumgartner zusammengekrümmt da und spürte, wie ihn der Schmerz in Wellen durchfloß und ihn schweißgebadet und erschöpft zurückließ. In solchen Momenten war die auf ihm lastende stechende Angst um seine Mutter am größten und seine Verteidigung dagegen am schwächsten.

Er erhob sich mit Mühe von der Pritsche und versuchte, diese Angst in eine andere Ecke mitzunehmen, wo er wie ein krankes Tier trauern konnte, ohne von den anderen gesehen zu werden. Er entdeckte, daß er nur eine Hacke brauchte, um auf die Gemüsefelder zu gelangen, obwohl er keine offizielle Erlaubnis dafür hatte, und er versuchte, sich mit geistloser manueller Arbeit zu beruhigen, zum Beispiel mit dem Öffnen und Schließen der Gräben, die die Kartoffeln am äußersten Ende des Felds bewässerten. Er konnte nicht mehr zu dem Graben und der Straße gehen, die zu dem Dorf führte. Er vermißte den Anblick, die Freundlichkeit jenes Ortes.

Das zog ihn in die Nähe des Zauns, der ihren Abschnitt von dem der Frauen trennte, und als er die blasse junge Frau dort sah, die sich hinunterbeugte, um feuchte Wäsche aus einem Korb zu nehmen, und sich dann aufrichtete, um sie auf eine Wäscheleine zu hängen, wurde ihm klar, daß er nach dieser Art von Leben lechzte: einfach, regelmäßig, eintönig, ruhig. Erst später bemerkte er, daß sie auch hübsch war – sie sah so aus, wie man es in Deutschland in seiner Jugend für schön erachtet hatte: teutonisch, ihr Haar beinah noch heller und feiner als ihre bleiche Haut, die Augen etwas hervorstehend und von glasklarem Grau, die Lippen von solch blassem Rosa, daß sie sich kaum von der Haut unterschieden. Eine ganz und gar nordische Schönheit, sagte sich Baumgartner. Die Bewegung ihrer Taille, als sie sich über den Wäschekorb beugte und sich wieder aufrichtete, und die ihrer Arme, als sie ein Kleidungsstück über die Leine ausbreitete, hatte als erstes seine Aufmerksamkeit erregt; jetzt wurde er sich bewußt, daß er immer wieder an dem gleichen Abschnitt des Zauns auf und ab ging und heimlich alle paar Sekunden schaute, um zu sehen, ob sie mit ihrem Wäschekorb kam; dann blieb er müßig stehen und sah zu, was sie damit machte, wobei er die Augen gegen die weiße Sonnenflut zusammenkniff. Sie trug verwaschene Baumwollkleider von der Art, wie sie die Mädchen vom Lande im verlorenen Deutschland wohl tragen mochten, und ihre bloßen Füße steckten in Sandalen, die burmesisch genannt wurden, obwohl sie von allen Indern getragen wurden. Er traute sich nicht, ihr ins Gesicht zu schauen, aus Angst, daß er sie verärgern würde, sondern hielt seine Augen auf ihre Füße gerichtet, die über die Stoppeln des vertrockneten, gelben Grases hin und her gingen, und auf die stämmigen, geraden Beine. In Deutschland hatte er Frauen wie sie nicht gekannt, er hatte in Deutschland auch nie auf dem Lande gelebt, und dennoch schien sie seine deutsche Kindheit zu personifizieren – wenigstens wollte er sie als solch eine Personifizierung sehen, es war eine so angenehme Vorstellung, so als würde man ein Kinderlied summen.

Weiter hinten auf dem umzäunten Grundstück spielte ein junges Mädchen »Backe, backe Kuchen« mit den kleinen Kindern, die grölten:

Der Bäcker hat gerufen,
Wer will guten Kuchen backen,
Der muß haben sieben Sachen:
Eier und Schmalz,
Butter und Salz,
Milch und Mehl,
SAFRAN MACHT DEN KUCHEN GEL!

und dadurch den Eindruck erweckten, als wäre Deutschland, die Heimat, hier lebendig, auf dieser staubigen Erde, unter der unglaublichen Sonne, selbst wenn sie nicht mehr in ihrer eigentlichen Heimat lebten.

Baumgartner hörte ihnen halb zu und beobachtete dabei die Frau und dachte über sie nach. Wie hieß sie? Wer war ihr Mann? Sie hatte Kinder. Manchmal kamen sie zusammen an den Zaun, ein kleines strohblondes Kind mit laufender Nase und einer wunden Lippe, das durchdringend heulte, sich an ihre Knie klammerte und dabei ihr buntes Kleid anhob, und ein älterer Junge, der geistesabwesend dastand, am Daumen lutschte und seinen Blick über das Feld gleiten ließ, als ob er sich vergewissern wollte, daß niemand irgendeinen Teil seines rechtmäßigen Gewinns, seiner Mutter, zu scharf ansah oder wegnahm. Hatte sein Vater ihn mitgeschickt, um sie zu bewachen? Woher stammten sie? Es war eine deutsche Familie, die aus irgendeinem Dorf in Deutschland kommen konnte, mit einer Kirche, einer Bäckerei, einem Teich, Gänsen, Eichen.

Als er es nicht mehr länger aushielt, beugte er sich vor, brach ein paar kleine Gurken ab, die am Zaun angepflanzt worden waren, und steckte sie durch den Maschenzaun. »Hier«, flüsterte er dem Jungen zu, »magst du Gurken? Bitte deine Mama, sie für dich einzulegen.« Der Junge stand starr, glotzte ihn an und an ihm vorbei. Das kleine Mädchen hörte zu heulen auf und glotzte auch. Dann sagte die Frau mit einer so flachen und barschen Stimme, daß Baumgartner zurückschreckte: »Bring sie mir, Rudi.« Dann wandte sie sich dem Mädchen zu und sprach mit ihr in einer Sprache, die Baumgartner überhaupt nicht verstand.

Als er zurückwich, nachdem er die Gurken in die klebrigen Hände des Kindes gelegt hatte, kam einer seiner Mitgefangenen mit einem Abfalleimer vorbei und lachte. »Die junge Frau vom Missionar Bruckner – sie ist schon eine reife Pflaume, mmh?« sagte er kichernd. »Hat ihr Deutsch verlernt, spricht irgendeine heidnische Sprache, die diese Missionare im Urwald aufschnappen, ist aber leicht zu lernen.« Er zwinkerte

Baumgartner zu. »Hast du zwei Gurken genommen oder eine?«

Baumgartner zog sich zurück, er war verletzt, und er versuchte, sich von dem Zaun fernzuhalten; aber er lag mit geschlossenen Augen auf seiner Pritsche auf dem Rücken, summte und phantasierte über die Frau des Missionars Bruckner. Welcher Kirche gehörte sie an? Wann hatten sie begonnen, die Einheimischen zu taufen? Er stellte sich vor, wie sie die gebeugten Köpfe von nackten Eingeborenen, die Baströcke trugen, berührte, und träumte nachts davon, wie sie eine große Glaskugel in ihren Händen hielt, in der sich das flackernde Kerzenlicht brach. Er war äußerst überrascht, als er eines Tages, als er verstohlen vorbeiging, eine Frau auf die Veranda der Familienbaracke treten sah und »Annemarie, o Annemarie!« rufen hörte, und die junge Frau, die dabei war, ein nasses Tischtuch auf die Leine zu hängen, legte es wieder zurück und drehte sich um. Annemarie – er leckte sich die Lippen, um das zu schmecken und fand, ja, Annemarie paßte absolut zu dieser nordischen Göttin des Lagers.

Vielleicht machte die Nähe, in der sie lebten, die Männer zu Gedankenlesern. Wie sonst hätten sie Baumgartners Träumereien an jenem Sommerabend erraten können, an denen er, benommen von der Hitze, auf dem Rücken lag und soviel Süße aus diesen Vorstellungen zog, wie es möglich war. Doch schließlich bemerkte er die Sticheleien, die Anspielungen hinter ihrer Jovialität. »Da ist schon was an diesen Waldnymphen, wenn sie in die Welt treten, was, Baumgartner? Können keine zivilisierte Sprache mehr sprechen, haben sich den Dschungelvölkern angeglichen, bei denen sie gelebt haben, aber das ist doch nicht schlecht, mmh? Ein Blumenkranz um den Kopf, etwas spärlicher bekleidet, und –« Baumgartner wurde plötzlich aufmerksam und starrte mit solch erschrockenen Augen, daß sie alle lachten.

Er sah sich die Photographien genauer an, die sie sich alle über ihre Pritschen gehängt hatten. Vorher hatte er vermieden, sie anzuschauen, aus Angst, jemanden zu beleidigen.

Jetzt merkte er, daß sie nur allzu bereit waren, Fragen entgegenzunehmen, weil dadurch die Erinnerungen hervorgerufen wurden, die diese Photographien in immer blasserer und verwaschener Form beinhalteten. Aber Baumgartner ging nicht so weit – er warf nur einen flüchtigen Blick darauf, so als schaute er durch Fenster, und war fasziniert von dem, was er sah; aber er war sich sicher, daß er daran keinen Anteil haben konnte.

Sich die Herkunft der verschiedenen Bewohner des Lagers vorzustellen, war eine beliebte Beschäftigung, ganz gleich wie oft die sorgsam konstruierten Vorstellungen von der Wahrheit zerschlagen wurden. Doktor Herschele, der das ganze Lager zusammenhielt und von Juden wie von Ariern wegen seiner berühmten diagnostischen Fähigkeiten mehr beansprucht wurde als jeder andere Arzt – »Er zieht das Augenlid hoch, schaut einem ins Auge, und da sieht er es – die Krankheit –, und er vertut sich nie«, sagten sie bewundernd –, Doktor Herschele wurde eine Art Gott für sie. Sie waren sich sicher, daß er eine sehr erfolgreiche Praxis in Berlin oder Wien gehabt hatte. Erst nach Jahren wurde die Wahrheit bekannt – er war ein Veterinär, der von einer Missionsviehzucht beschäftigt worden war, um die Schweine gesund zu halten.

Natürlich wurde das zum Lagerwitz. Danach lachten sie über ihre eigene Leichtgläubigkeit und Naivität, indem sie die unwahrscheinlichsten, die verrücktesten Geschichten über die Vergangenheit anderer verbreiteten: Von Julius erzählte man sich zum Beispiel, daß er ein Transvestit gewesen sei, der in Frauenkleidern in Hamburger Bars gesungen hatte – aber was sie, und auch Baumgartner, schockierte, war die Entdekkung, daß einige der Gefangenen nicht nur eine Vergangenheit, sondern auch eine Zukunft hatten, außerhalb und jenseits des Lagers.

Baumgartner hatte es irgendwie geschafft, wieder auf die Gemüsefelder zu kommen, er stand still und starrte über die Furchen auf das Zuckerrohrfeld jenseits des Zaunes, als er einige der Lagerwachen in Uniform bemerkte, die am anderen Ende auf dem Weg entlanggingen, der zum Wachhaus führte. Er machte sich klein und versuchte, weniger sichtbar zu sein, aber sie sahen nicht in seine Richtung. Sie trugen eine Leiter und ein paar Farbeimer, und an der Art, wie sie den Zaun untersuchten, konnte er sehen, daß sie ein paar Routinearbeiten ausführen sollten. Er stand still, starrte durch die flirrende Hitze auf den Stacheldraht und beobachtete, wie sie zum Tor hinausgingen und an dem Wachhaus vorbei auf die staubige Straße. Vielleicht ist ihnen Arbeit am Außenzaun zugewiesen worden, dachte Baumgartner und drehte sich um, um zu den Baracken zurückzuschlendern.

Doch an jenem Abend hörte man die Trillerpfeifen, Wachen rannten umher, Suchscheinwerfer wurden eingeschaltet, das ganze Lager war in Aufruhr. Hüber, Galitsino und die anderen von jener Gruppe kühner österreichischer Bergsteiger, die Baumgartner zuerst bemerkt hatte, als sie so merkwürdig professionell über den Himalaya sprachen, waren entflohen! Als Wachen verkleidet waren sie einfach frech, unter den Augen der Wachen, hinausspaziert! Baumgartner schnaufte, schnappte nach Luft, als er davon hörte – in seinem Schreck schossen ihm Tränen in die Augen, so daß er blinzeln mußte.

Suchkommandos wurden ausgeschickt, um das ganze Tal zu durchsuchen, die Wälder und Reisfelder und die Berge.

Niemand schlief, alle sprachen von der Heldentat, oder stellten sich schweigend die Flucht durch die dunklen Wälder vor, an Tigern vorbei, auf Elefantenrücken, durch Flüsse – wer wußte, was und wo?

Als unerwartet der Kommandant auf einem eines Nachts angeordneten Appell erschien und sie darüber informierte, daß die Flüchtlinge aufgegriffen und zurückgebracht worden waren, ließ sich kein Atemzug vernehmen, und keiner sagte etwas. Die Stille war von der Art, wie sie einem Schlag in den Solarplexus oder einem Tritt in den Magen folgt.

Später erfuhren sie die Einzelheiten. Die Männer erhielten

achtundzwanzig Tage verschärfte Einzelhaft. Das ist nicht allzu schlimm, dachten sie, typisch für diesen knochenlosen britischen Kommandanten. Alle kicherten und freuten sich. Das Kichern wurde zu grölendem Gelächter, als die Männer mit kahlen Köpfen wieder auftauchten, weil die schwarze Farbe, die sie zu ihrer Tarnung verwendet hatten, ihre Haare hatte ausfallen lassen. Man lachte über sie, aber voller Anteilnahme, fast stolz. Jedermann versuchte, nahe genug an sie heranzukommen, um dem einen oder anderen auf die Schulter zu klopfen oder ein paar Worte zu sagen. Baumgartner sonnte sich in zeitweiligem Ruhm, weil er den Ausbruch mit eigenen Augen gesehen hatte.

Als sie im folgenden Jahr wieder ausbrachen, sah sie niemand, und sie wurden nicht aufgegriffen. Das war noch entmutigender. Wilde, angstvolle Gerüchte gingen um. Sie waren im Wald von Tigern gefressen worden, von Elefanten zertrampelt. Sie waren bei einer Flußüberquerung ertrunken, waren von Klippen gestürzt und zu Tode gekommen. Erschreckend war die Tatsache, daß sie ohne eine Spur zu hinterlassen verschwunden waren. Das war wie Tod. Wie viele Männer im Lager wären dazu bereit gewesen? Baumgartner fragte sich das, und er wußte, daß er sicher nicht zu diesen gehörte. Er verkroch sich auf seiner Pritsche und fand Trost in ihrer Vertrautheit. Er wußte, daß es feige war, sich nicht die Freiheit zu wünschen, aber die Gefangenschaft hatte ihn vor dem Schicksal derer, die in Deutschland geblieben waren, bewahrt und hatte ihm Sicherheit gegeben vor der Anarchie der äußeren Welt.

So lang die Nachrichten von den deutschen und japanischen Siegen eintrafen, hatten Baumgartner und die anderen in den jüdischen Baracken guten Grund, dankbar für die Bewachung des von den Briten geführten Lagers zu sein, wie krank sie auch waren vor Trauer über das Schicksal ihrer Verwandten in Deutschland, wie ruhelos und frustriert und gelangweilt sie auch waren durch die leblose Monotonie des Lagerlebens. Wenigstens hatten sie eine Zuflucht, wenn auch nur auf Zeit.

Als er neben Emil Schwarz in der Dunkelheit auf der Veranda saß und auf eine kühle Brise wartete, die es ihnen leichter machen würde, sich hinzulegen und zu schlafen, murmelte Baumgartner etwas Unhörbares und Unverständliches über ihre widersprüchliche Lage. Schwarz, der ruhelos seine Hände rang, weil es kein Licht gab und er nicht lesen konnte, schien ihn überraschenderweise zu verstehen. »Baumgartner, du solltest lesen – das ist keine schlechte Sache, das Lesen, weißt du. Dann könntest du sehen, daß Mann alles schon beschrieben hat, alles, so wie du es sagst, im *Zauberberg*.« Aber Baumgartner fühlte sich durch den Titel nicht angezogen, er schien keinerlei Bezug zu diesem flachen, staubbedeckten Lager zu haben, und er dachte, daß es typisch Schwarz sei, alles im Leben auf Bücher zurückzuführen, als wären sie die natürliche Lösung und die Erklärung für alles. Während Schwarz monoton weiterredete über ein Sanatorium in den Bergen, über die Kranken und die Gesunden, über Gesundheit und Verrücktheit, seufzte Baumgartner, rutschte hin und her, rauchte, schlug nach Moskitos und fragte sich, wann es kühl genug sein würde, um hineinzugehen und zu schlafen.

Die Ruhelosigkeit, die jeder spürte, wuchs sich zu Spannungen aus, als die Kriegsnachrichten umschlugen und sich änderten. Die Russen hielten Stalingrad; Amerika trat in den Krieg ein; die britischen Siege ließen die Nazis am anderen Ende des Lagers so mürrisch und böse werden, daß man nicht mehr sicher war, wenn man in ihre Nähe kam. In den jüdischen Baracken wurde über die Möglichkeit einer deutschen Niederlage geflüstert, heimlich – und nach und nach weniger heimlich, immer offener. Baumgartner bemerkte eines heißen Sommerabends, daß er zitterte, erbärmlich wie ein Hund, der spürt, daß er bald auf die Straße gejagt wird. Er fragte sich, ob die lange Inhaftierung ihn nicht unfähig gemacht hatte, unfähig, es mit der Außenwelt aufzunehmen. Und was würden sie draußen vorfinden? Deutschland zerstört – und keine Möglichkeit der Rückkehr, so daß er womöglich Indien als Dauerwohnsitz akzeptieren mußte. Er fragte sich, ob er fähig sei, in diesem Land zu überleben, in seinem reduzierten, erbärmlichen Zustand der Hilflosigkeit und in dem Wissen, allein zu sein. Er begann sich vor dem Augenblick zu fürchten, in dem er nicht mehr länger in der Gesellschaft von Julius, von Schwarz, von den anderen im Lager sein würde, die ihm so vertraut geworden waren. Nicht daß irgendeiner von ihnen ihn als Freund angesehen hätte; nur daß er mit ihnen so tun konnte, als wäre er nicht allein. Draußen würde er genau das sein – ein Mann ohne Familie, ohne Heimat. Er konnte seine Unruhe nicht im Zaume halten und fragte sich, ob hinter der brodelnden Ungeduld der anderen nicht dieselbe Angst steckte.

Wieder gab es einen stillen, drückenden Tag, grau und khakifarben, in einer endlosen Reihe von gleichen Tagen, die niemals aufzuhören schienen, sondern sich nur immer zu wiederholen drohten, bis jeder im Lager alt geworden wäre, gestorben und in seinem Grab zu Staub zerfallen – da lief plötzlich ein Mann schreiend durchs Lager. »Hitler ist tot! Er ist tot! Er ist tot!« Schockiert durch die Plötzlichkeit und die Lautstärke dieser Erklärung saßen die Männer auf ihren Pritschen und starrten ihn an. Er war zum Stehen gekommen und zitterte. »Es ist wahr«, murmelte er, »der Krieg ist vorbei. Ihr könnt es im Radio hören.«

Eine sonderbare Stille trat ein. Baumgartner und die anderen Juden waren angespannt und beobachteten die Wirkung auf die, die das Lager regierten. Sie beobachteten, wie die ganze Maschinerie erschüttert wurde und zum Stillstand kam. All die üblichen Geräusche – das Summen, das von Zeit zu Zeit zu einem Aufschrei anschwoll und dann wieder zu einem Summen wurde – hatten aufgehört. Die Männer konnten sich selbst atmen, sogar schwitzen hören. Erst als sie die

Sirenen, die Trillerpfeifen, die Glocken hörten, setzten sie sich wieder in Bewegung, und das Summen ertönte wieder. Die gewöhnlichen Handlungen eines gewöhnlichen Tages mußten wieder getan werden – man mußte sich mit seinem Eßgeschirr in der Schlange anstellen, essen, waschen, fegen, Wasser holen –, aber jedermanns Bewegungen waren lasch und halbherzig geworden, und ihre Stimmen waren nur noch ein unnatürliches Gemurmel. »Wann werden sie die Tore öffnen und uns gehen lassen?« raunte einer dem anderen zu, um sofort zur Antwort zu bekommen: »Sei kein Dummkopf, Peter. Nach dem letzten Krieg hat es zwei Jahre gedauert, bis sie die Kriegsgefangenenlager geräumt hatten. Sie müssen erst entscheiden, was mit uns geschehen soll.« Der junge Mann Peter wurde aufgeregt, sogar aggressiv. Man konnte ihn beobachten, wie er mit den Armen ruderte, als er schrie: »Warum? Warum? Warum?« Man mußte ihn festhalten und beruhigen. Als er still war, ließen seine Freunde ihn los. Baumgartner schaute zu. Das Signal ertönte. Sie wurden auf den Appellplatz geführt. Die britische Flagge wehte, aber der Kommandant schien ebensowenig Herr der Lage zu sein wie zuvor. Er verbrachte eine geraume Weile damit, vage in die Entfernung zu starren, als wartete er darauf, daß die Berge aus dem staubigen Dunst auftauchten. Schließlich befahl er ihnen, in die Baracken zu gehen. Die Männer stießen sich gegenseitig an, als sie davonschlichen: »Er weiß selber nicht, was er tun soll.«

Sie saßen in den Baracken. Niemand schien Karten spielen zu wollen. Zum Abend hin erhoben sich einige und sagten: »Die Kulturabteilung hat heute abend ein Konzert angekündigt. Sollen wir hingehen?« Die anderen schienen von dieser Erinnerung irritiert. Manche meinten, daß es unmöglich stattfinden könne, und sofort antworteten andere, daß es stattfinden müsse. Man müsse Bach spielen, man müsse Beethoven spielen – um Deutschland willen, Deutschland zu Ehren. Die Mitglieder des Orchesters schienen unentschlossen, ob sie spielen sollten oder nicht, und hörten mit hilflosen Gesichtern zu, während die Männer diskutierten. Schließlich griffen sie nach ihren Instrumenten und schlurften nicht ohne Schuldbewußtsein zum Saal. Dann folgten die anderen, die sich noch immer stritten, aber irgendwie die Gesellschaft der anderen brauchten und eine Art Zusammenkunft haben wollten. Sie setzten sich auf die Stühle, die vor der Bühne aufgestellt waren, aber der Vorhang ging nicht auf. Schließlich begannen einige, mit den Absätzen zu trommeln. Andere schrien.

Was als nächstes geschah, kam Baumgartner, der hinten an der Tür stand, wie eine Szene in einem Stück vor – als wenn Schauspieler nach vielen Proben ihre Rollen nun auf der Bühne spielten. Das Orchester erschien, kam hinter dem Vorhang hervor, und alle hielten ihre Instrumente fest umklammert. Aber sie spielten nicht, hielten auch keine Reden. Statt dessen standen sie vor dem grauen Fetzen Vorhang, in ihren verknitterten, verblichenen, viele Jahre alten Kleidern, mit ihren Instrumenten in den Armen, und schauten auf ihre Schuhe. Dann stellte einer von ihnen seine Füße nebeneinander, richtete sich auf, hob sein Gesicht, schloß die Augen und begann, vor Gefühl überfließend mit gepreßter Stimme zu singen; er sang das Lied von Gräbern und Begräbnissen, vom Tod auf dem Schlachtfeld, von Enden und Niederlagen:

> Ich hatt' einen Kameraden,
> Einen bessern findst du nicht ...

Die Männer im Publikum spürten einen gemeinsamen Schauder. Baumgartner sah, daß einige aufstanden, als würde eine Nationalhymne gespielt. Einer nach dem anderen öffnete den Mund, um einzustimmen:

> Die Trommel schlug zum Streite,
> er ging an meiner Seite
> im gleichen Schritt und Tritt,
> im gleichen Schritt und Tritt.

Baumgartner stand da unter dem Gewicht ihrer Niederlage, belastet mit ihrer Niederlage, und fand es verrückt, grotesk, erstickend. Er wollte »Halt!« rufen. Er wollte ihnen sagen, daß es ihre Niederlage war, nicht seine, daß ihr Land wohl zerstört worden war, aber daß dies einen Sieg bedeutete, daß der Sieg fürchterlich spät gekommen war, viel zu spät, aber daß es wenigstens ein Sieg war. Natürlich sagte er nichts, er stand hilflos da in dem Bewußtsein, was für ein erdrückter und zerstörter und armseliger Repräsentant des Sieges er war. Konnte nicht einmal der Sieg in anderen Farben auftreten als die Niederlage? Nein. Die Niederlage wurde ihm aufgezwungen, ob er sie verdiente oder nicht.

FÜNFTES KAPITEL

Baumgartner erwachte in Panik, fühlte ein Eisengewicht auf seinen Solarplexus drücken, es drückte und drückte, bis er unter dem Druck zu zerbrechen drohte, und sein Herz hämmerte bei dem Versuch, sich davon zu befreien. Er kämpfte und hob sich, kämpfte, um das Gewicht loszuwerden, und schlug mit den Armen um sich.

Lotte murmelte etwas in ärgerlichem Protest. Es war ihr Gewicht, das sich schwer und feucht von Schweiß gegen ihn gelehnt hatte.

Schuldbewußt streichelte Baumgartner ihre weichen, roten Arme, stieg dann aus dem Bett und stöhnte: »Und wir hatten nicht mal ein Mittagessen. Lotte, willst du jetzt nicht Mittagessen machen?«

Sie murmelte etwas Unverständliches und warf ihren Kopf im Kissen herum. Baumgartner seufzte, strich seine Sachen glatt und stolperte zum Tisch. Noch halb blind vom Schlaf, suchte er in Brotkästen und Keksdosen. »Keine Schokolade?« jammerte er. »Nicht mal Schokolade, Lotte?«

Sie richtete sich plötzlich auf. Ihre Augen waren rot, und ihre Haare standen in alle Richtungen. Sie schaute finster in seine Richtung, ohne ihn zu erkennen. »Schokolade – Schokolade –«, sie kaute die Wörter ohne Zähne, da sie ihr Gebiß auf dem Kissen verloren hatte. »Du Schwein, du, verschwinde und iß Schokolade. Komm nicht zu mir und sag Schokolade – Schokolade – zu dieser Tageszeit – zu dieser Nachtzeit – oh – aah!« schrie sie, als wäre auch auf sie auf einmal ein sichtbares Gewicht niedergefallen, und sie fiel aufs Bett und schlief weiter, war plötzlich bewegungslos und sog wie ein Kamin die Luft geräuschvoll durch die Nase ein.

Schuldbewußt zog Baumgartner seine Hände von ihren Dosen und Flaschen zurück. »Dann muß ich nach Hause und essen – so hungrig bin ich, Lotte«, klagte er, dann knöpfte er seine Knöpfe zu, zog den Gürtel zusammen und strich sich das Haar glatt. Oh, er fühlte sich furchtbar, furchtbar. So zu schlafen, mit Gin vollgesogen, an einem heißen Nachmittag in Bombay – oh, es war dumm, dumm. Er stolperte zur Tür und fummelte an den Schlössern und Ketten herum, rasselte hilflos und furchtsam mit ihnen, kam in Panik, wollte hinaus.

Das Treppenhaus war angenehm schattig, still, wenn auch voller Essensgerüche, aber als er an die Tür am Treppenende gelangte, trafen ihn frische Luft und Hitze wie ein zweischneidiges Messer. Es war grausam, aber er mußte gehen, mußte zurück in seine Wohnung, etwas zu essen besorgen, er mußte essen. Und seine Katzen füttern. Er dachte an sie, wie sie die Wohnung durchstreiften und vor Hunger schrien, und er schlug sich an den Kopf und spuckte aus: »Jech!«

Ramu, der auf einem Stuhl vor seiner Tür saß und eingeschlafen war, öffnete ein Auge und sah einen alten Mann davonstolpern, der mit sich selbst sprach. Bevor er wieder einschlief, zwinkerte er und meinte sarkastisch, »Ha – diese Memsahib – und der Sahib – so alt – und immer noch – pffh!«

Eine halbe Stunde später stolperte Baumgartner ins Café de Paris, und ein großer Seufzer entrang sich seinen Lungen, als er sich auf den erstbesten Stuhl setzte. Anders als auf der Straße draußen, die grell war vom Nachmittagslicht, war das Café voller Schatten, grünen, stillen Schatten, die von dem grellen und blendenden Licht draußen erzeugt zu werden schienen. Die Ventilatoren drehten sich mit aller Kraft im Uhrzeigersinn und hielten die Fliegen fern. Zufrieden zog Baumgartner seine Füße aus den Schuhen. Die Sommerhitze ließ wie immer seine Füße anschwellen und brachte sie natürlich zum Schwitzen – vor dem Geruch wäre er zurückgezuckt, wenn er nicht so vertraut gewesen wäre. Er streckte seine Arme aus, legte seine Hände flach auf die kühle Marmoroberfläche des Tischs und seufzte vor Dankbarkeit. Dabei fiel sein Blick auf eine ähnliche Gestalt in dem schattigen hintersten Winkel des Cafés.

Es war der blonde Hippie: Er war also nicht gegangen. Er

hatte sich bewegt, ja – er lag nicht mehr länger quer über dem Tisch, sondern saß mit dem Rücken steif an die Wand gelehnt, hatte einen Arm auf den anderen gelegt und das Kinn auf die Brust gesenkt. Es war zu dunkel, um seinen Gesichtsausdruck zu erkennen; ohnehin wurde sein Gesicht von dem herabfallenden, gebleichten Haar verdeckt.

Baumgartner wich zurück und schaute weg. Er wollte nichts mit diesem Mann zu tun haben, er war zu blond und zu jung, um von irgendwelchem Interesse für ihn zu sein. Er drehte seinen Kopf zur Theke, sah einen der Kellner dort stehen, der träge das auf einem Tablett ausgebreitete Besteck abtrocknete, und rief ihn herbei. »Was ist das Tagesgericht?« fragte er, und als es ihm gesagt wurde, bestellte er es. »Eine Portion, bitte, schnell. Und Wasser, bitte.« Er war so ausgetrocknet, wie er hungrig war. Was für ein Nachmittag. Diese Lotte. Wie konnte sie nur so leben? Er schüttelte den Kopf und gab grummelnde, tadelnde Geräusche von sich. Er kam sich streng vor. Er trommelte mit den Fingerspitzen auf die Tischplatte und wartete auf das Essen. Als es serviert wurde, entschuldigte sich der Kellner, daß es die letzte Portion war, da die Mittagszeit bereits vorbei war und sie noch nicht mit den Abendgerichten begonnen hatten. Baumgartner hatte den Mund voll und machte eine beruhigende Geste mit der Hand, wollte alleingelassen werden, um zu essen, was immer es war.

Während er aß und sich mit jedem Bissen Reis, Linsen und Kartoffeln mehr getröstet und ermutigt fühlte, kam Farrokh aus seinem Zimmer am anderen Ende, band immer noch seine Hose unter der Weste fest und war immer noch unrasiert. Er rasierte sich nicht vor dem Abend und zog sich auch nicht an. Er stand an der Theke und beobachtete sein Café mit dem Bick eines Herrschers, eines Despoten, mit einem sehr verächtlichen Blick.

Er kam überraschend zielstrebig an Baumgartners Tisch und unterbrach dessen Betrachtungen, indem er fragte: »Mr. Bommgarter, kann ich Sie sprechen?«

Baumgartners Mund klappte auf – wollte er ihm sagen, daß

es für seine Katzen keine Essensreste mehr geben würde? Würde Baumgartner woanders nach Großzügigkeit suchen und Arbeitsbeziehungen mit einer neuen Reihe von Wohltätern aufnehmen müssen, um seine wachsende Familie zu füttern und zufriedenzustellen? Das war eine immer wiederkehrende Sorge. Er legte seinen Löffel nieder und richtete sich voller Demut auf.

Aber Farrokh, der sich mit gespreizten Beinen hinsetzte und seine Ellbogen schwer auf den Tisch stützte, senkte sein Gesicht und streckte es vor, bis es fast Baumgartners Nase berührte. Aus dieser Entfernung war nicht nur jedes aus den Nasenlöchern sprießende Haar und jeder Stoppel auf seinem Kinn zu sehen, sondern alles schien vergrößert zu sein. »Mr. Bommgarter, was soll ich machen? Sagen Sie mir bitte – dieser Mann stammt aus Ihrem Land –«

Baumgartner schreckte zurück, als ob er geschlagen worden wäre, und wischte sich ein wenig Speichel von der Wange.

»Das ist der einzige Grund, warum ich ihm zu essen gegeben habe«, sagte Farrokh nachdrücklich. »Ich kenne Sie, ich weiß, Ihr Land muß ein gutes Land sein, also gab ich dem Jungen zu essen. Dann zahlte er nicht. Nicht bezahlen, kein Geld, sagt er, einfach so –« Farrokh stülpte seine Hosentaschen nach außen, um die beleidigende Handlung des Jungen zu verdeutlichen. »Und er ißt so viel – er hat mein *kofta*-Curry aufgegessen. Immer und immer wieder sagt er zum Kellner: ›Bring mir *kofta* – noch mehr *kofta* –‹. Er hat alles *kofta* aufgegessen. Deshalb ist nichts für Sie übriggeblieben, und Sie müssen Kartoffeln essen.« Er berührte Baumgartner mit seinen großen, haarigen Händen sanft und vertraulich am Arm. »Und dann – kein Geld; als ich also einen Polizisten die Straße entlanggehen sehe, hole ich ihn herein. Ich erzähle ihm alles, aber der Polizist schaut nur den Jungen an und lacht und geht fort, sagt, er wolle mit diesen Fixern, diesen Junkies nichts zu tun haben, sie seien schmutzige Leute. Was soll ich tun? Ich gehe also zurück, greif mir den Jungen und werfe ihn raus. Aber was passiert? Er fällt auf den Boden. Einfach so – vor meinem Café. Fällt um wie ein toter Hund.« Seine Stimme wurde vor Entrüstung höher, wie eine Frauenstimme. »Die Leute bleiben stehen, glotzen. Niemand bleibt stehen und glotzt, wenn einer unserer eigenen Bettler tot auf der Straße umfällt. Nein, man steigt einfach über ihn hinweg, als wäre er ein Stein oder ein Hundehaufen, und geht schnell weiter. Aber wenn sie einen weißen Mann mit goldenem Haar auf der Straße liegen sehen, bleibt jeder stehen, und jeder schreit: ›He, he, der arme Junge, ruft einen Arzt, ruft einen Krankenwagen. Was ist passiert, Farrokh-*bhai?*‹ Und sie schauen mich alle an, als ob ich ihn niedergeschlagen hätte, als ob ich ihn verletzt hätte. *Ich* ihn verletzt? Ich schlage nicht mal meine eigenen Söhne, wenn sie durchs Examen gefallen sind und um Geld betteln. Alle möglichen bösen Sachen stellen sie in der Schule und außerhalb der Schule an, aber ich schlage sie nicht. Ich schlage diese nichtsnutzigen Kellner nicht, die mein Geld nehmen, mein Essen essen und dann nicht arbeiten. Warum sollte ich dann diesen fremden Jungen schlagen? Will ich ins Gefängnis? Die Leute müssen das doch wissen. Sie wissen es doch, Mr. Bommgarter?«

Baumgartner nickte pflichtbewußt, und Farrokh hatte das Gefühl, daß er fortfahren konnte.

»Also, ich gehe einfach zurück ins Café, und was machen die dummen Leute von Colaba? Sie *heben den Jungen auf*«, brüllte Farrokh, und seine Stimme dehnte sich aus und hob sich, daß sie gegen die Decke stieß und zurückprallte. »Sie HEBEN den Jungen AUF und BRINGEN IHN HIERHER ZURÜCK!« Er gestikulierte wild in Richtung der Gestalt in der Ecke. Die Gestalt nickte zwar, aber es war deutlich, daß der Junge zu viele Drogen in sich hatte, um etwas verstanden zu haben, vielleicht schlief er auch in dieser steifen, aufrechten Haltung. »Da ist er wieder«, rief Farrokh verzweifelt, »und was mache ich *jetzt?*«

Baumgartner sah nicht zu dem Jungen, nicht zu Farrokh, nicht auf seine eigenen auf dem Tisch liegenden Hände. Er interessierte sich nicht für den Jungen, er war nicht für ihn verantwortlich, wie kam Farrokh darauf, daß er es war? Alles, was er wollte, war, den letzten Rest des *dal* mit Reis auf seinem Teller zusammenzukratzen und dann den Beutel mit den Resten entgegenzunehmen und nach Hause zu gehen, um seine Katzen zu füttern. Aber er war in Farrokhs Café, und er konnte das alles nicht tun, solange er Farrokh nicht zufriedengestellt hatte. »Vielleicht sollten Sie ihn fragen, wo er lebt, Mr. Farrokh?« schlug er traurig vor.

Farrokh griff nach zwei Tischecken, als wollte er den Tisch zerbrechen. »Ich habe schon gefragt«, brüllte er. »Ich *frage* und ich FRAGE. Aber keine Antwort. Was kann ich tun? Mr. Bommgarter, bitte, sprechen Sie mit ihm in seiner Sprache – fragen Sie ihn, was er *will?* Warum er im Café de Paris sitzt, wenn er kein Geld für Essen oder Tee hat. Warum er nicht geht. Wann er aufsteht und geht. Bitte sprechen Sie, Mr. Bommgarter, und sagen Sie ihm, er soll GEHEN.«

Baumgartner suchte verzweifelt nach einer Begründung, um nein sagen zu können. Er hatte nicht den leisesten Wunsch, sich mit diesem blonden jungen Mann einzulassen, der vielleicht nicht einmal aus seinem Land war, und wenn, dann war er höchstwahrscheinlich ein Arier, der von ihm keine Hilfe annehmen würde. Wie sollte er das dem guten Farrokh erklären? Er saß da und betrachtete hilflos die merkwürdig verrenkte Haltung des jungen Mannes, der da in einer Ecke zwischen den grün gestrichenen Wänden des Café de Paris hockte, und sagte sich: »Vielleicht ist er Skandinavier – sieht wie ein Schwede aus – ein Wikinger«, und er erhob sich sehr zögernd von seinem Stuhl und ging quer durch das ganze leere Café, begleitet von den Blicken des entschlossenen Farrokh und eines interessierten Kellners an der Theke.

An dem Ecktisch blieb Baumgartner stehen und versuchte, sich etwas einfallen zu lassen, was er sagen könnte. Er räusperte sich – keine Reaktion. Schließlich beugte er sich vor, legte seine Hände auf den Tisch und sagte sanft: »Stimmt irgend etwas nicht? Kann ich helfen?«

Unbewußt und ohne es sich vorgenommen zu haben, sprach er Deutsch.

Der Junge öffnete die Augen. Sie waren rot unterlaufen, der Blick verschwommen. Er schloß die Augen wieder. Baumgartner fügte auf Englisch hinzu: »Wenn Sie krank sind, kann ich einen Doktor rufen. Brauchen Sie Hilfe?«

Ohne die Augen zu öffnen, öffnete der Junge seine Lippen weit genug, um ein knurrendes »Raus!« hervorzustoßen.

Baumgartner zog sich sofort zurück. Es war, wie er befürchtet hatte – der Junge war Deutscher, ein blonder, arischer Deutscher, und wollte nichts mit ihm zu tun haben. Nun, das hatte er hinter sich. Mit reinem Gewissen ging er leichten Schrittes zurück zu Farrokh, zuckte mit den Schultern und erklärte: »Er sagt nein, er braucht keine Hilfe.«

Farrokh runzelte die Stirn, und sein dunkler Haaransatz, die dunklen Augenbrauen, der dunkle Schnurrbart trafen alle in einem wütenden, finsteren Gesichtsausdruck zusammen. »Warum steht er dann nicht auf und geht?« Grimmig spuckte er die Worte aus. »Was sitzt er da herum? Sagen Sie ihm, er soll verschwinden.«

»Er wird nicht darauf hören, Mr. Farrokh«, flehte Baumgartner mit einem Blick auf seinen Teller, auf dem der Rest von Curry und Reis jetzt hart und ungenießbar geworden war. Der Anblick von Essen erinnerte ihn daran, daß er die Tüte mit Resten für seine Katzen noch holen mußte. Vielleicht war es nötig, es um Farrokhs willen noch einmal zu versuchen, bevor er darum bitten und gehen konnte. »Sie wollen, daß ich ihn für Sie hinauswerfe?«

»Ja, das will ich«, stimmte Farrokh energisch zu. »Meine Abendgäste kommen, ich will diesen ausländischen Junkie nicht in der Ecke liegen haben. Nicht in meinem Café. Dies ist ein Familiencafé. Was glauben die eigentlich? Glauben sie, ich habe kein Niveau?« Zu diesem eindrucksvollen Wort hatte ihn die bare Kraft von Rage und Verzweiflung getrieben. Er war selbst davon beeindruckt und fuhr fort: »Andere Junkies werden kommen. Das hier wird ein Drogenschuppen werden.

Kein hochklassiges Zwei-Sterne-Irani-Restaurant für gute Familien.« Er raste jetzt und war von der farbigen Vision zukünftiger Dinge ganz hingerissen.

Baumgartner fühlte sich langsam gekränkt. Warum wurde er für Farrokhs Status verantwortlich gemacht oder für den Status des Café de Paris? Er kam nur wegen der Essensreste hierher. Ärgerlich und kurz angebunden sagte er: »Dann lassen Sie uns gemeinsam gehen und mit ihm reden.«

Die beiden näherten sich gemeinsam dem Tisch in der Ecke – der eine vorsichtig, der andere angriffslustig –, und als er Farrokhs schwere Schritte hörte, drehte der Junge den Kopf und sah sie mit einem matten, unbekümmerten Blick an. »Ich habe schon gesagt«, er redete mit unnatürlich hoher zittriger Stimme, »ich kann nicht bezahlen. Ich bin krank. Ich will nur hier sitzen.« Seine Zähne zeigten sich zwischen den Lippen, wie bei einem Tier, zur Warnung. »Nein, Sie werden nicht länger hier sitzen, wenn Sie krank sind.« Farrokh fing an zu brüllen und riß die Arme in die Höhe. »Das Krankenhaus ist für kranke Leute da, nicht mein Café.«

»Kein Krankenhaus für mich«, erwiderte der Junge mit einer Art Lächeln, das seine Zähne noch weiter entblößte. Dann schloß er die Augen und lehnte seinen Kopf gegen die Wand.

Baumgartner spürte, daß sich in ihm, gegen seinen Willen, Anteilnahme regte. Der Junge unterscheidet sich nicht sehr von einer kranken Katze, sagte er sich, um den instinktiven und unkontrollierbaren Abscheu vor dem Kontakt mit dem blonden Jungen zu überwinden. Nach all diesen Jahren im fernen Bombay noch an Nazideutschland zu denken – es war absurd. Er schluckte seinen Ekel hinunter und fragte: »Soll ich einen Arzt holen?«

Der Junge schien darüber nachzudenken, und Farrokh stand da und kochte. Das Café war recht still, der Straßenlärm wurde durch die dichten Schatten ferngehalten. Dann rollte der Junge seinen Kopf in sturer Ablehnung hin und her. Es war deutlich, daß ihn diese Ablehnung sehr anstrengte.

»Brauchen Sie eine Medizin, die ich Ihnen besorgen kann?« versuchte es Baumgartner noch einmal. Er bemerkte, daß er das Wort »Medizin« deutsch ausgesprochen hatte, und es ärgerte ihn.

Der Junge öffnete den Mund und kaute dann geräuschlos an seinen Lippen. Sein Gesicht verzog sich langsam zu einer Grimasse; Baumgartner konnte nicht sagen, was die Ursache war, ein Schmerzanfall oder ihre Gegenwart, die er ertragen mußte.

»Haben Sie eine Bleibe, wo ich Sie hinbringen kann?« wagte er zu sagen, weil er sich an eine wohltätige Klinik erinnerte, wohin er manchmal junge Katzen gebracht hatte, die er nicht behalten konnte, oder Katzen, die eine Behandlung brauchten. Vielleicht gab es so eine Klinik auch für solche Streuner wie diesen Jungen hier.

Der Junge lachte über das Angebot und spuckte sein Lachen grob und beleidigend aus. Er machte sich nicht die Mühe einer Antwort, es war deutlich genug.

Baumgartner gab auf. Er war so müde, es war so heiß, er wollte nur nach Hause. »Vielleicht nehme ich Sie besser mit zu mir«, seufzte er traurig.

Sofort spürte er Farrokhs große schwere Hand, die ihm zustimmend auf die Schulter klopfte, und hörte ihn dröhnend sagen: »Sehr gut, Bommgarter Sahib, sehr gut. Vielleicht sprechen Sie dieselbe Sprache. Vielleicht erzählt er Ihnen seine Sorgen. Sie helfen ihm, hm? Sie nehmen mit, hm?«

Der Junge strengte sich an, um seine Lider einen oder zwei Millimeter anzuheben und unter ihnen hindurch Baumgartner anzustarren, wieder mit dem gelben Blitzen einer kranken Katze. Baumgartner erwiderte den Blick. »Kommen Sie mit mir. Es ist nicht weit«, brummte er auf deutsch.

Als sie das Café verließen, hob Baumgartner den Kopf und schnüffelte ein wenig. Der magische Augenblick war gekommen: Es war vier Uhr, und endlich hatte sich die See, die unsichtbare See von Bombay, bewegt, war aus ihrer schweren

Nachmittags-Siesta erwacht und hatte eine leichte, zaudernde Abendbrise zustandegebracht. Obwohl die Hitze immer noch fest und grau zwischen den Mauern der Gebäude und über dem weichen, matschigen Teer stand, gab es ein Zittern in der Luft, einen Hauch von Salz und Frische, und es war wieder erträglich. Jetzt konnte man wieder auf die steifen Abendwinde hoffen und dann auf die weiche, verschwommene Nacht und die Dunkelheit.

Vor allem freute sich Baumgartner darauf, heimzukehren und seinen Katzen etwas zu essen zu bringen. Was hatte ihn dazu gebracht, den ganzen Tag wegzubleiben? So ein Dummkopf. Einfach so in Lottes Wohnung zu schlafen, in Lottes Bett, den ganzen Nachmittag, er wurde wohl langsam alt und dumm. Er schlurfte vorne weg, die Plastiktüte voller Reste schlug ihm gegen das Bein – Farrokh hatte sie bis oben gefüllt –, und die Gerüche, die von ihm ausgingen, waren so stark, daß Passanten ihn anstarrten. Der Junge stolperte hinter ihm her, er atmete schwer, als kämpfte er sich einen Berg hinauf, und er hielt seine Augen auf den Boden und seine bloßen Füße gerichtet.

»Oh, entschuldigen Sie bitte«, entschuldigte sich Baumgartner und blieb bis er von ihm eingeholt worden war stehen, »Das habe ich nicht gesehen – Sie haben keine Schuhe – die Füße müssen Ihnen weh tun.«

Der Junge gab keine Antwort, sah Baumgartner auch nicht an, sondern hob nur seine Arme, um den Rucksack auf seinem Rücken in die richtige Lage zu bringen. Obwohl er groß und kräftig gebaut war, mit den schweren, breiten Knochen eines Ochsen oder eines Sportlers, war er deutlich in sehr schlechter Verfassung, und auch die kleinste Bewegung kostete ihn viel Kraft. Baumgartner merkte, daß er sein eigenes Schlurfen verlangsamen mußte, damit er Schritt halten konnte. Er merkte, daß er plapperte: »Nur die Straße entlang – dann um die Ecke – dann kommen wir zum Hira Niwas. Meine Wohnung ist klein – kein Seeblick wie bei den Bombay-Millionären – aber sie ist in Ordnung. Seit so vielen Jahren ist sie nun schon mein Heim, und ich habe Platz für alles, meine Katzen eingerechnet.«

Der Junge gab keine Antwort, und schließlich hörte Baumgartner auf zu plappern. Schweigend trottete er neben ihm her und streckte nur die Hand aus, als er um die Ecke ging. Die Familie, die auf dem Gehsteig vor dem Hira Niwas lebte, hatte sich wie jeden Abend versammelt, sie beobachtete Baumgartner, der mit einem Fremden zurückkehrte. Der Junge schien nicht zu bemerken, daß sie ihm im Weg war, und Baumgartner hatte Angst, daß er einen Topf, eine Pfanne umwarf oder über eine der Schnüre, die ihre Hütte aufrechthielten, stolperte und sie zerriß. Er zog sich ganz in sich selbst zurück, versuchte zu schrumpfen und so wenig Lebensraum wie möglich von denen wegzunehmen, die schon so wenig hatten. Wie immer spürte er, daß sein Nackenhaar sich sträubte und ihm der Schweiß ausbrach, als er an der Familie vorbeiging.

Wie gewöhnlich war die Frau dabei, ihre Blechtöpfe und Pfannen in dem schnell fließenden Wasser im Rinnstein zu waschen, wobei sie ihren Sari zwischen die Knie geklemmt und die Knie, auf dem Pflaster hockend, bis über die Ohren angezogen hatte. Das Kind mit dem nach Jahren mangelhafter Ernährung aufgeschwemmten Bauch und dem hellen Haar, das in Büscheln abstand, war neben ihr, hielt etwas braunes Glitschiges in der Hand und saugte daran. Die Fliegen krochen über die Lippen und das Zeug in der Hand des Mädchens, und Baumgartner fragte sich, ob es nicht schon ein paar verschluckt habe. Es warf den braunen Klumpen in einem Wutanfall zu Boden und fing an zu schreien. Sofort hob die Mutter ihre Hand und schlug ihm auf den Kopf, wobei sie in einer Sprache schrie, die zu verstehen Baumgartner nie gelernt hatte. Nun schrie das Kind vor Empörung, und der Vater, der in dem Lumpenzelt gesessen oder geschlafen hatte, schob zwei der Fetzen beiseite und streckte seinen Kopf heraus. An den blutunterlaufenen Augen und an seinem verwirrten Haar konnte man erkennen, daß das abendliche Trinken bereits begonnen hatte. Er richtete in dieser Sprache, die

Baumgartners Ohren wie Steinbrocken, wie Schotter vorkam, ein paar Flüche an seine Frau. Sie schrie zurück, hielt aber gleichzeitig das Kind am Arm, zog es auf ihre Seite und begann schnell, seine verweinten Augen und die Nase mit einem Zipfel des Saris abzuwischen. Dann hob sie den braunen Klumpen vom Pflaster auf und steckte ihn dem Kind in den Mund. Der Mann schrie auf und kam auf Knien herbei, um das Kind an sich zu reißen, den Klumpen aus seinem Mund zu klauben und wieder wegzuwerfen.

Inzwischen hatte Baumgartner seinen Gast an ihnen vorbei und sicher in den Toreingang des Gebäudes geführt – ein Schritt brachte sie von der Anarchie auf sicheres Gelände. Als er den Jungen einließ, warf er einen flüchtigen Blick über die Schulter, um zu sehen, wer für die erneuten Schreie verantwortlich war, die auf seinen ganzen Rücken zu schlagen und durch einen besonders empfindlichen Punkt auf seinem Hinterkopf in ihn einzudringen schienen: Das erzürnte Kind oder die wütende Mutter? Er hoffte, daß sie ihn und seinen Gast nicht bemerkt hatten. Auch wenn er sich das kaum selbst zugestand: Er hatt Ängste – Alpträume –, daß sie ihm eines Nachts nachkommen könnten. Warum sollten sie nicht? Sie sahen ihn mit Tüten voller Nahrung, wußten, daß er eine Brieftasche bei sich trug, eine Uhr am Handgelenk und gute Schuhe an den Füßen hatte – alt und geflickt, ja, aber immerhin Schuhe, mehr als sie hatten oder jemals würden kaufen können –, und er fragte sich, was sie davon abhielt, ihm an die Kehle zu gehen und ihn im Dunkeln auszurauben. Die Nacktheit ihres Straßenlebens ließ ihn sich mit Besitztümern überladen vorkommen, und er spürte jedesmal ihre Anklage, wenn er an ihnen vorbeikam.

Jetzt mußte er seinen Gast an dem Türsteher vorbeischleusen, der ihn strafend ansah und sich weigerte, seine Beine aus dem Weg zu nehmen, und dann führte er ihn die engen hölzernen Stufen mit ihren unebenen Oberflächen hinauf. Er hatte sich an sie gewöhnt, aber andere nicht, und sie stolperten. »Meine Wohnung ist im zweiten Stock«, entschuldigte sich

Baumgartner. »Sehr hoch. Sehr dunkel hier. Können Sie sehen?«

Der Junge gab keine Antwort, als wäre er taubstumm, aber er folgte Baumgartner schwerfällig die Stufen hinauf und zog in rauhen, tiefen Zügen die Luft ein, während er den Aufstieg bewältigte. Was hat der junge Mann wohl gemacht, um in solch einen schlechten Zustand zu geraten, fragte sich Baumgartner, und die möglichen Antworten kletterten laut die Stufen hinauf und in sein Gehirn. Drogen, Drogen, Drogen, sagten sie alle. Baumgartner schüttelte den Kopf. Das sollte man nicht sagen, bevor man es nicht genau wußte.

Die Katzen kannten seinen Schritt. Sie schienen ihn von der untersten Stufe der Eingangshalle an zu hören, sprangen nacheinander von ihren Stühlen und Betten und verschiedenen Ruheplätzen, und wenn er auf dem ersten Treppenabsatz angekommen war, vor der Wohnung der Parsenfamilie mit dem täglich erneuerten Kranz aus Ringelblumen und dem Reispuderbild der Fischzwillinge auf ihrer Türschwelle, fingen sie an, gegen die Tür zu springen und in einer wahren Raserei durch deren Spalten hindurch zu miauen. Dieser Begrüßungsklang freute ihn so sehr, daß er unwillkürlich lächelte und sich beeilte, doch er stieß gegen seinen bleiernen Gast, entschuldigte sich und zwang sich dazu, die letzten Stufen langsam zu erklimmen.

Der Junge schien zu tief in seine private Welt versunken zu sein, verschlossen und versteinert, um auf das eifrige Kratzen und Miauen an der Tür zu reagieren, während Baumgartner mit dem Schlüsselbund hantierte; aber als Baumgartner die Tür einen Spalt öffnete und die pelzigen, kämpfenden Bündel losbrachen, und sich gegen alle Beine und Füße warfen, die sie finden konnten, da mußte er das wohl oder übel zur Kenntnis nehmen.

Baumgartner beugte sich über die Katzen und beruhigte sie auf deutsch: »Fritzi, du alter Fritzi, komm, Fritzi«, und: »Miez, Miez, laß mich los – ich geb' dir ja, Mieze«, und: »Ach

Liebchen, Lise, Lise«, und erst nach einem Moment der Verwirrung merkte er, daß sie zischten und fauchten und daß der Junge sie von sich schleuderte, als wären sie Pelzpantoffel. »Bitte, bitte«, protestierte Baumgartner und kam wieder auf die Füße, um den Arm des Jungen zu ergreifen. »Kein Grund zur Angst – sie begrüßen uns nur – mögen Sie sie nicht?«

Der Junge spuckte ein gemeines »Nein!« aus und beugte sich vor, um die ungebärdigste von ihnen, den von Kämpfen zernarbten Fritzi, zu packen und brutal von sich zu schleudern.

Baumgartner spürte in sich den Überschlag der Unruhe und der Angst. Auch die Katzen waren wie ein Taubenschwarm, fedrig aufflatternd. Sie alle wirbelten umher und versuchten, an Baumgartners Beutel mit den Resten zu gelangen und gleichzeitig dem jungen Mann aus dem Weg zu gehen. Baumgartner hatte große Mühe, sie zu trennen. Zerstreut stellte er den Beutel auf den Küchentisch, dann erinnerte er sich daran, daß er Gastgeber war, drehte sich um und sagte: »Setzen Sie sich bitte – wenn Sie wollen, legen Sie sich einen Moment hin – ich werde – ich werde gleich den Tee fertig haben – bitte entschuldigen Sie – erst müssen meine Katzen fressen –«, und dann drehte er sich wieder zu ihnen, um sich um ihr Mahl zu kümmern.

Er leerte den Inhalt des Beutels auf dem Tisch aus, holte das Küchenmesser hervor und begann, den Curry-Fisch vom Hammelfett und den Hammelknochen und die Brotkanten vom Reis und von den Chapatis zu trennen, war aber wegen der Ungeduld der Katzen und der mißmutigen Haltung seines Gasts, der mitten auf dem lärmenden Flur stand, völlig durcheinander.

»Ääh«, spuckte der Junge, »es – *stinkt.*«

»Oh, einen Augenblick – einen Augenblick – ich mache das Fenster auf!« Und Baumgartner legte das Messer hin, schob all die rostigen, schweren Haken zur Seite und öffnete das Fenster zur Straße hinaus, die nicht sehr viel besser roch. Dann machte er sich wieder an die Arbeit und schnitt und hackte energisch mit dem langen Messer, während der Junge verärgert vor sich hinstarrte. Endlich waren die Essensreste in kleine Haufen geteilt, und Baumgartner konnte sie in die Hand nehmen und sie auf die Teller verteilen. Die Katzen schmiegten sich an ihn, machten Buckel, rieben sich an seinen Beinen und machten kleine, zänkische Geräusche, und schließlich beruhigten sie sich, um sich durch all das hindurchzuschnüffeln, bis sie bei den Delikatessen angekommen waren, die zu akzeptieren sie bereit waren.

Der Junge betrachtete dies mit einer Art von strenger Ablehnung. »Wie etwas, das ich in den Verbrennungsstätten in Benares gesehen habe«, sagte er schließlich aus einem Winkel seines unbewegten Mundes.

Baumgartner schaute hoch, war verwirrt, verstand diese Anspielung nicht. Anders als die Jungen, die heutzutage aus dem Westen kamen, war Baumgartner in keinem der Touristenorte gewesen, nicht einmal in Benares, war nie von Tempeln oder Ashrams angelockt worden, die ihm eine fremde Welt blieben, etwas, an dem er schnell vorbeilief, das er nicht betrat, nicht einmal kurz betrachtete. Also konnte er den Vergleich des Jungen nicht verstehen, spürte aber Ablehnung und Tadel darin.

»Als die Feuer ausgingen, nahm der Mann, der die Verbrennungen beaufsichtigte, einen langen Stock – so lang – und schob ihn in das Feuer – und holte Fleischbrocken heraus – menschliches Fleisch – das nicht verkohlt war, und warf es hinunter ans Flußufer. All die Hunde warteten da – und fielen darüber her – und kämpften – und fraßen dieses Fleisch – Menschenfleisch – genau so.« Der Junge lachte und streckte seinen Finger nach den Katzen aus. Sein Gelächter brach aus Lippen hervor, die außer Kontrolle waren und zitterten. »Und in den Tempeln – wo die Priester die Bettler speisten – konnte man was Spaßiges sehen. Ich habe einen Leprakranken ohne Beine, ohne Hände gesehen, der mit einer Frau kämpfte und sie biß – das war spaßig!«

Baumgartner wandte sich ab. Er trug Mimi zurück in ihre

Ecke und legte sie vorsichtig auf das Lager, das er aus seinem alten Hemd gemacht hatte. Er brauchte lange, um die Falten um sie herum zu legen, damit sie ihr Kinn, ihren Kopf stützten und sie es bequem hatte. Dann wandte er sich wieder seinem Gast zu, wie zu einer bitteren Pflicht. »Bitte geben Sie mir den Rucksack. Und setzen Sie sich. Ich werde etwas zu essen kochen. Wollen Sie etwas? Etwas zu essen?«

»Essen?« explodierte der Junge. »Mitten in diesem – diesem Gestank?« Seine Gesten zeigten seine Verachtung für das Zimmer, in dem sich das Durcheinander überall ausbreitete und häufte.

Baumgartner schwieg geschlagen. Er war sich des Geruchs bewußt: Andere Gäste hatten sich unwohl gefühlt und sehr schnell wieder gehen wollen, zu Zeiten, als er noch Gäste hatte. Jetzt kam niemand mehr. Doch er hatte den Geruch nicht für abstoßend oder unpassend gehalten, er war den Aktivitäten des Lebens angemessen. Für ihn war er sogar eine Art Dünger, mit einem düngenden Effekt auf das menschliche Verhalten. Wenigstens half er ihm, sich wohl zu fühlen, zu überleben, zu leben, sich in Gesellschaft zu fühlen. Er spürte, wie seine Katzen ihm um die Füße strichen, sich um seine Beine wanden, hörte ihr Gemurmel aus Beschuldigungen, Willkommensgrüßen, Fragen, Nachrichten und fragte sich, warum er diesen Verrückten in ihre Mitte gelassen hatte, der alles vergiftete und sein reiches, warmes, natürliches Leben bedrohte.

Der Junge legte seinen Rucksack ab. Nachdem er ihn in die Ecke geschleudert hatte, schaute er sich in dem kleinen Zimmer um, in dem es fast dunkel war, weil alle Fensterläden bis auf einen wegen des starken Nachmittagslichts geschlossen waren, sah den Diwan mit dem verblichenen bedruckten Stoffüberzug und warf sich darauf. Dort lag er auf dem Bauch, und seine Beine hingen über den Rand. Baumgartner konnte seinen Körper, eine ungewaschene Verwilderung riechen; auch die Katzen schnüffelten behutsam, und die schmalen Dreiecke ihrer Nasen kräuselten sich vor Mißfallen, vielleicht vor Mißtrauen.

Der Besucher machte keine weitere Bewegung, kein weiteres Geräusch. Baumgartner stand eine Weile wartend da, drehte sich dann seufzend um und ging zur Küchenseite des Zimmers. Er begann, die Reste der Katzenmahlzeit wegzuräumen, rollte sie alle in einer Papiertüte zusammen und trug sie hinüber zu einem Plastikeimer unter der Spüle, in die er sie fallen ließ. Sofort rannten die lebhafteren der Katzen – ein knochiger Lümmel namens Leo und sein schwarzer Rivale Teufel – zu dem Eimer, standen auf ihren Hinterläufen, steckten ihre Nasen hinein und zogen die Fischschwänze und Streifen roher Lunge hervor. Sie verstreuten alles auf dem Fußboden und fraßen mit größerem Appetit, als wenn Porzellanteller vor ihnen gestanden hätten. »Ach, diese Schlingel«, sagte Baumgartner nachsichtig lächelnd.

Er wusch das Stahlmesser und legte es zurück auf seinen Platz auf dem Brotbrett. Er wischte den Tisch mit einem feuchten Lappen ab. Die vertraute Arbeit beruhigte ihn, und er schaute den schlafenden Jungen an und dachte, daß er wohl überreizt gewesen war: Wenn er barfuß durch Indien gelaufen war und solche Dinge gesehen hatte wie das, was er von Benares erzählte, dann konnte es nicht anders sein. Der Junge brauchte Schlaf, ein Bad, und dann würde er vielleicht essen wollen. Schließlich stank das Zimmer nicht so sehr, daß es ihn davon abgehalten hätte, darin zu schlafen, bemerkte Baumgartner trocken und ging zu einem Behälter aus Maschendraht, in dem er sein eigenes Essen fern von Katzen und Fliegen aufbewahrte. Er suchte in einem Korb mit Gemüse, um zu sehen, was er hatte. Aha. Ja, etwas Gemüse war noch da von seinem letzten Einkaufsversuch, und in den Dosen – er hob sie hoch und schüttelte sie – rasselte es beruhigend: Etwas Reis und eine Handvoll Linsen hatte er noch, genug, vielleicht, für zwei Teller voll. Er wollte die Sachen waschen und kochen und sehr leise sein, damit der Junge nicht gestört wurde, sondern schlafen konnte und soviel Ruhe hatte, wie er wollte.

Dann stockte er: Warum kümmerte er sich um diesen Fremden, der ihm bis zu diesem Morgen unbekannt war? Er hatte nicht den leisesten Anflug von Heimweh verspürt, als ihn Farrokh auf den Blondschopf hingewiesen hatte, dessen Kopf hilflos auf dem Tisch rollte, oder als er die blonden Haare auf dem Handgelenk unter dem Armband schimmern sah. Er war selbst nicht blond, auch seine Mutter war es nicht gewesen; nur sein Vater hatte ähnlich helles Haar gehabt. Baumgartner suchte in Bombay nicht nach Europäern. Warum, konnte er nicht sagen, aber schon seit Jahren hatte er die Gier nach den Lauten seiner eigenen Sprache verloren, nach dem Gefühl dieser Laute auf seiner Zunge. Um die Wahrheit zu sagen, die Jahre der Gefangenschaft mit den anderen Deutschen in dem Lager hatten das Bedürfnis oder den Wunsch danach abgetötet. Rückblickend sah er, daß er damals beschlossen hatte, nicht im großen Haufen zu leben, daß er den großen Haufen nicht brauchte. Nach und nach fiel die Sprache von ihm ab, die ihm jetzt fast so unvertraut war wie das Gefühl und der Geschmack der englischen Wörter oder das kleine Vokabular des primitiven Hindustani, das er sich im Laufe der Jahre zusammengeklaubt hatte. Nur durch Lotte hielt er Verbindung mit der deutschen Sprache – aber das war nicht der Grund, warum er sie besuchte. Er besuchte Lotte nicht, weil sie aus Deutschland war, sondern weil sie Bestandteil des Indiens war, da er kannte; das ihre war auf vielfältige Weise anders, aber sie hatten doch so viel gemeinsam, um sich miteinander wohl zu fühlen, sie waren kratzbürstig und übellaunig, aber sie fühlten sich miteinander so wohl wie Bruder und Schwester. Aber von anderen Europäern in Bombay – und sie machten einen nicht kleinen Teil der Bevölkerung aus – hielt er sich auf seine unauffällige Weise fern. Er mochte ihre bohrenden Fragen nicht, er sah gleich, daß sie die Absicht hatten, seine Herkunft zu entdecken, seine Lebensumstände, seine Vergangenheit und seine Zukunft, bevor sie ihn akzeptierten. Warum machte Baumgartner so ein Geheimnis um seine Lebensumstände? Er wußte es nicht – er zuckte mit der Schulter –, aber so war es. Er spürte eine Überempfindlichkeit, wenn es um seine Privatangelegenheiten ging, und zog es vor, entweder mit jemandem zusammen zu sein, der das einfach hinnahm, wie Lotte, oder kein Verständnis und keine Neugier zeigte, wie seine indischen Freunde – indische Bekannte, korrigierte er sich selbst, denn, um absolut ehrlich zu sein, sie wurden nie ganz zu Freunden. Und in aller Ehrlichkeit – hatte er überhaupt welche?

Das Bedürfnis, ehrlich zu sein, ließ Baumgartner auf seinen Schoß schauen – er saß auf einem Küchenstuhl und wartete darauf, daß das *pish-pash* kochte, und jetzt beugte er sich vor und hob die nächste Katze hoch – es war stets eine da. Er drückte ihr Fell gegen seine Brust und schloß die Augen, so wie es ein junger Mann mit einem Foto seiner Geliebten wohl tun würde. Hier hatte er alle Freundschaft, die er brauchte – oder wollte. »Mmm, mmm«, liebkoste er das graue Fell, »du Alte, du Gute, du.« Die Katze fauchte ein wenig und begann dann zu schnurren und piekste seine Schenkel mit ihren Krallen, ihre Augen verengten sich zu Schlitzen, und Baumgartner, der lachte, weil die Krallen kitzelten, verwuschelte das Fell, wie er es mochte, und erzeugte immer lauter und lauter werdendes Schnurren, bis es fast ohrenbetäubend wurde.

Er saß ziemlich zufrieden da und sah, wie das Abendlicht im Küchenfenster schwächer wurde und verglomm und wie das Gebäude auf der anderen Straßenseite seinen Schatten wie eine Jalousie darüberwarf. Der Straßenlärm wuchs zu einem Crescendo an, weil Zehntausende ihre Büros verlassen hatten und nach Hause fuhren unter Erzeugung kakophonischer Geräusche, die in das hohe Zimmer drangen und widerhallten.

Baumgartner stand auf und begann, den Tisch zu decken. Es kam ihm sehr unnatürlich vor, zwei Teller und zwei Löffel hinzulegen, nach Servietten zu suchen und nach einer Flasche Bier und einem Öffner. So lebte er normalerweise nicht, Baumgartner, der Einzelgänger. Im Lager hatte er für sein Leben genug Unterhaltung gehabt, sagte er zu sich selbst und den Katzen. Und dennoch hatte er diesen unliebenswürdigen

Lümmel mit nach Hause genommen, in seinen schamlos kurzen Shorts und dem ausgefransten Hemd, das er um der Taille geknotet trug wie ein Mädchen. Er hatte ihm sogar erlaubt, sich auf den Diwan zu legen, und kochte ihm Essen. Nicht weil er Deutscher war, nein, einfach nur, weil er in Not war. Nun, der Mann unten auf dem Gehsteig, die Familie, die dort lebte, war auch in Not; hatte er je daran gedacht, sie hinaufzubitten und für sie zu kochen? Baumgartner, Baumgartner, schimpfte er sich, müde und hungrig und traurig darüber, wie der Tag verlaufen war, der eine Wunde aufgerissen hatte, die lange vernarbt gewesen war, und das rohe Fleisch, die Häßlichkeit darunter freigegeben hatte. Farrokh hatte den Jungen für einen Deutschen gehalten – richtig – und hatte einfach angenommen, daß Baumgartner, ebenfalls Deutscher, sich freiwillig um ihn kümmern würde – wieder richtig, denn das hatte Baumgartner getan. Oder nicht? Nein, freiwillig hatte er es nicht getan, daran erinnerte er sich, und dennoch war der Junge hier. Sicher, er hatte sich Farrokh gegenüber nicht verschlossen, hatte den Jungen nicht am Eintreten gehindert. Wie er es mit dem Betrunkenen von der Straße wohl gemacht hätte. Warum? Baumgartner, Baumgartner, seufzte er, frag dein Blut, warum das so ist, nur das Blut weiß es.

Und das war dumm. Baumgartner schlug sich selbst fest aufs Handgelenk. Dumm, dumm, von Blut zu reden und zu denken, daß er das Blut mit diesem Rohling gemeinsam hatte. So war es nicht. Und er würde den Jungen rausschmeißen, um zu beweisen, daß dem nicht so war. Ihm was zu essen geben und ihn dann rauswerfen. Was, nachts? Aber warum nicht? Der Junge war offensichtlich daran gewöhnt, auf der Straße zu leben, würde sich auf der Straße zu Haus fühlen, brauchte weder Baumgartner noch die Häuslichkeit, die er beleidigt hatte – warum ihn also ertragen?

Die Katzen wurden bei dem Klang von Löffeln und Tellern unruhig, einige begannen klagend zu miauen, als wären sie noch nicht gefüttert worden, und beschwerten sich im genau kalkulierten Ton von Straßenbettlern oder verzogenen Kindern. Baumgartner lächelte nur zärtlich über diese Töne, die er liebte, aber der Junge auf dem Diwan wurde davon wach. Nachdem er sich eine Weile unter protestierendem Grunzen herumgewälzt hatte, setzte er sich schließlich auf die Kante, der Kopf hing ihm in den Schoß, und er rieb sich fest die Augen.

Nachdem er eine Weile zugeschaut hatte, wagte Baumgartner zu fragen: »Haben Sie sich etwas ausgeruht? Möchten Sie jetzt etwas essen? Ich habe etwas zu essen fertig –«

Der Junge knirschte mit den Zähnen, fuhr sich mit den Fingern durch die Haare, wodurch es strähnig wirkte. »Gibt es hier ein Badezimmer?« fragte er.

Baumgartner deutete auf die Tür in der Ecke bei dem Diwan, und der Junge stolperte davon. Dann kam er zurück, um seinen Rucksack zu holen, und trug ihn hinein, zu Baumgartners Erstaunen. Nach einer Weile kam er erneut wieder und bat in einem leisen, abwesenden Gemurmel um eine Schachtel Streichhölzer. Er schnappte sie sich und kehrte ins Bad zurück, das sich anscheinend in eine Festung verwandelt hatte. Baumgartner war ein wenig verwirrt und wurde dann ungeduldig, denn er wußte, daß sein *pish-pash* bald so austrocknen würde, daß es nicht mehr genießbar sein würde. Er beschäftigte sich wie eine Hausfrau, fügte Butter hinzu, ging herum und öffnete Fenster, machte das Licht an, strich die Decke auf dem Diwan glatt, aber immer noch tauchte der Junge nicht auf.

Er versuchte, die bedrückende Stille zu ignorieren, die sich im Badezimmer ausbreitete. Er setzte sich an den Tisch mit demTeller *pish-pash* und der Flasche Bier, faltete die Hände und beschloß, fest zu bleiben und den Jungen loszuwerden, sobald er wieder auftauchte. »Ja, raus, raus«, murmelte er vor sich hin, und die Katzen hörten zu; da flog die Tür auf, und der Junge kam heraus und schien dreißig, vierzig Zentimeter größer geworden zu sein. Seine Schultern waren breiter, sein Haar und seine Augen glänzten, er war in jeder Hinsicht gewachsen, lebhafter und eindrucksvoller. Er schien aufgeweckt, elektrisiert, und alles, was vorher schlief, schien nun wach zu sein – und lärmend.

Baumgartner hatte die Bierflasche hochgehoben, als er hörte, wie die Tür geöffnet wurde, doch jetzt stellte er sie wieder ab und starrte mit offenem Mund voller Erstaunen den Jungen an, der lachend und mit schwingenden Armen zum Tisch herüberkam, sich auf den Stuhl gegenüber von Baumgartner warf und sich dann in alle Richtungen hinlümmelte.

»Aha, das ist also die Altherrenparty, mmh?« kicherte er und dehnte die Wörter, als hätte er hinter der Tür getrunken, aber er roch nicht nach Schnaps, und Baumgartner mußte daraus schließen, daß es nicht das war. Er lächelte unsicher, griff nach dem Teller des Jungen und füllte ihn entschuldigend. »Nur ein wenig *pish-pash.* Geht das? Ich habe noch mehr – und Bier.«

Der Junge sprang auf und schnappte die Flasche aus Baumgartners Hand, und dann knallte er sie – zu Baumgartners Verärgerung – so hart auf den Tisch, daß der Schaum hochspritzte und wie Seifenblasen über den Tisch flog. Seine Hand blieb um die Flasche geklammert, als ob er sie zu einer Handvoll Splitter zerquetschen wollte.

»Nein, dieses – dieses Bier nicht«, röhrte er in einer Stimme, die nicht nur lauter war als normal, sondern sich auch auf einer unnatürlichen Höhe hielt und sich schrill und durchdringend zugleich anhörte. »Das ist Mist. Damit verdirbt man sich nur den Magen. Schlecht. Weg damit«, schrie er, und als Baumgartner sich schon sicher war, daß er die Flasche an den Kopf bekommen würde, drehte der Junge sie um, so daß die gelbe Flüssigkeit in Strömen floß, den Tisch überschwemmte und auf den Fußboden tropfte, wo die Katzen erzürnt auseinanderliefen. Er ließ die Flasche auf die Seite fallen, schlug mit der flachen Hand auf den Tisch und wischte in der Flut hin und her, wie ein ungezogenes Kind, das in einer Pfütze mit Schlamm spielte. »Ha, das macht man mit Bier, mit schmutzigen Sachen«, grölte er.

Baumgartner saß gelähmt und niedergeschmettert auf seinem Stuhl, und seine Hände hielten die Stuhlseiten fest, als wäre er es, der durchgemischt und geschüttelt würde. Bis jetzt hatte er geglaubt, die ganze Verantwortung für den leblosen Jungen zu haben, der schlaff auf seinem Diwan gelegen hatte; jetzt hatte er das Gefühl, hochgerissen und brutal bedroht zu werden.

Der Junge lachte über die Bestürzung auf seinem Gesicht, lachte und lachte. Sein eigenes Gesicht war unter dem Schmutz sehr blaß – er hatte sich sicher nicht gewaschen in dem Badezimmer; er sah immer noch so aus, als hätte er sich gerade von einem Bahnsteig aufgerafft, einem indischen Bahnsteig, und seine Augen waren konzentriert und scharf, sein Blick von animalischer Wildheit.

Baumgartners Bestürzung amüsierte seinen Gast, wie ein Kirmesplatz ein lebhaftes Kind amüsieren würde: Er lachte, kicherte, deutete mit dem Finger und gluckste, hilflos, dann hielt er plötzlich inne und schaute über Baumgartners Kopf hinweg auf das Regal hinter ihm.

»Was ist *das?«* fragte er und deutete mit dem Finger auf das, was er sah.

Baumgartner starrte auf den ausgestreckten Finger. Dann wandte er langsam und vorsichtig seine Augen ab und drehte sich zum Regal um. Was hatte denn die Aufmerksamkeit dieses ungewöhnlichen Burschen erregen können? Auf dem Regal häufte Baumgartner all die Gegenstände auf, die er nicht sofort brauchte – leere Streichholzschachteln, einige Fotos, einen Eierbecher, Bleistifte und, ja, eine Reihe von angelaufenen Silbertrophäen. Stark angelaufen – sie waren so lange nicht abgestaubt und poliert worden. Verwirrt wandte Baumgartner sein Gesicht wieder seinem Gast zu. »Diese Trophäen?«

»Ja, ja«, sagte der Junge, während sein Kinn auf und ab ruckte, so daß das ungeschnittene Haar ihm vor der Stirn in die Augen fiel. »Sind die aus Silber, Mann?«

Baumgartner nickte zurückhaltend. »Ich glaube schon. Ich

hatte mal ein Pferd – es hat viele Rennen gewonnen. Tiffin Time war ein feines Pferd. Das war im Jahre – lassen Sie mich überlegen –«

»Sie – Sie hatten ein Rennpferd?« Das Gesicht des Jungen verzog sich ungläubig. Er konnte kaum seinen Unterkiefer kontrollieren, er zuckte heftig vor Überraschung.

Baumgartner kratzte sich verlegen am Nacken: Er war sich bewußt, daß er nicht wie ein Rennstallbesitzer aussah, oder wie jemand, der ein Rennpferd besaß oder jemals besessen hatte. Er kicherte bei dem Gedanken an die Zeit, als er die Sonntage in Gesellschaft des alten Chimanlal auf der Mahaluxmi-Rennbahn verbrachte und sich unter die Damen der Gesellschaft von Bombay, die Seide und Chiffon und Perlen trugen, und unter die Herren in ihren weißen Anzügen, mit ihren Feldstechern und goldenen Zigarettenetuis, mischte. Kichernd rieb er unter dem Tisch einen Fuß am anderen. »Ja, so war es«, gab er zu. »Ich war früher im Geschäft, hatte einen Geschäftspartner, einen sehr guten Mann –«

»Aber die Trophäen?« unterbrach ihn der Junge ungeduldig. »Diese – Silberbecher – haben Sie gewonnen, hat Ihr Pferd gewonnen?« Er schien damit zu kämpfen, solche gegensätzlichen Elemente in seinem Kopf zusammenzubringen.

»Uns gehörte dieses feine Pferd Tiffin Time gemeinsam. Zwei, drei, vier Jahre gewannen wir eine Menge Rennen, eins nach dem anderen. Es war wunderbar«, erinnerte sich Baumgartner lachend. »Und mein Partner gab mir die Trophäen, damit ich sie aufbewahrte – er sagte, ich solle sie haben –«

»Reines Silber«, bohrte der Junge.

»Ach, ich weiß nicht, ich kann es nicht sagen«, murmelte Baumgartner, verlegen wegen des unpassenden Reichtums, der sich auf dem staubigen Regal, an der staubigen Wand entlang auftürmte und glänzte.

Der Junge schoß hoch, warf seinen Stuhl zurück, so daß er auf die Seite fiel, und ging, sich mit einer Hand auf der Kante abstützend, um den Tisch zu dem Regal hinter Baumgartner. Er hob die Trophäen hoch, eine nach der anderen, drehte sie in seinen Händen, drehte sie um und untersuchte sie. Seine Unterlippe war nach vorne geschoben, so daß sie dick und geschwollen und feucht aussah. Dann knallte er die Trophäen zurück auf das Regal, so daß die Bleistifte herunterfielen und der Eierbecher klapperte. Er schien jetzt rasend.

»Ja, ja, Silber«, rief er anklagend. »Hier, in diesem Haus, all diese Silberbecher. Es ist – phantastisch!«

Baumgartner nahm einen Löffel und versuchte, seine Aufmerksamkeit auf etwas anderes zu lenken. »Bitte, essen Sie jetzt, bevor alles kalt ist«, flehte er.

Der Junge wollte überhaupt nichts essen. Er ging neben dem Tisch auf und ab, und seine Arme waren um den Körper geschlungen, als wäre ihm kalt.

»Haben Sie keinen Hunger?« fragte Baumgartner traurig und schaute auf das Essen des Jungen, das zusammengeschrumpft und trocken und ungegessen auf dem mit Bier überschwemmten Tisch stand wie ein Wrack in der Flut. »Waren Sie vielleicht krank? In – Goa?«

»Krank, in Goa?« sagte der Junge voller Verachtung, »ja, krank in Goa. Krank in Benares. Krank in Katmandu. Krank in Sarnath, krank, überall krank. Oh, ich bin krank, furchtbar krank«, brach es auf deutsch aus ihm hervor. Es war wie ein Riß in einem schlecht gebauten Deich, und jetzt schoß die Flut heraus, ergoß sich über Baumgartner und die Katzen und das Essen und das ganze schäbige dunkle Zimmer, füllte es an und überschwemmte es mit Visionen von Plätzen und Menschen, die noch nie zuvor hier eingedrungen waren, nicht einmal in Alpträumen.

In Benares hatte er mit den *doms* auf den Verbrennungsplätzen gelebt. Mit ihnen hatte er das Holz auf den Beerdigungsscheiterhaufen aufgeschichtet. Hatte ihnen zugehört, wie sie mit den Familien um den Holzpreis stritten und feilschten und um den Preis für das Feuer – es gab nicht mal Feuer, solange nicht bezahlt wurde. In der Hitze der Flammen hatte er seine Kleider getrocknet, die naß waren vom Bad im Fluß.

Von den Scheiterhaufen hatte er sich die Glut geholt, um sein Kochfeuer anzufachen und sein Essen zuzubereiten. Als die Feuer niederbrannten, hatte er geholfen, die Asche zu verstreuen und die Fleischbrocken und Knochen aufzuspießen, die übrigblieben, und sie die Treppen hinunterzuwerfen, wo sich die Hunde auf die Stücke stürzten und fraßen und vor Hunger jaulten, vor Gier und Besitzwillen. Er war in den Fluß gesprungen und hatte dort inmitten der Überreste der Leichen gebadet, inmitten der Wasserbüffel, die zum Saufen kamen, den Witwen, die sich in ihren weißen Überwürfen wuschen. Nachts hatte er im Hof des Palastes des *dom*-Radscha geschlafen, des Oberhauptes der *doms,* der dankbar war, wenn er ihn besuchte, denn kein Hindu, kein Inder besuchte ihn, lud ihn ein oder sprach mit ihm. Er war reich und einflußreich; Tiger aus Gips und Pappmaché bewachten seinen Palast am Fluß, aber auf Erden hatte er keine Freunde. Nur er, er war ein Freund der *doms,* des *dom*-Radscha.

»Und – die Leichen? Haben Sie – die auch gegessen?«

»Ich war damals ein Anhänger des Tantrismus – ich war mit den anderen Gläubigen zusammen. Mit ihnen, ja, aß ich. Ich aß. Warum? Warum schauen Sie so? Es ist nur Fleisch, nur Fleisch. Zum Essen. Um stark zu werden. Stark.«

Die Tantristen hatte er im Ashram in Bihar getroffen, wo er auf einem Fels lebte, Yoga lernte und meditierte, bis eines Nachts der Teufel zu ihm kam, ganz mit weißer Asche eingerieben, und ihm etwas von dieser Asche auf den Kopf streute. Sie hatten zusammen auf dem Felsen getanzt, was für ein Tanz, zu was für einer Musik! Trommeln wurden geschlagen, und die Glocken, die am Hals des Teufels hingen, ertönten – und die Swamis, die in dem Ashram lebten, waren herbeigeeilt, um zu sehen, was da los war, und hatten bei dem Anblick aus Angst zu schreien begonnen. Sie hatten ihn als Abgesandten des Teufels hinausgeworfen, ihn mit Stöcken und Sandalen geschlagen.

»Und Sie lernten Yoga?«

»Ja, Yoga. Ich lernte. Und vieles andere. Um stark zu werden. Um wie der Teufel zu sein.«

In Katmandu hatte er den Diener eines Tempelpriesters geliebt, einen Jungen, dessen Haut wie Honig und dessen Zunge wie eine Hibiskusknospe war und der sich seine Fingernägel so lang wachsen ließ, daß sie wie Messer waren. Aber er hatte all sein Geld gestohlen, dieser Junge, seine Sachen, Schuhe, Kleidung, sogar den Paß, und hatte dem Priester von ihrer Liebe erzählt, so daß er mit eisernen Stöcken geschlagen, seine Knochen gebrochen, sein Blut vergossen wurde. Sein Blut vermischte sich mit dem Staub Katmandus. Aus diesem Blut wuchs eine besondere Pflanze, wie ein Schwert mit einem Hahnenkopf. Der Hahn krähte bei Sonnenaufgang, er krähte den Namen jenes Jungen.

»Also muß man *stark* sein und diese Liebe zerstören, und ich schnitt sie *ab*.«

In Tibet, in Lhasa, sah er das, was kein Mensch sehen sollte. Die Leichen lagen auf den Felsen unter dem Himmel, sie waren mit Messern in Viertel geschnitten worden, in Viertel und dann in Fragmente, und die Knochen wurden zerhackt, bis sie Staub waren. Als die Männer, die diese Zeremonie für die wartenden Vögel vollzogen, sahen, daß er zuschaute, malten sie Wolken auf den klaren Himmel, ließen Blitze daraus hervorschießen und den Donner rollen. Aus dem wolkenlosen blauen Himmel hatten sie einen Sturm über Lhasa entfacht, Hagelkörner gab es, so groß wie Eier, Regen in Strömen. Er hatte in dem Regen und Hagel getanzt. Als er sich umdrehte, um den Zauberern für diese Freude zu danken, hatte er sie auf einem Blitzstrahl in den Himmel fliegen und in Flammen aufgehen sehen.

»Was erzählen Sie da? Das sind alles Träume, verrückte Träume.«

»Nein, keine Träume. Nicht verrückt. Es ist wahr, *wahr*.«

In Kalkutta hatte er mit den Leprakranken gelebt. Sie lebten zusammen auf einer Müllhalde und ernährten sich von dem, was sie daraus klauben konnten. In der Nacht war es warm, und das hielt sie einen Winter lang am Leben – die Wärme des Mülls, der unter ihren Körpern verrottete. Am Tag kämpften sie mit den streunenden Hunden um Knochen, Fetzen, Papierstücke, auf denen ein wenig Blut, ein wenig Ei, ein wenig Essen verschmiert war. Ein Lepramädchen hatte ihn geliebt – er war so weiß, sie hielt ihn für rein –, aber als ihre Lippen zu faulen begannen, verließ er sie.

»Ach, die arme – arme – arme –«

»Arm? Nicht arm! Toll! Wunderbar!«

In Goa, ha, was hatte er in Goa alles gemacht! In Goa hatte er am Strand in einer Hütte aus Kokospalmwedeln gelebt. In Goa hatte er Opium, Marihuana, Haschisch, Heroin gekauft und verkauft und davon gelebt – es war so reichlich zu haben wie der Sand am Strand, und er war so reich und so arm gewesen, wie ein Mann auf Erden nur sein kann. Er hatte mit Nudisten gelebt, für die Touristenkameras posiert, war mit Fischern hinausgefahren, war im Meer geschwommen mit den Delphinen und Seeschlangen. Während des Karnevals hatte er keine Nacht geschlafen, hatte getanzt und getrunken, so lange getrunken, bis die Polizei ihn und seine Freunde eingekesselt hatte und sie ins Gefängnis sperrte.

»Im Gefängnis waren Sie also auch?«

»Es gibt für mich kein Gefängnis – ich bin überall frei.«

In Delhi hatte er auf den Stufen der Moschee gelebt, um den Touristen Haschisch und Elfenbein zu verkaufen, wenn sie kamen und Fotos machten. Zum Id war er in den Basar hinabgestiegen, um beim Schlachten der geopferten Ziegen und Schafe zu helfen, Hunderte und Aberhunderte Ziegen und Lämmer und Schafe wurden für das Fest geschlachtet, so daß er mit den Füßen im Blut gewatet war, seine Hände in Blut getränkt hatte; alles an ihm war voller Blut gewesen.

In Lucknow war er in der Mohurrum-Prozession mitgegangen, hatte seinen nackten Körper mit einer Peitsche geschlagen, einer Peitsche mit verknoteten Riemen und zerbrochenen Klingen in den Knoten, hatte gesungen »Hassan – Hosain – Hassan – Hosain«, während er seinen Körper zerschnitt und peitschte, bis das Blut floß.

»Aber Sie haben keine Narben? Keine Wunden?«

»Nein. Ich bin ganz. Ich mache mich immer und immer wieder neu.«

In Mathura hatte er das *parikrama* vollzogen, war barfuß von einem Tempel zum anderen gelaufen, hatte in den Teichen gebadet, aus den Brunnen getrunken, hatte die Krishnalieder gesungen und getanzt. Er war auch in Holi gewesen. Die Pilger hatten sich gegenseitig mit Farbpuder beworfen und mit Farbwässern übergossen, bis sie rosa und indigo und purpur gefärbt waren. Sie hatten Opium in Milch getrunken, Opium in Süßigkeiten gegessen, Opium in Pfeifen geraucht.

»So viele Drogen – was wird es Ihnen antun?«

»Es wird mich – ach, groß, glücklich und groß machen!«

In Rajasthan hatte er auf Kamelrücken Kisten voller Opium geschmuggelt und war von der Polizei durch den Wüstensand verfolgt worden. Er hatte sich in den Dünen verlaufen, hatte andere Schmuggler getroffen – Männer, die Drogen, Gewehre, Gold schleppten. Sie hatten sich zusammengetan, hatten gekämpft, trennten sich, waren geflohen. Nur die Sterne konnten einen in die Wüste leiten.

»Ein solches Leben ist nicht sicher.«

»Aber es ist gut, ein solches Leben, einfach gut.«

Im Himalaya, im Schnee jenseits des Klosters, in dem er lebte, hatte er einen Yeti getroffen und mit ihm gerungen. Der Yeti hatte ihn bei den Ohren gepackt, ihn angehoben und ihn in den eisig blauen Manasarowar-See geworfen. Pilger am Ufer hatten ihn gerettet, waren ihm im Schneesturm beigestanden und hatten ihn wieder in Sicherheit gebracht – damit er ein Pilger wurde wie sie, ein frommer Mensch. Nun suchte er nach anderen Tempeln, anderen Idolen, anderen Pilgerfahrten ...

Er kam mit seiner begeisterten Rezitation zum Ende und fing an, sich abwesend mit den Fingern durchs Haar zu fahren. Ab und zu zuckte er unwillkürlich zusammen. Er warf einen wütenden, verächtlichen Blick auf Baumgartner. »Und Sie«, höhnte er, »so viele Jahre fort – was haben Sie gesehen? Wo sind Sie gewesen?«

Baumgartner schaute einfältig, war verwirrt, schüchtern. »Einmal – als ich noch jung war, vor vielen Jahren –, war ich in Venedig. Ja, sieben Tage war ich einmal in Venedig. Ah, Venedig.« Er legte seinen Finger an die Nase und seine wäßrigen Auge leuchteten. »Es war wundervoll.«

Der Junge brummte. »Venedig«, höhnte er, »Venedig hat doch bloß Abwasserkanäle.«

Baumgartner versuchte zu protestieren, aber der Junge hörte nicht zu, er rannte wie rasend um den Tisch herum. Die Katzen fauchten und sprangen ihm aus dem Weg, saßen auf Fensterbrettern und Simsen außerhalb seines Einflußbereiches, zogen tadelnd die Pfoten unter sich und starrten ihn mit vor Besorgnis und Ablehnung geweiteten Augen an.

»Es wird alles gut werden.« Baumgartner versuchte sie zu beruhigen und den Jungen auch. »Ich werde sehen, was ich tun kann – es wird alles gut werden.«

Der Junge schrie: »Dummkopf! Sie glauben, Sie können mich einsperren – im Krankenhaus? Im Gefängnis? Selbst die Polizei kann mich nicht einsperren. Ich werde laufen und frei sein!«

Baumgartner stand auf und versuchte, ihn am Arm zu fassen, ihn zu halten, aber er wurde abgeschüttelt und fast ins Gesicht geschlagen.

»Ich komme und gehe, klar? Ich bin frei, immer. Ich kann hinaus – und hinein – dann wieder hinaus – einfach wie ich will. Jetzt sage ich, ich muß raus – ich muß.« Er stand einen

Moment da, wankte, streckte sogar seine Hand nach Baumgartner aus, schob ihn dann aber fort und ging auf die Tür zu.

»Wohin gehen Sie?« rief Baumgartner.

»Raus – ich muß – ich muß«, schnappte der Junge und zerrte am Schloß. Baumgartner ließ ihn frei. Er sprang fort und rief: »Ich komme später wieder.« Baumgartner beobachtete, wie er die Treppe hinunterstürzte und von einer Etage auf die nächste krachte. Er lehnte sich über das Geländer und rief: »Und wie heißen Sie?«

»Kurt«, hörte er den Jungen rufen – er glaubte, den Jungen rufen zu hören. Oder ein ähnlicher Name – kurz, wie ein Schlag oder ein Schnitt.

Schließlich schlurfte Baumgartner zurück in sein Zimmer, schloß die Tür hinter sich und kam sich ausgedörrt vor von all diesem Wahnsinn. Verrückt, das war der Junge, einfach verrückt. In Deutschland wäre er ein Delinquent, ein Krimineller. In Indien war er verrückt.

SECHSTES KAPITEL

Wenn man auch im Lager davon sprach, daß der Krieg vorüber sei – in Kalkutta gab es keinen Waffenstillstand. Der Krieg tobte jede Nacht in den Straßen, und als Baumgartner zurückkehrte und sich einen Weg hindurchzukämpfen versuchte, traute er seinen Augen nicht. Die Straßen waren schwarz von Abfall, die Lampen zerschlagen, und es roch nach Verwesung. An der Howrah Station spürte er, wie er in sich zusammensank, wie unwillig er war, die Stadt zu betreten. Gegen sie schien das Internierungslager ein privilegierter Ort zu sein, ein Gebiet der Ordnung und des Komforts. In seiner Panik wünschte er sich, in diese eingeschlossene Welt zurückkehren zu können, dorthin zu fliehen, zu den sauberen Baracken, den Gemüsebeeten, den festgelegten Stunden für Bad, Mahlzeiten, Kurse, Drill, dorthin, wo er vom Druck der Außenwelt befreit gewesen war. An den geheimen Radios hatten sie nur den Überseenachrichten gelauscht, aber was sich in der nächsten Umgebung abspielte, das hatte er nicht verfolgt. Was war das – ein Karneval, der in Zerstörung geendet hatte? Aufruhr? Krieg? Was hatte diese Stadt so zerstört und geschwärzt, daß ihre grimmige Fassade ihm durch Rauch und Nebel so bedrohlich entgegenkam?

In dem Hotel in der Middleton Row war der Manager hinter der Theke in der Halle ein Fremder. Anders als der freundliche, redselige Mann, den Baumgartner vor dem Krieg kannte, saß dieser völlig träge da, und seine Hände ruhten auf seinen Knien, als wäre er ein Puppe. Er sah sogar etwas verstaubt aus. Baumgartner hüstelte, um seine Aufmerksamkeit zu erregen. »Ähem, kann ich bitte Mr. Lobo sprechen?«

»Möchten Sie ein Zimmer?« fragte der Mann mit düsterer Stimme und rezitierte diese Wörter, als wären sie alles, was ihm beigebracht worden war.

Baumgartner hatte keine Pläne gemacht und konnte keine

machen, solange er nicht seinen Geschäftspartner getroffen hatte und über den Stand der Geschäfte Bescheid wußte. All die schlechten Omen ringsumher versprachen nichts Gutes. Damit würde man sich später auseinandersetzen müssen, doch im Augenblick wollte er nur Mr. Lobo treffen, um zu sehen, ob es Post für ihn gab und um herauszufinden, warum sie ihm nie nachgeschickt und seine Briefe nie beantwortet worden waren. Er legte seine fest geballte Faust auf die Theke und sagte: »Ich bin gekommen, um herauszufinden, ob es irgendwelche Briefe für mich gibt – mein Name ist Hugo Baumgartner, und ich habe Mr. Lobo gebeten, mir meine Post zu schicken. Ist Mr. Lobo nicht da?«

Der Mann suchte den Blick; er schien ernsthaft über die Dinge nachzudenken. Schließlich seufzte er. »Mr. Lobo ist fort. Er ist zur Luftwaffe gegangen. Fort.«

»Wann?« hörte Baumgartner seine Stimme krächzen, und er griff fest nach der Kante der Theke; vielleicht war dies die Erklärung des langen Schweigens während seiner Zeit im Lager, zu banal, als daß sie ihm eingefallen wäre.

»Das ist lange, lange her«, seufzte der Mann müde. »Er ist nicht zurückgekommen, Mr. Lobo.«

»Aber ich habe ihm alle meine Sachen zum Aufbewahren gegeben. Hat er sie aufbewahrt? Sind sie hier?«

Entgegen allen Erwartungen erwachte der Mann zum Leben. »Mr. Bommgarter – Sie sind Mr. Bommgarter?« murmelte er, und hinter seiner kreidigen Stirn schien sich etwas zu rühren. Er erhob sich und ging wacklig hinüber zu einem Schrank am Ende der Halle. Dort stand er mit schmerzhaft gebeugten Knien und suchte in den staubigen Fächern, während Baumgartner angespannt wartete. Schließlich drehte er sich um und kam nicht nur mit der kleinen Reisetasche zurück, in die Baumgartner hastig ein paar Sachen gestopft hatte, bevor er fortging, sondern auch mit einem Bündel Briefe, die er ihm mit Leidensmiene aushändigte. »Mr. Lobo sagte mir – heben Sie alles für Mr. Bommgarter auf. Also habe ich es aufbewahrt. Was, wenn Mr. Lobo zurückkehrt und sagt: ›Haben Sie es aufbewahrt?‹ Ja, ich hebe alles auf – für so lang«, jammerte er, als hätte ihn das eine ungeheure Anstrengung gekostet.

»Danke, danke ... das war sehr nett, sehr, sehr nett«, stammelte Baumgartner, aber er war schon mit den Postkarten beschäftigt, die alle in einer vertrauten Handschrift geschrieben waren. »Bitte entschuldigen Sie«, murmelte er und zog sich zurück, ohne die über der Theke ausgestreckte Hand des Mannes zu beachten, um sich auf einen braunen Ledersessel sinken zu lassen, die wie leere Beutel in der Halle umherstanden, und die Post zu lesen, die ihn im Lager nie erreicht hatte.

Sonderbar. Es waren alles Postkarten, und seine Mutter hatte nie die Angewohnheit gehabt, Postkarten zu schreiben. Vor dem Krieg hatte sie ihm auf sehr feinem, azurblauem Papier mit ihrem alten Federhalter geschrieben, der durch langen Gebrauch den Idiosynkrasien ihrer Handschrift gehorchte, breit und eckig schrieb, wenn sie etwas hervorheben wollte, und dann mit scharfer Kante, bei den feinen Verzierungen.

Er suchte nach Daten, nach Anhaltspunkten. Es gab eine Karte pro Monat, ein Jahr lang, beginnend im Oktober 1939. Jede trug eine gestempelte Mitteilung, die lautete: *»Rückantwort nur auf Postkarten in deutscher Sprache.«* Welche offizielle Macht hatten sie passiert, die ihnen diesen frostigen Aspekt verliehen hatten? Nur die Zärtlichkeiten waren vertraut: ›Mein Mäuschen‹, ›Mein Häschen‹, und die Signatur: ›Mama‹, ›Mutti‹. Davon abgesehen, waren die Nachrichten merkwürdig leer, monoton und rätselhaft. »Bleib gesund, mein Häschen. Mach Dir keine Sorgen. Mir geht es gut. Wo bist Du, mein Mäuserich? Geht es Dir gut? Mir geht es gut. Mach Dir keine Sorgen. Ich habe genug. Hast du genug? Mutti.« Mehr nicht.

Nach dem Februar 1941 war keine Karte mehr gekommen.

Er mußte einen passenden Ort für die Karten finden. Er konnte nicht bequem und luxuriös in dem Hotel leben, es hätte ihn gequält, in aller Behaglichkeit zu leben, zu essen und zu schlafen, während die Karten in einer Ecke auf einem Tisch lägen, mit den Zahlen nach oben, so daß sein Blick darauf fiele, wann immer er dorthin sehen würde oder unabsichtlich vorbeikäme.

Als er ging, betrachtete ihn der Manager, der unter der trüben Lampe stand, und sagte: »Alle gehen, alle gehen. Englische Soldaten. Amerikanische Soldaten, alle fort. Man kann kein Geschäft mehr machen – was soll man tun?« Traurig beobachtete er, wie Baumgartner seine Tasche nahm und hinausging.

Er fand ein Zimmer in einem großen verfallenden Haus in der Nähe der Free School Street, am Ende eines schmalen Durchgangs mit einem überfließenden Gulli – »In Kalkutta sind die Straßen überschwemmt, wenn ein Hund ein Bein hebt«, hieß es. Es gab nichts darin oder darum herum, das nicht zerbrochen oder verrottet oder fleckig war – die hohe Mauer bröckelte, die Palmen hingen schief herab, der Portikus fiel in sich zusammen, die Glühbirnen waren zerbrochen, Geländer und Treppen zerstört. Der Hauswirt, froh darüber, einen Ausländer zum Mieter zu haben, schickte ihm ein Feldbett zum Schlafen – aber er hätte lieber auf dem Boden geschlafen: Das hätte besser zu der Trauer um seine Mutter gepaßt. Am Fußende des Feldbetts lag seine zusammengefaltete Kleidung. Es gab einen Tontopf zum Wasserholen und einen Metallkrug. Er saß auf der Kante des Feldbetts – nicht einmal das Lager hatte seinen deutschen Beinen beibringen können, wie sie sich zusammenklappen mußten, um es beim Sitzen auf dem Boden bequem zu haben – und sah auf seine Füße, um nicht die Karten auf dem Tisch zu sehen. Ihre Kargheit, ihre Trostlosigkeit, ihre Unwiderruflichkeit. Wenn er als orthodoxer Jude erzogen worden wäre, hätte er sie zeremoniell betrauern können, daran dachte er jetzt; er hätte die uralten Riten vollzogen, die alten Trostworte gesprochen und vielleicht hätten sie ihm geholfen, seine Qualen zu lindern. Aber er wußte nichts von den Riten und war deshalb hilflos, fest im Griff seines unartikulierten Kummers. Das traurige Blasen der Tritonshörner und der Singsang der Sanskritgebete, die zur Dämmerung durch die Fenster drangen, mußten ihm die Beerdigungszeremonie für seine Mutter ersetzen.

Er unternahm keinerlei Versuch, das Leben Kalkuttas von vor dem Krieg wiederzufinden und wieder aufzunehmen. Er hielt sich fern der Park Street, fern von Chowringhee, fern vom Flury's und vom Grand-Hotel und vom Prince's und vom 300. Das Kalkutta, das er jetzt bewohnte – das Kalkutta, das die Hungersnot von 1943 erlebt hatte, das sich auf einen japanischen Angriff vorbereitet hatte, das vom Krieg und den Kriegsgewinnlern ausgenutzt und ausgesaugt worden war und sich jetzt auf die große Teilung einstellte –, war die richtige Umgebung für seine Trauer. Das Kalkutta der schwarzen Hintergassen, der dampfenden Müllberge, der elenden Unterkünfte, das Kalkutta des Hungers, des Schmutzes, der Verzweiflung. Die Hoffnungslosigkeit all dessen war Baumgartner recht; so ging die Welt zugrunde, es gab kein anderes Ende.

Aber die Zeit mußte herumgebracht, die Taschen gefüllt werden. Dieser trostlose Glaube – und die blanke Gewohnheit des Lebens – trieb ihn durch die Trümmer der Straßen zum Büro seines ehemaligen Geschäftspartners. Die Straße war wie ein Tunnel, sie war dunkel, die Rikscha konnte sich kaum einen Weg durch die Menge bahnen: Alle schienen auf der Straße zu sein; waren die Häuser alle ausgebombt? Baumgartner beugte sich vor, um etwas zu sehen, aber durch den dicken, erstickenden Qualm hindurch konnte man nichts sehen außer den gesprenkelten Mauern, den offenen Fenstern und dunklen Hauseingängen, in denen die Bettler schliefen. Habibullahs bescheidenes Schild hing noch immer über einem der Eingänge, wenn auch noch etwas schiefer als früher. Als Baumgartner sich im Dunkeln seinen Weg die Treppe hinauf ertastete – die Glühbirne war entweder durchgebrannt oder gestohlen –, sank langsam die Hoffnung, das Büro oder gar Habibullah zu finden.

Dieser tauchte hinter dem Tisch auf, bedrohlich wie ein Geist, trotz all dem lebhaften Karmin auf Zunge und Lippen, die in einem Willkommenslächeln entblößt waren, und dem purpurnen Taschentuch, das er wegsteckte, damit er Baumgartner mit offenen Armen begrüßen konnte. Er schickte nach Tee und schrie dem allgegenwärtigen Gassenjungen nach, er solle sich beeilen. »Und Süßes«, fügte er hinzu, »zwei Teller Süßigkeiten von Ghani Ram, nicht vergessen.«

Dann wurde Baumgartner mit so vielen und solch explosiven Fragen überschüttet, daß er einige Zeit brauchte, bis er Habibullah beruhigt und ihn von seinem Überleben überzeugt hatte, seiner Sicherheit, seinem Wohlergehen und den peinlich langweiligen und sicheren Jahren im Lager. Habibullah selbst war während der drohenden japanischen Angriffe, die Tausende dazu gebracht hatten, die Stadt zu verlassen, in Kalkutta geblieben und hatte hilflos die plötzliche Störung des Lebens und das Ende der üblichen Geschäfte beobachtet. Natürlich hatte er keinen der Briefe erhalten, die Baumgartner ihm geschrieben hatte. Jetzt, da der Krieg vorüber sei, deutete Baumgartner sanft an und schob dabei vorsichtig die Tintenfässer und Leimtöpfe auf dem Tisch umher, hoffe er, zu seinen alten Geschäften zurückzukehren.

Bei dem Wort »Geschäft« erfuhr Habibullahs Haltung eine drastische Wandlung. Das Wort war die Kugel, die ihn niederstreckte: Er sackte theatralisch auf dem Tisch zusammen. Als er schließlich den Kopf hob, um Baumgartner in die Augen zu schauen, standen ihm Trauer und Bedauern ins Gesicht geschrieben. Baumgartner bemerkte nun, wie faltenreich und eingefallen es war, die alte Geschmeidigkeit der Haut war mit den hellen Lichtern Kalkuttas verschwunden.

»Welche Geschäfte, Sahib, welche Geschäfte«, seufzte Habibullah, zog sein purpurnes Taschentuch hervor und spielte nervös damit herum. »Alles zu Ende, futsch.«

Baumgartner spürte, wie seine Spannung wuchs, wie seine

Muskeln, Hände und Knie sich in einem Knoten zusammenzogen, als stünde er am Rande eines Abgrunds und wäre kurz vor dem Sprung. Das Holzgeschäft war sein Lebensunterhalt, er mußte diese Arbeit wiederbekommen. Dazu war er zurückgekehrt – es konnte nicht einfach verschwunden sein. Als er noch im Lager war, war ihm klar geworden, daß eine Rückkehr nach Deutschland nicht in Frage kam. Als Deutschland blühte, wollte es ihn nicht, und das zerstörte Deutschland würde auch keine Verwendung für ihn haben. Wenn er in Indien bleiben sollte, dann mußte er die Mittel haben, um in diesem Land zu leben (auch wenn er allein blieb). Er dachte an die Bettler in den Hauseingängen, über die er gestiegen war, um in das Büro zu kommen, und an die eingeschrumpften Geister von Menschen, die durch die Straßen streunten oder auf den Gehsteigen lagen, die sich kaum vor den Rikschas, Straßenbahnen und Autos in Sicherheit bringen konnten. Nun schien es fast so, als sollte die Hoffnungslosigkeit Kalkuttas ein Teil seiner eigenen Erfahrung werden.

»Aber der Krieg muß doch gut fürs Geschäft gewesen sein, Habibullah«, protestierte er. »Armeen brauchen Holz. So viele Schiffe und Kisten und Papier und Unterkünfte – sie müssen doch so viel von dir gekauft haben.«

»Ja, ja, ja«, nickte Habibullah hinter seinem purpurnen Taschentuch, »aber das ist alles vorbei, alles zu Ende.« Er zerknüllte das Taschentuch. »Jetzt – nichts.«

»Die Geschäfte werden – werden weitergehen, Habibullah«, sagte Baumgartner in dem Versuch, ihn und sich zu überzeugen. »Wie denn nicht?«

»Nicht für mich, Sahib, nicht für meine Familie. Für uns – ist Indien erledigt. Weißt du denn nicht, daß sie jede Nacht kommen und uns in unseren Häusern bedrohen? Jede Nacht stecken sie irgendein Moslemhaus in Brand, erstechen irgendeinen Moslem auf der Straße, rauben ihn gar aus. Weißt du nicht, Sahib, daß sie dabei sind, uns fortzujagen?«

»Wer?« fragte Baumgartner verwirrt. Im Lager hatten sie nur den Überseenachrichten gelauscht, hatten den Krieg verfolgt. Wenige hatten irgendein Interesse gezeigt für das, was in Indien geschah, kaum einer hatte irgendeinen Begriff davon gehabt. Die Freiheitsbewegung, die Hungersnot, die politische Revolution – niemand hatte darüber gesprochen.

»Diese – diese Kongreß-Wallahs, Sahib, die Hindus«, zischte Habibullah und hielt ihm das Taschentuch verkrampft entgegen. »Sie sagen, sie werden die Briten rauswerfen. Sogar die Briten sagen, sie werden gehen. Und dieser Mann, Jinnah, und seine Partei – sie wollen die Teilung, sie wollen auch gehen. Alle Moslems sollen gehen, sagen sie. Aber – wie? Ich habe so viel – meine Familie, mein Heim, mein Geschäft – was wird mit uns allen geschehen, Sahib?« jammerte er beinah unter Tränen.

Baumgartner sagte zu Habibullah, schlicht und traurig: »Erzähl mir.«

Es schien, daß Habibullah sich zur Flucht vorbereitete. Er verhandelte mit einem Marwari-Geschäftsmann und plante, ihm sein Geschäft zu verkaufen, um dann mit seiner Familie nach Dacca zu ziehen, wo Ostpakistan entstehen sollte und wo sie und eine Menge anderer Moslems in Sicherheit wären. Was ihm Sorgen machte, war die Frage, ob er das Geld aus dem Verkauf des Geschäfts mitnehmen konnte. Bei so vielen Sorgen suchte er nach irgendeinem Hoffnungsschimmer. Er streckte seine Hand über den Tisch und flehte: »Warum kaufst Du nichts von mir, Sahib? Ich verkauf es dir, ich reduziere den Preis, weil ich dir vertraue, du zahlst alles – nicht wie der Marwari. Willst du?«

Baumgartner legte seine Hände flach auf die Knie. Sie waren schweißfeucht. »Wie kann ich denn, Habibullah?« murmelte er. »Ich habe nur meine Ersparnisse von vor dem Krieg – und das wird nicht reichen.«

Habibullahs gemartertes Gesicht durchlief eine ganze Reihe von Veränderungen, bevor er sich wieder faßte – von Angst über Anspannung zu Zerknirschung und Besorgnis. »Mein lieber Freund«, sagte er mit leiser, gefühlvoller Stimme, »ich denke nur an mich selber und nicht an die Sorgen anderer. Sehr schlecht, sehr schlecht.« Er schüttelte den Kopf und fuhr fort, Baumgartner Fragen zu stellen und ihm Ratschläge zu geben, wobei etwas von seiner Autorität, wenn nicht gar von seiner alten Gelassenheit, wieder zum Vorschein kam. Sein wichtiger, mehrmals wiederholter Rat war: »Verlaß diese Stadt. Sie ist nicht gut. Die Japaner haben sie bombardiert. Während der Hungersnot sind Tausende und Abertausende gestorben. Die Straßen waren voller verwesender Leichen. Die Menschen hatten keinen Reis zu essen, und die Reichen tranken Whisky, Sahib, so war es. Diese Stadt stinkt noch immer nach Tod, Sahib. Und es wird noch mehr Tod geben, noch mehr Tod, ich weiß es, ich weiß es. Ich gehe. Geh du auch, Sahib. Geh nach Bombay. In Bombay kannst du Handel treiben, ohne von hinten erstochen zu werden, wenn du nachts nach Hause gehst. In Bombay war kein Krieg, keine Hungersnot. Bombay ist eine gute Stadt, Sahib, eine sehr gute Stadt für dich.«

»Und was kann ich in Bombay machen?« fragte Baumgartner müde. Schon der Gedanke, wegziehen zu müssen, erschöpfte ihn. »Wie soll ich dort anfangen?« Er wollte Habibullah erklären, daß sie sich in fast derselben Lage befanden –, daß ihrer beider Lage gleichermaßen hoffnungslos war.

Aber Habibullah sah das nicht so. Von irgendwoher hatte er neue Hoffnung bekommen und Vertrauen. Er sprach sehr fest und präzise. »Geh zu Chimanlal, Sahib. Er hat dich zu mir geschickt. Er ist ein guter Mann. Einer aus Bombay, kennt alle Geschäfte in Bombay. Er wird dir Geschäfte vermitteln. Er wird helfen.«

»Wie?« fragte Baumgartner.

»Wie? Bist du kein englischer, europäischer Sahib? Hast du keine europäischen Verbindungen? Du kannst ihm beim Exportgeschäft helfen.«

»In Europa hat es einen Krieg gegeben, Habibullah«, erinnerte Baumgartner ihn. »Mein Land ist – fertig. Was für Geschäfte kann ich da treiben?«

Aber Habibullah hatte von Baumgartners Krieg ebensowenig eine Vorstellung wie Baumgartner von den Angelegenheiten in Bengalen, in Indien. Er trommelte mit den Fingern kräftig auf den Tisch und versprach, einen Brief für Baumgartner an Chimanlal zu schreiben, einen Brief, der alles klärte.

»Und deine Freundin ist in Bombay, Mr. Bommgarter!« fügte er plötzlich mit einem überschwenglichen Schrei hinzu. »Du wirst eine alte Bekannte wiedersehen.«

»Freundin?« Baumgartner war verwirrt. »Wer?«

»Lola!« explodierte Habibullah. »Mein Gott, weißt du das nicht? Madame Lola ist verheiratet und lebt in Bombay. Mit wem? Mit Kantilal Sethia, Mr. Bommgarter. Ja, ja, haben geheiratet, die zwei. Als die Polizei kam, um Madame Lola zu sagen, daß sie ins Lager müsse wie du, sagte Kantilal, nein, er werde Madame Lola heiraten, eine Inderin aus ihr machen, also kam sie nicht ins Lager.«

Baumgartner wollte sich vor Überraschung und Unglauben die Augen reiben, er lachte: »Lola verheiratet – mit Kantilal? Lola ist Inderin geworden?«

»Nein, nein, nein, Sahib. Kantilal ist so clever, so gerissen – er hatte eine *heimliche* Hochzeit mit Madame Lola, also keine *richtige* Heirat, nur Täuschung, *jhoota*. Falscher Priester, falsche Zeremonie. Das kommt die ganze Zeit vor, Sahib, die ganze Zeit. Die Hindus dürfen kein zweites Mal heiraten, also was tun sie? Sie arrangieren eine falsche Heirat statt einer echten. Und weißt du, was Kantilal tut? Er nimmt Madame Lola mit in sein Haus – *ja*, er nimmt sie mit in sein eigenes Haus – und sagt seiner Frau, dies ist die Gouvernante für unsere Söhne, die *englische* Gouvernante. Und die arme Frau, sie weint und brüllt und schreit, aber was kann sie machen? Da steht Madame Lola schon im Haus, mit Koffer und Kleidern und allem. Madame Lola muß so tun, als sei sie eine englische Gouvernante und gibt Kantilals Sohn Unterricht. Was für Unterricht? Ich weiß nicht, Mr. Bommgarter, das mußt du sie fragen. Gesangsstunden? Tanzstunden? Ich weiß es nicht. Aber schon fängt die Streiterei an. Mrs. Sethia ist sehr, sehr böse. Mrs. Sethia schneidet Grimassen und schüttet Chilipulver ins Essen und zeigt Madame Lola die – wie heißen die? – Zangen, Küchenzangen? Und Madame Lola bekommt Angst und rennt aus dem Haus, und alle Nachbarn sehen zu und beobachten sie. Also denkt sich der arme Kantilal, besser bring' ich Madame Lola fort. Mrs. Sethia kann er nicht fortschicken, Mrs. Sethia bleibt. Also bringt er Madame Lola nach Bombay und kauft ihr eine hübsche Wohnung. Sie sagt, sie hat kein Geld. Er sagt ihr, sie soll Stunden geben, Lehrerin sein, aber sie sagt nein, sie wird nicht wieder Gouvernante. Also kauft ihr Kantilal ein Geschäft – ja, ja, ja, ich habe es selbst gehört – er kauft Madame Lola einen Laden. In Bombay.«

Baumgartner merkte, daß er lächelte. Wenigstens für einen Moment fühlte er sich besser. Er beschloß, Habibullah zu verlassen, während er so guter Laune war, und stand auf und ging, mit dem Versprechen, sich die Sache mit Bombay gut zu überlegen.

Statt dessen kämpfte er sich zu dem alten, vollgestopften, elenden Haus nahe der Free School Street durch, in der Seitengasse, die für den Verkehr zu schmal war, aber breit genug für Leute, Schweine, streunende Hunde und sogar ein paar unerschrockene Rikschas. Das alles stand völlig im Gegensatz zu dem europäischen Viertel, das er vor dem Krieg gekannt hatte: Es hatte das Flair eines Kolonialhafens im Osten gehabt, große Häuser mit breiten Veranden und grünen Fensterläden, hohen Mauern und Palmen hatten die Straßen gesäumt, Hotels, Süßwarenläden, Bars und Geschäfte.

Um zu seiner Gasse zu gelangen, mußte Baumgartner zuerst durch das anglo-indische Viertel, das die Europäer von den Bengalen trennte. Hier hingen nicht die kleinen Blusen, die die Hindufrauen zu ihren Saris trugen, in den Schneiderläden, sondern die billigen Kleider, Röcke und Blusen, die die anglo-indischen Angestellten und Sekretärinnen zur Arbeit trugen. Selbst die Fleischerläden sahen anders aus, und Baumgartner fragte sich, warum ihm bei ihrem Anblick, an den er als Deutscher seit seiner Kindheit gewohnt gewesen war, übel wurde. Erst nach geraumer Zeit wurde ihm klar, daß er sich an den Anblick der Hindu-Fleischerläden mit ihren Ziegenkadavern gewöhnt hatte und nun schockiert war von den riesigen Kadavern der Kühe und Wasserbüffel, die bei den Fleischern in diesem anglo-indischen, dem christlichen Viertel zu sehen waren. Selbst die Hunde – das fiel ihm auf, als er eine Rotte beobachtete, die knurrend um einen riesigen Knochen kämpfte, den der Moslem-Fleischer ihnen hingeworfen hatte – waren größer, kräftiger und aggressiver als die, die er woanders gesehen hatte.

Baumgartner fand keine Freude in den Straßen, die er ziellos und wie unter Zwang durchwanderte, um die Rückkehr in seine Wohnung hinauszuzögern. Die Verstopfung in den Straßen und die Gerüche in der Hitze waren überwältigend; der Müll bildete überall große Haufen – Bananenschalen, Kokosnußschalen, Asche und Schlacke. In allen Haushalten wurden in kleinen Steinöfen Feuer entfacht, als Brennmaterial dienten Kuhfladen, die in Kerosin getaucht waren, eine tödliche Mischung, die Schwaden von erstickendem, gelbem Rauch erzeugte. Abends stieg der Rauch auf und vermischte sich mit den Nebeln, die vom Fluß und den Sümpfen aufstiegen, um eine undurchdringliche Decke zu bilden, die sich über alles legte und einen nach Atem ringen und husten ließ.

War es immer so gewesen, fragte sich Baumgartner und hustete in sein Taschentuch, oder hatte er es einfach in den alten Zeiten nicht bemerkt, im Vorkriegskalkutta der Bars, Tanzbälle, Soldaten, Prostituierten, Geschäftsleute, des schnellen Glücks und des Schicksals? Vielleicht würde er einige der Bekannten wiedertreffen, wenn er ins 300, ins Prince's oder Firpo's ging. Aber er konnte sich nicht dazu entschließen: Jenes Leben und jene Zeit war ein abgeschlossenes Kapitel, war wie ein Kartenspiel – mit einer begrenzten Anzahl von Karten.

Dennoch blieb er da, hielt seine wenigen Ersparnisse über ein Jahr lang zusammen, beobachtete die Feuer, die in der Stadt brannten, ihr rotes Glühen, das von den schwelenden Nebeln und Rauchschwaden reflektiert wurde, die sie alle begruben und den Flammen keine Flucht erlaubten. Manchmal waren in der Dunkelheit Schreie zu hören und Schritte, die in dunklen Gassen hämmerten wie in den schlechten Krimis im Kino. Endlose Prozessionen zogen durch die Stadt, intonierten Slogans wie Trauergesänge, daraus entstanden plötzliche Gewaltausbrüche, bei denen Busse umgeworfen und Straßenbahnen in Brand gesetzt wurden. Oder es gab einen Streik – der Taxis, der Straßenbahnen –, und die Straßen waren leergefegt, und Papierfetzen wirbelten langsam von einem Ende zum anderen wie Geister oder – noch einmal – wie im Kino. Es gab Barrikaden auf den Straßen, Polizisten mit Helmen und Schlagstöcken und Gewehren, Mobs, finster oder wutentbrannt – man konnte nie wissen.

Von einer Barrikade aufgehalten, beobachtete er die Polizisten mit ihren Gewehren an einem Ende der Straße und den Mob, schreiend und gestikulierend, am anderen, drehte sich um und fragte verwirrt: »Warum?«

»Sie protestieren gegen den Prozeß gegen die Zwanzigtausend Soldaten, die in der INA gekämpft haben«, wurde ihm von einem anderen Zuschauer gesagt.

»In der INA?«

Der Mann sah Baumgartner wütend an. »Sie haben nicht davon gehört, von der Indischen Nationalarmee und dem Krieg, den sie gegen die Briten geführt hat? In Burma und China? Auf der Seite der Japaner?«

Baumgartner war sprachlos. Er nickte schnell und entschuldigend und zog sich von der Barrikade zurück. Er hörte die steigende Raserei des Mobs, die wachsende Spannung der Polizei und sagte sich: »Hier nicht, nicht das, Hugo. Nein, nein«, und verschwand.

Sein Krieg war nicht ihr Krieg. Und sie hatten ihren eigenen Krieg gehabt. Krieg in einem Krieg in einem Krieg. Jedermann war in einem anderen Krieg, und jeder Krieg war gegen den anderen Krieg. Wenn man sie auseinanderhalten könnte, dann könnte man das Chaos abwenden. So ähnlich dachten sie wohl und ignorierten dabei die Tatsache, daß das Chaos schon da war. Und der Wahnsinn. Der Wahnsinn, Handlungen zu begehen, die man nicht begehen wollte, ein Leben zu führen, das man nicht leben wollte, etwas zu werden, was man nicht werden wollte. Da war stets ein anderer Wille, der sich dem eigenen widersetzte, stets ein anderes Schicksal, nicht das, was man sich selbst aussuchte oder gar schuf. Ein großes Netz, in dem alle gefangen waren, ein Alptraum, aus dem man nicht erwachen konnte.

Er konnte nur durch die Nebengassen gehen, nahe an den Wänden, mit gesenktem Kopf. Das hieß nicht, daß er nicht sah, was dort war – das Elend, den Dreck. Leere Lebensmittelgeschäfte, hungrige Menschen davor. Die englischen Zeitungen, die er las, berichteten ihm, daß es einen Wirbelsturm gegeben hatte, der eine ganze Reisernte vernichtet hatte, daß es Mißernten gab, Getreidemangel, daß der Vizekönig, Wavell, mit großem Bedauern die Kalorienration pro Kopf auf 1200 gesenkt hatte. Doch auf dem *maidan*, wohin er manchmal ging, um die Redner zu hören, die Mengen um sich scharten, deren Größe je nach Lautstärke und Leidenston der Stimme variierte, hörte er Gerede über Nahrungsmittelbestände, die die britische Armee requiriert habe, von der Taktik der verbrannten Erde der britischen Armee während der japanischen Bedrohung, von mutwilliger Zerstörung der Ressourcen. Nachdem er von einer Gruppe zur anderen gewandert war und den Reden in ihrer ganzen rhetorischen, verdammenden Wucht zugehört hatte, zog sich Baumgartner zu den Reihen der Erdnußverkäufer und herumlungernden Gassenjungen zurück, den pickenden Krähen und streunenden Hunden. Auch hier hätte ihn jederzeit jemand am Hals packen und sehen können, daß er weiß war. Er rieb sich nachdenklich den Nacken und schlurfte fort, zurück durch die braunen, verdreckten Gassen zu seinem Haus.

Am zwölften Februar befand sich nach einer gewaltigen Massenversammlung auf dem Wellington Square, an der Baumgartner nicht teilgenommen hatte, die ganze Stadt im Generalstreik. Er blieb zu Hause. Immer öfter blieb er jetzt zu Hause.

Nicht daß das Haus irgendeinen Schutz vor der Stadt geboten hätte. Unten am Ende der Gasse war eine Öffnung in der Mauer, in der früher das Tor gewesen war, und man trat durch diese Öffnung hindurch in den ummauerten Hof, der eigentlich nur teilweise ummauert war, denn die Wand war zusammengefallen und an vielen Stellen völlig verschwunden und erlaubte so den Bettlern, dem Vieh, den streunenden Hunden und fliegenden Händlern der ganzen Gegend hereinzukommen und sich hier einen Platz zum Leben oder einen vorübergehenden Aufenthaltsort zu suchen. Stets gab es Reihen von reglosen, in weiße Laken gehüllten Körpern, die wie Leichen in ihren Leichentüchern aussahen – aber es waren nur die Leute, die in Reihen vor dem Haus und seinem einst ansehnlichen, jetzt zerfallenen Portikus lagen. Die, die am Tage schliefen, waren Arbeiter der Nachtschicht, und die, die nachts draußen schliefen, waren Familien, die in den Rissen und Klüften des Gebäudes lebten wie Ratten oder Ungeziefer, aber nach Einbruch der Dunkelheit hervorkamen, um etwas Luft zu schnappen. Innerhalb der Wände surrten Nähmaschinen, klapperten Schreibmaschinen, klapperten Druckpressen, hämmerten Automechaniker auf rostige Automobile; und Farbe wurde auf Blech und Holz verkleckert, Hühner wurden geschlachtet und gerupft, und die ganze Zeit lief der einzige Wasserhahn im Hof, und das Wasser floß über Platten grüner, glänzender Steine. Hier spülten die Frauen wacklige Berge von Töpfen und Pfannen, füllten Eimer und Kessel, wuschen schreiende Kinder, badeten sich selbst und wuschen sich das Haar und fochten einen scheinbar aussichtslosen Kampf gegen den Schmutz. Das erste Geräusch am Morgen, lange vor Tagesanbruch, war das Geklapper eines Blecheimers, der auf die Steinplatte neben dem Wasserhahn abgestellt wurde, und dann das Rauschen des Wassers, bis der Eimer gefüllt war. Spät nachts, wenn das letzte Waschen vorüber war, floß noch immer Wasser durch den Lappen, der an den Messinghahn geknotet war, um das Spritzen zu verhindern, und man konnte sich einen andauernden Strom vorstellen, der durch den Hof floß. Dennoch konnte man nirgends Zeichen von Sauberkeit erkennen – der Wasserhahn verursachte nur einen Morast aus Schlamm und Schmiere; Kinder hockten sich überall hin, um zu urinieren oder sich den Darm zu entleeren; das Waschen machte die Kleidungsstücke nicht sauberer, sondern nur farbloser. Diese Kleider, die täglich, und wie es schien, stündlich, gewaschen wurden, hingen in langen Girlanden vor jedem Fenster und Balkon des Gebäudes und bedeckten dessen fleckige Wände mit Fahnen – oder Fetzen – zwei Meter langer Saris und ein Meter breiter Dhotis. Das ganze Gebäude schien sich in jeder Brise zu bewegen und zu zittern, wenn die Kleidungsstücke flatterten oder schlaff herabhingen wie die Häute eines geschlachteten Tieres oder die nassen Federn eines Vogels während der Mauser.

Auch nachdem er diese Vorhänge geteilt und das Haus betreten hatte und die Treppen hinaufgestiegen war – immer mußte er achtgeben, daß er nicht auf die Bettler und Leprakranken und Prostituierten trat, die den Flur in jedem Stock bevölkerten – und schließlich die kleine Zelle erreichte, die sein Zimmer war, hatte er nicht das Gefühl, von der Außenwelt abgeschlossen zu sein, wie er es im Lager gehabt hatte. Hier drängte sich die Welt ungebeten auf: Hundert Radios fielen ein, entweder mit den traurigen Liedern, die die Bengalen so liebten, voller Reue, Trauer und Seufzern, oder dem schnellen Gewehrfeuer der Nachrichtensendungen, die die Tages- und Nachtstunden markierten. Ständig hörte man das nervöse Geklapper von Schreibmaschinen, das Summen und Klicken von Maschinen. Bei Nacht gab es den unvermeidlichen Lärm von Streitereien und Gewalt, wenn der illegal gebrannte Schnaps in den verschlossenen Hütten und Garagen und den uneinsehbaren Winkeln des Hofs gekauft und getrunken wurde; dann wurden Frauen geschlagen, Kinder bedroht, und die Betrunkenen selbst wurden mißhandelt und verprügelt. (Einer von ihnen schrie aus Gewohnheit: »Schlagt mich, schlagt mich. Ich bin so schlecht, ihr müßt mich schlagen!«) Schlafen hieß, in ein müdes Halbbewußtsein zu fallen und von den Geräuschen des menschlichen und des Insektenlebens wieder aufgescheucht zu werden. Ja, die Insekten waren schlimm; in einer Ecke des Hofes brüteten Moskitos in einem stillen, sumpfigen Brunnen und stiegen in der Dunkelheit auf, um in das Haus einzufallen, so sehr es sich auch durch Läuten von Glocken, Blasen von Tritonshörnern und Schwenken von Räucherstäbchen – der täglichen Abendzeremonie – davor zu schützen suchte; und sie saugten das Blut der Bewohner bis in die frühen Morgenstunden, wenn sie von ihnen abließen und summend davonflogen.

Mit der Zeit zerfiel seine Anonymität und die seiner Nachbarn, und Personen, Persönlichkeiten zeigten sich.

Draußen im Hof werkelte ein zerbrechliches graues Bündel von Frau in einem weißen Witwensari mit einer Gießkanne herum, goß die Bäume, die sie wie besessen im ganzen Hof anpflanzte, obwohl sie doch nur von den Ziegen und Hühner gefressen oder von den Mechanikern oder den fußballspielenden Kindern zertrampelt wurden. Wann immer sie Baumgartner sah, kam sie zu ihm – sie war sehr hellhäutig, mit der papiernen Blässe einer Anhängerin Zoroasters, und sie schien von seiner Hautfarbe angezogen zu sein – und jammerte tränenreich über ihre neuesten Verluste: »Sechs Mangos habe ich in einer Reihe gepflanzt, und heute ist nicht eine mehr übrig – und letzte Woche haben die Wasserbüffel meine Frangipani gefressen –«, während er aus müder Sympathie immer wieder nickte. Er beobachtete sie von seinem Fenster aus, wie sie mit überraschender Autorität über ihrem armen kleinen Diener stand und ihm befahl, Löcher zu graben und die Stecklinge zu pflanzen, die sie aus einer mysteriösen Baumschule bezog, von der er kaum glauben konnte, daß sie in dieser Stadt existiert. Ihre zum Scheitern verurteilten Versuche, in dieser Stadtwelt einen Garten anzulegen, flößten ihm Bewunderung ein, und er war entsetzt über ihre Beharrlichkeit. Dann erfuhr er – von einem Büroangestellten, der sich ihm ebenfalls öfter näherte, als ihm lieb war, und versuchte, ihm seine Bildung zu beweisen und ihn für sich einzunehmen, indem er ihm aus der Zeitung vorlas, die er den ganzen Tag bei sich trug, und ab und zu Gedichte in einem rhetorischen Donner wiedergab, der Baumgartner so gespenstisch vorkam wie die deutsche Sprache –, daß ihr früher einmal das Haus gehört hatte und sie immer noch irgendwo in dessen höchsten Regionen lebte, selbst nachdem es verkauft und unter ihr halbiert und geviertelt worden war, und dann erschien ihm ihre Beharrlichkeit nur noch als blanke Angewohnheit einer Besitzerin. Der Angestellte schien ihren Besitzanspruch zu bewundern, doch der junge Mann, der in einer Art Speicher über dem Flur von Baumgartners Tür lebte, machte sich darüber lustig. Nachdem er eine von Baumgartners Begegnungen mit der ehemaligen Besitzerin beobachtet hatte, sagte er hämisch über seine Zigarette hinweg: »Diese Leute, die Land besitzen – sie denken wohl, daß selbst das Gras für sie wächst.« »Und, tut es das nicht?« fragte Baumgartner lächelnd. »Nein«, schnappte der junge Mann zurück, »das Gras gehört dem Volk, das Land gehört dem Volk.« »Ah, ein Marxist?« fragte Baumgartner, und der Junge nickte.

Manchmal kam er herunter und bat ihn um ein Streichholz, und Baumgartner bot ihm dann auch gleich eine Zigarette an. Es stellte sich heraus, daß er gar nicht mehr so jung war – daß er an der »Alipore-Bombensache« beteiligt gewesen war, wie er mit dunklem Stolz bemerkte, und dreizehn Jahre lang auf den Andamanen in Verbannung gewesen war. »Aber wie alt waren Sie? Noch ein Junge?« fragte Baumgartner, und der junge Mann machte eine Handbewegung entlang der Taille, um anzudeuten, wie groß er damals gewesen war – und damals hatte er seinen Marxismus gelernt. Er lachte, als er Baumgartner sagte: »Alle Briten sind hochgebildet, dachten wir, aber wir bestellten in der Bücherei Karl Marx, Trotzki, Lenin, alles, was wir wollten, und sie besorgten es uns. Sie wußten nicht, was sie uns da zu lesen gaben.« Er war nicht nur voller unendlicher Verachtung für seine ehemaligen Bewacher, sondern auch voll unversöhnlichem Haß. An dem Tag, als er entdeckte, daß Baumgartner ein Deutscher war, ging er in Bewunderung auf wie vor einem Kriegshelden. »Aber ich bin Jude, Jude, kein Nazi.« Die Begeisterung war fehl am Platz, und Baumgartner versuchte sie zu dämpfen, doch Sushil, der die Religion für die Politik getauscht hatte, verstand nicht, was Baumgartner meinte, und interessierte sich nicht für das Judentum; und es kam auch nicht ein Wort der Kritik an dem deutschen Regime aus seinem Mund. »Wenn sie die Briten geschlagen hätten, dann hätten sie Japan geholfen, sie auch aus Indien zu vertreiben. Deutschland und Japan sind unsere Freunde.« Als Baumgartner stammelte, daß sie seine Freunde aber nicht seien, wechselte Sushil höflich das Thema und sagte: »Jetzt bin ich nicht so politisch, jetzt will ich andere Dinge lernen.« Er hatte Yoga gelernt, um seinen Körper zu kräftigen, und einen Kurs in Rundfunkmechanik belegt. Das war jetzt seine größte Leidenschaft im Leben, und nach seiner Rückkehr von den Andamanen hatte er seinen Speicher vollgestellt mit einer verwirrenden Ansammlung von Radios, und das Geplapper und Geklimper von hundert Stimmen verwob sich zu einem Netz von unheimlichen Klängen. Er schwang sich in seinen Speicher wie ein Pilot ins Cockpit seiner Maschine, setzte sich Kopfhörer auf – wodurch dieser Eindruck noch verstärkt wurde –, und vertiefte sich so sehr in seine Radios, als ob er ins All abheben würde, abwesend und staunend wie ein Weltraumreisender, und Baumgartner fand das beneidenswert. Aus dieser abstrakten Höhe lächelte er ab und zu auf Baumgartner herab und sagte leise: »Radio Tokio«, oder: »Stimme Moskaus«, und dann bekam er glasige Augen. Nur manchmal besuchten ihn seine ehemaligen Freunde, kletterten hinter ihm hoch, und dann hörte man laute, streitende Stimmen, und die Luft lud sich auf, daß es Baumgartner beunruhigte. Wenn sie verschwunden waren, trat er vor seine Tür und rief: »Sushil, ist alles in Ordnung?« Und der Junge seufzte: »Diese Männer – alte Freunde –, sie lassen mich nicht in Ruhe. Ich will meinem Radio zuhören, ich will noch mehr lernen. Bomben, Gewehre – diese Spiele will ich nicht länger spielen.« »Spiele, Sushil?« Erneutes Seufzen. »Ach, hier bombardieren, da töten. Das geht immer so weiter – warum wollen sie, daß ich mitmache?« Dann setzte er wieder den Kopfhörer über seine dicken schwarzen Locken und stützte sein Kinn in die Hand, nahm Bleistift und Notizbuch und schien die erdverbundene Welt unter sich zu vergessen.

So hätte es weitergehen können, wenn nicht die Stadt und die Gewalt, die der Teilung voraufging, bis zu seinem Versteck vorgedrungen wären. Die Nächte waren furchtbar, voller Schreie, Gewehrfeuer, dem Lärm der Plünderungen, dem Brandgeruch. Die Tage waren sonderbar leise und leer. Baumgartner ging sogar manchmal hinaus, wenn ihn das Haus bedrückte, sein Zimmer, der Sommer. Es gab Momente, da hatte er das Gefühl, er könne die Stadtluft nicht mehr atmen, er müsse ersticken, und er war voller Panik und wollte gehen, ins Lager zurückkehren, um zu sehen, ob diese ordentliche Schuljungenwelt immer noch existierte, wollte durch den Stacheldraht schlüpfen und in die Baracken zurückkehren, in denen er karg und schlicht gelebt hatte, wie es ihm natürlich vorkam – wenigstens jetzt, im nachhinein. Dann merkte er, wie er auf den Straßen nach jemandem aus dieser Welt suchte, mit dem er sich zusammentun konnte. Er lief sogar bis zur Park Street, der verbotenen Gegend der Vergangenheit. Hier, bei normalem Tageslicht, wurde ihm bewußt, daß er durch die großen Spiegelglasfenster von Flury's starrte. Wie eine Antwort auf seine Frage, sah er eine Gruppe blonder Frauen, die an einem Tisch saßen und Kaffee tranken, und bildete sich ein, daß eine davon Annemarie sei. Ihr blasses Haar, ihr schmaler Hals, ihr Rücken – das war doch sicher Annemarie? Er stand da und wartete geduldig – ungeduldig, daß sie sich endlich umdrehte. Als sie es tat, sah er natürlich, daß sie es nicht war. Annemarie würde nicht auf Kaffee und Kuchen ins Flury's gehen. Und er sollte das auch nicht tun. Er drehte sich um und ging, rannte zurück zu dem Alptraumhaus, in dem er lebte und in das er jetzt gehörte.

In jener Nacht war das Haus selbst Mittelpunkt der Unruhen. Er wachte von Schreien auf, wie schon oft zuvor, drehte sich nur auf den Rücken, faltete die Hände über seiner Brust und bereitete sich darauf vor, erst wieder schlafen zu können, wenn die letzten häuslichen Streitereien vorüber waren. Doch als Gewehre abgefeuert wurden, sprang er auf und ging zum Fenster, um die Geister in ihren weißen Laken flüchten und umherrennen zu sehen, während Männer in theatralisch blutgefärbten Kleidern mit Fackeln und Messern durch die Lücke in der Mauer eindrangen und die Parolen des Religionskrieges brüllten, die in letzter Zeit überall zu hören waren. Das Wasserbüffelkalb in dem Verschlag brüllte in hysterischer Angst nach seiner Mutter, die zurückbrüllte. Schritte donnerten von unten die Treppen hinauf, und Baumgartner stellte in aller Eile Stuhl und Tisch gegen die Tür, um sie gegen Eindringlinge zu sichern. Der lauteste Schrei kam von seiner Etage, aus dem Speicher darüber – ein männlicher Schrei, auf eine Weise weniger zu ertragen als der Schrei einer Frau oder eines Kindes. Sein Herz hämmerte, und er schob Stuhl und Tisch beiseite und öffnete die Tür, um zu sehen, was geschehen war – und traf auf die Eindringlinge, die aus dem Speicher sprangen und an ihm vorbei die Treppen hinunterstürzten. Als er in den Speicher stieg und »Sushil? Sushil?« rief, sah er den umgeworfenen Stuhl des Radiofans; der Junge lag mit dem Gesicht nach unten auf dem Boden. Blut floß. Frauen kamen die Treppe hinauf und jammerten. Die kleine Hausbesitzerin in Weiß schob sich an ihnen vorbei. Sie stand da und starrte auf die Leiche. »Tss«, sagte sie, »ich habe immer gewußt, dieser Junge war schlecht.« »Madame«, stammelte Baumgartner, »der Junge ist tot.«

Im Schlaf, in seinen Träumen, war es das Blut seiner Mutter, nicht das des Jungen. Doch sie – so klein und schwach – hätte so viel Blut gar nicht vergießen können. Oder? Blut floß, floß über den Boden und die Stufen hinab, und seine Füße, die hilflos darin wateten, wurden naß.

Als er loszog, um herauszufinden, ob Habibullah in Sicherheit und von den Unruhen der Nacht verschont geblieben war, fand er das Büro leer und ausgeplündert vor. Ein Bettler wühlte in dem Gerümpel. Baumgartner fragte ihn in seinem vorsichtigen Bengali: »Wo ist er, der Sahib, Habibullah?« doch er verstand die Antwort nicht. Draußen herrschte die übliche Morgengeschäftigkeit, der übliche Lärm; auch die geplünderten Gebäude, das zerbrochene Glas und der Rauch von den Feuern der Nacht waren schon zu einem normalen Anblick geworden. Baumgartner hatte das Gefühl, von noch einem Krieg, den ganz andere Leute führten, überrumpelt worden zu ein. Den Weltkrieg, den Bürgerkrieg durchgemacht zu haben, nur um sich in diesem Religionskrieg wiederzufinden. Endlos Krieg. Ewig Krieg.

Zwanzigtausend Menschen, so informierten ihn die Zeitungen, waren in drei Tagen der Gewalt in Kalkutta ermordet worden. Moslems töteten Hindus, Hindus Moslems. Baumgartner konnte das nicht begreifen – für ihn gab es nur eine Masse von Indern und einzeln betrachtet Sushil, den Marxisten und Habibullah, den Händler. Er fragte sich, ob Habibullah nach Ostbengalen geflohen und in Sicherheit sei, ob er nicht zu spät gegangen sei. Er durfte auf keinen Fall zu lange warten mit seiner Flucht. Er mußte Habibullahs Rat folgen, das wußte er, und sich auf den Weg nach Bombay machen. Er kehrte in sein Zimmer zurück, packte seinen Koffer, trug ihn hinunter, ging zur Howrah Station – der Rikschakuli hastete durch die Stadt, als hätte er Angst – und kaufte eine Fahrkarte. Er verbrachte die Zwischenzeit im Wartesaal des Bahnhofs, unfähig, den Anblick der zerstörten Gebäude oder der von Panik ergriffenen Bevölkerung zu ertragen. Flüchtlinge aus der Stadt strömten auf den Bahnsteig, Familien und deren Habe füllten ihn bis zum letzten Winkel, und zum Schluß mußte er sich durch sie hindurchkämpfen, über sie hinwegklettern und sich mit festem Griff an dem Zug hochziehen, der ihn nach Bombay brachte.

So kam Baumgartner also nach Bombay. Das Glitzern der Mittagssonne auf den Wellen in der Bucht stach ihm in die Augen. Es wurde reflektiert von den weißen Wänden der Häuser entlang des Marine Drive, auf dem der Verkehr in geordneten Bahnen verlief – Zeichen von Wohlhabenheit und einer westlich orientierten Ordnung, zu der Baumgartner in Kalkutta die Berührung verloren hatte. Er war erstaunt über die Straßen, die Neigungen oder gar Kurven aufwiesen, und darüber, daß die Häuser benannt, nicht numeriert waren – alles europäische Eigenheiten, die er vergessen hatte und an die er sich jetzt wieder erinnerte. Er fühlte sich keineswegs sicher, eher eingeschüchtert: Er wurde kleiner, seine Augen blinzelten. Dadurch wurde ihm klar, wie sehr er zu einem Einheimischen geworden war. Baumgartner, ein Sohn Hindustans. Er lächelte und dachte, was Mutti wohl dazu gesagt hätte. Und dennoch war er noch keiner einzigen Schlange begegnet außer denen im Korb des Schlangenbeschwörers auf den Straßen. Das mußte er ihr erzählen. Aber – er vergaß es ständig, wieder und wieder mußte er innehalten und sich selbst mit der Tatsache konfrontieren, die er nicht zulassen wollte: Er würde nie wieder von ihr hören, es würde nie mehr Briefe zwischen ihnen geben. Er schrieb an Leute, an Adressen, an die er sich erinnerte – es kam nie eine Antwort; es war, als wäre ganz Deutschland vom Erdboden getilgt worden. Das brachte ihn dazu, seine Papiere in Ordnung zu bringen, seinen Paß, seine Nationalität, und nach einigem Hin und Her war er indischer Staatsbürger und hatte einen indischen Paß. Er hielt ihn in der Hand – war ein Paß nicht ein Papier, das Reisen erleichterte? – und fragte sich, ob dies bedeute, daß er Indien niemals verlassen werde, und er spürte, daß dem so war.

Chimanlal ermöglichte es ihm, zu bleiben und Fuß zu fassen – sofort, großzügig, aus Mitgefühl. Er habe Habibullahs Brief bekommen, sagte er, schien aber sonst keinerlei weiteres Empfehlungsschreiben zu wollen; in seinen Handlungen gehorchte er seinen eigenen Instinkten, die groß, freizügig und stets gastfreundlich waren. Er unterbrach seine Arbeit und führte Baumgartner zum Essen aus. Er aß selbst nur Reis und Joghurt, aber er bestellte im Victory Club für Baumgartner ein ausgezeichnetes parsiches Essen aus Hammel und *dal*; der Victory Club ging auf den Sandsteinbogen des Gateway of India hinaus und auf die Inseln, die in der See schwammen wie umgedrehte Schüsseln aus dunkler und ockerfarbener Keramik. Die Schiffe lagen still auf der See, metallisch und pfeilförmig, aber die Boote am Kai hüpften leichtherzig auf und ab. Noch immer schwärmten britische Soldaten in Khaki umher, aber Chimanlal sagte, in die Hände klatschend: »Sie werden verschwinden, einfach so. Bald werden alle weg sein, und wir werden allein gelassen.«

»Sind Sie sicher?«

»Natürlich.« Chimanlal hüpfte mit eifriger Gewißheit in seinem Sessel auf und ab. »Sie hätten das erleben sollen – wenn Sie im Februar hier gewesen wären, hätten Sie es miterlebt –, den Streik der Matrosen. Hier, Mr. Bommgarter, gleich hier, auf der HMS *Talwar.* Die Matrosen streikten, weil die britischen Offiziere sie beleidigten und schlechtes Essen ausgaben. Am nächsten Tag waren weitere zweiundzwanzig Schiffe im Ausstand, und die Männer auf der Burg und in der Festung auch. Sie zogen unsere Trikolore an den Masten hoch, Mr. Bommgarter, ich wünschte, Sie hätten es gesehen, es war so schön. Dann kam die Armee, und es gab Kämpfe in den Garnisonen, und von den Schiffen kam Artillerie, und Bomber zerstörten die Flotte. Jeder von uns brachte den tapferen Matrosen etwas zu essen, Mr. Bommgarter. Ich bot ihnen alles, was ich besaß. Aber der Streik weitete sich über die ganze Stadt aus – die CPI rief einen Generalstreik aus –, und es gab Kämpfe in den Straßen. Hier in der Nähe, Mr.

Bommgarter, in der Parel und der de Lisle Road. Oh, wir waren dabei, zu siegen, wir hätten gesiegt – aber was hat der Kongreß gemacht?« Er machte ein verächtliches Gesicht. »Gandhi mit seiner weißen Kappe – er kam und sagte: ›Keine Kämpfe, keine Gewalt.‹ Und die Matrosen mußten sich ergeben, und unsere glorreiche Revolte war vorbei.«

Baumgartner machte mit seinen Händen eine vage, mitfühlende Geste über die leeren Teller hinweg; er wußte, daß es ihm, einem Außenstehenden und Fremden, nicht anstand, dies zu kommentieren.

Das brauchte er auch nicht, Chimanlal sprudelte weiter. »Aber sie werden gehen müssen – bald, bald. Jetzt sagen sie schon selber, daß sie gehen werden, daß sie nicht bleiben können. Sie werden also bald unsere Fahne flattern sehen, Mr. Bommgarter – die britische Fahne wird verschwinden, der Union Jack wird verschwinden, *unsere* Fahne wird statt dessen von der Spitze des Red Fort wehen, und wir werden nicht ›God Save the King‹ singen, wir werden unsere eigene Hymne singen, die unser großer Dichter Rabindranath geschrieben hat. Sie müssen doch in Kalkutta von unserem großen Dichter Rabindranath Tagore gehört haben?«

Baumgartner nickte, aber bei der Erwähnung von Kalkutta konnte er nicht anders als fragen: »Und die Moslems, Mr. Chimanlal?«

Chimanlal sah ihn überrascht an. Das Entzücken auf seinem Gesicht wurde merklich schwächer. »Sie machen sich wegen der *Moslems* Sorgen, Mr. Bommgarter?«

»Ich mache mir Sorgen um Habibullah.« Soviel gab Baumgartner zu, nicht mehr. »Er war so gut, so nett zu mir. Er hat mir viele Geschäfte besorgt – vor dem Krieg, bevor ich ins Lager mußte. Aber als ich das letzte Mal in sein Büro kam – war er verschwunden. Sein Büro war niedergebrannt – ich denke, geplündert. Wohin ist er gegangen?«

»Ach, mein Freund, machen Sie sich wegen Habibullah keine Sorgen. Habibullah ist gerissener als alle Hindu-*goondas*, Hindu-Schläger. Er wird all seinen Reichtum mit sich genommen haben – er ist bestimmt schon in Dacca, der Heimat der Vorfahren, glücklich und in Sicherheit.«

»Glauben Sie?« Baumgartner schaute zweifelnd. Er hatte keinen Grund, an solche Märchenfluchten zu glauben. »Und seine Familie?«

»Seine Familie auch«, beruhigte ihn Chimanlal auf seine sonnige Art. Er ließ keine Wolken neben sich zu, vertrieb sie durch seine Wärme und den Sonnenschein seines Optimismus – das sollte Baumgartner im Lauf der Jahre erfahren. Jetzt tunkte er seine Finger in eine Wasserschale und wischte sie flüchtig ab. »Und Habibullah hat Sie zu mir geschickt, mmh? Wir werden zusammen Geschäfte treiben, mmh?«

Baumgartner kannte Zweifel, Unsicherheiten, aber Chimanlal schien davon nie berührt zu werden. Baumgartner fand nicht heraus, warum er einen heimatlosen Fremden aufnahm, der sich nicht einmal dadurch auszeichnete, daß er ein ehemaliger Herr, ein Teilhaber der kolonialen Macht und Gewalt war, der nichts anderes war als ein Streuner, ein Paria in den Augen der Herrschenden, offensichtlich der Ohnmächtigste von allen. Vielleicht besaß Chimanlal doch einen Sinn für Geschichte und fühlte sich moralisch verpflichtet, jemanden zu unterstützen, der im Krieg auf der richtigen Seite gestanden hatte, einen Gegner der Briten wie er selbst. Doch diese Motivation reichte nicht aus; Baumgartner erfuhr, welch flüchtiges Interesse Chimanlal tatsächlich an Politik und Geschichte hatte. Chimanlal hatte sein erstes Vermögen im Juweliergeschäft der Familie gemacht, berichtete er: Ein anderer Jude, ein Russe, der über China vor den Bolschewiken geflohen und in dem kleinen Hafen von Gujarat gelandet war, dem Sitz von Chimanlals Familie, hatte ihm die Edelsteine verkauft, die er im Futter seiner Jacke mitgebracht hatte, Edelsteine, von denen er behauptete, daß sie dem Zar und der Zarin seiner aufgegebenen Heimat gehört hatten, und die Chimanlal dann für ihn dem Nizam von Haiderabad verkaufen konnte, wobei er eine ansehnliche Provision verdiente. Baumgartner fragte sich einen Augenblick, ob nicht die Tatsache, daß Chimanlal sein Vermögen mit Hilfe eines Juden gemacht hatte, der Grund sei für sein generöses Verhalten ihm, Baumgartner gegenüber, doch später fand er heraus, daß Chimanlal viel unwissender, uninformierter und gewinnsüchtiger dachte. Wer war dieser russische Jude? Das interessierte Baumgartner. Woher war er gekommen, wie war er in den Besitz der Juwelen des Zaren gelangt? Chimanlal war verwirrt, konnte das nicht beantworten. Er glaubte, der Name des Mannes sei Gin – Gin – Bug gewesen, so ähnlich. »Ginzburg?« fragte Baumgartner. Ja, ja, Ginzburg, aus Rußland. Wo in Rußland? Chimanlal lächelte und öffnete seine Hände, um zu zeigen, daß sie keinerlei Informationen bargen. »Ich bin nicht sehr gebildet«, sagte er zu Baumgartner.

Die Unabhängigkeitsbewegung hatte sicherlich etwas in seiner weichen, hängenden Brust unter der steifen weißen Baumwoll-*kurta* bewegt, wenn er auch viel Geld verdient hatte, indem er den britischen Kriegseinsatz unterstützt und die britische Armee beliefert hatte. Stolz erzählte er Baumgartner, daß Gandhi und Sardar Patel aus Gujarat kamen, daß er Patel hatte reden hören, als er noch ein junger Mann war, in seinem Dorf, bevor er nach Bombay gekommen war, um das Juweliergeschäft der Familie zu übernehmen. Und nun hatte sich das Geschäft so sehr ausgedehnt – Edelsteine waren nur ein Teil seiner Interessen, Holz war ein weiterer Teil, aber er handelte auch mit Leder, Bauxit, Eisenerz, Chemikalien, Aluminium, Papier, Gewürzen –, hatte ein ganzes Handelsimperium aufgebaut, so schien es, und natürlich konnte er Baumgartner ganz leicht irgendwo unterbringen.

Er begann damit, daß er an einem glühendheißen Nachmittag, an dem das Licht, das vom Meer kam, wie im Wasser geschmolzenes Metall war, das in zitternden Silberstreifen wieder daraus hervorging, Baumgartner mitnahm zu einem Haus namens Hira Niwas, einem großen, stockverzierten, viergeschossigen Gebäude in einer dunklen Gasse hinter der grandiosen Masse des Taj-Hotels; es gehörte einem seiner Verwandten – vielleicht auch nur einem Freund, aber Chimanlal nannte jeden Mann seinen Bruder. Er sorgte dafür, daß Baumgartner dort eine kleine Wohnung zu einem Preis mieten konnte, der angemessen war, wenn man die Lage berücksichtigte (er schien das Gefühl zu haben, daß Baumgartner, als Ausländer, nirgendwo anders als in der Nähe des Taj wohnen konnte). Nachdem Baumgartner dort seine Tasche deponiert und ausprobiert hatte, ob das Wasser vom Hahn in den Ausguß lief und ob die Fensterläden sich öffnen und schließen ließen, führte Chimanlal ihn wieder zurück in sein Büro, das im lauteren und quirligeren Viertel Kalbadevi lag, nahe dem riesigen Eros-Kino und den gotischen Mauern des St. Xavier College, den parsischen Feuertempeln und den parsischen Läden, in denen man kleine schwarze Kappen, weiße Westen und Sandelholzstäbchen kaufen konnte, den parsischen Milch- und Süßwarenläden und den parsischen Konditoreien, den verlotterten Gebrauchtbuchläden und überfüllten Teehäusern mit schimmernden Spiegeln. Hier hatte Chimanlal einen einzelnen Büroraum, kaum größer als eine Kabine, an einer Treppe in einem schäbigen Gebäude, in dem es zur ebenen Erde ein iranisches Restaurant gab, darüber eine Schneiderwerkstatt, eine Schule für Maschineschreiben und Stenographie, einen Zahnarzt, eine Poliklinik und ein Dutzend weiterer kleiner Geschäftsräume, wie sein eigener einer war.

Er setzte sich auf einen niedrigen Diwan mit fleckenlosen weißen Laken, lehnte sich gegen ein weißes Polster unter einer Lithographie seiner göttlichen Schutzpatronin, die frisch mit Ringelblumen verziert und bekränzt war mit den dicken, süßen Rauchspiralen parfümierter Räucherstäbchen. Vielleicht war die Göttin der Grund, so dachte Baumgartner, für Chimanlals milden, unzerstörbaren Optimismus, für das Vertrauen und die gute Laune, die er wie glitzernden Schweiß absonderte (nichts außer dem alten und hinfälligen Ventilator an der Decke sorgte im Büro für etwas Kühlung). Mehrmals im Verlauf des Gesprächs verbeugte er sich vor dem Ölbild an der Wand, legte seine Hände betend zusammen und murmelte: »Wenn Lakshmi es will, wird es erfolgreich sein. Alles liegt in Lakshmis Hand.«

Baumgartner fand dies vor allem beunruhigend – er hatte niemals irgend etwas den Händen der Götter überlassen und hätte nicht gewußt, welche er sich aus der in Indien vorhandenen Vielzahl hätte aussuchen sollen – oder welche ihrer vielen Hände –, aber er stellte fest, daß er Chimanlals Glauben und Eigenarten hinnehmen mußte, wenn er für ihn arbeiten wollte. Chimanlal zeigte ihm Möglichkeiten, wie er ihm behilflich sein und eine annehmbare Kommission verdienen konnte, und Baumgartner kam und ging mit seinen Befehlen und Berichten, stets im Zweifel darüber, ob Lakshmi ihn ebensogut leiten würde wie Chimanlal, und er führte Chimanlals neueste Unternehmungen aus – Bauxittransporte, die Flüsse Goas hinab bis zu den Häfen am Arabischen Meer, der Aufbau einer Fabrik für Aluminiumtöpfe und -pfannen im Hinterland von Gujarat – und war überrascht, festzustellen, daß er Leute dazu bringen konnte, zu ordern, und die Geschäfte so gut voranbrachte, daß Chimanlal breit lächelte und sich umdrehte und aus Dank vor seiner girlandengeschmückten Gottheit sich so tief und demütig verbeugte, daß Baumgartner voller Verwirrung den Blick abwenden mußte.

Auf einer dieser Geschäftsreisen stellte Baumgartner fest, daß er an einer kleinen Station draußen im flachen, roterdigen, kargen Land umsteigen und dort fast einen ganzen Tag vergeuden mußte. Der Zug aus Bombay setzte ihn an einem glühendheißen Morgen ab; die Sonne ergoß sich wie schmelzendes Metall auf das Wellblechdach des Bahnhofs, der Zug fuhr davon und ließ ihn auf einer Holzbank sitzend zurück. Er wischte sich den Nacken mit einem Taschentuch, das schnell schmutzig und feucht war, und beobachtete träge ein zerlumptes Paar Rhesusäffchen in einem Pipalbaum, dessen Blätter sie abgerupft hatten. Sie lausten sich mit unbefriedigten Mienen auf ihren kleinen, zerknitterten Gesichtern. Andere Reisende lagen auf Matten oder ausgerollten Betten auf dem Bahnsteig und hoben nur ab und zu eine Hand, um Fliegen zu verjagen oder träge ein Palmwedel zu bewegen. Kulis in roten Hemden saßen hingekauert, rauchten *bidis* und warteten auf den nächsten Zug. Der Bahnhofsvorsteher in weißer Uniform, die dringend gewaschen, gebügelt und geflickt werden mußte, kam aus seinem Büro und ermahnte Baumgartner, etwas zu essen. »Es ist nicht gut, so lange ohne etwas zu essen dazusitzen«, schalt er Baumgartner, der überrascht war: Der Beamte kannte doch sicher seinen Fahrplan und den Grund dafür, daß Baumgartner so lange warten mußte. Um den Mann zu beruhigen – vielleicht hielt er ihn davon ab, nach Hause zu gehen und sein eigenes Essen einzunehmen –, stand er auf und ging zu einem Verkaufsstand, an dem ihm eine Portion Kartoffelgebäck in einer Blättertasche verkauft wurde. Voller Angst, der Bahnhofsvorsteher könne ihn beobachten, versuchte Baumgartner, es zu essen, aber die Chilies besiegten ihn, und er ließ es unter die Bank fallen. Sofort kam einer der streunenden Hunde herbeigeschossen, und er schnappte es sich, als wäre eine ganze Meute hinter ihm her, und einige Krähen hoben sich in die Luft und versuchten, einen Teil davon zu ergattern. Baumgartner holte sich einen Becher süßen Milchtee aus dem Verkaufsstand und trank ihn, obwohl er danach sein Gesicht noch häufiger abwischen mußte. Der Nachmittag schleppte sich langsam über die ganze Breite des Wellblechdachs und versank schließlich im Westen. Er mußte noch ein paar Stunden warten, sein Zug kam erst in den späten Abendstunden. Warum hatte ihn niemand gewarnt? Er wurde wütend darüber, daß er so uninformiert und unvorbereitet losgeschickt worden war, doch der Ärger fiel wie immer auf ihn, als seinem eigentlichen Urheber, zurück.

Das brachte ihn auf die Beine, und er wanderte den ganzen Bahnsteig entlang und zum Bahnhof hinaus. Hinter den Bahnhofsschuppen und -höfen lag eine Art Ortschaft – einige stuckverzierte Häuser mit grün und blau und rosa gestrichenen Türen, mehrere Hütten aus Blech und Tuchfetzen und

Pappe. Offene Abwassergräben zogen sich davor entlang, an denen Kinder hockten, Frauen wuschen und Hunde tranken. Sie schauten in argwöhnischem Erstaunen auf, als er vorbeiging, aber er versuchte, nicht in ihre Augen zu sehen, und ging weiter. Die Zigaretten- und Getränkeverkäufer an ihren Verkaufskarren riefen ihm etwas zu, aber er wollte nichts. Es gab Getreide- und Ölhandlungen, die übliche Werkstatt mit Drehbank und funkensprühenden Schweißgeräten. Bettstätten wurden auf die staubigen Gassen geschleift und Kochfeuer entfacht. Als er an diesen Behausungen vorüber war, stieß er auf ein paar Kühe, die in dem trockenen, spröden Boden nach etwas Eßbarem wühlten, mit einem Viehhirten, der auf einem Stein saß und pfiff. Er ging weiter und ließ auch sie hinter sich.

Die Straße verlief sich im steinigen Staub. Es gab keine Anzeichen von Feldern, von Landwirtschaft oder Bewässerung oder Behausung. Es gab den roten, sandigen Staub und die schwarzen Vulkanfelsen. Die dumpfe, unnachgiebige Plattheit der eisernen Erde wurde nur an einer Stelle von einer kleinen Erhebung unterbrochen. Baumgartner, der nicht fähig war, noch einmal durch die Ortschaft zu laufen, beschloß, auf den kleinen Hügel zu klettern – wenn man ihn so bezeichnen konnte. Wer weiß, seufzte er, vielleicht gab es auf der *anderen* Seite etwas zu sehen – ein goldenes Tal, ein blühender Hain oder ein stiller Teich. Er mußte über seine eigene Dummheit lachen. Nein, natürlich nicht, da würde es nichts anderes geben als diesen roten Staub, diesen schwarzen Fels, Sonne und öde Leere. Doch vielleicht bot die Hügelspitze etwas – wenigstens war darauf eine Felsanhäufung zu sehen, die sich wie ein wildes Tier zum Schutz vor der Höhe, dem Blick, dem Raum zusammenkauerte. Er wollte hinauf und sich eine Weile dort hinsetzen. Der Staub drang ihm in die Schuhe, die Strümpfe und die Hosenaufschläge, und die Steine stießen ihm gegen die Zehen. Immerhin spürte er etwas Bewegung in der Luft – nicht gerade eine Brise, aber doch ein Hauch, und er gab ihm genügend Energie für den Aufstieg.

Ja, dort waren auf der knochigen Spitze des Hügels Steine aufgehäuft. Baumgartner nahm an, daß sie zusammengesetzt worden waren, um eine Art Höhle zu bilden. Sicher handelte es sich um keinen der Tempel mit berühmten Schnitzereien und phantastischen Idolen, die sonst überall zu finden waren, die das Land mit ihrem künstlerischen Reichtum überhäuften – nein, es war Baumgartners Glück, auf einen Teil des Landes gestoßen zu sein, der von solchem Überfluß verschont geblieben war, aber er hatte das Gefühl, daß er auf etwas Altertümliches und Primitives stoßen würde.

Er stand eine Weile auf diesem bedeutungslosen Hügel, während ein Paar Milane in dem farblosen, formlosen Himmel ihre Kreise zogen, als hätten sie ihn gesichtet und würden sich fragen, ob er sich als Beute lohnte, bevor sie auf ihn herunterstießen. Baumgartner erinnerte sich an Geschichten, die er gehört hatte, über Adler, die in einem Tempel gefüttert wurden, die frei überall herumflogen, aber jeden Abend zur Fütterung zu dem Tempelpriester zurückkehrten. Wo war dieser Tempel? Dieser war es natürlich nicht. Niemand konnte je von diesem hier gehört haben, es gab nichts darüber zu erzählen, und er war wahrscheinlich namenlos. Er war sich nicht einmal sicher, ob es überhaupt ein Tempel war. Er hielt inne und sah sich um, und jetzt erkannte er eine Art Weg, der von dem Dorf über das flache Land zu diesem kleinen Hügel führte – aus dieser Höhe sah er den staubigen Pfad über der rostigen Erde. Er wurde also benutzt, Leute kamen hierher – um was zu sehen?

Schließlich beugte er den Rücken, um durch den Spalt zu kommen, der den Eingang zu den Felsen bildete; ja, es war möglich, hineinzukommen, wenn er nur seine Furcht vor dunklen Orten überwand. Mutig zwängte er seine Körpermasse in den schmalen Raum, und einen Moment lang kämpfte er gegen die Vision, sein Gesicht würde von flüchtenden Vögeln oder – noch schlimmer – Fledermäusen zerkratzt. Er konnte sie riechen – jenen scharfen Uringeruch, den man in solchen dunklen Höhlen erwartete. Aber er hörte keine hohen

Fledermausstimmen und kein Flattern von Fledermausflügeln; sie hatten nur ihren Geruch zurückgelassen. Oder war es etwas anderes? Konnte es vielleicht zu etwas anderem gehören – vielleicht zu einem Idol?

Auch nachdem sich seine Augen an die Dunkelheit gewöhnt hatten, konnte er in dieser inneren Kammer nichts erkennen. Es gab keinen Abzug, keinen Schacht für Licht oder Luft. Obwohl es so gut vor der Sonne verschlossen war, war es dennoch nicht kühl; im Gegenteil, die Hitze schien sich hier zu verdicken und zu einem dunklen Klumpen zu gerinnen, wie vergossenes Blut.

Sehr vorsichtig tastete sich Baumgartner voran, und seine Füße spürten die unebene Oberfläche des Steinbodens. Als er glaubte, in der Mitte des Raumes zu sein, blieb er stehen. Nein, da war etwas, was ihn aufhielt, aber er konnte nicht sagen, was es war. Weder seine Füße noch seine ausgestreckten Hände stießen gegen irgend etwas. Er hatte nichts gehört. Aber er war sicher, daß da ein Gegenstand war. Er versuchte, still zu stehen und ruhig zu atmen und sagte sich, daß es ein Idol sein könne. Welche Art von Idol? Konnte es jener schwarze, riesige Phallus sein, den er in Schreinen entlang der Straße gesehen hatte, oder ein Brocken von Ochse, sanft und träge, ein geschwollenes Euter voller Blut? Er strengte seine Augen an, um etwas zu sehen, aber seine Augen waren einer solchen Finsternis noch nicht begegnet. Die Dunkelheit selbst war gegenwärtig. Der Tempel mochte aufgegeben worden sein, aber er konnte schwören, daß er nicht leer war. Etwas blockierte die Kammer, gab einen Gestank von sich und beobachtete *ihn,* heimlich, hinterlistig, und verriet sich durch kein noch so kleines Geräusch, nicht die mindeste Bewegung. Die Stille donnerte ihm in den Ohren. Nachdem er ihrem Rhythmus geraume Zeit gelauscht hatte, senkte er schließlich den Kopf – er konnte hören, wie seine kleinen Halswirbel sich aneinander rieben – und da erkannte er zu seinen Füßen eine flache, schwarze Steinplatte und darauf ein rundes Gebilde, ebenfalls aus schwarzem Stein. Der Grund, warum er es in der tiefen Finsternis ausmachen konnte, war, daß es von jemandem mit einem roten Pulver oder einer Paste eingerieben worden war, die einen kleinen Lichtstrahl reflektierte, der durch den Eingangsspalt drang. Etwas Zerbrechliches und Trockenes war um das Gebilde gewunden – vielleicht eine verwelkte Ringelblumengirlande. Vielleicht eine Schlangenhaut oder sogar eine Schlange. Was gab dieser Stein vor, zu sein, daß er so verehrt wurde? Baumgartner hätte es gern gewußt. Die Kammer schien ein Geheimnis zu bergen. Wenn er dieses Geheimnis lüften könnte . . .

Er drehte langsam den Kopf und lauschte seinen knirschenden Knochen. Aber niemand war da, der es ihm hätte sagen können – kein Priester, kein Pilger, keine Stimme, kein Gesang, nicht einmal eine verblaßte Inschrift war in den schwarzen Pelz geritzt, der die Steine bedeckte.

Er war sich jetzt sicher, daß es hier nichts gab, außer dem, was er unscharf erkennen konnte. Was also war es, das ihn so hinterlistig beobachtete, ihm so böswillig in den Nacken blies und ihm die kleinen Haare auf dem Rücken zu Berge stehen ließ, als stünde er einer Gefahr gegenüber, dem Tod? Etwas mußte da sein, und sei es nur eine giftige Spinne oder ein Skorpion. Aber es war nicht jene Art von Angst, und Baumgartner wußte, daß es keine Spinne und kein Skorpion war. Es war nur ein Stein. Ein schwarzer Tropfen, ausgespuckt von einem gehässigen Gott, der vor seinen Füßen gelandet war und dann versteinert war und ihm den Weg versperrte.

Er hatte das sichere Gefühl, angehalten zu werden. Er durfte nicht weiter. Er hatte die letzte Grenze erreicht. Und was war das – Tod? War dieser Tempel vom Tod bewohnt? War er Schauplatz eines grausigen Menschenopfers? Ab und zu stand etwas darüber in den Zeitungen. Kannibalistische Riten, tantrische Zauberei. War eine betäubte Kreatur, tierisch oder menschlich, hier heraufgeschleppt worden, um geköpft zu werden, damit der rote Stoff aus dem entkorkten Selbst floß und diesen unveränderbaren schwarzen Tropfen Götterspucke, Götterspeichel wässerte? Vielleicht war es der

Tod, der dort in einem Haufen lag, ein wie Hundekot mühelos aufgeschichteter Todeshaufen, der Baumgartner sagte: Ende, nichts mehr.

Aber Baumgartner wollte nichts von diesem Nein wissen. Er drehte sich um und kämpfte sich durch den schmalen Ausgang mit solch einer Geschwindigkeit, daß er sich die Arme und Knie an dem Fels zerkratzte und auf den Hang fiel, als wäre er von dem Etwas, das den Tempel beherrschte oder bewohnte, hinausgeworfen worden. Unverdaulicher, ungenießbarer Baumgartner. Der Gott hatte ihn ausgespuckt. Raus, Baumgartner, raus. Nicht genießbar, Deutscher oder Hindu, menschlich oder göttlich.

Auf halbem Weg den Hügel hinunter, lachend in seiner Erniedrigung und Ernüchterung und sich die angeschlagenen Ellbogen reibend, wußte Baumgartner, daß er aus der Nähe von etwas Erhabenem vertrieben worden war. Geh, Baumgartner. Hinaus. Er war für nicht würdig erachtet worden. Dreckiger, schmutziger, weißer Mann, *firanghi*, unerwünscht. Raus, Baumgartner, raus.

Als die Freiheit kam, stand Baumgartner wieder am Abgrund, beobachtete die Feierlichkeiten zum Unabhängigkeitstag aus der Distanz, merkte, wie er über die Fahnen lächelte, die Ballons, die Schuhe, die aus Freude in die Luft geschleudert wurden, und fragte sich dann, warum er lächelte. Als überall Unruhen die neue Nation erschütterten und Bombay vor Flüchtlingen, die von jenseits der Grenze herüberkamen, überquoll, machte er einen Bogen um ihre Unterkünfte, mied ihren Anblick. Er war froh, als Bombay wieder zu den vertrauten Aktivitäten von Handel und Geschäften zurückkehrte und sich wieder den Möglichkeiten und Gelegenheiten und seinem heiteren Charakter als Hafenstadt überließ.

Es war dieser Aspekt der Stadt, den Chimanlal verkörperte. Baumgartner kam zu der Überzeugung, daß er Chimanlals

Motive niemals würde ausloten können, daß unter all der glatten Harmlosigkeit eine unauslotbare Heimtücke lauerte, aber er akzeptierte es als Chimanlal, der die Treppen von seinem Büro hinunterkam und ihn unten im iranischen Restaurant vor einem hellgelben Kuchen und einem Glas Tee sitzen sah, darauf bestand, daß er alles stehenlassen und mit ihm nach Hause zum Essen kommen solle. Das war die erste von vielen Einladungen, vielen Besuchen, und Baumgartner lernte einen weiteren Grund für Chimanlals felsenfeste Gelassenheit, seine vertrauensselige Ruhe, kennen.

In einer kleinen Wohnung in Teen Batti, die ihre unliebenswürdige Rückseite entschlossen dem Meer zuwandte und den Blick auf die lärmende Straße vorzog, in einem grün und blau gestrichenen Zimmer, das von Neonlichtstreifen erhellt war, saßen die beiden Männer zusammen auf einer Schaukel mit einem glänzend roten Plastiksitz und mit kleinen bunten Glöckchen an Bändern, die um das Metallgestänge gewickelt waren, bis die Frauen – Chimanlals Frau und Töchter – aus der Küche kamen. Die Wohnung war mit den Gerüchen von *asafoetida*, Knoblauch und heißem Öl gefüllt. Stahlplatten voller Essen wurden auf den Tisch gestellt, aber selbst nach vielen Besuchen fühlte sich Baumgartner nie recht wohl, weder auf der Schaukel noch am Tisch. Einer der Gründe dafür war, daß er sich der vielen Mühe, der langen Vorbereitungsarbeit bewußt war, die zu seinen Ehren in der Küche geleistet wurde, und dazu kam das ungewohnte Essen, das er so kompliziert fand, daß es ihn erschreckte. Er war daran gewöhnt, Brot oder Bananen zu essen, wenn ihn der Hunger überkam, und war nicht in der Lage, den Nutzen einzusehen, verschiedene Zutaten und Geschmacksstoffe zu kombinieren und sie in kleinen rostfreien Stahlschüsseln auf einer Platte in Öl schwimmen zu lassen, und er stockte und aß so ungeschickt, daß die Frauen sarkastisch ihre Lippen kräuselten; er bemerkte die Spur von Abscheu, noch bevor sie ihre Saris über ihre diamantenverzierten Ohren bis zu ihren diamantenverzierten Nasenflügeln zogen und wieder zurück in die Küche gingen, um erneut aufzudecken, der wohlmeinenden Autorität Chimanlals gehorchend; Chimanlal war wie ein freundlicher Tyrann, dem die Vorstellung völlig fernlag, daß ihm etwas anderes als Liebe und Ehre entgegengebracht werden könnte.

War er mit seinem einzigen Sohn, seinem jüngsten Kind zusammen, dann wurde Chimanlal in Baumgartners Augen ganz menschlich – womit er meinte: verletzlich. Er ließ ihn wecken und holen, damit Baumgartner ihn sah, und der Junge klammerte sich an die Hüfte seiner Mutter oder seiner Schwester, rieb sich die Augen und wimmerte vor Unausgeschlafenheit, während Chimanlal kicherte und schnalzte und eine Reihe von Vogel- oder Tiergeräuschen machte, kaum in der Lage, mit einem so außergewöhnlichen Wesen normal zu sprechen, einem Wesen, das in seinen Augen fast himmlisch war, sein einziger Sohn und Erbe. Weil Baumgartner sah, was der Junge Chimanlal bedeutete, brachte er ihm am Unabhängigkeitstag ein Papierfähnchen mit den neuen indischen Farben mit und ein Geschenk. Es war ein Blechauto, man konnte es aufziehen und klackernd und schüttelnd über den Kachelboden fahren lassen; Baumgartner hatte es für ein paar Annas auf dem Gehsteig gekauft, wo die fliegenden Händler an diesem Tag gute Geschäfte machten, aber er hatte einen durchschlagenden Erfolg damit – nicht nur, daß das verzogene Kind aufhörte zu heulen und für unvorhergesehene zehn Minuten in voller Konzentration damit spielte, auch Chimanlal war überwältigt; er warf sich auf die Schaukel zurück und schwang dann vor Freude und Überschwang wieder nach vorn, schaute Baumgartner an und wischte sich Tränen unverhohlener Liebe aus den Augen. »Hugo-*bhai*«, nannte er ihn seitdem, Bruder Hugo, und lud ihn ein, sich bei seiner einzigen Schwäche, seinem einzigen Laster zu beteiligen, und Baumgartner kam es vor, als schälte er eine Haut nach der anderen von einer großen, glänzenden Zwiebel ab, um zum süßen gelben Herzen vorzudringen.

Er stand neben Chimanlal in der Mitgliederloge – Chimanlal war in seinem feinen weißen Sonntags-*kurta* und *-dhoti* und durch den Hauch Gold am Körper ganz verändert – und konnte ein freudiges Lachen nicht unterdrücken, als der Startschuß erfolgte und die Pferde losschossen wie Kugeln aus dem Lauf. Mit diesem Gewehr, mit diesem Schuß kam die Erinnerung zurück, wie er mit dem Gesicht nach unten auf dem polierten Parkett in der Berliner Wohnung gelegen war. Mit den Absätzen hämmernd und vor Wut brüllend, weil sein Vater, so elegant in seinem leichten Anzug mit Krawatte, sich entrüstet geweigert hatte, ihn mitzunehmen zu den Rennen. Als er erschöpft war vom Trampeln und Brüllen, setzte ihn Mutti am Fenster auf ihren Schoß, wischte mit dem Taschentuch, das nach Eau de Cologne roch, die letzten Spuren seiner Tränen fort und schaukelte ihn auf ihren Knien auf und ab in dem Versuch, ihn mit einem Spiel von seinem Schmerz abzulenken:

Hoppe, hoppe, Reiter,
wenn er fällt, dann schreit er,
fällt er in die Hecken,
fressen ihn die Schnecken,
fällt er in den Klee,
schreit er gleich: O weh.

Und dann hatte er sie geschlagen, auf die Brust, wütend darüber, für so klein und so leicht zu beruhigen gehalten zu werden. Einen Tag bei den Rennen verloren zu haben, den richtigen Rennen, und ihr Glaube, ein Babyspiel könne ihm diesen Verlust ersetzen, war unerträglich gewesen. Sie hatte ihre Hände vor die Brust gelegt, wo er ihr weh getan hatte, und ihre Miene zeigte, wie erschrocken sie war über seine Gewalttätigkeit. So erinnerte er sich jetzt an diese Szene, und er erinnerte sich an seinen zu einem Ball zusammengerollten Körper am Fußende seines dunklen, klammen Betts, und wie er seinen rechten Fuß und seine rechte Hand mit der linken hielt und wie ein Zauberer flüsterte: »Mick-muck-mo, mach es so . . .«

Dreißig Jahre hatte der Zauberer gebraucht, aber schließlich hatte er den Zauberstab geschwenkt, und jetzt war er hier bei den Rennen. Papa, wollte er rufen, Papa, was hältst du davon? Er wollte seine Arme hochstrecken und winken – und das tat er auch heftig –, Papa, siehst du mich hier bei den Rennen? Und was hätte sein Vater von der Mahaluxmi-Rennbahn am Arabischen Meer gehalten, mit der Kuppel und den Türmen der Hadschi-Ali-Moschee als purpurne Silhouette vor dem orangenen Himmel im Westen, den Tribünen, die überquollen von den Seidensaris, dem Gold und dem Diamantenschmuck der indischen Ladies, und den dunklen, hysterischen Männern, die die Beete mit blühenden Cannapflanzen zertrampelten und sich gegen den weißen Zaun preßten, um die Pferde auf der runden Bahn vorbeifliegen zu sehen, die in Berlin begann und hier in Bombay endete, das sich auf magische Weise in das Berlin von vor dreißig Jahren verwandelte?

Während der Saison gingen sie gemeinsam jeden Sonntagnachmittag zu den Rennen – Chimanlal freute sich über seine Begleitung, denn seine indischen Partner konnte er nicht mitbringen: weil er nicht wollte, daß sie erfuhren, daß er eine Schwäche fürs Wetten hatte, es hätte ihn entblößt und verletzbar gemacht –, und Baumgartner war jedesmal außer sich vor Freude darüber, dort angekommen zu sein, wo er als kleiner, widerspenstiger Junge hatte sein wollen. Langsam, langsam wie eine Schnecke, langsam wie eine Schildkröte, Hugo sagte er sich, wurde dabei von Wellen von Lachen und Freude erschüttert. Und die Pferde, die wunderschönen Pferde, sie kamen herbeigestürmt und stürmten vorbei, mit einer Geschwindigkeit, die gerade die Langsamen in Begeisterung versetzt. Als er es schließlich nach mehreren Besuchen wagte, Chimanlal beim Plazieren der Wetten zu helfen, merkte er, daß er eine Begabung dafür hatte – er, der sich nie vorstellen konnte, überhaupt irgendeine Begabung zu haben –, die Sieger zu erraten. Wieder und wieder gingen sie zum Schalter, um ihre Gewinne abzuholen, teilten sie und gingen mit ihrem Reichtum heim. Chimanlal konnte es nicht verstehen, den Baumgartner schwor, daß er keine Methode hatte und einfach nur seinem Gefühl folgte, das sich jederzeit als falsch herausstellen könne. Im letzten Rennen der Saison, dem größten, gewannen sie eine solch erstaunliche Summe, daß sie etwas taten, was ihnen zu Beginn der Saison völlig unmöglich vorgekommen wäre – sie kauften ein Pferd. Nach zwei Jahren Training in Poona gewann es in mehreren aufeinanderfolgenden Saisons zahlreiche Rennen. Wieder und wieder wurde Chimanlal aufgerufen, um das Pferd vorzuführen, auf dem sein Jockey saß, ein dürrer Affe in rosa und lila Satin, und die Silbertrophäen entgegenzunehmen. Voller Dankbarkeit drückte Chimanlal Baumgartner diese Trophäen in die Hand und bestand darauf, daß er sie mit in seine Wohnung nahm. »Ich werde vorbeikommen und dich besuchen, und wir werden auf unser Pferd und unser Glück trinken«, sagte Chimanlal. Er verstand Baumgartners Zurückhaltung nicht, verstand nicht, daß es ihm peinlich war, die glänzenden Gegenstände die Straße entlang in seine Wohnung zu tragen und dabei von all den glotzenden Zuschauern auf dem Gehsteig angegafft zu werden, aber Chimanlal wollte sie nicht bei sich zu Hause. Baumgartner war nicht sicher, ob Chimanlals Frauen von seiner Schwäche wußten – wahrscheinlich nicht.

Dennoch versäumte es Chimanlal niemals, sein Glück mit ihnen zu teilen. Wann immer er gewann, ließ er das Taxi, das sie von der Rennbahn zurückfuhr, am Crawford Markt halten, und kaufte an den kleinen Ständen mit den Spiegeln an der Rückwand, die die Straße säumten, große Tüten voller gesalzener Pistazien, Mandeln und Rosinen aus Kabul, Walnüsse aus Kaschmir, *chilgozas* aus Ladakh, und kicherte. »Das ist für meinen Sohn. Heute muß ich meinem Sohn ein Geschenk mitbringen. Kauf du auch, Hugo-*bhai,* kauf«, aber Baumgartner stand am Straßenrand, mit den Händen hinter dem Rücken, schaute zu, wie Chimanlal diese kostspieligen

Einkäufe tätigte, und schüttelt nur den Kopf. Es gab niemanden, für den er solche Geschenke hätte kaufen können, und was sollte er mit großen Tüten getrockneter Früchte in seiner leeren Wohnung im Hira Niwas?

Doch als er einmal nachdenklich von einem dieser Sonntagsausflüge zurückkehrte – erstaunlich, wie seine Laune sank, die sich durch den Anblick der Pferde und durch die Erinnerung, die sie jedesmal weckten, so gehoben hatte –, nachdem Chimanlal ihn auf seinen Wunsch hin mit dem Taxi unterwegs abgesetzt hatte, weil er über den Oval Maidan laufen wollte, an den Kricketspielern und Fußballern und erdnußkauenden Zuschauern vorbei zum Colaba Causeway und von da aus zum Hira Niwas, sah er eine fürchterlich zugerichtete Katze, die ihr gebrochenes Bein und ihren zerfetzten Schwanz am Rinnstein entlang hinter sich herzog. Und statt seine Augen von dem abstoßenden Anblick abzuwenden, folgte er ihr besorgt, um sicherzugehen, daß kein Hund von solch leichter Beute angelockt wurde und kein Junge sie zu Tode steinigte. Warum sollte sie nicht sterben? Sicher war der Tod einem Leben auf den indischen Straßen vorzuziehen, argumentierte er, und dennoch – als sie auf die Hauptstraße kam, wo der mörderische Verkehr sie bedrohte, beugte er sich nieder und hob das Tier auf, hielt es an seine Brust gepreßt, obwohl es sich wand und in seinen Händen drehte und die Zähne in sein Handgelenk grub. Es war zu schwach, um allzugroßen Schaden anzurichten, das Maul stand offen, und der Speichel lief unkontrollierbar heraus, und die Augen hatten schon einen alarmierenden weißen Schimmer. Der Türsteher des Hira Niwas und die Kinder aus dem Haus, die ihre ewigen Spiele mit Schläger, Ball und Steinen auf dem Gehweg spielten, standen und starrten, als er entschuldigend an ihnen vorbeistolperte, doch er hielt die Katze sorgfältig mit seinen Armen umschlungen und trug sie die Stufen hinauf in seine Wohnung, wo sie sich auf der Zeitung ausstreckte, die Baumgartner für sie auslegte, und starb.

Danach suchte er auf den Straßen nach einem Ersatz für die erste Katze in seinem Leben. Er war nicht so leicht zu finden. Auch wenn es überall Katzen gab, besonders in der Nähe von Cafés und Restaurants, wo er seine Mahlzeiten einnahm und seinen Tee trank, so waren sie doch in keiner Weise gewillt, auf seine höflichen Schmeicheleien und lockenden Rufe zu reagieren; sie beobachteten ihn zurückhaltend und sprangen beiseite, wenn er ihnen zu nahe kam. Er fand es beschämend, daß er für sie weniger attraktiv war als das Leben auf den rauhen Straßen, sagte sich aber, daß sie natürlich nicht wissen konnten, welcher Komfort, welche Fürsorge sie in seiner kleinen Wohnung erwartete.

Am Ende mußte er sich peinlicherweise darauf verlegen, junge Katzen zu stehlen, sie von ihrern Eltern zu trennen, die wütend in den Mülltonnen jaulten, wo es so wenig Nahrung gab. Das erste Paar, das er gefangen hatte, spuckte und fauchte und zerkratzte ihm die Arme bis zu den Ellbogen, aber er fand die Wut in diesen kleinen und trotz Dreck und Fliegen eleganten Körpern bezaubernd. Und sie waren auch leicht zu gewinnen, wenn er ihnen Fischreste aus den Küchen des Taj und der kleineren Hotels und Restaurants in der Umgebung mitbrachte. Danach gab es kein Halten mehr, die Katzenfamilie unter seinem Dach wuchs und vermehrte sich ohne Unterlaß.

Jetzt hatte er einen Grund, war geradezu gezwungen, in seine Wohnung zurückzukehren. Je voller und verdreckter sie wurde, desto gemütlicher fand es Baumgartner darin, aber er mußte sich eingestehen, daß es seinen Gästen nicht so ging. Der arme Chimanlal hielt sich ein Taschentuch vor die Nase, als er nach einem guten Sonntag bei den Rennen auf einen Drink mit ihm kam.

»Nächsten Sonntag trinken wir ein Glas im Turf-Club«, sagte Chimanlal auf dem Treppenabsatz, als er ging, und Baumgartner mußte zustimmen; er wußte, wie sehr der heikle Vegetarier gelitten hatte.

Auf dem Rasen des Turf-Clubs, unter den Clubmitgliedern in ihren Hüten und Saris, die in der Abendbrise flatterten – die Brise kam vom Arabischen Meer und wehte über die Rennbahn, die jetzt von den Massen verlassen und der wandernden und hundehaltenden Bruderschaft von Malabar und Cumballa Hills überlassen war –, entdeckte Baumgartner überraschend eine vertraute, alle anderen um Haupteslänge überragende Gestalt.

Es war Julius – ein eleganter, offensichtlich wohlhabender Julius, gekleidet in einen feinen Tropenanzug aus Seide und Leinen, mit einem mohnroten Tuch in der Brusttasche, einem Panamahut in der Hand –, unverkennbar Julius, und Baumgartner entfernte sich von Chimanlal und eilte zu ihm; es war schon lange her, daß er darauf gehofft und gewünscht hatte, jemanden aus den Tagen im Internierungslager zu treffen, doch plötzlich erwachte dieser Wunsch wieder und überspülte ihn.

Er erinnerte sich an diese lange Mähne dünnen, wehenden Haars in all seiner silbergesponnenen Blondheit, die Julius im Lager gehabt hatte. Jetzt war sie fast gänzlich verschwunden und ließ seine Kopfhaut in rosafarbener Nacktheit durchschimmern, nur eine Strähne war übriggeblieben, direkt über dem rechten Ohr. Julius hatte etwas aus diesem Überbleibsel gemacht und es auf Schulterlänge wachsen lassen, so daß er die Strähne bis zum linken Ohr hinüberkämmen konnte. Es war wie ein etwas glatter und nur mühsam im Gleichgewicht zu haltender neuer Strohhut, den er ständig mit seinen langen nervösen Fingern zurechtrücken mußte. Die silberne Farbe war ein wenig grau geworden, verblaßt; sie sah jetzt staubig aus.

»Das ist ja Julius«, rief Baumgartner und streckte seine Hand aus, und Julius starrte ihn eine volle Minute oder zwei mit seinen nervös blinkenden rosa Augen an, bevor er Baumgartner erkannte, und an seinem Gesichtsausdruck konnte er ablesen, daß er seine schäbige Kleidung bemerkte, seine staubigen Schuhe, seine immer dürrer werdende Gestalt und seine verblaßten Augen. Nachdem dieser anfängliche Schock und das Zögern vorüber waren, stieß Julius einen Willkommensschrei aus, und seine Stimme klang höher denn je.

Als sie diesen Schrei hörte, hielt seine Begleiterin, die ihre Hand leicht auf seinen Arm gestützt hatte, aber ihren Kopf hin und herdrehte, um die Menge zu beobachten und nach den Bekannten und Berühmten Ausschau zu halten, in ihren Bewegungen inne und richtete ihren Wagenrad-Strohhut auf, um dem Bekannten ihres Begleiters mit kühler Höflichkeit zuzulächeln. Baumgartner sah – und es war so unglaublich, als spielte es sich auf einer Bühne in einem Theater ab –, daß sie niemand anderes war als Gigi, Gisela, Lily aus dem Prince's, Lily aus dem Variété, die Lily vom Lily-und-Lola-Duo. Er bemerkte auch, daß sie ihn trotz seines schäbigen Aussehens und des frühen Beginns seines Alterns erkannt hatte, er bemerkte es daran, wie sich ihre glasigen grauen Augen nicht nur weiteten, sondern auch leicht nach oben unter die silbrig geschminkten Lider rollten, bevor sie wieder nach unten kamen und ihn direkt und feindselig ansahen. Sie hatte das bronzefarbene Blondhaar des Variétégirls zu einem edlen Mausgrau mit einem Hauch Silber werden lassen; ihre Augen waren noch immer übertrieben mit Khol umrandet, dramatisch wie zu der Zeit, als sie Tänzerin gewesen war, aber ihre Lippen waren nicht länger kräftig rot geschminkt; statt dessen schimmerten sie in perligem Glanz, der wie eine Creme auf ihnen lag. Ihr Kleid sah kühl und teuer aus, seidig und elegant. Sie strich sich mit einer behandschuhten Hand die Bluse glatt, die sich in der Seebrise bauschte, wandte ihren Kopf von einer Seite zur anderen und lächelte ein Gesellschaftslächeln, das sich auf niemanden bezog und an niemanden und jedermann gerichtet war und unter der deutlichen Langeweile wohlerzogene Toleranz andeutete. Sie war nicht gewillt, Baumgartner zu erkennen.

»Hugo, alter Junge! Wenn das nicht Hugo ist! Mein alter Kumpel aus jenen unseligen Zeiten!«

»Ach, Julius«, murmelte Baumgartner und schüttelte

Hände, die vor Unbehagen und Bestürzung verschwitzt waren, »das waren keine so schlechten Zeiten –«

»Keine so schlechten Zeiten!« Julius' hohe Stimme überschlug sich entsetzt, mehrere Köpfe wandten sich in seine Richtung, und Lily verzog ihr Gesicht so leicht wie eine Bleistiftzeichnung – so wohlerzogen war sie geworden. »Sechs Jahre lang im Gefängnis hocken – und er nennt das ›nicht schlecht‹! Wenn das nicht typisch Hugo ist – für dich ist sogar das Gefängnis in Ordnung, und nichts ist wirklich schlecht, mmh? Aber Gala, meine Liebe, er hat mir geholfen, zu überleben, mußt du wissen – mit ihm konnte ich in dieser Wildnis reden. Und wir müssen über so vieles reden, Hugo«, plapperte er. »Weißt du, daß der Mann, der geflohen ist, dieser Hübner, ein Buch über diese ganze Zeit geschrieben hat? Aber Hugo, das muß man lesen – ein Mann, den wir kannten, mit dem wir im Lager waren, geht hin und schreibt darüber ein Buch – ist das nicht phantastisch?« Die Hand seiner Begleiterin auf seinem Arm begann offensichtlich, mehr Druck als üblich auszuüben. Er machte sich los und schaute besorgt hinunter in ihr angespanntes Gesicht, und was er dort sah, ließ ihn abschweifen. »Gala, meine Liebe, laß uns Hugo mal in unser Haus einladen – da können wir in Ruhe reden, ja?« Sie machte ein stumpfes Gesicht, schloß die Augen und nickte gequält. »Heute abend, oder? Zu der Party heute abend? Es kommen ein paar Freunde – es wird nett werden – mein Lieber, hier ist meine Karte. Du siehst, ich habe jetzt eine kleine Kunstgalerie. Und du? Deine Adresse, deine Telefonnummer?« Und Baumgartner zog hastig eine seiner Geschäftskarten aus der Tasche, drückte sie ihm in die Hand, murmelte auf Wiedersehen und floh.

Nachdem er mit Chimanlal zur Feier des Tages ein Bier getrunken hatte, ging er heim, und als er gerade die Treppe zu seiner Wohnung hochstieg, hörte er das Telephon klingeln, was es selten tat, und es klingelte und klingelte, während er die Tür öffnete. Entschuldigend drückte er sich an den Katzen vorbei, die herbeikamen und ihn mit zänkischem Miauen begrüßten, nahm den Hörer und hielt ihn ans Ohr. Lilys eisige Töne waren wie Stahlnadeln, die ihm ins Ohr drangen.

»Mr. Baumgartner? Hier spricht Gala von Roth. Es tut mir leid, aber mein Mann hat im Turf-Club heute nachmittag einen Fehler gemacht. Er wußte nichts von meiner Gästeliste. Ich habe bereits einen einzelnen Herrn an meinem Tisch und kann wirklich nicht zwei einladen, weil nur eine einzelne Dame kommt, die Maharani von Bitnore, die hier zu Besuch weilt. Es tut mir sehr leid – ich schäme mich so –, aber Sie verstehen sicher. Ein anderes Mal, mit Sicherheit. Sehr bald vielleicht.«

Baumgartner lächelte und lauschte Lilys Stimme. Er erinnerte sich daran, wie diese kalte, unmelodische Stimme im Prince's mit solcher Leidenschaft, solcher Entschiedenheit gesungen hatte:

Lo-la und Li-ly
fünfzehn und frei sind sie ...

Und plötzlich brach er in ein Lachen aus, das er nicht unterdrücken konnte.

Sie unterbrach ihren höflichen Unsinn und schnappte ob seiner Frechheit nach Luft. Aber sein Ausbruch hatte sie verwirrt und hielt sie davon ab, den Hörer auf die Gabel zu knallen, und in diesem Moment des schockierten Schweigens sagte Baumgartner lachend: »Ach Lily, es war nett, dich heute im Turf-Club zu sehen. Natürlich macht das nichts wegen heute abend. Aber als ich dich sah, wollte ich dich etwas fragen. Weißt du vielleicht, wo deine alte Freundin aus Kalkutta steckt, unsere Lotte?«

Die Stille wuchs und wurde dichter. Baumgartner erwartete schon, daß sie auflegen würde, aber der Schreck schien Lily dazu gebracht zu haben, die Hand um den Hörer zu krampfen wie bei einer plötzlichen Lähmung. Er lächelte, erinnerte sich an ihr gefrorenes Gesicht, ihre gequälten, halb geschlossenen Augen mit der schwarzen, wütend leuchtenden

Khol-Umrandung. Angemaltes Flittchen, dachte er und kicherte, Shanghai-Lily, das bist du, und ich weiß es, und sie sagte mit knapper, kalter Stimme: »Hast du Papier und Bleistift? Hier ist die Anschrift. Schreib sie auf, bitte ...«

»Hugo, Liebster?«

»Lotte, Liebchen, wo bist Du?«

Sie sagte es ihm, und er seufzte, als er herausfand, daß es von seiner Wohnung aus nur die Straße hinunter war, am anderen Ende des Colaba Causeway. »Ich kann zu Fuß kommen, ich werde laufen«, sagte er, »es ist so nah, Lotte, so nah, und wir haben es nicht mal gewußt.« »Komm, komm«, rief Lotte durchs Telephon. »Ich warte, Hugo.«

Und da war sie, in einem Baumwollkleid mit roten und rosafarbenen und violetten Blumen, ihr rotes Haar war nach einer ausgiebigen Färbung mit Henna noch roter, ihre Zehen und Fingernägel leuchtend rosa, und alles erwartete ihn freudig, als er die Treppe hinaufkam. Sie stand an ihrer Tür und lachte. Sie umarmten sich mit einer Wärme, in der es kein Zögern und keine Peinlichkeit gab, und ihre lange Trennung und die Erinnerung an alles, was sie im Vorkriegs-Kalkutta miteinander geteilt hatten, machte sie glühend. Lotte tätschelte Baumgartners Wangen, hielt ihn an den Schultern und lachte voller Freude, während sie ihn betrachtete.

»So lange her, daß ich einen Deutschen gesehen habe. So lange, seit ich *überhaupt* jemanden in diesem Gefängnis gesehen habe, in dem mich Kanti eingesperrt hält«, erklärte sie und zog ihn hinein.

»Ein sehr hübsches Gefängnis«, neckte er sie und schaute sich um. Geblümte Vorhänge, flatterten heftig in der Seebrise, ein Diener kam auf leisen, barfüßigen Sohlen und stellte ein Tablett mit Gläsern auf einen Messingtisch neben zwei Rohrsesseln, auf denen Kissen und Magazine achtlos verstreut umherlagen. »Kanti ist nett.«

»Nett, sagt er. Mein Gott, das nennst du nett? Eine Frau allein einzusperren und warten zu lassen?«

»Es hat dich vor dem Lager bewahrt, Lotte«, erinnerte Baumgartner sie; er stand neben dem Tisch und wartete darauf, zum Hinsetzen aufgefordert zu werden.

Sie forderte ihn nicht auf; sie griff nach seinem Handgelenk und zog ihn neben sich auf das Sofa. »Erzähl, erzähl, Hugo«, bettelte sie, »und ich werde dir einen Gimlet machen, wie ich ihn für Kanti mache.«

»Wo ist er?«

»Ach, frag mich nicht, wo er ist. Er läßt mich hier wie eine Witwe zurück und lebt selber in Kalkutta – er hat dort Geschäfte, weißt du«, sagte sie zerstreut, als sie sich über den Tisch beugte und Drinks mixte. »Hast du ihn dort getroffen? Hat er dir gesagt, wo ich bin?«

Baumgartner erzählte, wie er nach mehr als fünf Jahren in Bombay an ihre Adresse gekommen war. Sie schlug sich die Hand vor den Mund und kicherte, bis ihr die Tränen aus den hellen Augen liefen.

»Gala – Gala von Roth!« Sie verschluckte sich fast. »Ist das nicht zu drollig! Ist das nicht wundervoll!«

»Als ich ihn im Lager traf, hieß er nur Julius Roth«, sagte Baumgartner lächelnd.

»Ach, es ist zu toll – von Roth! Und er heißt nicht länger Julius – das wäre zu jüdisch –, also nennt er sich Julian. Sehr englisch, weißt du. Nicht schlecht, hier in Indien ein Engländer zu sein, verstehst du, Hugo. Und er fängt an mit einem Antiquitätenladen im Foyer eines Hotels, und diese Gisela ging herum und erzählte, es sei ihre Sammlung chinesischer Kunst, die sie da verkauften, daß diese Schüsseln und Teller ihr von ihrem Vater vermacht worden seien, ein Sammler in China soll er gewesen sein. Natürlich wußte ich, daß sie alles bei Auktionen in Kalkutta kaufte, auf der Russel Street und der Middleton Row. All die Engländer, die Siebenundvierzig das Land verließen, die Auktionshäuser waren voll mit feinen Möbeln, feinem Porzellan, alles war wirklich billig, und unsere Gisi, die clevere Gisi, kaufte und kaufte. Sie ist wirklich ganz schön clever. Und dann haben sie und Julian – so nennt sie ihn, Julian – alles in dem Hotelfoyer verkauft. Und der Gewinn floß in eine Kunstgalerie – so nennen sie es: Kunstgalerie. All diese neuen jungen indischen Maler – vorher kannte niemand indische Maler, oder, Hugo? Es gab diese verrückte Margarethe Bumuller, die alle Politiker als römische Imperatoren in Delhi gemalt hat, und es gab Fritz Langheim oben in Darjeeling, der Mönche und Klöster malte – aber wo waren die indischen Maler? Aber jetzt sind sie da, weißt du, und sie hängen ihre Bilder sehr gern in der Galerie eines Ausländers auf, das macht ihre Kunst so *international*, sie fühlen sich als Künstler von Welt. Und Gisi erzählt mir, daß Julian eine Menge verkauft – Inder kaufen jetzt indische Kunst, so wie sie sie früher aus Europa importiert haben. Also verdienen sie gut – die von Roths.« Sie schüttelte sich vor Lachen. »Laß uns irgendwann mal zusammen hingehen, Hugo. Wir gehen hin und trinken in der Hotelhalle einen Kaffee, mmh, und dann gehen wir einfach an der Galerie mal vorbei, mmh? Wenn Gisi dich nicht ins Haus und dich nicht mit ihm reden läßt, werden wir unser Gespräch in der Galerie führen. Ich denke, das wird ihm lieber sein – wenn *sie* nicht dabei ist. Die meiste Zeit hat Gisi natürlich ein scharfes Auge auf ihren Julian – und auf die Geschäfte. Laß uns hingehen und sie *beide* sehen. Was kann sie schon machen? Sie kann uns nicht rausschmeißen, oder, während all ihre jungen indischen Maler zuschauen? Sie mag es, die Patronin zu spielen, tätschelt ihnen die Köpfe und ruft sie mit Spitznamen und erzählt mir: ›Ach Lola, sie *lieben* mich, diese indischen Maler, sie wissen, wie sehr ich ihnen helfe, sie wissen, daß ich sie *international* berühmt machen kann.‹ ›Wo berühmt?‹ habe ich sie gefragt«, kicherte Lotte, »›In Shanghai?‹« Sie schwenkte ihren Drink im Glas, so daß die Eiswürfel klapperten und der Gin herausspritzte. In ihrer Freude darüber, tratschen zu können und dabei eine solch vertrauenswürdige und vertraute Gesellschaft wie Baumgartner zu haben, schwang sie ihre Beine auf das Sofa und über seinen Schoß und wackelte behaglich mit den Zehen. »Wir beide werden ein nettes Pärchen abgeben in der von Rothschen Galerie, du und ich, Hugo«, schnurrte sie. »Laß uns morgen gehen, ja?«

»Wann kommt Kanti wieder?« fragte Baumgartner sie mit einem Blick auf ihre Füße auf seinem Schoß; er hoffte, daß sie sie wieder fortnehmen würde. Die vielen Jahre des Anblicks von Frauen, die von Kopf bis Fuß bekleidet waren und sogar ihre Kleidungsstücke über ihre Gesichter zogen, statt ihn direkt anzusehen oder sich von ihm ansehen zu lassen, hatten Wirkung gezeigt. Nun fand er Lottes Benehmen bizarr.

»Kanti?« sagte sie gekränkt. »Wer weiß, wann er kommt, Geschäfte, Geschäfte, nichts anderes interessiert diesen Mann. Dann wird er müde, und dann braucht er Abwechslung. Dann will er etwas Gesang und Tanz, einen kleinen Drink mit Lola, und eines schönen Tages taucht er an meiner Tür auf und will, daß ich vor ihm in die Knie gehe und seine Füße küsse aus Dankbarkeit für seine Besuche.«

»Du, auf den Knien?« Baumgartner kicherte über das kaum vorstellbare Bild.

»Ja, ja, aber nicht allzuoft. Meistens bin ich allein. Ganz, ganz allein. Ach Hugo, aber jetzt habe ich dich.« Sie beugte sich vor und knabberte an seinem Ohr. »Ich hätte nicht gedacht, daß ich meinen Hugo wiedersehen würde – und hier ist er, hier ist er«, rief sie mit solch ehrlicher, offener Freude aus, daß Baumgartner seine Hände über ihre Zehen legte und sie in schweigender Antwort drückte.

Den Mietern des Hira Niwas wurde gekündigt. Der Besitzer, ein cholerischer alter Mann, dessen Miene animalische Wut ausdrückte, weil man ihn daran hinderte, das alte, vierstökkige Haus abzureißen, um auf dem Gelände ein neues, zwanzigstöckiges Gebäude hochzuziehen und so Millionär zu werden, wanderte von Etage zu Etage und wedelte mit dem Brief, den er von der Stadt erhalten hatte und in dem stand, daß das Gebäude nicht mehr sicher sei und vor dem nächsten Monsun geräumt werden müsse.

Niemand kümmerte sich im geringsten darum. Ein Monsun nach dem anderen ergoß sich über dem Hira Niwas und ließ es noch schleimiger, grüner, verfallener und stinkender zurück, aber es stand noch immer – wenn es auch im Erdgeschoß mit einem Wald aus Bambusstangen abgestützt werden mußte. Bei der Familie, die dort lebte, wuchsen die Bambusstangen aus dem rissigen gekachelten Fußboden ihres Wohnzimmers und der anderen Räume, und sie wanderten elegant zwischen den Stangen umher; der Hausmeister fegte um sie herum, die Kinder rasten mit ihren Tretautos und Rollern an ihnen vorbei. Manchmal fiel ein wenig Putz von den Wänden, ab und zu brach ein Ziegelstein heraus, aber wunderbarerweise geschah nicht mehr.

Baumgartner lernte, dem Hausbesitzer, der seit einem Schlaganfall schwerbehindert war, mit dem gleichen höhnischen Gleichmut gegenüberzutreten, den auch die anderen Mieter zur Schau trugen, und tat nichts, um eine andere Wohnung zu finden. Wie sollte er auch in Bombay eine Wohnung finden, wo die Mieten von Schiebern, Schmugglern und Filmstars festgelegt wurden? Es stand völlig außer Frage. Er zuckte mit der Schulter angesichts der schrillen Hysterie des Besitzers und ging wieder in seine Wohnung, bevor der alte Mann einen Blick auf die Katzenfamilie werfen konnte, die sich innerhalb der feuchten grünen Wände austobte und sich vermehrte wie ein Teppich aus lebendigem grauem Schimmel. Heimatlosigkeit konnte er sich vorstellen, aber nicht die Heimatlosigkeit seiner Katzen. »Mein Kätzchen«, sagte er zärtlich, hob eine hoch und schaute ihr innig ins Gesicht.

Seine Wohnung füllte sich mit ihnen, und sie überschwemmten das Zimmer mit ihrem dürren Nachwuchs; täglich machte er seine Runde durch die nahegelegenen Cafés und Restaurants, wo ihn die Küchenhilfen bald kannten und die Reste für ihn aufhoben und hinter seinem Rücken Grimassen schnitten; *»Pagal sahib, billé-wallah sahib«* sagten sie kichernd, denn Baumgartner wurde immer schäbiger, je älter er wurde, und er wußte nicht mehr, ob seine Schuhsohlen sich lösten oder ob die Knöpfe an seinen Hemden fehlten oder ob die Hemden sauber gewaschen waren; schließlich begrüßten ihn die Katzen überschwenglich, gleichgültig, ob oder ob nicht.

Ab und zu rümpfte Lotte die Nase und zupfte an einem zerschlissenen Kragen und sagte: »Ach Hugo, kannst du dir nicht mal ein neues Hemd kaufen?«

Nicht, daß er nicht gekonnt hätte, aber er hatte es einfach verlernt, einzukaufen und Geld auszugeben. Und obgleich die Jahre jetzt in einem angenehmen Tempo vorbeizogen und mit einer Gleichförmigkeit, die er in keinem anderen Lebensstadium gekannt hatte, hatte es zum Teil damit zu tun, daß er jetzt kaum noch Geschäfte für Chimanlal machte. Nicht nur, weil er nicht gern auf Geschäftsreise ging und seine Katzen allein zurückließ, sondern auch, weil Chimanlals Sohn größer wurde und mehr Zeit im Büro seines Vaters verbrachte, um das Geschäft zu lernen, und es für Baumgartner nicht mehr viel zu tun zu geben schien. Baumgartner wunderte sich, daß dem Jungen schon soviel Arbeit anvertraut wurde, aber Chimanlal seufzte: »Wenn ich meinem eigenen Sohn nicht traue, Hugo-*bhai,* wem soll ich dann trauen?« Baumgartner bemerkte, daß Chimanlal sich nicht so anhörte, als ob er diese Worte wirklich sagen wollte – er schien sie aus sich herauszupressen. Chimanlal war nicht gesund. Er hatte eine ungesunde Hautfarbe, und Baumgartner riet ihm, zu einem Arzt zu gehen, woraufhin Chimanlal sich zu dem Bild an der Wand umdrehte, das immer noch mit einer frischen Girlande geschmückt und von einer Weihrauchwolke eingehüllt war, und sagte: »Das ist mein Arzt, Hugo-*bhai,* Lakshmi allein wird für mich sorgen.«

Er ging häufig auf Pilgerfahrten und nahm seine Frau, seine Töchter und die Schwiegertochter mit, um Tempel und Heilige in entfernt gelegenen Höhlen oder auf Bergen und in Ashrams aufzusuchen. Er kam klein, ausgehungert, furchtbar krank, aber immer ekstatisch zurück – er hatte den *darshan* von einer weiteren Gottheit erhalten, von noch einem heiligen Mann, und wie sollte dies keine gute, wohltuende Wirkung auf ihn haben, fragte er Baumgartner, dessen Gesichtsausdruck heftige Zweifel zeigte. Chimanlal brachte sein Bedauern zum Ausdruck, daß er es nicht geschafft hatte, Baumgartners wachsamen Unglauben anzukratzen. Baumgartners ungeschickte, verworrene Antworten auf Chimanlals Fragen nach dem Judaismus, danach, wie ein Jude an denselben Moses, Abraham oder Jakob glauben konnte wie die Christen, hatte den theologischen Diskussionen, die die Inder so lieben, ein frühzeitiges Ende gesetzt – und Chimanlal ging nie so weit, Baumgartner zu bitten, ihn in einen Tempel oder auf einer Pilgerfahrt zu begleiten – zu dessen großer Erleichterung.

Er war auch ungeheuer erleichtert, als Chimanlal ihm erzählte, daß er einen Arzt aufgesucht habe und Medizin nehme, aber die Erleichterung dauerte nur einen Moment, denn er erfuhr, daß seine Ärzte manchmal Homöopathen, manchmal ayurvedische Heiler waren, die ihn mit namenlosen Pillen und Pulvern, mit Kräutern und Wurzeln behandelten, die offenbar nichts halfen. »Aber ich fühle mich schon viel besser«, sagte Chimanlal mit Bestimmtheit, »und viel kräftiger.«

Eine Weile noch hielten sie ihre Sonntagsbesuche im Turf-Club aufrecht und schlossen ihre Wetten mit noch größerer Vorsicht und Diskretion ab.

Bei einem Besuch der Rennen fiel Chimanlal eines Nachmittags gegen einen Zaun und wurde ohnmächtig. Baumgartner hielt seinen Kopf in seinem Schoß, bis ein Krankenwagen kam und ihn ins Hospital fuhr. Er holte den Sohn, der ihm wütende Blicke zuwarf, als wäre er für das, was geschehen war, verantwortlich, schickte ihn dann aus dem Krankenzimmer und bestand darauf, mit seinem Vater allein gelassen zu werden. Chimanlal wurde in derselben Nacht operiert, man hatte einen Tumor entdeckt; er erlangte das Bewußtsein nicht wieder. Bei der Einäscherung schloß sich Baumgartner den Trauergästen an; er stand am Rande der Menge, die sich von ihm fernhielt, voller Entsetzen darüber, daß ein Fremder, ein *firanghi*, an solch einer ungeheuer privaten Handlung teilnahm. Als er den dahinplätschernden Gesang der Priester hörte, das Durcheinander rund um den Scheiterhaufen sah und den Geruch verbrannten Fleisches und verkohlten Holzes unter der Mittagssonne einsog, wünschte er sich selbst, nicht gekommen zu sein, und schlurfte davon.

In Chimanlals Büro fand er den Sohn hinter einem neuen Schreibtisch aus rostfreiem Stahl mit grauem Anstrich und vielen glänzenden Schlössern. Baumgartner war irgendwie erleichtert darüber, Lakshmi am üblichen Platz hängen zu sehen, unter der Neonröhre, fand aber schnell heraus, daß sonst nichts beim alten geblieben war. Der Junge beendete herrisch die letzten Geschäfte, die Baumgartner noch mit dem Büro verband, und gab ihm ziemlich unmißverständlich zu verstehen, daß er nicht mehr zu kommen brauche. Seine barschen Worte verrieten jahrelang zurückgehaltene Ablehnung und Eifersucht. Als Baumgartner sich von der Überraschung erholt hatte, fragte er nach dem Rennpferd, das er und Chimanlal gemeinsam besessen hatten – da gab der Junge seine kühle Selbstkontrolle auf und begann zu brüllen: »Wovon reden Sie? Welcher gemeinsame Besitz? Zeigen Sie mir ein Papier«, und er schlug mit der flachen Hand auf den Tisch, so daß Baumgartner zurückschrak, »zeigen Sie mir ein Papier, das Sie unterzeichnet haben oder mein Vater –«

»Nein, nein, es gibt keine Papiere«, sagte Baumgartner und beugte sich vor, um ihn zu beruhigen. »Ihr Vater und ich – wir waren Freunde – wir haben keine Verträge aufgesetzt – es war nur eine Absprache, eine Freundschaft –«

»Mein Vater ist nicht mehr, Mr. Baumgartner«, sagte der Junge schroff. »Er ist in seiner himmlischen Wohnung.«

Baumgartner begriff, daß mit Chimanlals Tod alle Verbindungen mit der Firma, gleich ob formal oder freundschaftlich, beendet waren, und stand auf, um zu gehen. Der Junge sagte nicht auf Wiedersehen.

Als Lotte beim nächsten Mal an einem Faden zog, der ihm von den Manschetten baumelte und sich über seine uralten

Schuhe beschwerte, sagte Baumgartner zu ihr: »Aber Lotte, ich verdiene jetzt nichts mehr. Ich bin pensioniert, weißt du, ich bin jetzt ein alter, pensionierter Mann. Ich kann mir keine Sachen mehr kaufen, ich kann mich nicht mehr modisch anziehen.«

»Mein Gott, wann hast du dich jemals modisch angezogen?« rief sie. »Ich bitte dich nur darum, nicht wie ein Bettler herumzulaufen.«

»Ach, ein Bettler«, sagte er abweisend. »Ich habe genug, mach dir keine Sorgen. Mehr als andere Menschen, Lotte.«

Er meinte die Menschen, die in diesen Tagen die Straßen von Bombay füllten wie Lumpen oder Papierfetzen. Auf dem Land schien es jedes Jahr eine Dürre zu geben, und das Pflaster füllte sich sichtbar mit der zuwandernden Bevölkerung von den Feldern und Dörfern. Eine Familie hatte sich über die ganze Länge des Gehsteigs direkt vor dem Hira Niwas ausgebreitet. Über Nacht hatten sie ihr Blech, die Lumpen, Seile, Bänder, das Papier und die Plastiktüten aufgeschichtet und einen Unterschlupf errichtet, und als die Mieter am nächsten Morgen erwachten, fanden sie ein brennendes Küchenfeuer vor, die Blechtöpfe und -pfannen wurden im Rinnstein gewaschen, und einige Mieter waren Zeugen der Geburt eines weiteren Babys auf einem Stück Sackleinen auf der Straße. Der Wachmann, der selbst ein Zuwanderer war, wenn auch ein früherer, der durch eine frühere Katastrophe hierher getrieben worden war und jetzt eine Stellung und einen offiziellen Status bekleidete und ihnen deshalb unendlich überlegen war – wenn auch nicht so überlegen, daß er sich nicht davor gefürchtet hätte, sich an den Ausgehungerten und Glücklosen anzustecken –, verfluchte sie von einer sicheren Plattform im Hauseingang aus, und die Mieter hielten auf ihrem Weg hinein oder hinaus inne, um ihren Abscheu zum Ausdruck zu bringen und ihre Mißachtung für die zerlumpten Kreaturen, die den Bewohnern dieser *urbis et prima* des Westens kaum menschlich vorkamen. Die Zuwanderer schienen weder zu hören noch zu sprechen, doch Baumgartner war der einzige, der, wenn er vorbeischlurfte, den Kopf senkte und die Augen abwendete – nicht, um eine Ansteckung zu vermeiden, wie die anderen, sondern um seine Scham zu verbergen, daß er lebte, sich nähren konnte, eine Unterkunft hatte, privilegiert war.

Lotte schnalzte mit der Zunge vor Mißfallen, wann immer sie an ihnen vorbei mußte, und sagte Baumgartner, daß sie es lieber habe, wenn er sie besuchen käme. Sie selber sah immer weniger wohlhabend aus, wurde sogar hager, das Henna verbarg nicht länger die grauen Ansätze ihres einst karottenfarbenen Haars, und die bedruckten Baumwollkleider, die sie trug, waren ganz verwaschen und wurden nicht durch neue ersetzt. Sie hatte immer noch lange, glatte Beine, und sie liebte es, ihren Rock hochzuheben und ihre Füße zu strecken und eine kleine Pirouette zu drehen, um sich selbst an ihre halkyonischen Tage als Tänzerin zu erinnern, aber wenn sie ein paar Drinks gehabt hatte, ließ die Wirkung zu wünschen übrig.

Statt nach seinem Morgengin mit Lotte zurück ins Hira Niwas zu gehen, blieb Baumgartner den Nachmittag über da. Sie saßen an dem runden Messingtisch und spielten Kartenspiele, die sehr langweilig waren, weil sie nur zu zweit spielten, so langweilig, daß sie sich gegenseitig dabei ertappten, wie sie hinter vorgehaltener Hand gähnten, bis Lotte endlich die Karten hinwarf, ihren Rock bis über die Oberschenkel hochzog, den Kopf nach hinten über die Sofalehne warf und sagte: »Oh, ich bin müde – diese heißen, heißen Nachmittage – ich gehe ins Bett, Hugo«, und dann ging sie in ihr Zimmer, und er hörte, wie sie dort den Ventilator einschaltete und sich mit einem großen Plumps auf das Bett fallen ließ. Er zog sich die Schuhe aus, lehnte seinen Kopf gegen das Sofa, faltete die Hände über dem Bauch und machte ebenfalls ein Nickerchen.

Dann rief sie aus dem Schlafzimmer: »Tu nicht so, als ob du da schläfst, Hugo, du alter Gänserich. Komm her und leg dich hin und mach es dir mit Lottchen bequem.«

Er kam stolpernd auf die Beine und ging ins Schlafzimmer und legte sich in dem abgedunkelten Zimmer dankbar neben sie. Sie legte ihren Arm über seine Brust, murmelte: »Alter Gänserich, Hugo«, und schob dann ihr Bein näher an seins und schmiegte sich an ihn. Er erwiderte ihre Zuneigung mit einiger Zurückhaltung, er hätte es bevorzugt, züchtig auf der einen Seite des großen Bettes zu schlafen, er hatte eher brüderliche Gefühle für sie als irgend etwas anderes. Dann mußte er daran denken, wie es gewesen wäre, Lotte zur Schwester zu haben, in jener blitzblanken Wohnung in Berlin, mit Mutti als ihrer Mutter, und vor Lachen prustete er in ihre grauen und roten Locken und legte den Arm um sie.

An heißen Sommernachmittagen schob sie ihn fort und sagte mürrisch: »Ach, Hugo, du schwitzt – und du wäscht dir nicht mal die Hemden.« Er lachte nur, ihn kümmerte es nicht, er war völlig zufrieden damit, auf seiner Bettseite zu liegen und zu dösen, bis sie um fünf Uhr den Diener in der Küche Tee kochen hörten und sie ihm einen kräftigen Tritt mit ihrem nackten Fuß versetzte und zischte: »Steh auf – geh ins Bad, tu, als würdest du dich waschen – Raju darf uns nicht sehen.« Aber die lässige Unverschämtheit Rajus, mit der er das Teetablett neben ihnen hinknallte, machte deutlich, daß er natürlich alles gesehen hatte und alles wußte. Lotte hatte Angst. Was würde Kanti sagen? Was würde Kanti tun?

Tatsächlich besuchte sie Kanti immer seltener, er wurde zuerst von schlechter Gesundheit und dann durch die Religion in Kalkutta zurückgehalten. Er arbeitete sehr wenig, überließ seinen Söhnen all seine Geschäfte, und sogar wenn er nach Bombay komme – so beschwerte sich Lotte – verbringe er seine ganze Zeit vor dem kleinen Altar, den er in einer Ecke des Schlafzimmers aufgebaut hatte; er betete und fastete und hielt alle Vorschriften des Hindujahres ein.

»Er bereut wohl seine schlimmen Untaten?« fragte Baumgartner hinterhältig und gab Lotte einen kleinen Schubs, als sie in seiner Wohnung ihre Gimlets tranken, und Lotte versetzte seiner Hand einen wütenden Klaps, so daß er seinen Drink verschüttete.

Eines Nachts kam Lotte sehr betrunken in seine Wohnung und bestand darauf, daß er sie begleitete. Sie dirigierte das Taxi zur Wohnung von Julius und Gisi, in der offenbar gerade eine Party stattfand. Während Baumgartner protestierte – »Ach Lotte, ich will nicht dorthin – bitte laß uns nach Hause gehen« –, zerrte sie ihn bis unter ihre Fenster, wo sie sich hinstellte und rief: »Shanghai-Lily, he! He, Shanghai-Lily!«, und als er versuchte, sie wegzuziehen, drehte sie sich um und schlug ihn. Er ging weg und ließ sie stehen. Dann kamen zwei Polizisten in einem Jeep, stiegen aus, faßten sie an den Armen und hoben sie in den Wagen. Sie wurde zur Polizeistation gebracht, wo man sie des betrunkenen Randalierens beschuldigte: anscheinend hatte Gisela von ihrer Wohnung aus angerufen und sich beschwert. Bei Sonnenaufgang rief man Baumgartner an und sagte ihm, er solle vorbeikommen und die Kaution stellen. Nachdem er sie in seiner Wohnung dazu gebracht hatte, sich zu baden und zu duschen, und sie dann genötigt hatte, einen Teller Cornflakes mit Milch zu essen, schalt er sie für ihre Trunkenheit; er war wirklich schockiert von ihrem Benehmen.

»Ach Hugo«, protestierte sie und sah ihn mit einem plötzlich schmalen und blassen Gesicht an, »es war deinetwegen. Was ich nicht hinnehmen kann von Gisi, ist, wie sie dich behandelt«, und er wußte nicht, wie er seine Gefühle ausdrücken sollte, also nahm er die Serviette und wischte ihr das Kinn ab, über das Milch gelaufen war wie bei einem Kind.

Sie sprachen nie mehr über diese Episode, obwohl andere dieser Art folgten. Nach Kantis Krankheit und Tod schien sie die Kontrolle über sich zu verlieren, und sie wurde trotzig. In dem kleinen Zimmer, in das sie gezogen war, nachdem der Prozeß, der von seinen Söhnen gegen sie angestrengt worden war, beendet war, hörten ihre Querelen mit den Nachbarn nicht auf. Mehr als einmal mußte die Polizei eingreifen, damit der nachbarschaftliche Streit sich nicht zu Unruhen ausweitete – was in Bombay jeden Tag passieren konnte –, und

Baumgartner wurde ab und zu als Vermittler eingeschaltet. »Eine Memsahib und dann diese Ausdrücke«, sagten die entrüsteten Polizisten zu ihm, und er schämte sich. Jedesmal, wenn er gezwungen war, an Lottes Leben teilzunehmen, wurde er nervös, wünschte, er könnte sich zurückziehen, aber die Beziehung dauerte schon zu lange, war schon zu sehr zu einer Gewohnheit geworden; und langsam, in dem Maß, wie sie sich mit der neuen Nachbarschaft, den einzelnen Personen, ihren Charakteren und Affären, gewalttätigen und anderen, abfand, verlor sich auch ihr Haß auf die von Roths – sie hatte kein Interesse mehr an ihnen. Die Kunstgalerie im Hotelfoyer hatte geschlossen, um einer Boutique Platz zu machen, in der Seidenschals und bestickte Taschen zu weit überhöhten Preisen an ausländische Touristen verkauft wurden, und die von Roths betrieben ihr Geschäft von ihrer Wohnung aus, von der Gala nach der schmachvollen Geschichte mit der betrunkenen Lotte alle Bekannten aus ihrer Vergangenheit fernhielt.

»Pf«, sagte Lotte naserümpfend nach einer äußerst unbefriedigenden Unterhaltung am Telephon – die einzige Verbindung, die Gala noch zuließ –, »sie will nicht, daß wir sehen, daß ihre Wohnung doch nicht so großartig ist, wie sie immer tut. Julius' Geschäfte gehen nicht mehr so gut. Indische Maler haben jetzt indische Gönner – reiche Kaufleute, Industrielle –, große Leute, nicht wie mein armer Kanti. Sie wollen keinen Europäer, der ihnen sagt, was gut ist, was sie kaufen sollen, jetzt haben sie ihren eigenen Geschmack. Deshalb gehen seine Geschäfte so schlecht.«

»Woher weißt du das?« fragte Baumgartner, der wirklich neugierig war.

Lotte zog ihren Rock übers Knie. »Gisi hat es mir gesagt«, erwiderte sie. Als Baumgartner zweifelnd dreinschaute, explodierte sie: »Was glaubst du denn? Daß wir nicht mehr miteinander reden? Nach so vielen Jahren, nach allem, was wir gemeinsam durchgemacht haben? Mit wem soll sie denn reden, wenn nicht mit der alten Lotte aus Kalkutta? Alle glauben, sie sei so clever – aber ich weiß, daß sie nur eine alte Gans ist.«

Baumgartner war zu müde, um sich deswegen zu streiten. »Oh, sie werden schon einen Weg finden, um zu leben«, seufzte er. Seit Chimanlals Tod war er nicht mehr bei den Rennen gewesen, und Julius hatte er das letzte Mal auf der Straße vor dem Akbarally gesehen; Julius hatte eine Einkaufstüte in der Hand gehabt, derentwegen er sich plötzlich schämte, und hatte irgend etwas gemurmelt, daß er Gala bei einer Party helfen müsse, die sie an diesem Abend gebe. Seine Kleidung hatte fadenscheinig ausgesehen, wie in den Lagerjahren; er hatte immer noch sein dünnes Haar sorgfältig über seinen immer kahler werdenden Kopf gekämmt und hatte mehr denn je wie ein altes Schaf ausgesehen. »Arme Gala«, flötete er, »die Hitze bekommt ihr überhaupt nicht. Du weißt, sie kann das Klima nicht vertragen. Ach Hugo, warum sind wir nicht zurückgegangen? Wir hätten schon vor langer, langer Zeit zurückkehren sollen.« Seine Stimme war voller Trauer, was in Hugo den Wunsch auslöste, zu erwidern: »*Wohin* zurückkehren? Zu was?« Aber er tat es nicht – das war gegen die Regeln.

»Natürlich werden sie irgendwie leben«, sagte Lotte. »Glaubst du, unsere Lily wird ihn da hocken und nichts tun lassen – damit er so wird wie *du*?«

Das Leben zerfloß also langsam zu nichts, aber Baumgartner stellte fest, daß er dieses Nichts mehr genoß als irgend etwas anderes. Vielleicht war ›genießen‹ ein wenig zu stark ausgedrückt für diese sanften Freuden, die er jetzt empfand – wenn er seinen Katzen zuschaute, wie sie eine Tüte voller Fisch verschlangen, die er ihnen mitgebracht hatte, wenn er mit einer von ihnen im Schoß dalag und döste, wenn er auf ein Glas zu Lotte hinüberging –, aber sie paßten zu ihm. Er spürte, wie sein Leben sich verwischte, grau wurde wie ein Vorhang, der ihn in seinem staubigen Filz einhüllte. Wenn ihm ab und zu die Welt hinter dem Vorhang zu Bewußtsein kam, in der es ständig voller und lärmender wurde, und wenn er das Leben der anderen bedachte, das immer hektischer, immer chaotischer wurde, dann spürte er nur Erleichterung darüber, daß sein Leben nie Teil des großen Stroms gewesen war. Irgendwie war er stets dem großen Strom entgangen.

SIEBTES KAPITEL

Der Junge kam sehr spät.

Baumgartner hatte das Essen abgeräumt und das übriggebliebene *pish-pash* auf die Katzenteller gekratzt, die Teller gewaschen und sie weggeräumt. Er selber hatte seinen Appetit verloren – wenn man das Essen zu weit hinauszögerte, dann merkte man, daß der Hunger sich verminderte und verschwand. Jetzt saß er in seinem alten Rohrsessel an der Tür, die auf den schmalen Balkon hinausging, und las die Rennzeitungen der letzten Woche. Obwohl er nicht mehr bei den Rennen gewesen war, seit Chimanlal im Turf-Club zusammengebrochen war, kaufte er immer noch die Rennzeitungen bei den Gassenjungen, die um die Autos herumschwärmten, wenn sie an den Ampeln warteten, und ihre Waren mit voller Lautstärke anpriesen. Zunächst putzte er mit großem Aufwand seine Brille und setzte sie umständlich auf die Nase, dann studierte er das Programm vom letzten Sonntag und glitt mit dem Finger an der Namensliste entlang, als ob er nach möglichen Siegern suchte. Aber das war nur Theater, damit zeigte er den Katzen, daß er ein beschäftigter Mann mit einem eigenen Leben war und ihnen nicht ständig zu Diensten stand. Eine kam und legte sich über seine Füße; das tat sie bei solch heißem Wetter selten. Eine andere stand neben seinen Knien, grub ihre Krallen in den Stoff seiner Hose, schaffte es, die Spitzen in seine Haut zu graben und ließ dann von ihm ab, wobei sie sichtbar zufrieden war, ihre Spuren hinterlassen zu haben. Eine dritte kletterte auf den Rücken des Sessels und balancierte dort, bis sie auf Baumgartners Schulter fiel, dann fauchend absprang und sich auf den Balkon zurückzog. Baumgartner wußte: man rief ihn zur Ordnung. Er faltete die Rennzeitung zusammen und legte sie mit zögernden Gesten beiseite, dann ging er auf den Balkon hinaus, von dem aus man nichts anderes als die schmale, umschlossene Gasse und die nackte Wand gegenüber sehen konnte.

Er hatte nie begriffen, warum die Erbauer des Hauses diese Balkone, die eher wie Simse waren, an die Wände des Hira Niwas geklebt hatten. Andere Mieter benutzten sie, um die Wäsche aufzuhängen – immer waren die Balkone voll von feuchter Wäsche –, aber Baumgartner hatte keine Wäsche aufzuhängen. Wie die anderen auch stapelte er seinen Ramsch darauf, alte Kisten und Dosen und leere Flaschen – und natürlich die Sandkisten für seine Katzen. Der Balkon diente als Spielplatz, wenn sie aktiv waren, und wenn sie halsbrecherisch auf den Kisten herumkletterten oder sich durch die eiserne Balustrade hindurchwanden, protestierte er: »Und wenn ihr runterfallt, mmh?« Und dann beugte er sich hinunter und hielt sie fest, um sie vor der Gefahr zu bewahren, worüber sie sich lustig machten.

In der Gasse war es völlig dunkel; die einzige Laterne hatte seit mindestens einem Jahr keine Glühbirne mehr. Manchmal kamen Leute von der Straße, um an die Wand zu urinieren, und Abfälle wurden vom Wind hierhergeweht und sammelten sich ungestört an. Am Ende der Gasse, wo sie in die Straße mündete, konnte Baumgartner Straßenlaternen sehen, die die Familie beschienen, die auf dem Gehweg lebte. Sie war ungewöhnlich ruhig, wahrscheinlich nur in diesem Augenblick. Er konnte dunkle Schatten sehen, die in die niedrige Hütte hineinkrochen und wieder heraus, und hörte Stimmen und die Geräusche von Kochen und Essen. Er konnte das Zischen und Spritzen von Öl hören und das ewige Geklapper der Töpfe und Pfannen im fließenden Wasser des Rinnsteins. Die Szene in der Dunkelheit, die von der matten Lampe nur wenig beleuchtet wurde, sah so melancholisch wie beruhigend aus. Für Baumgartner war sie mit jener verbunden, die er durch den Stacheldrahtzaun des Lagers beobachtet hatte – Frauen, die zu ihrem Kuhfladenhaufen gingen, um trockene Fladen zum Heizen zu holen, Annemarie, die die Wäsche aufhing, und, noch weiter zurück in der Zeit, seine Mutter, die dampfende Teller auf den Tisch stellte oder ihn ins Bett brachte ...

Doch nur fünf Minuten zu Fuß, und man war beim Taj-Hotel, das hell erleuchtet war und in dem das Leben des Geldes, der Geschäfte, des Handels und des Erfolgs pulsierte; die Arthur Bunder Road und die Meereswellen, die an die Steinmauer schlugen, der mit Flutlicht angestrahte Gateway of India, die abendlichen Massen, die flanierten, an kleinen Ständen würzige Snacks aßen, auf dem Geländer saßen und die beleuchteten Schiffe in der Bucht betrachteten und darauf warteten, daß die Nacht mit der Seebrise ein wenig Abkühlung brachte: das Leben Bombays, daß nun seit dreißig Jahren auch Baumgartners Leben war – oder eher den Rahmen dazu abgab; er hatte niemals wirklich daran teilgenommen, es nie ganz in sich aufgenommen; so feucht und geräuschvoll-kakophonisch greifbar es auch war, es hatte sich ihm stets entzogen.

Wenn er vorher dankbar gewesen war, so war er jetzt deprimiert. Erschöpft wahrscheinlich. Er nahm Teufel unter den Arm, ging zurück ins Zimmer und schloß die Tür. Er sah auf die Uhr auf dem Regal zwischen all den angelaufenen Trophäen und sah, daß es spät, sehr spät war. Wie lange sollte er aufbleiben und auf den Jungen warten? Würde er überhaupt wiederkommen? Sein Rucksack lag auf dem Boden neben dem Diwan, Baumgartner nahm an, daß er deswegen zurückkommen würde, aber es konnte morgen sein, oder den Tag darauf! Ein solcher Junge, solch ein wilder Geselle, von dem konnte man nicht erwarten, daß er sich um seine Sachen sorgte!

Baumgartner seufzte und ging mit lautem Ächzen auf die Knie, um die verstreuten Habseligkeiten wieder in den Rucksack zu stecken und ihn aus dem Weg zu räumen, damit niemand im Dunkeln darüber stolperte. Er versuchte, die Sachen aufzuheben und sie hineinzustopfen, ohne sie zu betrachten, aber wenn die Gegenstände so ungewöhnlicher Natur waren wie Spritzen und Ampullen, dann konnte er sie kaum ignorieren. Sein rundes, dickes Gesicht legte sich in Falten, als er die schlanken, scharfen Gegenstände aus Glas und Metall in der Hand hielt: Sie sahen gefährlich aus, sie fühlten sich gefährlich an, er wünschte, daß er sie nicht hätte berühren müssen.

Nervös sah er auf, er fürchtete, daß der Junge hereingeplatzt kam und ihn beschuldigte – wessen? Was konnte der alte Baumgartner mit diesen Dingen anfangen? Sie gehörten dem Jungen, waren Teil der Existenz einer anderen Generation, nicht der seinen. Er warf sie in den Rucksack und zog die Schnüre zu, damit sie nicht wieder herausfielen. Dann hob er den Rucksack auf und lehnte ihn gegen die Wand neben dem Diwan. Sofort kam Teufel, die neugierigste der Katzen, herbeigeschossen und fing an, ihn sorgfältig zu untersuchen, schnüffelte mit seiner feinen Nase herum, und sein Schnurrbart zitterte ob der eigenartigen, ungewohnten Gerüche; dann fing er plötzlich an, auf ihn einzuschlagen, als wäre der Rucksack ein Eindringling, ein Tier, grub heftig seine Krallen durch den Stoff und ließ endlich von ihm ab.

Baumgartner lachte über diesen Ausbruch. »Ganz meschugge, du«, sagte er lächelnd, fühlte sich besser und ging ins Bad, um sich den Schlafanzug anzuziehen.

Als er herauskam, betrachtete er traurig den Diwan, auf dem er immer schlief. Konnte er sich nicht schlafen legen, er war doch so müde, und es war doch schon so spät? Würde der Junge heute nacht kommen und darauf bestehen, hier zu schlafen? Sicher nicht. Baumgartner setzte sich und preßte sich die Hände gegen die Augen, die verschleiert und wäßrig wurden, wenn er müde war. »Ach, Miezchen«, seufzte er, als die graue Katze kam und ihre kalte Nase an seinem Handgelenk rieb, um ihm zu sagen, daß er sich hinlegen solle, damit sie sich auf seiner Brust zusammenrollen könne, »wir sind es nicht gewohnt, Gäste zu unterhalten, mmh? Wir sind nicht auf Gäste eingestellt, mmh?« Er rieb den flachen Schädel zwischen den beiden spitzen Ohren, und sie drückte sich in Ekstase fest gegen seine Hand und schnurrte, was auf Baumgartner einen einschläfernden Effekt hatte.

Schließlich legte er sich auf den Diwan – nur ein Weilchen, sagte er sich, und um sich wach zu halten, griff er nach dem Bündel Postkarten auf dem niedrigen Tisch, die er oft zu allen möglichen Nachtzeiten las, wenn er nicht schlafen konnte. Sie waren nun schon sehr alt, diese Postkarten, das Papier braun, fleckig und sehr spröde, aber die Tinte hatte irgendwie überdauert, und er konnte immer noch die Schrift mit ihren rätselhaften Nachrichten entziffern: *Mach Dir keine Sorgen, mein Häschen, mir geht es gut. Geht es Dir gut? Bleib gesund, mein Mäuschen, und mach Dir keine Sorgen – es geht mir gut* – und dann brachen sie ab. Es gab nicht viele Karten. Wieder einmal hatte er seine kleine Sammlung durchgesehen. Keine Karten mehr, nur noch *Nacht und Nebel*. Baumgartner legte sie sorgfältig zurück auf den niedrigen Tisch, in einem kleinen Stapel, an die Stelle, wo sie immer lagen. Er schaltete das Licht aus, legte einen Arm über die Augen, und in der Dunkelheit konnte er immer noch die Schrift sehen, fein wie Spinnweben. Nach und nach flossen die Worte ineinander und verwischten. Sie ergaben keinen Sinn. Nichts ergab einen Sinn. Dort Deutschland, hier Indien – dort Indien, hier Deutschland. Unmöglich zu erfassen, festzuhalten, zu verstehen, einen Sinn zu erkennen. Alles fiel von ihm ab, in einen Abgrund. Er sah jetzt, wie sie fielen, weiße Umrisse, die sich drehten und drehten und dann grau wurden, während die Entfernung zwischen ihnen und ihm wuchs. Er stand da und schaute, während sie fielen und schwebten, schwebten und fielen, bis sie leise aus seinem Blickfeld entschwanden, er stand am Abgrund, hielt die Hose seines Schlafanzuges fest und strengte sich an, etwas zu erkennen. Aber es gab nichts mehr zu erkennen, alles war verschwunden, und er schloß die Augen, um die Dunkelheit zu empfangen, die eindrang, hereinfloß und den leeren Raum mit der dicken, schwarzen Tinte des Vergessens füllte, mit Nacht und Nebel.

Kurt kam viele Stunden später. Die Familie auf dem Gehsteig schlief und lag in Laken gehüllt, die die Dunkelheit weiß erscheinen ließ – alle außer dem Trinker Jagu, der immer noch einen Schluck in seiner Flasche hatte und mit ihr zwischen den Füßen dasaß, mit dem Rücken an die Laterne gelehnt. Kurt, der den Reflex im Glas der Flasche sah, hielt inne. Der

Mann sah ihn an, sah das unbekannte Gesicht, weiß, fremd. Die Shorts, das Armband, das verwuschelte Haar kennzeichneten ihn hinreichend, es gab viele seiner Art in den Straßen der Stadt. Hip-py nannte man sie, und jede Silbe wurde einzeln betont, um die Verachtung deutlicher zu machen.

Die beiden Männer betrachteten einander in der Dunkelheit, sie waren die einzigen, die um diese Zeit noch wach und aufmerksam waren. Schließlich sprach Kurt, der nicht erwartete, verstanden zu werden, aber wußte, daß es bestimmte Wörter gab, die jeder kannte, der in diese Stadt gehörte, in irgendeine Stadt. »*ganja?* Haschisch?« fragte er mit leiser, rauher Stimme, weil seine Kehle ganz wund war vor Verlangen. »Gras? Brown Sugar?« Er streckte seine Hand aus, um seinem Wunsch Nachdruck zu verleihen.

Der Trinker kam mit einem Ruck auf die Beine. Er begann Kurt zu beschimpfen, hielt seine Flasche fest und bewachte scharf den letzten Tropfen vor diesem hungrig aussehenden *firanghi*.

Kurt schüttelte den Kopf, öffnete seine Hände und versuchte ihn zu beruhigen. »Will nicht, will nicht«, knurrte er. »*ganja?* Gras? LSD?« Er machte eine Bewegung, als setzte er sich eine Spritze.

Jagu gestikulierte noch wütender in rechtschaffenem Zorn. Die Frau rührte sich unter ihrem Leintuch und murmelte ein paar wütende Worte, um sie zum Schweigen zu bringen. Der Mann drehte sich um und beschimpfte sie, weil sie sich einmischte. Kurt ließ sie streiten und ging weiter.

Er stieg die Treppe hinauf zur Eingangshalle mit den braunen Stufen und dem strengen Geruch. Der Türsteher war nicht an seinem Platz; er war fortgegangen, entweder um sich auf der Straße zu erleichtern oder um mit den anderen Wachleuten Karten zu spielen. Die einzige unbeschirmte Glühbirne, die an einer schmutzverkrusteten Schnur hing, strahlte mit einem bösartigen Glanz. Kurt ging schwerfällig die Treppe hinauf, griff haltsuchend nach dem schmierigen Geländer; er hatte das sonderbare Gefühl in den Beinen, als wollten sie unter ihm nachgeben, seine Füße rutschten in verschiedene Richtungen. Er keuchte, und sein Atem ging schwer, als er den ersten, den zweiten und dann den dritten Absatz der alten, verrotteten Holztreppe erreichte. Auf jeder Etage eine geschlossene Tür, eine schwüle Stille. Es war sehr spät.

Im dritten Stock gab es kein Licht, die Glühbirne war durchgebrannt und nicht ersetzt worden, aber von der Halle kam noch etwas Licht herauf, und Kurt schaute auf das kleine, mit der Hand beschriebene Schild an der Tür. *H. Baumgartner.* Beim Lesen des Namens verzogen sich seine Mundwinkel sarkastisch, grausam. Um die halbe Welt zu reisen und H. Baumgartner zu begegnen, welche Ironie. Dann preßte er die Lippen zusammen und hielt inne, zog ein Taschenmesser hervor und schob es ins Schlüsselloch. Sven, in Katmandu, hatte ihm den Trick beigebracht – wenn das Messer eine scharfe Spitze hatte und auf eine bestimmte Art gedrückt und gedreht wurde, konnte man damit fast jedes Schloß öffnen, doch das Messer mußte scharf und dünn genug sein, um im Schloß auf eine bestimmte Stelle zu treffen: War es das? Kurt versuchte, seine großen Hände unter Kontrolle zu bringen, die heute Nacht tolpatschig schienen, schwer zu beherrschen wie seine Beine und Füße – wie sie, schienen auch die Hände riesig und schwer zu sein und ihren eigenen Willen zu haben. Aber er schaffte es – es war ein Trick, den er schließlich oft genug angewendet hatte; er gab ein schnaubendes Lachen von sich, dachte an Sven, an Katmandu, an die Freak Street, an *ganja*, den Geruch davon, an den trockenen, blättrigen, dicken Rauch und die Süße. Er streckte seine Zunge zwischen den Zähnen hervor, als er ihn schmeckte, und probierte das Schloß aus. Fast ohne Mühe, fast wie allein dem Wunsch gehorchend, gab die Tür nach. Es gab ein Klicken, und Kurt hörte ein Geräusch in der Wohnung, das auf dieses Klicken reagierte, aber es war sehr sanft, sehr leicht und ging schnell vorbei. Natürlich Baumgartners verdammte Katzen, dachte er und fluchte. Er schob die Tür einen Spalt weit auf und spähte ins Innere. Nach dem schattigen Treppenabsatz schien es nicht undurchdringlich dunkel zu sein – von der Straße her drang etwas Licht durch das offene Fenster. In diesem Licht sah er die huschenden, biegsamen Körper der Katzen, sah sie sich nach oben oder unten bewegen, um den Besucher zu begutachten. Er widerstand dem Impuls, mit den bloßen Füßen nach ihnen zu treten.

Einen Moment lang stand er in der Tür, starrte in die Dunkelheit und die düsteren Schatten, die sich bewegenden und die unbeweglichen, und machte sich mit allem vertraut, bevor er den nächsten Schritt tat. Sein Rucksack war vom Teppich verschwunden, wie er sah, und er konnte auch Baumgartners dicke, klumpige Gestalt auf dem Diwan ausmachen, im Tiefschlaf, ganz entspannt. Kurt drehte seinen Kopf sehr langsam und vergewisserte sich, daß die Silbertrophäen noch auf dem Regal standen. Es gab nur wenig Licht, aber er konnte ihre Größen, Formen und Anzahl ausmachen. Er steckte das Messer wieder in die Tasche und schloß die Tür hinter sich, so leise, daß die Gestalt auf dem Diwan sich nicht rührte.

Leise ging er zum Küchentisch. Die Katzen sprangen ihm aus dem Weg wie pelzige Motten, die bei der leisesten Berührung aufflattern. Er sah, daß der Tisch abgeräumt und alles weggestellt worden war; das war von einem pedantischen alten Junggesellen nicht anders zu erwarten. Aber wonach er suchte, lag da wie bestellt – das lange, dünne Küchenmesser, womit Baumgartner, wie er gesehen hatte, das ekelhaft stinkende Fleisch für die verdammten Katzen zerteilt hatte. Bei der Erinnerung an diese abstoßende Mahlzeit und an den dummen, warzigen, alten Mann, der die jaulenden Bestien bemutterte, hoben sich seine Lippen von den Zähnen, und er griff nach dem Messer und hob es mit leisen Fingern auf. Er hielt es fest und stand so lange still, bis die Katzen aufhörten, um ihn herumzustreichen, bis ihre Unruhe wegen der ungewohnten Bewegungen sich legte. Dann drehte er sich um und glitt über den Flur auf den Diwan zu, bereit, jeden Moment stehenzubleiben und zu erstarren oder mit einem Satz in wilder Wut in Aktion zu treten.

Nichts rührte sich. Baumgartner schlief weiter, die Hände unter dem Kinn verschränkt; er lag auf der linken Seite zusammengekrümmt. Sein rechter Arm sank auf die Brust und stieß dort gegen den linken Arm, seine Rippen und ein Dreieck seiner Brust lagen offen da; die Haut war weich und gelb wie Talg. Sein Mund war ebenfalls offen, der Atem kam und ging, seine Lippen bewegten sich leise wie die Barthaare einer Katze, aber das Gespür der Katze für das, was ganz in der Nähe geschah, fehlte ihm. Baumgartner schlief unwissend. Schließlich war Unwissenheit sein Element. Unwissenheit hatte er sich zu eigen gemacht. Das war sein Land, das Land, in dem er in Vertrautheit und Resignation und Erleichterung lebte.

Kurt faßte sich, zog die Füße zusammen, streckte die Beine: sowohl, um sich ins Gleichgewicht zu bringen, wie, sich in dieser Haltung seiner Kraft zu vergewissern. Er brachte seine Hände zusammen, so daß beide den Griff des Messers umklammerten, und es schien lange zu dauern, bis er richtig greifen, seine Finger richtig ausrichten konnte; er mußte all seine Fähigkeiten auf einen Punkt lenken, sie trafen sich alle in dem Griff des Messers. Dann hob er das Messer mit äußerster Schnelligkeit, beugte sich vor und senkte es tief in jenen weichen Talg, so daß er zitterte und eine Art Wimmern ertönte, oder nur ein tiefer Atemzug, eine Art Flattern. Es mußte aufhören, man mußte es zum Schweigen bringen. Er zog das Messer heraus, versenkte es wieder und wieder und wieder. Mit größer werdender Langsamkeit und wachsender Schwäche, bis alle Bewegung zum Stillstand kam – das Schütteln, das Zittern, das Flattern, der Atem, alles kam zum Ende.

Dann brachen die Stille und die Konzentration und die Kontrolle auf einmal zusammen. Die Katzen sprangen wie schwarze Flammen um seine Füße herum und jaulten wie wahnsinnig. Er sprang über sie hinweg, rannte zum Regal, wischte all die angelaufenen Silbertrophäen herunter, Metall schlug gegen Metall, es klirrte und klapperte, während er sich die Arme mit ihnen belud und sie dorthin trug, wo er seinen

Rucksack an der Wand lehnen sah, und er fiel auf die Knie und schob und drückte und stopfte sie alle hinein. In dieser knienden Haltung wischte er mit der Hand über den kleinen Tisch – vielleicht hatte Baumgartner seine Uhr oder seine Brieftasche dort hingelegt. Was immer es war, er griff es und steckte es ein, wobei er Papierfetzen, Karten, Briefe, die er bestimmt nicht haben wollte, wegwarf. Als er aufstand, bemerkte er eine schwarze Flüssigkeit, die ihm die Knie hinab auf die Füße lief. Er versuchte, sie abzuwischen, und starrte auf den Körper auf dem Diwan – ja, dieser bleiche Haufen gelben Talgs sonderte etwas Dunkles, Flüssiges ab. Das sah nicht aus wie Blut, das sah aus wie eine blutige Diarrhöe. Gott, warum hörte er nicht auf damit? Kurt spürte, wie ihm eine Blase im Hals hochstieg, die er hinunterschlucken mußte. Dann beugte er sich vor, um sich den Rucksack auf den Rükken zu schwingen. Er atmete schwer, als er ihn zurechtrückte, kam mit den Riemen nicht zurecht, brachte alles durcheinander. »Verdammt«, fluchte er und scheuchte ein paar haarige Körper fort, die ihm zu nahe gekommen waren, und stolperte zur Tür. Er brauchte eine Minute, mühte sich mit dem Schloß ab, zwängte sich zwischen den Türpfosten hindurch, war plötzlich wieder tolpatschig, ohne Kontrolle. Seine Füße schwebten nicht länger, sie waren jetzt wie Steine und fielen von einer Stufe auf die andere, dröhnten auf ihnen; es klang wie eine niedergehende Lawine. Sicher würden alle wach werden, die Türen aufreißen, hinausschauen und sehen –

Kurt, den Rucksack über der Schulter, floh so schnell, daß er nicht sah, ob der Türsteher auf seinem Platz saß oder nicht, aber er bemerkte die weißen Körper, die auf dem Gehweg ausgestreckt lagen, denn er mußte ihnen ausweichen, und die Gestalt, die sich plötzlich an der Laterne aufrichtete und den Blick auf ihn richtete. Kurt drückte sich an ihr vorbei.

Mit der leeren Flasche, die er fest am Hals gepackt hielt, ging Jagu zum Türsteher und verspottete ihn. »Diebe kommen und gehen, und du schläfst deinen *ganja*-Rausch aus, mmh?«

Der Türsteher hatte gedöst; er klappte seinen Mund zu und erwachte mit einem Ruck. »Halt's Maul, oder du kriegst was über den Schädel«, grollte er.

Seufzend bewegte sich Jagu hin und her, bereitete sich darauf vor, die letzten Nachtstunden plaudernd zu verbringen und suchte nach einem sauberen Stück Marmor, um sich hinzusetzen, als er den Fleck sah – eine Fußspur, die mit frischem Blut markiert war.

Als der Türsteher sah, wie Jagu sich vorbeugte und wie ihm das fettige Haar übers Gesicht fiel und die Augen hervortraten, knurrte er: »Was ist los – ist dir schlecht?«

»Dummkopf«, murmelte Jagu, »komm, und sieh selbst«, ohne daß er wirklich die Aufmerksamkeit darauf lenken wollte, ohne daß er selbst wirklich Kenntnis davon nehmen wollte, von diesem Beweis einer Gewalttat. Er wußte, fühlte, daß diese Gewalttat begangen worden war. Bevor der Türsteher von seinem Stuhl aufstehen konnte, um herüberzukommen und zu schauen, war er schon losgerannt – zuerst die Straße entlang hinter dem *firanghi* her, der gerade eben mit dem vollen Rucksack verschwunden war, und dann wieder zurück zum Hira Niwas, als wäre er verrückt geworden, und er schrie: »Blut! Mörder! Blut!«

Der Türsteher hatte gesehen, was Jagu gesehen hatte. Er griff ihn beim Arm, zerrte ihn herum und schlug ihm die Hand über den Mund. »Besoffener Idiot, Schwein«, zischte er, »was machst du da? Willst du die Polizei herholen?«

»Pol-Pol-Polizei«, wimmerte der Trinker und bedeckte seine Lippe mit den Händen. »Hast du gesehen? Hast du gesehen?«

»Was gesehen?« spuckte der Türsteher. Auch er wollte nichts sehen. Er würde entlassen werden, würde seine Arbeit verlieren, seine Familie würde hungern.

Jagu krallte sich an seinem Arm fest. »Wir müssen hochgehen und nachschauen.«

Der Türsteher fluchte und spuckte und schüttelte den Kopf, aber es half nichts: Er mußte gehen und nachsehen.

Den ganzen abgenutzten Fliesenboden entlang zogen sich die blutigen Fußabdrücke, neben einer Spur dunkler Tropfen. Auf den hölzernen Stufen waren diese Flecken braun. Die beiden Männer folgten ihnen bis auf den dritten Treppenabsatz, wo Baumgartners Tür offenstand. Dann hielten sie inne, blieben auf den Stufen stehen, starrten einander an. Jetzt sank Jagus Mut: Endlich fiel ihm ein, was das hieß, die Polizei. Er war schon früher auf die Polizeistation geschleppt worden, bei jeder Meldung von Einbruch, Diebstahl, Vergewaltigung, Streit, was immer sich in diesem Viertel abspielte. Er wußte, daß er besser verschwinden sollte, so schnell wie möglich. Die Familie wecken, seine Sachen packen und verschwinden, leise, in der Nacht. Doch trotz dieses Drangs, der auf gesundem Menschenverstand und Erfahrung beruhte, spürte er eine völlig sinnlose Neugier, und er war auch besorgt.

»Welcher Sahib ist das?« flüsterte er dem Türsteher zu. Er war noch nie zuvor in dem Gebäude gewesen, aber irgendwie ahnte er – »der *firanghi?*«

Der Türsteher nickte. »Alter Narr«, murmelte er, »er und seine verdreckten Katzen –«

»Der mit den Plastiktüten? Der Bettler, der das ißt, was andere übriglassen?«

Dann hörten sie drinnen ein Geräusch, das sie vor Furcht erstarren ließ – da war ein Heulen, hoch und zittrig. Jagu schwang herum und war davor, sich die Treppe hinunterrollen zu lassen, aber der Türsteher hielt ihn am Arm fest und erklärte: »Die Katzen –«, und zusammen wagten sie sich hinein.

Es verging ein Moment, bevor sie den Lichtschalter fanden. Während sie im Dunklen umherstolperten, streiften ihnen Katzen die Beine entlang, fauchten, spuckten, sprangen aus dem Weg, schlugen mit den Schwänzen und gaben warnende Geräusche von sich; ihre Augen waren überall, riesengroß, erschrocken aufgerissen, dreieckig und strahlend.

Jagu spuckte aus. »Was für ein Gestank. Hat der Sahib nie den Müll rausgetragen? Stinkt wie der städtische Müllplatz.«

»Vielleicht ist es die Leiche«, murmelte der Türsteher, der nicht wollte, daß das Prestige des Hira Niwas litt, auch wenn ihm dieser Säufer sonst völlig gleich war. Er fand den Lichtschalter, es wurde hell im Raum, und sie sahen es.

Sie hielten sich in einiger Entfernung. Keiner wollte näher heran. An der Tür stritten sie. Nach jemandem schicken – aber nach wem? Der Hausbesitzer wohnte nicht im Hira Niwas. Welchen der Nachbarn? Wer kannte den Sahib? Der Türsteher hatte eine blonde Frau kommen und gehen sehen, zu Fuß, sie mußte in der Nähe wohnen, aber wo? Der Türsteher hielt sich den Kopf, als drohte ein stechender Schmerz ihn zu spalten – tatsächlich war es so –, er erinnerte sich, Baumgartner ins Café de Paris gehen gesehen zu haben, an der Ecke, und zwar so oft, daß man ihn dort bestimmt kannte. Er versetzte Jagu einen Schubs und sagte: »Geh, geh ins Caffeydepree, geh, ruf den Besitzer. Sag ihm, er soll kommen.«

Jagu zuckte vor der Berührung zurück. Er ging zurück auf den Flur und stand da im Schatten, Schweiß rann in Strömen an ihm hinunter und stank. »Nein«, sagte er und schüttelte heftig den Kopf. »Nein.«

»Dann geh und ruf die Polizei«, explodierte der Türsteher. »Ich muß hierbleiben und Wache halten – ich bin die Wache.«

Jagu rollte die Augen. »Wohl verrückt?« sagte er anklagend. »Ich – ich zur Polizei?« Und er deutete sich dramatisch auf die Brust.

Keiner von ihnen wollte gehen. Sie standen da, vom kalten, künstlichen Licht beschienen, und starrten in den zerstörten Raum – die Gegenstände, die vom Regal geworfen worden waren, lagen verstreut am Boden, das Messer daneben auf dem Teppich, blutbeschmiert, und die Papiere und Karten, die von dem kleinen Tisch neben dem Diwan gefegt worden waren, und dann das Ding auf dem Diwan – ein unbestimmbares Bündel alter, fleckiger Kleider, die jemand dorthin geworfen haben mochte, Bestandteil des allgemeinen Abfalls. Außer, daß es diese schmierige schwarze Substanz absonderte, die überall verschmiert war. Die Katzen, die wie verrückt von einer Ecke in die andere gesprungen waren, hockten nun versteinert da und starrten die beiden Männer unter dem Tisch und den Stühlen hervor an. Erst als im Fensterrahmen die Nacht einem Grau Platz machte, spürten sie wieder den Drang, sich zu bewegen. Jetzt konnte man die Menschen hören, die durchs Haus liefen, Türen wurden geöffnet, Wasser rauschte, Badende tratschten und planschten, ein Radio plapperte. Schließlich entschloß sich der Türsteher, den nächsten Nachbarn herbeizuholen, und Jagu setzte sich neben der Tür in die Hocke und wartete.

Die Nachbarn kamen. Eine Weile flogen aufgeregte Worte über den Kopf des Trinkers hinweg: »Aber – haben Sie denn nicht die Polizei gerufen? Haben Sie den Mörder gesehen? Haben Sie ihn nicht verfolgt? Sie haben nicht gerufen? Ihr Dummköpfe, ihr Idioten, dafür werdet ihr zahlen«, und dann war Ruhe, als sie in verschiedene Richtungen davonliefen, geräuschvoll die Treppen hinaufrannten und wieder hinab und die Flure entlang und den Türsteher zurückließen, der kam und sich, ebenfalls schuldbewußt, neben Jagu kauerte. Sie warteten wie Kriminelle im Gefängnis auf den Aufseher.

Die Leute kamen herbeigeströmt, mehr Leute, als Baumgartner in Jahren zu Besuch gehabt hatte. Farrokh, der in weiten Hosen und Slippern ungewaschen und unrasiert gekommen war, stand in ihrer Mitte, mit eingefallenem und verstörtem Gesicht. Er war um Hilfe ersucht worden – aber welche Hilfe konnte er jetzt leisten? Andere, energischer, weniger von Gefühlen gehemmt, stürzten sich enthusiastisch auf den erstbesten Verdächtigen – Jagu, der immer noch in der Ecke kauerte und zu erschrocken war, um zu verschwinden – was er tun sollte, wie er wußte. Sie hielten ihn an Haaren und Hals und triumphierten. »Hier ist er, wir haben ihn gefunden – den Mörder!« Der Türsteher machte einen zögernden Versuch, zu intervenieren, sagte protestierend, daß es Jagu gewesen sei, der ihn als ersten alarmiert habe, aber niemand hörte auf ihn; sie marschierten mit Jagu die Treppe hinunter, und als sie den Polizeiwagen am Straßenrand stehen sahen, warfen sie ihn hinein. »Bringt ihn zum *thana*«, rieten sie den Polizisten, »und befragt ihn.«

Jagus Familie, die sich am Tor versammelte, stimmte ein großes Geheule an. Die Frau riß an ihren Haaren und schlug sich lamentierend gegen die Brust. Ein Polizist versetzte ihr einen Schlag gegen den Brustkorb und sagte: »Mörder, Diebe, Zuhälter, ihr alle – ihr werdet von der Straße aufgelesen und zurück in das Diebesdorf geschickt, aus dem ihr stammt. Das ist das Ende für euch alle.« Worauf sie ihm zu Füßen fiel und ihn daran zu hindern suchte, mit Jagu davonzufahren, und dafür einen Tritt in den Rücken erhielt. Jagu, der vor Angst völlig gelähmt war, lag jammernd in dem Wagen.

Zwei Dobermänner sprangen heraus, die von zwei Polizisten geführt wurden, die kaum in der Lage schienen, sie zurückzuhalten, als sie die Treppe hinaufstürzten. Das löste ein sofortiges helles Durcheinander unter den Katzenbewohnern des Zimmers aus – sie sprangen auf die Schränke und Gardinenstangen und standen da, machten Buckel, fauchten und jaulten und zeigten ihre Krallen, wenn sich die Hunde näherten. Die Dobermänner und die Polizisten zogen sich entschuldigend zurück und sagten dem Türsteher, daß sie draußen warten würden, bis die Wohnung von diesen Verteidigern des Baumgartnerschen Reichs gesäubert war.

Der Türsteher wandte sich hilfesuchend an Farrokh. Wie sollte er die Katzen aus dem Weg schaffen? Farrokh starrte ihn an und dann die Katzen, gleichfalls hilflos. Doch einer der Nachbarn rannte hinunter und kam mit zwei zerlumpten Jungen zurück, die Säcke trugen. Sie verdienten sich ihren Lebensunterhalt, behaupteten sie, indem sie die Mülltonnen auf den Straßen nach Brauchbarem durchwühlten, und sie waren schnell überredet, die Katzen zu fangen, sie in ihre Säcke zu stopfen und zu beseitigen – »Weit weg mit ihnen«, sagte der Türsteher, der seine Fassung wiedergewonnen hatte, streng, und der weichherzige Farrokh zog sich auf den Balkon zurück, um nicht zusehen zu müssen. Er stand dort mit gesenktem Kopf, hörte zu, wie die Möbel umgeworfen wurden, die Jungen schrien, die Katzen wütend fauchend von einer Ecke in die andere rannten. Die Situation wurde noch schlimmer, als die Feuerwehr eintraf: Jemand hatte sie angerufen in der Annahme, daß der Menschenauflauf im Hira Niwas nur Feuer bedeuten könne. Als man ihnen die Wohnung im dritten Stock zeigte, entdeckten sie, daß alles, was sie tun konnten, darin bestand, sich an der Katzenjagd zu beteiligen. Eine Katze, die auf einem Fenstersims in die Enge getrieben wurde, sprang aus dem Fenster und stürzte sich zu Tode.

Die Katze – es war der hinkende Fritzi – verfehlte nur um Zentimeter den kahlen, schwitzenden Schädel des Hausbesitzers, der aus seinem Auto stieg und hineineilte, jammernd und sich das Gesicht wischend. »Niemals in all diesen Jahren«, grummelte er, als er die Treppen hinaufstampfte, »in all diesen Jahren – ist so etwas passiert – im Hira Niwas.« Er schien Baumgartner allein dafür verantwortlich zu machen, obwohl er den Türsteher, der sich zusammenkauerte, als er ihn eintreten sah, mit einigen Schimpfwörtern belegte. Trotz all seinem Abscheu und seinem Kummer ging er durch das Zimmer zum Telephon, denn ihm war eingefallen, daß es Chimanlal gewesen war, der Baumgartner wegen eines Zimmers hierhergebracht hatte, er rief dessen Büro an und bekam eine zögernde Zustimmung des Sohnes, vorbeizukommen und sich des ermordeten Freundes seines verstorbenen Vaters anzunehmen.

Die Polizisten kamen zurück, schüchtern, ohne die Dobermänner, die bei der Suche ihren Mut verloren hatten und nicht dazu gebracht werden konnten, die Treppen noch einmal hinaufzulaufen. Sie halfen den Lumpensammlern, die Säcke zuzuschnüren und führten sie dankbar vom Schauplatz des Verbrechens fort. Farrokh trat wieder ins Zimmer, wischte sich die Augen, die von der grellen Sonne auf dem Balkon tränten, und protestierte ein wenig gegen die Zerstörung, das zerbrochene Glas und die umgeworfenen Möbel, aber die Polizisten kümmerten sich nicht darum – ihnen gefiel die Unordnung offenbar; es war etwas, was sich gut gegen den Mörder vorbringen lassen würde.

»Sahib«, der Wachmann wagte einen schüchternen Vorstoß und faltete dabei die Hände, um Zuhörer betend, »Sahib, Jagu hat einen Mann gesehen – einen *firanghi*, einen jungen *firanghi* –, der rausrannte, mit einem Rucksack –«

Chimanlals Sohn schob ihn grob beiseite, als er eintrat. Er trug seine Bürokleidung, einen Safarianzug mit Messingknöpfen, die glänzten. Er hielt sich ein Taschentuch vor die Nase und beschwerte sich: »Dieser Gestank – was stinkt denn hier so?«

Farrokh hatte die Worte des Türstehers gehört und fragte zwischen vor Furcht und Vorahnung fest zusammengepreßten Lippen: »Hast du ihn – hat er ihn gesehen – einen jungen *firanghi*, sagst du?«

»Dieser Dreck!« rief Chimanlals Sohn und sah sich um. »Tss, wie diese dreckigen Ausländer nur hausen!«

»So war es nicht«, protestierte Farrokh, »das war jemand anderer –«

»Es wurde von Mal zu Mal schlimmer«, sagte der junge Mann mit Nachdruck. »Jedesmal, wenn ich ihn sah, machte er immer mehr den Eindruck eines Bettlers auf mich.« Er warf einen Blick hinüber zum Diwan und zog dann schnell das Taschentuch vor die Nase. »Was macht denn das noch hier? Rufen Sie die Polizei. Lassen Sie es ins Leichenschauhaus schaffen.«

Die Polizisten, die noch immer auf ihren Vorgesetzten warteten, damit dieser mit der Untersuchung begann, erklärten leise, daß sie am Tatort nichts verändern dürften.

»Reden Sie keinen Unsinn«, sagte der junge Mann scharf. »Holen Sie den Sarg und lassen Sie diesen – diese Leiche sofort wegschaffen.«

Die Polizisten, die sich offenbar erleichtert fühlten, weil ihnen endlich jemand einen klaren und präzisen Befehl gegeben hatte, salutierten und stolperten die Treppe hinunter, »um die Sache in die Wege zu leiten«, wie sie sagten.

»Aber – sollen wir denn nicht seine Freunde anrufen?« sagte Farrokh protestierend. Von Mord und Mörder weg wandte er sich dem zu, was nun von größter Dringlichkeit schien. »Es gibt keine Verwandten, aber vielleicht wollen die Freunde –«

»Welche Freunde? Er hatte Freunde?« fragte der junge Mann mit abschätzigem Unglauben.

»Ja, ja – da ist eine Memsahib – sie lebt in Colaba – ich kenne sie – sie kommt oft mit Bommgarter-Sahib in mein Café –«

»Memsahib?« das Gesicht des jungen Mannes suchte nach einem Ausdruck, fand aber keinen. Wie konnte sich irgendeine Memsahib mit etwas einlassen, das so verdorben, verbraucht und nutzlos war, etwas, das auf den Abfall geschafft gehörte?

Aber Farrokh wurde starrsinnig. Er schob seine Unterlippe vor und bestand darauf. Er gab dem Türsteher Anweisung, loszugehen und Lotte zu holen. Der Türsteher wandte sich an den Hausbesitzer und fragte um Erlaubnis, den Schauplatz verlassen zu dürfen – »Pflicht« war das Wort, das er dabei gebrauchte und öfters wiederholte, um sein angeschlagenes Image zu verbessern – »meine Pflicht« –, als ein Nachbar, ein erregbarer junger Mann, der es kaum erwarten konnte, eine Rolle in diesem Drama zu übernehmen, seine Dienste anbot und sofort losrannte. Der Gedanke, einer Memsahib die Nachricht zu überbringen, faszinierte ihn: Das würde besser sein als irgendein Stück im Fernsehen.

Während sie darauf warteten, daß der vorgesetzte Polizeioffizier kam, ging Chimanlals Sohn durchs Zimmer und inspizierte die zerbrochenen Gegenstände darin. Er bat Farrokh, alles in eine Schachtel zu packen, die die Polizei mitnehmen konnte. »Säubern Sie die Wohnung, sie muß dem Besitzer übergeben werden, niemand zahlt die Miete.« Bei der Erwähnung von Miete spitzte der Hausbesitzer die Ohren und zeigte lebhaftes Interesse. »Vielleicht können die Möbel verkauft werden«, spekulierte er, »und die noch ausstehende Miete könnte durch die Einnahmen beglichen werden.« Dagegen sagte der Polizist, der die Szene bewachte, es dürfe nichts durcheinandergebracht oder gar weggetragen werden.

»Sahib«, appellierte Farrokh an den Besitzer und Chimanlals Sohn mit einer Geste seiner offenen Hände. »Bommgarter-Sahib ist immer noch hier – er ist noch nicht einmal fort.«

Dann traf Lotte ein, die von dem aufgeregten Nachbarn aus dem Schlaf gerissen und hergebracht worden war. So schnell war sie gelaufen, gehumpelt, daß der Absatz ihres roten Slippers abgebrochen war. Sie hinkte. Trotz dieser Behinderung stürzte sie die Treppe hoch; sie griff mit der einen Hand in ihr Haar, das ihr vom Kopf stand, mit der anderen an das offene Revers ihres Baumwollkleids und sah selber aus wie das Opfer.

Die Menge im Zimmer hätte nicht mehr erwarten können: Das war alles, was sie sich wünschen konnte, das Drama, das Theater, die blanken Emotionen, alles. Sprachlos, aber nicht geräuschlos in ihrem Entsetzen und ihrer Erregung, beobachteten sie, wie die Memsahib hereinkam, humpelnd in kaputten roten Schuhen, ein zerrissenes rotes Kleid zusammenhaltend, aus dem das weiße Fleisch quoll. Es war wunderbar, perfekt – die Memsahib ließ einen Schrei hören, schlug sich die Hand vor den Mund, stand wie vom Schlag getroffen, rannte vor, warf sich über die Leiche, weinte. »Hugo, Hugo, mein Gott, Hugo! Was hast du gemacht?« Memsahib auf den Knien, das Kleid bis zu den Schenkeln hochgerutscht, das rote Haar in der Stirn, das Gesicht auf der Brust des alten Mannes vergraben, schluchzend. Farrokh stand daneben, rang die Hände und jammerte wie ein Darsteller auf der Bühne: »Alter Sahib, guter Sahib – trank jeden Tag Tee in meinem Café, jeden Tag seit über zwanzig Jahren.« Dann ließ er sich auch auf die Knie hinunter und weinte wie ein Baby. Soviel Weinen, wie man sich nur wünschen konnte, laut und schrill und skandalös. Das Publikum zitterte vor Vergnügen.

Der Polizeihauptmann bahnte sich einen Weg hinein, stolzierte herum und schrie: »Was ist los? Was geht hier vor? Machen Sie den Weg frei. Räumen Sie das Zimmer!« Und die Polizisten schwangen ihre Knüppel. »Zurück, zurück!« Sogar Photographen waren anwesend – klick, blitz, klick, blitz. Eine Chance, sein Bild in der Zeitung zu sehen. Alle drängten mit neuem Enthusiasmus vor. Polizeiknüppel flogen. »Raus hier! Raus!«

Als das Zimmer menschenleer war, als die Polizisten draußen beschäftigt waren, schweifte Lottes Blick voller Verzweiflung durchs Zimmer und traf auf die blutverschmierten Postkarten, die auf dem Teppich verstreut lagen, und sie warf sich – teils, um aufzuräumen, das Zimmer aufzuräumen und die Normalität wiederherzustellen, und teils aus dem verzweifelten Wunsch heraus, etwas von Hugo für sich selbst zu retten – auf die Knie, sammelte sie in rasender Eile zusammen und verbarg sie in ihrer Bluse. Als die Polizisten die Tür wieder öffneten, sah sie, daß die Leute auf den Flur, die Treppe, in die Halle getrieben worden waren. Keiner wollte gehen. Es passierte zuviel, zuviel würde noch passieren. Rempeln und tratschen, warten und drängeln.

Schließlich wurde die Leiche herausgetragen. Alle drängten nach vorn, hielten den Atem an, stießen ihn in einem gemeinschaftlichen langen Zischen wieder aus. Die Leiche – ja, tot, ohne jeden Zweifel tot. In weiße Tücher gehüllt, die Blutflecken verdeckt, aber dennoch wirklich eine Leiche, tot, schwer, schwabbelig. Ein gewisser Respekt war hier angebracht. »Macht Platz, macht Platz!« Und man wich zurück. Niemand wollte sie berühren, wollte vom Tod berührt werden, von dem Toten. Hände und Taschentücher wurden instinktiv vor Münder und Nasen geführt. Nicht atmen, nicht den Tod einatmen. Alle zog es hinaus auf den Gehsteig, und sie sahen zu, wie die Leiche in den Sarg gehoben wurde und der Sarg verschwand. Sie standen in der Sonne und spekulierten über den Mord, den Mörder. Doch die Hitze trieb sie auseinander. Wie ein Haufen Ameisen, der sich auflöst, streunten sie die Straße hinauf und hinab und verschwanden. Es gab schließlich noch anderes zu tun. Man muß weitermachen, weiterleben.

»Diebe!« schrie Lotte die Leute an, die in Baumgartners Zimmer geblieben waren. »Was habt ihr getan? Wer hat das getan?« Sie deutete auf das Gerümpel, das zurückgeblieben war wie Schutt nach einem Aufruhr.

Farrokh schüttelte den Kopf. Chimanlals Sohn tobte. »Es muß saubergemacht werden. Die Wohnung muß übergeben werden. Die Polizei muß sie versiegeln«, und der Besitzer nickte dazu. »Ja, ja. Ja, ja, ja.«

»Saubermachen? Wohin soll es denn gebracht werden? Wer wird das Zeug nehmen? Das ist Mr. Baumgartners Wohnung, das ist seine Habe!« schrie sie sie an; ihr Hals war rauh vom Weinen, ihr Gesicht und ihre Augen so rot wie ihre Wut. »Das gehört alles ihm, niemand rührt es an.«

Der Polizist, Chimanlals Sohn und der Besitzer hielten sich von ihr fern, blieben an der Tür stehen. Sie wechselten Blicke. Der Polizist sprach für sie. »Madam, das ist jetzt alles in Gewahrsam der Polizei. Die Polizei wird es behalten, bis der Fall abgeschlossen ist.«

»Polizei? Ihr Diebe wollt Mr. Baumgartners Besitz behalten?« kreischte sie. »Nein, das werde ich nicht zulassen! Ich bin Mr. Baumgartners Freundin – älteste Freundin –«

»Älteste Freundin«, platzte Farrokh leidenschaftlich heraus, »ja, ja.«

»Und ich werde nicht zulassen, daß Sie etwas anrühren –«

Dann übernahm Chimanlals Sohn das Reden, er spürte, daß er eingreifen mußte. Er kam zu ihr herüber, sprach ruhig und in vernünftigem Tonfall. »Nein, Madam, tut mir leid, das ist jetzt alles in Polizeibesitz, weil dies eine Polizeiangelegenheit ist. Dies ist ein Mord.«

Lotte starrte ihn an, ihr Gesicht war vom Weinen faltig. Sie entblößte die Zähne, als wollte sie jeden beißen, der ihr zu nahe kam. Statt dessen nickte sie, nickte weiter, als wäre sie plötzlich so alt, daß sie sich nicht mehr beherrschen konnte. Sie drehte sich zu dem leeren, blutbeschmierten Diwan um und sagte leise: »Ja, ja, ich gehe jetzt, ich gehe auch.«

Neben der Teekanne auf dem Tisch breitete sie die Postkarten aus, das Schluchzen ließ allmählich nach. Sie schob die Karten so lange hin und her, bis sie alle in einer ordentlichen Reihe vor ihr lagen. Alle. Jede einzelne war mit der Nummer J 673/1 gestempelt. Als könnten sie ihr helfen, ein Rätsel zu lösen, dem Bedeutungslosen Bedeutung verleihen.

Professor Alex Aronson und Sir Denis Forman möchte ich dafür danken, daß sie Kapitel 4 durchgesehen und mir mit Kommentaren und Hinweisen geholfen haben; Sybil Oldfield von der University of Sussex danke ich für zahlreiche Auskünfte und Alicia Yerburgh für ihre Geduld und für ihr Verständnis auch bei diesem Buch.

Julien Green

Englische Suite

Literarische Porträts.
Aus dem Französischen
von Helmut Kossodo.
Gebunden. 144 Seiten.

Amüsanter kann Literaturgeschichte nicht vermittelt werden: Julien Greens »Englische Suite« aus dem Jahr 1927 ist ein literarischer Spaziergang durch eine Porträtgalerie.
Green zeichnet nicht nur biographische Miniaturen; seine Bilder machen auch den kulturgeschichtlichen Hintergrund des 18. und 19. Jahrhunderts sichtbar; der Einzelne wird stets in seinem Bezug zum Ganzen dargestellt.

List

J. M. G. Le Clézio

Mondo

Erzählungen.
Aus dem Französischen von
Hedda und Rolf Soellner.
Gebunden. 330 Seiten.

Le Clézios Erzählungen sind eine tröstliche Antwort auf das Chaos unserer Gesellschaft – ein richtiges Lese-Buch für Erwachsene, Kinder, Träumer – und solche, die es werden wollen.

»Es ist seine sinnliche Begeisterung vor den Erscheinungen der Natur, vor ihren belebenden wie zerstörenden Mächten, durch welche Le Clézio den Leser immer wieder mitreißt und für sich einnimmt.«
Neue Zürcher Zeitung

List